THE ANGEL MAKER

STEFAN BRIJS

天使製造者

史蒂芬・布瑞斯 著
胡菀如 譯

第一部

1

直到今天，還有一些沃爾夫漢姆的居民說，他們還沒聽到計程車開進村子的引擎聲，就先聽到車後座三個嬰兒的哭聲了。計程車在拿破崙街一號這棟老醫生的屋子前停下來的時候，村裡的婦女們都立刻停止打掃前門廊，從特米努斯酒吧跑出來的男人們手裡還緊握著啤酒杯，小女孩也暫停她們的跳房子遊戲。廣場上，瘦皮猴米克斯一個慌亂，就讓從小失聰的古德．韋伯把球給搶了過去，古德趁麵包師傅的兒子塞琵朝另一邊看的時候，把球踢過他身邊，進了球門。這是一九八四年十月十三日，星期六的下午，鐘塔裡的大鐘敲響了三下。

計程車裡的乘客一出來，大夥兒馬上就被他那如火焰般赤紅的頭髮和鬍鬚給吸引住。虔誠的貝爾納黛特．李卜克內西趕緊在自己的胸前畫了個十字，同條街再過去幾家，上了年紀的茱麗葉．布雷歐連忙捂著嘴，喃喃自語：「天哪！長得跟他父親一模一樣！」

這個比利時的小村莊鄰近三國的交界點，自始以來就一直夾在荷蘭的瓦爾斯和德國的亞琛之間，這裡的居民在三個月以前便知道維克多．霍佩醫生要回來了。雷納爾公證人事務所從奧伊彭派來了一位瘦小的辦事員，他到那荒廢的屋子，把大門上已經泛黃的「出租」牌子取了下來，還告訴住在對街的愛爾瑪．努斯鮑姆，霍佩醫生打算搬回來的消息，但他並沒有提到細節，連醫生回來的日期也無法告訴她。

村子裡的人都很納悶，維克多．霍佩離開這裡都快二十年了，現在為什麼要回來呢？最後一次有人聽到他的消息，是他在波昂行醫的時候，但這已經是幾年前的事了。於是，對他要回來這件事，大夥便開始有各種不同猜測。有人說他是因為失業，另外還有人說他身負大筆的債務。住在阿爾伯特街的弗洛朗．科寧猜他回來是為了把房子修好，然後賣掉，愛爾瑪則認為霍佩醫生可能現在有了自己的家庭，想要逃離城市裡的喧囂。結果是愛爾瑪猜的最接近真相，但她跟大夥兒一樣，發現霍佩醫生是出生僅數週，面貌畸型的三胞胎的父親之後，驚愕不已。

這個令大夥兒心慌意亂的事實，是那天下午瘦皮猴米克斯先發現的。就在司機離開車子去幫霍佩醫生打開生鏽的院子大門的時候，那持續不停的尖叫聲讓瘦皮猴米克斯禁不住躡手躡腳地跑過來，從側窗往車裡偷看。車子後座那恐怖的景象讓這高瘦的小夥子立刻暈厥，成了霍佩醫生的第一位病人。醫生往他臉上打了幾個巴掌，讓他恢復了知覺，米克斯張開眼睛，眨了幾下，看了看醫生又向車子瞥了一眼，就趕緊爬起來，頭也不回地往他那群朋友飛奔過去。雙腳還有點站不穩的他，將一隻手臂掛在他中四班同學羅伯．西瓦勒那結實的肩膀上，另一隻則搭在小他三歲，也小兩個頭的朱利葉斯．羅森博姆的左肩上。

「你看到了什麼，瘦皮猴？」塞琵問，腋下夾著皮製足球的他，站在這群朋友的對面，他將臉轉向失聰的古德，好讓他也可以知道自己在說什麼。

「他們……」米克斯本來要開始說，但臉色又變得蒼白，沒有繼續說下去。

「喂，別那麼膽小好不好！」羅伯用肩膀頂了一下米克斯，「還有，你說的他們是什麼意思？難道那裡面不止一個？」

「三個，那裡面有三個。」米克斯一邊說一邊伸出三隻又細又長的手指頭。

「桑個妮身？」古德咧開嘴問。

「這我看不出來，」米克斯說，「不過，我看到的是……」他蹲了下來，向正在打開院子大門的霍佩醫生和計程車司機那裡瞥了一眼，然後示意他的四個夥伴靠近一點。

「他們的頭，」他緩慢地說，「他們的頭是裂開來的。」他伸出右手，順著自己的額頭、鼻子再到下巴底下，很快地做出一個切開的手勢，「哇靠！」他說。

古德和塞琵嚇得往後退了一步，羅伯和朱利葉斯則直盯著米克斯那與身體不搭的小頭，彷彿他的頭也隨時會迸裂。

「我發誓，你可以整個看穿，一直到他們的喉嚨，還不只這樣，我對天發誓——你甚至可以看到他們的腦袋。」

「他們的啥？」古德追問。

「腦——袋！」米克斯又說了一遍，用食指敲了敲那耳聾男孩的額頭。

「真噁心！」古德驚叫。

「它們看起來是什麼樣子？」羅伯問。

「像個核桃，只不過大一點，比較黏滑。」

「天哪！」朱利葉斯顫慄地喊著。

「那時候，要是車窗打開的話，」米克斯吹噓說，「我就可以像這樣，一下子把他們搶走。」

男孩們都張大了嘴巴，眼珠子盯著他揮舞那彎曲得像鷹爪的手。突然間，他的手又指向前方，男孩們的目光便隨著他手指的方向，落到離他們三十公尺左右的計程車上。維克多．霍佩打開了後車門，身子鑽進去，隨後提出一個很大的深藍色嬰兒睡籃，籃裡傳出嬰兒嚎啕大哭的聲音。他提著睡籃兩邊的把手，沿著院子裡的小徑進了屋子。計程車司機提著兩個大箱子，緊緊地跟在他的身後。這時，村子的廣場上有許多人在議論紛紛。過了兩、三分鐘以後，計程車司機從屋子裡走出來，將前門關上，趕緊跑回他的車子裡，然後像是大大鬆了口氣似地開車離去。

那天下午在特米努斯酒吧裡，賈克．米克斯話匣大開，詳盡地描述他兒子當天看到的景象，必要的時候還會加油添醋。村子裡的老人們特別聚精會神地聽他的講述，還向其他的客人描述維克多．霍佩也是一生下來臉上就有缺陷。

「他有兔唇。」奧圖．勒略說。

「跟他父親一樣，」恩斯特．李卜克內西說，「他們倆簡直是一個模子裡印出來的。」

「生了赤鏽的模子，」威爾弗雷德．努斯鮑姆笑著說，「你們有沒有看到他的頭髮？還有他那把鬍鬚？像那個……那個什麼一樣紅？」

「像魔鬼的頭髮！」獨眼約瑟．秦摩曼突然大喝，酒吧裡頓時鴉雀無聲。所有的眼光都聚集在這個微醉的老人身上，他用食指指著空中告誡說，「他還帶著他的那些復仇天使！你們的眼睛最好放亮一點，他們只要一逮到機會就會出手！」

他的話像是打開了洪流的閘門，突然間每個人都憶起一些霍佩醫生的悲慘往事。大夥都知道一點有關他或是他父母的故事，天色越晚，大夥兒也講得越起勁，這其中大多只是傳說，但似乎沒有人在意到底是真是假。

「他在療養院裡長大。」

「那是他母親的遺傳，她就是精神失常死的。」

「是凱薩格魯伯神父幫他受的洗，那孩子的哭聲可真是淒厲。」

「聽說他的父親……你知道……在他家旁的樹上。」

「他兒子連葬禮都沒去！」

「那之後，就再也沒有人看過他了。」

「那房子只租出去過一次，但房客住進去三個星期就跑了。」

「他們說屋子裡鬧鬼，一直有敲擊的聲音。」

接下來幾個星期，霍佩醫生像時鐘一般規律地進出村子。每個星期一、三和五的早上十點半，他會準時循著相同的路徑，從高米街的銀行到阿赫納街的郵局，然後到村子廣場對面瑪莎．布倫開的雜貨店。他低著頭，快步地從一處趕往另一處，像是知道有人在看他，而希望盡快回家。但是他的匆促卻引來更多好奇的目光，村子裡的人通常都會過馬路，然後從對街的人行道上看著他，一直到不見他身影才罷休。

銀行的出納員路易斯．丹尼斯和郵局局長亞瑟．布蘭潔與瑪莎．布倫說的都一樣，霍佩醫生是一個不苟言笑的人。他似乎有點靦腆，但還是會以自己的方式表示友善。他總是會向他們說「早安」、「謝謝」和「再見」——這些客套話也總是顯露出他說話的毛病。

「他常常把一些聲音給吞嚥下去。」路易斯說。

「他的鼻音好重，」瑪莎說，「總是發出低沉單調的聲音，而且講話的時候從來都不看我。」

常常有人問她，醫生都買些什麼東西，她的回答一概都是：「喔，普通的東西。尿布、嬰兒奶粉、牛奶、麥片、洗衣粉、牙膏——盡是這類東西。」

但說完這話之後，她就會趕緊將上身傾過櫃台，用手背擋著嘴，低聲說：「他每次進來都會買兩盒拍立得底片，為什麼有人會想要幫長得那樣的孩子們照那麼多照片？」

她的客人通常都會顯得驚訝，這激得瑪莎用手勢使喚他們將身子靠得更近一點。每次講到最後，她都會用一種暗示著某種違法行為的口吻加上一句：「……而且他每次都是用千元大鈔來付錢！」

路易斯倒是可以解釋這些紙鈔的來處，照他所說，醫生有時會到銀行將德幣換成比利時的法郎。但醫生還沒在銀行開戶，所以他一定是將所有現金都放在家裡某個地方。

村裡有一些人看到霍佩醫生沒有任何看病的意圖，也沒在院子大門上掛出任何標示看診時間的牌子，就覺得他一定是靠著過去的某種收入過活。但看起來他好像還是想在村子裡開業，過去幾個星期以來，有一部從德國運送醫療設備的貨車，至少在他家門口停留過三次。愛爾瑪每次都會在她廚房的窗簾後面記下那貨車的牌照號碼、送貨時間和送來的物品。有一些像檢診檯、體重計和點滴架子這類的東西，她馬上就可以認出來，但許多木箱裡裝的東西她看不見，於是就靠自己的想像力來想出其餘的東西——檢測儀、顯微鏡、鏡子、小瓶子、大瓶子和玻璃試管。每次貨車來送貨之後，她都會向其他婦女完整報告。愛爾瑪在一月初某一個天寒地凍的早晨看見她的鄰居穿著白袍，脖子上掛著聽診器到信箱拿信，便向全村的人宣布霍佩醫生的診所正式開業了。

幾個大膽的村民表示他們打算去找醫生看診——他們其實是想看那三個孩子一眼，由於在過去幾週裡，村裡的人一直都沒看到這三個孩子的身影，這讓他們的存在漸漸變得比天主教的三位一體還神祕。但掌管這個教區將近四十年的凱薩格魯伯神父，他在接下來的主日彌撒中所做的布道，連那些平常不太相信他的話的人也感到驚慌。

「信徒啊，你們要小心！」神父站在講壇上，食指指著空中大聲喊著，「小心那惡毒的巨龍來臨，化身成古蛇的惡魔和撒旦，會帶著世人脫離正道！我要警告你們，撒旦已經降臨在世間，並且帶著他的天使跟著他一起降到了人世！」

這位教會牧者稍停了一會兒，眼睛向他那兩百多位信徒掃了一圈，然後指著最前面一排，穿著最好的衣裳，頭髮梳得整齊服貼，並肩坐著的男孩們，用如雷的聲音警告：「你們務要謹守、警醒！因為你們的仇敵惡魔，如同吼叫的獅子，遍地逡巡，尋找可吞食的人！」

信徒們全都看到他說出最後幾個字的時候，那顫抖的手指是如何直指著瘦皮猴・米克斯。臉色慘白如紙的米克斯後來好幾天都不敢在村子的廣場上露面。

2

對於沃爾夫漢姆預測的災難並沒有應驗。霍佩醫生搬回來後的幾個月裡，村子裡的人都沒有遭受死亡、意外、街坊糾紛和竊盜等等的不幸。不僅如此，這個冬季還是多年來首次這麼溫和，春季也比往年暖和，到了四月最後的一週，瑪利亞禮拜堂旁的紫丁香都已經盛開，村裡許多人都把這看成了好兆頭。

在這段期間，霍佩醫生還是按照慣例，每週進出村子三次，他出門從來都不帶那三個嬰兒。不論是從窗戶看進屋裡或是在院子裡，從來都沒有人見過這些嬰兒的身影或聽過他們的聲音——儘管有幾位村民經常特意從山楂樹籬窺視，也是如此。於是，有些人就開始懷疑這會不會全是瘦皮猴米克斯瞎編的故事。接著，越來越多村民仔細斟酌以後，都覺得他們或許應該再給霍佩醫生一次機會。但是，還是沒有人敢跨出第一步。一直到醫生回來七個月以後，在一九八五年五月的一個星期日，才有第一個村民跑去找他幫忙，但他那時是別無選擇。

這個星期日，大約中午，住在高米街十六號，患有氣喘的幼兒喬治．拜耳從口袋裡拿出一顆帶著橘紅火焰紋路的彈珠，這是幾天前他在公園撿到的。這小傢伙先是舔著彈珠，然後，就在坐在沙發上的爸爸翻開一頁週日報紙，在廚房的媽媽要開始煮馬鈴薯的當下，他把彈珠放入了嘴裡，當成硬糖球，讓它在舌尖上滾動，從左滾到右，從前滾……滾進了喉嚨，卡在氣管裡，不論小喬治咳得多厲害都咳不出來。他爸爸也努力想把彈珠取出來——他先是拍了好幾次孩子的背，然後把兩根手指頭伸進孩子的喉嚨裡，試著把彈珠掏出來——但是都沒有用。他突然想到應該去找霍佩醫生，即使這表示他得出賣自己的靈魂。

不到兩分鐘，沃納和蘿賽塔・拜耳的車子就在醫生家門前嘎地煞車。沃納從妻子的懷中一把抓起兒子便連忙衝到醫生家的院子大門外，放開了嗓門高喊：「醫生啊！救命呀！醫生，求求你救命喲！」

四周的鄰居急忙拉開窗簾，一些鄰人也趕緊跑出來，只有霍佩醫生的屋裡依然毫無動靜，沃納便喊得更大聲了，並且將他兒子鬆軟的身體高舉在半空中，像是要將他獻祭似的。霍佩醫生這時終於站在前門口，他立即發現事態嚴重，便趕緊跑到院子大門，手裡拿著一大串鑰匙。

「他喉嚨裡卡著一個東西，」沃納說，「他吞了一個東西。」

四、五個圍觀的人看著霍佩醫生從沃納的手臂裡接過了小喬治。這些鄰居好奇的眼神大多盯在低下去看著孩子的那顆紅髮頭顱，而不是孩子那一張開始發青的臉。醫生一言不發，雙臂從那毫無意識的孩子身後抱著他，兩手緊握，然後在瘦小的胸廓下猛力一擠，孩子喉裡的異物就被擠了出來。那彈珠跳到人行道上，滾到趕來湊熱鬧的瘦皮猴米克斯腳前。

接著，霍佩醫生讓孩子仰躺在地上，他則跪在孩子身旁，然後將自己的口對準孩子的口，圍觀的人都大聲地倒抽了一、兩口氣。喬治的媽媽嚎哭著，愛爾瑪・努斯鮑姆在胸前畫了十字後便開始大聲祈禱。有幾個旁觀者不忍看下去，只聽到醫生一次又一次地吸足了滿口的氣，然後吹進孩子的肺裡。愛爾瑪剛呼喚到聖婦麗達，喬治的身體突然一陣顫抖，便開始急速地大口吸氣。

在場的人都鬆了一口氣，蘿賽塔・拜耳急忙跑到兒子身邊，將他抱在懷裡。「我的兒子，喔，我的小寶貝。」她一邊哭一邊擦著滴到他下巴的口水，然後抱著他站起來，將他的頭靠在自己的肩上，她淚水盈眶地看著霍佩醫生，他這時已經往後退了幾步，一副想要盡快回到屋裡的樣子。

「謝謝你，醫生，你救了他一命。」

「不用謝。」醫生說。但即使他只開口說了這三個字，他的聲音卻像是一把利刃，將觀看的人都捅了一下似的，沒有人知道應該把眼神放在哪裡，或是如何反應。

「醫生，請告訴我應該如何報答你。」喬治的爸爸打破了大夥窘迫的沉默。

「不用了，嗯……」

「拜耳，沃納．拜耳。」他先將手伸出來，然後又讓它垂下去，但他太太暗暗地戳了一下他的背，他又趕緊將手伸直。

「不用了，拜耳先生，你不欠我什麼，」霍佩醫生說。他很快地握了一下那伸出來的手，眼睛往另一個方向望去，十分尷尬。

「但不論如何，我還是要答謝你呀！至少讓我請你到特米努斯喝一杯吧！」

沃納轉過頭往教堂對面的酒吧看了一眼，霍佩醫生搖搖頭，緊張地摸著自己那亂如細繩糾結的紅鬍鬚。

「哦！來吧，醫生，就一小杯，」沃納執意說著，「我請客，我請每個人都喝一杯，走！我請大家喝酒去！」

讚許的聲音四起，其他村民現在也開始努力說服醫生。瘦皮猴米克斯趁大家在這一陣喧鬧中沒注意，彎身撿起了那顆彈珠，偷偷放進自己的夾克口袋裡。

「好啦，醫生，我們去喝一杯慶祝一下吧！」他高喊，「慶祝奇蹟！霍佩醫生萬歲！」

其他人原本有些猶豫，但小喬治這時將靠在媽媽肩上的頭抬起來，淚眼汪汪地望著大夥兒，愛爾瑪欣喜若狂地說：「真的，太棒了！這真是一個奇蹟！霍佩醫生萬歲！」她的歡喜將最後的那一點緊張氣氛一掃而空，人群裡突然掀起了一陣喧鬧和笑聲。

「我恐怕沒辦法，」醫生搖著頭說，他的聲音清楚地穿透了喧鬧聲，「我的孩子，他們……」

「那就把你的孩子們一起帶來啊！」沃納大聲說，「喝一點杜松子酒會讓他們長得又高又壯！而且，我們也很高興終於可以見見他們。」

有一些圍觀的群眾點頭表示贊同，其他人則屏住了氣，等待醫生的反應。

「我……給我五分鐘，拜耳先生。我得先處理一些事情，你先去，我馬上就來。」

醫生轉身沿著院子的小徑大步走回屋裡。有一些村民也回家了，但大部分的人都朝特米努斯走去，小酒吧沒一會兒就擠滿了人，酒吧老闆勒內．莫理斯尼特的女兒瑪麗亞還必須跑來幫忙。

約瑟．秦摩曼坐在酒吧裡靠窗戶的老位子上，看到了整個事情經過。沃納．拜耳進了酒吧開始讚嘆醫生的時候，這老頭搖了搖頭，一口飲盡他的那杯杜松子酒，然後嚷道：「只有上帝才能顯示奇蹟！」

沃納聽到他的話，有點不耐煩地揮揮手。老秦摩曼喝下沃納請的杜松子酒以後，也緩和了不少，所以他喃喃自語了一會兒以後，就不吭聲了。每次酒吧的門一打開，大夥兒就停止講話，抬起頭看。但每次進來的，都是一個剛聽到消息的村民。

「勒內，給他倒一杯，」坐在吧台凳上的沃納每次都會這麼喊。

酒吧裡的氣氛越來越緊張，這時教堂的司事賈克伯．韋恩斯坦進來，嚷著說他看到醫生提著嬰兒籃出門。大夥兒一聽就慌亂地下賭注，有的賭孩子們是男是女，有的賭頭髮的顏色，但大夥兒特別愛賭的還是他們臉上的裂縫有多大。

「在這裡寫下來，寫十八公分。」瘦皮猴米克斯對他爸爸說，他爸爸手裡握著筆，正要在啤酒杯墊寫下賭注。「老爸！我要是你，就至少會賭二十法郎！」

「我要是輸了，就扣你的零用錢。」他爸爸說了這話之後，潦草地寫了幾個字，就把杯墊和二十塊法郎的硬幣遞給酒保。

霍佩醫生將平日穿的白袍換成了灰色的長大衣，他以倒退的方式走進特米努斯酒吧，所以大夥兒首先看到的是他那彎駝的背，只有在他整個人進來之後，他們才看見他手中提的藍色嬰兒籃。雖然每個人都看見他很艱難地把嬰兒籃提進門，卻沒有人跑過去幫他一把。直到他終於整個人進了酒吧裡面，不自在地四處張望，想要找一個地方放下手中沉重的嬰兒籃，沃納．拜耳這才一個箭步上前，趕緊清理一張桌上的一些玻璃杯，然後向醫生大方地指著清空的桌面。原本坐在那桌的弗洛朗．科寧連忙移到另一張桌子。

「這裡，把它放在這裡。」沃納說。

「謝謝你。」醫生說。

他的聲音又讓在場的人大吃一驚。瘦皮猴米克斯的爸爸將嘴湊近賈克伯．韋恩斯坦的耳邊低聲說：「都是兔唇的關係，讓他吸太多的氣。」

教會司事點點頭。其實他重聽，幾乎一個字也沒聽懂。他張著口，眼睛盯著醫生的一舉一動，醫生這時正俯身靠近嬰兒籃，準備將塑膠擋雨罩拿掉。

「你想喝點什麼，醫生先生？」沃納問。

「水。」

「真的？水？」

醫生點點頭。

「勒內，給醫生一杯水。喔，還有給，嗯……」他朝著嬰兒籃揮著手，不知如何是好。

「他們不需要什麼，」他覺得好像有必要為自己辯護一下，便接著說，「我把他們照顧得很好。」

「喔，我倒不擔心這個，」沃納說，大夥兒都聽得出來他的回答有多勉強，但除了醫生以外，因為他沒有什麼特別的反應。霍佩醫生俯身靠近嬰兒籃，推開了籃子的罩子，解開遮蓋的釦子後將它取下。離嬰兒籃最近的幾個人往後退了幾步，只有站在比較後面的人敢直盯著嬰兒籃看，有的人甚至踮著腳伸長了脖子，但還是沒有人看到睡籃裡有什麼名堂。

霍佩醫生像是沒站穩似地晃了一下，一聲不吭地站在嬰兒籃旁。頓時，除了老吊扇發出嗡嗡的聲音之外，酒吧裡出現了一陣令人尷尬的沉默，沃納感到所有的目光都集中在他的身上。

「喂，沃納，來幫醫生拿飲料。」勒內．莫理斯尼特喊著，手裡拿著一杯水。每個人都盯著沃納將那杯水遞給醫生。霍佩醫生禮貌地點點頭，接過了水。

「謝謝你了，」他說，然後往嬰兒籃旁邊一挪，騰出了一點空隙，「請吧，別客氣，拜耳先生。」沃納謹慎地向前走一步。「他們好安靜喲！」他說，「是在睡覺嗎？」

「喔，沒有，他們還醒著。」醫生往嬰兒籃匆匆一瞥並回答。

「哦……」沃納小心翼翼地將身子傾向前，以為自己可以看到嬰兒的頭，「女孩子？」他問。

「不，不是，是三個男孩。」

「三個男孩，」沃納重複他的話，猛吞口水。他緩緩地經過霍佩醫生的身旁到嬰兒籃前，「他們叫什麼名字？」

「麥可、加百列和拉斐爾。」

酒吧裡一片低沉的竊竊私語聲，弗萊迪．馬崇驚呼一聲：「復仇天使！」音量大得連他自己也嚇一跳。

霍佩醫生實在不知道應該看向哪裡，便啜了一口水來掩飾自己的困窘。

沒有聽到馬崇驚呼聲的賈克伯．韋恩斯坦接著說：「就像那些大天使一樣，對吧，醫生？上帝的使者。」教會司事刻意強調，好像在炫耀他對聖經的知識。

醫生點點頭，不發一語。

站在嬰兒籃旁的沃納依然有些遲疑：「他們現在多大了，醫生？」

「快九個月。」

沃納努力地回想自己的兒子在這個年齡是什麼樣子——看起來有多大？嘴裡有沒有長牙？

沃納將手放在背後，緊閉了雙眼，慢慢地湊近身子，整張臉像是咬到一口酸梅似的糾成一團。站在吧台後面的勒內．莫理斯尼特看到沃納先睜開一隻眼，再睜另一隻眼，然後盯著嬰兒籃中，從左到右來來回回掃視了兩遍。

他頓時眉開眼笑，「這真不可思議！他們三個看起來簡直一模一樣！」他鬆了一口氣似地驚嘆。

霍佩醫生點了點頭說：「沒錯，而且沒有人相信我會做到。」

幾位客人不禁笑了出來，但醫生還是一本正經，有幾個人開始覺得霍佩醫生可能不是在開玩笑。

沃納並沒注意到這一點，他那時正在向旁邊的人招手說：「來，你們快來看看！」

勒內．莫理斯尼特從吧台後面走出來，推開站在他前面的威爾弗雷德．努斯鮑姆。其他人一直等到他們兩個人端詳嬰兒，露出和沃納一樣的表情之後，才敢靠近。大家一陣推擠，連連發出哎唷！哎唷！的聲音。每個人都想瞧一眼，看看這三個嬰兒到底長什麼模樣。

大夥兒最先注意到的就是醫生安放這些嬰兒的方式，因為籃子裡已經快擠不下他們三個了。其中兩個躺在同一頭：一個嬰兒的左耳緊貼著睡籃的一邊，另一個嬰兒的右耳緊貼著睡籃的另一邊。第三個嬰兒則躺在睡籃的另一頭，雙腳夾在另外兩個嬰兒的頭之間。

「像是罐頭裡的沙丁魚一樣。」弗萊迪．馬崇低聲說。

他們身上沒有蓋毯子，但為了禦寒，醫生為他們穿上了鼠灰色的羊毛連身衣，將他們從脖子到腳趾頭包得密不透風。三件連身衣左胸前的口袋上都繡著一艘小帆船的花樣，但大部分的村民都是在仔細檢視三張小臉時才發現。他們的臉上沒有瘦皮猴米克斯講的大裂縫。原來，這三個孩子的上唇都縫過針，並且和醫生一樣留下了一道斜斜的疤痕，那道疤痕一直延伸到那寬扁的鼻子旁。他們圓鼓鼓的頭——「乍看之下，我還以為他們戴著頭盔。」勒內．莫理斯尼特後來回憶說——頂上冒出了細細的紅髮，稀疏得無法遮住整個頭顱。三個都遺傳了父親的灰藍色眼睛和蒼白膚色，他們的高額頭、臉頰和手背上的皮膚都很乾燥，好像隨時會有皮屑剝落。

「他們的皮膚實在太乾燥了，他應該給他們用瑞莎香皂才是。」瑪麗亞．莫理斯尼特低聲說，她自己有一對十八個月大的私生雙胞胎。

無論如何，大家都覺得這三兄弟長得實在很像，卻像得有些詭異，但他們並不像大多數村民想像中的怪物。他們當然不是很可愛，甚至用醜陋來形容也不為過，但大多數的人並沒有因為他們的長相而感到厭惡，反而只有憐憫，年輕的母親們更是如此——儘管如此，還是沒有人想去撫摸他們、觸碰他們的紅髮或是大聲說出他們的名字，好像大家都怕這麼做會召喚那些與孩子們同名的復仇天使似的。圍在睡籃四周的村民們慢慢地挪著腳步，他們的頭彷彿許多顆氣球，在三個男孩的上方起起伏伏地擺動著。要是有人以為這三個與外界隔離那麼多個月的嬰兒會因為突然成為大家注意的焦點而恐慌，那就錯了——他們一點反應都沒有。大家都認為這些孩子一定是一下子接觸太多新事物而怔住了，因為就連有人對他們做鬼臉或是用**嘎–嘎–嘎**或**唄哩–唄哩–唄哩**的聲音來逗他們，都沒讓他們眨一下眼。

「他們好像是吃了什麼藥似的。」勒內．莫理斯尼特低聲說。

就在大夥兒幾乎都看過籃子裡的嬰兒之後，瘦皮猴米克斯也和他爸爸走到了嬰兒籃旁，往籃子裡瞧一眼。

賈克．米克斯馬上戳了戳瘦皮猴的胸膛。「十八公分嗎？白痴！」賈克低聲喝斥兒子瘦皮猴米克斯，立刻引起一陣哄堂大笑。賈克為了趕快改變話題，便轉向醫生問：「他們會講話了嗎？」

站在吧台後面的瑪麗亞．莫理斯尼特嗤笑：「九個月大？當然不可能！」

但霍佩醫生點點頭，冷淡地說：「其實，他們會講話了，六個月大的時候就會了。」

賈克仰著頭，一副得意洋洋地說：「聽到了沒？我說得沒錯吧！」

「真的嗎？那麼快呀？醫生。」瑪麗亞難以置信地問。

醫生又點了點頭。「嗯，法語和德語。」他接著說。

瑪麗亞開始大笑，說：「噢，你在開玩笑！」

但霍佩醫生不但沒有在開玩笑，甚至看起來有一點不高興。「我要走了。」他突然說，走到嬰兒籃旁，使勁拉起籃子的罩子。

「你不想再喝一杯嗎？醫生。」勒內．莫理斯尼特問。霍佩醫生搖了搖頭，將遮蓋拉開，蓋住嬰兒籃。

「醫生！」這聲音從吧台前的某處傳來——一個大夥兒現在才聽到的聲音。這聲音的主人清了清喉嚨又喊了一次，但這次比較大聲：「醫生，我是不是也可以看一下你的兒子呢？」

霍佩醫生吃了一驚，轉頭探尋那聲音的來處。一個臉上滿布皺紋的老人坐在窗邊的桌子前，瞇著一隻眼睛，舉起他那粗糙的手。

「我叫約瑟．秦摩曼，醫生。」

四周傳出一陣竊笑聲。秦摩曼用他那隻正常的眼睛瞪了酒吧裡的人們一眼。「你可以把他們帶來這裡一下嗎？」他轉向醫生說，「我的腳站不太穩，你看。」他朝那把掛在他椅子扶手上的拐杖點了點頭。

「如果你希望的話，當然可以，秦摩曼先生。」醫生說。

小酒吧裡又安靜下來，大夥都屏住氣，看著霍佩醫生提起嬰兒籃，然後將它搖下桌子。他走到秦摩曼座位前面，蹲下身，然後將嬰兒籃放在這老傢伙那雙細瘦如柴的腿旁。

「謝謝你。」秦摩曼說，盯著眼前這弓起來的背脊。

醫生將嬰兒籃的罩子再次拉下來，然後站起來。老人用他的獨眼仔細地審視著醫生，那漆黑的瞳孔幾乎填滿了整個角膜。另一隻眼僅見一層黃色結痂形成的橫向裂縫。

「我認識你的父母。」秦摩曼說。

醫生彷彿被螫到似地縮了一下，但立刻站直了身子，努力做出不為所動的樣子。

「你的父親，才**真是**一位好醫生。」老人繼續說。「現在已經沒有這麼好的醫生了。」

這話說得有些刻薄，但霍佩醫生沒有任何反應。他只是盯著嬰兒籃，不發一語。約瑟·秦摩曼嘆了一聲，然後慢慢地在嬰兒籃的前端彎下身來。

「好，來！讓我看看。他們長得簡直和你一模一樣。」他停頓了一下，又說，「他們的母親呢？你不介意我問問吧？」

有一些村民在他身後驚訝地看著彼此。其實大夥兒已經對這事想了好幾個月了，但就是沒有人敢直截了當地問醫生。

霍佩醫生看起來一點也不驚慌，好像他早就預料到有一天有人會問這個問題。他深吸了一口氣，然後說：「他們沒有母親，從來都沒有過。」

約瑟·秦摩曼看起來有些困惑，但接著顫抖了一下，說：「對不起，醫生，我不曉得……」

那三個嬰兒突然同時張口大哭，他們的聲音是那麼相似，聽起來好像發自於同一個喉嚨。那尖銳的哭喊聲讓圍觀的人耳裡嗡嗡作響，連有些耳聾的賈克伯·韋恩斯坦都捂著耳朵。霍佩醫生被這尖喊聲搞得十分緊張，但他沒有設法讓這些孩子安靜下來。他將嬰兒籃的罩子拉起來，把塑膠雨罩蓋好，然後提起嬰兒籃經過了桌、椅，走向酒吧門口，使盡辦法也開不了門。沃納·拜耳趕緊走上前，猛力將門大大敞開，惴惴不安地向他點了點頭。他望著醫生過了街，然後關上門，轉過身怒視著約瑟·秦摩曼。

「你有必要這麼做嗎？」他大聲說，「真的有必要嗎？他救了我兒子的命呀，老天爺！」

3

自從發生了喬治・拜耳這事以後，村子裡許多人都開始去霍佩醫師的診所。一些還猶豫不決的村民，也在凱薩格魯伯神父去他那兒看過胃炎之後，改變了主意。但神父上門拜訪的真正原因並不在於他的慢性病，而是出於好奇心。當然，他也受到了良心的驅使。過去發生了一些事情，他想知道霍佩醫生到底還記得多少。

「你長得真像你父親。」

神父是這樣打開話匣的。霍佩醫生這時在以前留下來的問診室裡，用一種極為冷靜且有條不紊的態度為他看診。問診室裡除了仍舊堆放著許多箱子以外，還放了一張舊桌子和兩張椅子。

霍佩先生聽了以後，稍微點了點頭，便讓神父仔細描述他的症狀。神父過了一會兒又試了試：「你的母親曾經是一位既優秀又虔誠的教徒。」其實神父心裡暗想：「至少她是如此。」

霍佩醫生又只是點了一下頭，但神父發現他這次有一點遲疑，心想這多少表示他還有一點記憶。

醫生請神父脫去長袍，神父照著他的話做，但心裡覺得好像脫掉了一件保護他不被邪靈侵犯的盔甲。於是，他在接受醫生診察的時候，不斷地特意撫弄掛在他脖子上的銀製十字架，心想如此大概可以讓醫生不敢對他使壞。

接著，神父輕描淡寫地說：「下個星期是聖婦麗達節，村裡的人全都會和往常一樣到拉沙佩勒各各他山上的克萊爾修女院去朝拜。」

霍佩醫生觸診著他的胃部，用力戳到了他最痛的地方。神父痛得大喊，差一點就說出了粗話。

「就是這裡，」霍佩醫生點著頭說，「就在食道連接胃的地方。」醫生避開了話題，但凱薩格魯伯神父知道他的話觸到醫生內心的一個痛處，就和醫生的拇指這時在神父身上探測到的地方一樣。

醫生給了神父一瓶自製的藥水，神父問他要多少錢的時候，維克多．霍佩只是搖搖頭說：「做好事是我應盡的本分，拿錢就不對了。」

神父感到十分詫異，不知道醫生是不是故意嘲諷他。他敷衍地告訴他這是很崇高的做法，胃裡承受著酸液的灼燒，心中帶著些許困惑離去。

神父回到家以後，喝了一匙藥水，但比醫生囑咐的藥量少了一點——他擔心這要是毒藥，那可怎麼辦？——沒多久，他胃裡灼熱的感覺就減輕了不少。兩天後，疼痛幾乎全沒了，再過了兩天，他感覺好多了，彷彿自己從來沒有胃痛過。胃痛的消散讓神父舒服多了，於是他在這之後的一場彌撒中朗讀了路加福音第六章——雖然按禮儀年曆的指定，他應該念另一段經文——「你們不要論斷人，」他在那個星期日講道，「就不被論斷；你們不要定人的罪，就不被定罪；你們要饒恕人，就必蒙饒恕。」所有的教徒都看到了，當神父吞下那便宜的聖酒時，數週以來，第一次沒有露出痛苦的表情。

自從凱薩格魯伯神父康復後，沃爾夫漢姆的村民甚至連最微不足道的病痛，都會跑去按醫生診所的門鈴，不論是拇囊腫脹、乾咳、凍瘡、癬或是膝蓋擦傷，都會去找他。然而，那些患有無法醫治的疾病的村民也會跑去看霍佩醫生，比方說慢性疝氣或是像古德．韋伯一樣的天生性耳聾，他們當然是希望霍佩醫生能夠再展現一次奇蹟。

雖然愛爾瑪．努斯鮑姆跟大夥兒宣布霍佩醫生的診所正式開業，但其實，霍佩醫生根本沒有準備好來應付那麼多上門看病的人。就像神父發現到的，醫生連間正式的診察室都沒有，以前留下來的候診室也還沒整修好，所以看病的人們有時就不得不到小走廊上等候，忍受前門縫隙灌進來的風。

霍佩醫生總是請求他的病人原諒這一切不便，並且告訴他們他還沒時間打開所有的行李，所以他常常在看診的時候必須離開問診室去取一些他需要的東西，像是血壓計或是消毒劑。霍佩醫生總是非常細心和友善，而且從來不收病人的錢，這無疑——可能也是出於無心的——讓村子裡的人更喜愛他。他們從早上六點半就魚貫地來到診所，一直到天色轉暗為止。但他們有時甚至會在半夜敲門，就像住在拿破崙街二十號的愛德華・曼特爾有一天晚上無法入睡，即使喝了兩杯加了蘭姆酒的椴花茶也睡不著，於是就把霍佩醫生從床上挖起來，要了一顆安眠藥。

4

七月裡一個晴朗的星期六，也就是喬治．拜耳獲救的幾週以後，醫生的大門上掛出了寫著看診時間的牌子：早上九點到十點，和晚間六點半到八點看診，週末休診。其他時間必須先打電話預約。這讓村子裡的一些人感到憤慨，他們認為醫生應該隨時為病人效勞，但大體上來說，大多數的人還是可以容忍他的決定，尤其是他請了人整修候診室和問診室。霍佩醫生請經常做雜工的弗洛朗．科寧來整修，弗洛朗先粉刷了牆壁，又將門、窗刷上了新漆，然後打磨地板並上了光。但屋子裡其他許多地方也需要修護，門窗的鉸鍊和門閂都得上油，翹起來的門窗也都得調正，牆上有一些地方受潮，天花板也需修補，水管漏水的地方也得焊接起來。通通加起來，弗洛朗至少還得花上四個星期才能做完。

弗洛朗整修醫生房子的那個月裡，有時候會瞥見三胞胎。自從上次醫生把他們帶到特米努斯酒吧以後，就沒有人再看過他們，也沒有再聽過他們的哭聲，即使到診所的村民都特別把耳朵豎起來，也沒聽到他們的聲音。

「這些孩子總是這麼安靜嗎？」他們問了醫生好幾次。

「他們都很安靜，」他總是這麼回答，「很少讓人費心。」

弗洛朗在特米努斯酒吧跟其他的客人說自己看到了這三個小男孩之後，大家也問了他同樣的問題。

「沒錯，他們真的很安靜，」他證實了醫生的話，「他們都坐在小搖椅裡面——你知道我講的那種——望著前方發愣，好像在專心思索複雜的問題，就連我在他們身邊朝牆上釘釘子，他們也不會抬頭看一眼，彷彿根本沒有注意到我。」

「我猜呀，是煩寧這種鎮靜劑。」勒內・莫理斯尼特說。

「哦，別胡扯了，」他的女兒打斷了他的話，「他們可能只是有點不舒服，或者太累或是某種原因，你總是往最糟的地方想。」

瑪麗亞想知道這三個男孩是否看起來還是那麼奇怪，其實她心裡想的是醜陋這兩個字，但她沒有說出口。

「他們的頭髮比我們上次看到他們的時候變得更接近銅色。」雜工回答，「不像醫生那種鮮豔的紅色，而是那種類似生了鏽的紅色，像是他們把頭放進了一罐紅鉛裡似的。」

「那他們的那個……呃？」賈克・米克斯說，指著他的上唇。

「像是笨拙的細木工做的活兒，你知道，用補土和鋸木屑來填補木材裂縫的那種工匠做的。依我看，做得實在差勁得很。」

「那他們真的會說話嗎？」瑪麗亞想知道。

弗洛朗聳聳肩：「反正我沒聽到。」

「就跟我猜想的一樣。」瑪麗亞說。

接下來的好幾天，弗洛朗・科寧常在路上被人攔下來問東問西的。有一些婦女很好奇醫生是否會自己料理家務。

「大概會吧。他屋子裡向來都是整整齊齊的，而且老是叫我不要把灰塵搞得到處都是。」

「但他幫孩子們換尿布夠不夠勤快呀？」兩個兒子都已成年的愛爾瑪・努斯鮑姆問他。

「那麼，孩子們穿的衣服乾淨嗎？」養大了三個女兒的海爾格・巴納德問。

「他會先試試看牛奶會不會太燙嗎？」有六個孫兒的奧黛特・蘇爾蒙問。

「唉，我沒辦法跟你們講這些，」弗洛朗說，「這可不是男人的事，對吧？」

「你懂我們的意思了吧？他身邊沒有女人一定不容易，醫生真的需要一個人來幫他。」她們這麼下了定論。

這三個婦女一個接著一個很快就將她們的話付諸行動。她們陸陸續續假裝有偏頭痛去找醫生，然後趁機問他需不需要一位管家或是保姆之類的。他對她們的好意一一表示謝意，但還是堅持自己可以應付得了。可是，他還是會欣然接受她們給的妙方，比方說，小孩子長牙疼痛時要怎麼辦。

「讓他們啃冷凍的麵包皮，醫生。」奧黛特．蘇爾蒙告訴他，但海爾格．巴納德則發誓她的兩個女兒都是靠吃生洋蔥才不疼的。

所以幾天以後，當愛爾瑪．努斯鮑姆、海爾格．巴納德和奧黛特．蘇爾蒙三個人從弗洛朗．科寧口中得知夏洛特．孟浩特要去照顧醫生的小孩時，都顯得有些驚愕。那天下午稍晚的時候，這三個負責掃門廊的婦女聚在拿破崙街與教堂街的轉角處，她們看到下班路過的雜工弗洛朗就一擁而上。他剛結束在醫生那裡工作的最後一天，正準備到特米努斯酒吧去享受他獲得的那筆為數不少的小費。夏洛特．孟浩特要去照顧那三個嬰兒的消息讓她們手裡的掃帚停在半空中，因為她們快要氣炸了。沒錯，孟浩特女士曾經當過老師，的確有一些教育孩子的經驗——她曾經在格梅里希的小學裡教導低年級多年——但她從來沒有過自己的小孩，更別說有先生了，怎麼可能知道如何照顧這些小傢伙呢？

海爾格問雜工他是不是絕對肯定，他就跟這三個婦人描述那天早上的情景。他正在刷著一扇門的最後一層漆，從門縫中看到霍佩醫生帶著孟浩特女士踏進廚房，那三個小男孩和往常一樣，如破布娃娃一般坐在廚房的嬰兒圍欄裡。

「真的是夏洛特．孟浩特嗎？」愛爾瑪插嘴問，「住在阿赫納街的夏洛特？」

弗洛朗肯定地點點頭，說他從一公里以外都可以認出夏洛特．孟浩特。這可是沒有人會反駁，村子裡沒有其他婦女有她那種魁梧的體格。這位六十八歲的退休女教師，三年前搬來沃爾夫漢姆。她的個子很高，有一百八十四公分，經年累月弓著身教導那些幼小的學生們寫字，寬闊的背脊給弄駝了。那駝了的背讓她的頸子沉入關節粗大的肩骨裡，為了讓頸子看起來長一點，她總是會將一頭銀髮在頸背上盤成一個髻，要不就是盤繞後用木簪夾起。當然，最惹人注目的就是她豐滿的胸部，套句弗洛朗的描述，就是她那「大門前的一堆木材」。

「她說了些什麼？醫生又怎麼說呢？」海爾格很想知道。

「醫生啊，跟她介紹三個孩子，」弗洛朗捏起了鼻子，學霍佩醫生的聲音說道：「這是拉斐爾，他戴著綠色的手環。那個是加百列，有黃色的手環。另外，這個戴藍色手環的是麥可。」

弗洛朗又恢復正常的聲音說：「他們的手腕上都戴著那種塑膠手環，就跟醫院裡的初生兒一樣，妳知道吧？接著，醫生就轉身告訴他的三個男孩，以後會由孟浩特女士來照顧他們。」

這三個女人搖著頭，愛爾瑪．努斯鮑姆大聲地說出了其他兩個人心中的話：「老天爺，怎麼會是她呢？而且她又不是這裡的人。」

「等等，」弗洛朗打斷她的話，「還沒說完呢，醫生一跟孩子們講完她會來照顧他們，那三個男孩就一齊抬頭——向她眨了眨眼。」

她們三個人都目瞪口呆地看著他。

「反正我看起來有點像就是了。」他有點想淡化一下自己的說法。

「然後呢？孟浩特女士怎麼反應？」奧黛特問。

「沒啥反應。她問醫生希望她幾點鐘到，醫生說八點半，她就走了。我也得走啦，女士們。我還得趕快去好好地享受一下口袋裡滿滿的小費啦！」

他擠出這群叨叨絮絮說不停的婦人，邁步離去，但又忍不住回頭說：「醫生付的錢不少，我看孟浩特女士是不會後悔接受這個工作的。」

他說罷就轉身走向小酒吧，身後的婦人們在短暫的沉默後，又開始七嘴八舌地講個不停。

第二天早上八點半，夏洛特．孟浩特就踏著穩健的步伐，沿著拿破崙街走，經過教堂的院落，向在院子小徑旁除草的賈克伯．韋恩斯坦點頭打了個招呼，賈克伯也向她揚了揚下巴，算是回應。住在醫生街對面的愛爾瑪．努斯鮑姆，在廚房窗簾後面已經足足站了半個小時，她看著孟浩特女士朝她這個方向走過來。這位退休的女教師在寬厚的肩膀上披著一條白色針織大披巾，角質框眼鏡裡的厚鏡片不時閃爍著朝陽的光芒，整頭銀髮用髮夾服服貼貼的夾著，左胳臂掛著一個柳編籃子，一塊紅布露在籃子的外頭，愛爾瑪猜那一定是條圍裙。孟浩特女士在醫生家院子大門口按門鈴的時候，向身後瞥了一眼，讓愛爾瑪看到了她的臉，那張圓潤的臉和她那稜角分明的高大體格成了鮮明的對比。她那雙炯亮眼睛裡和平常一樣透露著溫柔的心，這在以往總是讓那些第一天上學的孩子們心情放鬆不少。

孟浩特女士一聽到醫生開前門的聲音，就把頭轉了回去。愛爾瑪看到醫生站在門口，笨拙地揮著手打招呼。他已經穿上了白袍，但還沒扣上鈕釦。醫生大步走到院子大門，打開門請孟浩特女士進去之後，就將門虛掩著，好讓待會兩個鐘頭裡川流不息的病人可以進出。

孟浩特女士隨著醫生走進屋裡，腦海裡不免浮現了前一天與醫生的對話。她原本是因為血壓升高去看醫生，霍佩醫生便像對每個新來的病人一樣，為她做了徹底的身體檢查，並詢問她許多問題，好建立病歷檔案。他問她一些關於是否有過任何病痛、手術或是疾病以及家人有沒有異常疾病這類問題。

另外，他也想知道有關她的日常生活和飲食習慣，有沒有抽菸或是喝酒。她的回答讓醫生很滿意，但是她沒有讓他知道自己很愛吃甜食。醫生接著問她是否已婚，有沒有孩子——「醫生正在找太太。」他在為奧黛特・蘇爾蒙第一次看診的時候問了同樣的問題，她在那之後就和朋友們這麼說——孟浩特女士微笑地告訴醫生，四十年前她在修女院的學校當教師的時候，必須保持獨身並且住在修女院，現在她已經太老也太過明智，不想有丈夫。醫生似乎沒有聽懂她的笑話，但當時她想，至少現在他明白了，別在她身上花費心思。她一點也不喜歡他，甚至對他有些反感。她一見到他就明白瑪莎・布倫說的一點也不誇張，她說造物主在發放美貌的那天，霍佩醫生肯定是排在隊伍的最後面。他的頭髮和雙臂、手背上的汗毛顏色都和小胡蘿蔔差不多。顏色較深的鬍鬚猶如生鏽糾結的鐵絲網，長滿了整個下巴和下顎，臉頰上和嘴唇下方長著一簇一簇稀疏的毛髮。他唇裂的疤痕上沒有長毛，讓他嘴唇上方的小鬍子看起來像是被人用剃刀粗略地刮去一塊。還有就是從他鼻腔發出來的那種單調的聲音；像「t」和「l」這類通常靠舌頭碰到上顎發出聲的子音，差不多全都在他的口腔裡消失，讓人根本聽不見這些發音。他全身只剩下那一身素淨的衣服——棕色的燈心絨褲和米色襯衫——平淡無奇。

醫生在診察夏洛特的時候，一絲不苟地告訴她自己要怎麼做，並且問她一些直接的問題。結果，他最感興趣的是聽到她會說法語、德語和荷蘭語。

「荷蘭語，」他用荷蘭語說，然後問她有沒有聽過一首歌謠，歌詞裡唱著「小花朵都睡著了，芬芳的氣味讓她們累著了」。雖然他的荷蘭語夾著濃重的德國口音，她還是可以猜出來他唱的是哪一首歌。

「這首歌叫做〈睡魔〉。」

「什麼？」

「睡魔，」她又用德語再解釋一遍：「睡魔。」

她心裡祈禱著，千萬別叫我唱這首歌，幸好他沒有這樣要求。他又繼續問了一些問題，還問到她以前的工作。他聽到她的整個教學生涯幾乎都在比利時的蓋默尼希教低年級，而且主要負責教幼兒園的時候，又顯得十分有興趣。她一時還不明白他心裡在盤算什麼，所以他突然開門見山，問她願不願意在他看診時幫他照顧三個小男孩，她頓時驚訝得不知如何回答。醫生也沒等她回應就帶她去看他的小孩，他領著她走進廚房，三個孩子這時正坐在自己的搖椅上。

雖然她已經聽過了許多有關這些孩子的傳言，還是十分訝異。他們看起來像是幼兒畫的人像：比例不對。他們的頭跟身體放在一起，感覺實在太大了，眼睛對他們的頭來說也過大。這是她最先注意到的地方。

接著，醫生就向她介紹孩子們的名字，給她看每個孩子手腕上所戴的彩色小手環。沒錯，用肉眼真的很難分辨出他們三個誰是誰，但她同時也發現他們和他們的父親長得多麼相像，不論是頭髮、皮膚還是眼睛都一個樣，唉！連唇顎裂也都是一樣在右邊。

在這段很短的時間裡，她還注意到另一個現象：他們都不願意看她。這一點也和他們的父親一樣，她發現他在為她做身體檢查的時候，一直避免與她的目光有任何接觸，儘量把視線放在地上。這三個孩子則是看著自己的雙手，那雙好像在為一些隱形的物品觸診，一直動個不停的手。

「孟浩特女士明天就開始來照顧你們。」她很驚訝聽到醫生這麼說。

她本來想反對，但這三個男孩剎那間同時抬頭，用他們那雙不相稱的大眼睛看著她。這讓她立即做出了決定，「你要我明天幾點來？」她問。

「八點半。」他說。

然後她就離開了醫生的家，一直到了門外面，才想起來自己居然忘了和孩子們說再見。

「妳準備好了嗎？」醫生打開廚房門的時候問。

她無法肯定，因為她根本不知道醫生想要她做什麼，他們還沒討論過這一點。他們也沒有談到孩子們，連錢的問題也沒有提到，她很少會這麼衝動。

「我想應該是吧。」她說，但又對自己的答覆感到意外。

那三個男孩坐在自己的搖椅裡，就跟昨天一樣。他們還是專注地看著自己的雙手，但似乎無法讓它們靜止不動，他們的動作甚至有一種節奏，這讓他們看起來有一點像機器人。

孟浩特女士覺得他們可能很無聊，她注意到他們四周都沒有玩具，也沒有絨毛動物。「哈囉，孩子們。」她說。

他們沒有反應。

「他們有一點害羞。」醫生說。

她向這三個孩子走過去，仔細地審視他們。她覺得他們實在太瘦了，再加上那麼嬌嫩又幾乎透明的皮膚，讓他們顯得相當脆弱——像是玻璃做的一樣。

「妳如果想要的話，可以抱他們其中任何一個。」

她點點頭並輕輕地靠近他們身旁。她不知道要抱誰，他們三個似乎都沒有想要人抱的渴望，他們沒有把手臂舉在空中揮舞或是做出其他類似動作。她跪在中間的搖椅前面，將椅帶解開，然後屏住呼吸來克服心裡的惶恐。她十年前在教室裡也有過類似的膽怯感覺，那是她第一次將茱莉．卡本迪爾那隻燒傷的手握在自己的手裡，教她寫字。現在她與那個時候一樣，輕聲數到三，然後一下子俯身將男孩從他的椅子上抱起來。這孩子很輕，在她的懷裡幾乎沒有一點反應。

「這是拉斐爾。」醫生說，指著藍色的手環。

「拉斐爾。」她重複地說。

她覺得這是個很好聽的名字，但是和其他兩個名字組合，就成了很奇怪的選擇。孟浩特女士猜想著，是誰決定用大天使的名字為這三個孩子命名呢？是他們的父親或是母親？還是別人？

「他們真安靜，乖巧的孩子。」她說，但一說出口就警覺到這些孩子說不定有什麼問題，可能是智障或其他毛病。

「他們還得習慣妳，」霍佩醫生說，「我發現他們很難適應新的狀況。」

他的回答並沒有減輕她的憂慮。醫生彷彿看透了她的心思似地，繼續說：「但是他們會說話。有時候他們會突然說一個他們曾經聽到的詞，不是聽過我說，就是從收音機聽來的，有時候是法語，也可能是德語。他們真的非常聰明。」

「沒錯，這的確很優秀。」

她不知道自己應不應該相信他。她以前教書的時候，有時會遇到一些家長誤以為自己的孩子有某些優異的才能。她每次遇到這種情況的時候，都得提醒自己每一位女性都會覺得自己的孩子是特別的。

「我想促進他們的語言能力，」醫生接著說，「我一直在用法語和德語跟他們講話，但如果從現在起妳只跟他們講法語，我就只用德語，這樣應該可以幫助他們更快分辨出這兩種語言的不同，妳覺得如何？」

她必須同意這一點，也不覺得這個要求不尋常。在這塊三種文化和語言交接的地區，大多數的孩子都是從小就接觸了好幾國的語言。在這裡，幾乎每個人都會講德語，也大多會說一些法語或荷蘭語。有一些孩子會因為上的學校或是玩伴的關係，同時學習三種語言。

夏洛特・孟浩特就是如此。她在蓋默尼希出生，父母從小就跟她說德語，在外頭講法語，到了中學開始學荷蘭語。她頓時了悟到醫生昨天為什麼對她的語言能力那麼有興趣，尤其是他現在又提起那荷蘭語的催眠曲。

「那首花朵的歌，」他說，「妳可以偶爾唱給他們聽嗎？」

「好吧。」她說，雖然她覺得這個要求有點奇怪。

醫生看了一下手錶，說：「來，我帶妳很快地參觀一下屋子，病人快要來了。」他一轉身就在連接著走廊的房門口失去了身影，她還有些困惑地站在那裡。

她搖著頭，小心地把拉斐爾放回他的小椅子上。「我一下子就回來。」她用法語向三個男孩說，心裡想著自己到底惹了什麼樣的麻煩。

醫生在走廊上等候著，他站在診察室對面一扇房門前。「我和孩子們現在都暫時睡在這裡。」他說，並走進了房間。

她有些遲疑地站在門口。這房間簡直是一塵不染，在房間盡頭一片牆壁的中央擺著一張單人床，床罩緊繃地紮著，沒有一絲摺痕。床鋪兩邊各放了一張椅子，椅上沒有堆放任何書冊或是衣物，地上也沒有孩子們的玩具或是用品。三張帶著輪子的嬰兒小鐵床在另一面牆前面並排著。這三張床也整理得過分整齊，在潔白的床單和枕頭套上找不到一條摺痕。每張小鐵床的床尾都掛了一個寫著孩子們名字的牌子。麥可的床在最右邊，他的左邊是拉斐爾的床，再過去則是加百列的床。房裡所有的牆壁似乎都鋪了新的壁紙，但還是顯得十分空洞，平常人們會掛的照片連一張都沒有，比方說，醫生妻子的照片、他父母的結婚照，或者至少有張孩子們的照片也好，但牆上什麼都沒有。整個房間散發著毫無個性的氣息，像不屬於任何人的空間；潔白無瑕的床罩和床單更是讓這裡感覺像醫院一樣。

「浴室在樓上，」醫生說，「但因為要抱小孩上樓不容易，我就在廚房放個水盆幫他們洗澡。」
「就跟我們小時候一樣。」孟浩特女士微笑地說。
醫生一副無動於衷的樣子。她心想，他沒有一點幽默感。
「孟浩特女士……」他稍微停頓了一會兒，讓她不禁抬起頭來，「還有一件事情，他們的身體有一點問題。」他坦率地說。
雖然她一直懷疑孩子們是否不太健康，他的話還是令她大吃一驚，她不懂為什麼醫生過了那麼久才告訴她。
「並不是很嚴重的問題，」他說，「而且我正在想辦法治療，但我想應該讓妳知道。這表示他們必須暫時留在屋裡。」
「你應該早一點告訴我──」她開始說，但門鈴聲打斷了她的話。
「啊，今天第一個看病的人來了，」醫生急忙說，「我得開始工作了，妳也是。」他轉身，與她擦身而過，慌忙走出房間。他看起來幾乎像是逃脫一般，留下她疑惑不解地站在那裡。
我不要接受這個工作，她心想，我絕對不能。她心慌意亂地走出房間。「醫生，」她說，「我──」
「哈囉，孟浩特女士。」
站在走廊盡頭的愛爾瑪．努斯鮑姆正向她點著頭。夏洛特．孟浩特剛剛在進門前才看到她在對面的屋子裡向外窺看。
「這麼看來，妳真的要來照顧醫生的孩子了，孟浩特女士？」愛爾瑪問。
她稱呼孟浩特女士的時候，用的是一種帶刺的口氣。霍佩醫生停下了腳步，站在兩位女士之間，像是一場決鬥中的裁判。

「沒錯，努斯鮑姆女士，」夏洛特．孟浩特泰然自若地說，「醫生請我來，我就答應了。」說完就轉身往廚房走去。

接下來的幾個星期，這三個孩子並沒有讓夏洛特．孟浩特覺得他們特別聰明；恰好相反，他們依舊反應遲鈍，而且沒有說過一個字。她越來越確信他們三個智力都有問題，並且猜測當初醫生說他們身體有毛病的時候，就是指這個。

但慢慢地，麥可、加百列和拉斐爾開始與她親近起來，好像她真的必須贏得他們的信任似的。她除了對他們一直有愛心和耐心以外，並沒有特別做什麼事情，但這其實也是最難做到的地方。有好幾次，她真想把他們一個一個抱起來好好地搖一搖，要是能搖出一丁點情感也好。還好，她還能夠控制住自己。但有一天，情況突然有了轉變。這一天，拿破崙街和往常一樣被駛向三國交界點的汽車和公車擠得水洩不通。她把麥可抱在懷裡，好讓他看看窗外的景象。這時，他忽然大聲說：「差——啊！」才過一秒鐘，她身後的其中一個孩子又喊：「計差——啊！」後來，醫生說他的兒子大概是指「計程車」，因為他們好幾個月以前就是坐計程車從波昂回沃爾夫漢姆的。這讓夏洛特．孟浩特怔住了。

從那之後，這三個孩子的發展十分迅速。他們要不是早就有豐富的詞彙，就是吸收得極為快速，因為接下來幾天裡，他們嘴裡不斷吐出新的詞彙，不是重複其中另一個孩子說過的詞，就是自己再接上一個新的詞彙。他們有時候似乎把這當作遊戲，孟浩特女士準備水果給他們吃，他們就會一個接著一個，說出水果的名稱。這當然是用法語，因為他們已經領悟到這是她說的語言。要聽得懂這三個孩子的話，肯定不簡單，不但是因為他們還這麼小，還有就是跟他們的父親一樣，那唇顎裂讓他們很難發出某些音。但她知道他們在說什麼，這是最重要的——至少一開始是如此。

過不久後，三個孩子又向她顯示了他們的天分。她遵從了醫生的要求，每天夜裡孩子們入睡以前為他們唱〈睡魔〉這首荷蘭的催眠曲。有一天晚上，就在他們平常上床時間的前一刻鐘，加百列突然迸出一個荷蘭詞彙：「好累！」孟浩特女士一開始還沒聽懂，但拉斐爾馬上用荷蘭語附和：「睡覺！」麥可也緊跟著說：「晚安！」她才曉得這三胞胎正不約而同地說著他們從催眠曲裡面學到的荷蘭語。

幾天以後，她把這事告訴以前的同事兼好友漢娜．庫伊克。漢娜說：「這跟他們沒有母親有關係，因為這樣他們就不會受到任何母語的束縛。」

夏洛特．孟浩特覺得這個解釋過於牽強。她的好友還認為這三個孩子的大腦可能會通過一些看不見的神經網絡，連接成一個超級頭腦。孟浩特女士以前也聽過類似的說法，有的人還說那些多胞胎的兄弟姊妹有時候可以知道彼此心中在想什麼，或是感覺到對方的情緒，即使相隔千里也是如此。但她還是比較願意相信這是遺傳他們父親的智力，就跟他的被動一樣——很可惜的是，儘管這三胞胎有特異的語言天分，他們對情感的表達依然很木訥，這讓孟浩特女士感到很挫折。

孟浩特女士在照顧這些孩子的四個鐘頭——早上八點半到十點半以及晚上六點到八點——用上了連她都不敢想像自己還保有的精力和熱忱。她會扮鬼臉、翻白眼，用積木和紙箱堆積不穩的高塔，將孩子們一個貼著一個放在自己的大腿上，然後上上下下地顛著他們玩，假裝將玩具汽車開到隱形的車道或是將木製的小火車開到漆黑的隧道裡，跟他們講寓言和童話故事，假扮巫婆、仙女還有皇后。但儘管她做了這麼多的努力，卻只逗孩子們發出過一次笑聲，以後就再也沒有了；可是他們也幾乎沒哭過。

「喔，一定會的，夏洛特，」漢娜．庫伊克說，「這些孩子可能經歷過某些精神創傷。他們一生下來的頭幾個月都沒有得到疼愛，媽媽不在了，沒法給他們母愛，爸爸又是那麼的冷淡，所以也沒有父愛。他不讓孩子們用『爸爸』或是『爹地』，而用『父親』來稱呼他，就表示他想跟他們保持距離。他以後要是讓他們用『先生』來稱呼他，我也不會驚訝。」

「但是他不斷地幫他們照相，」孟浩特女士不贊同地說，「這應該表示他疼愛他們啊？」

「我並不是說他不愛他們，但照我看，這是一種愛的昇華方式。他只是想要掩飾自己沒有表達慈愛的能力。他把替孩子們照相看成一種與他們建立關係的方式。喔，夏洛特，繼續努力，妳在那裡對這些可憐的孩子們來說很好，這樣的話，至少有人可以教導他們有關感受這方面的事情。」

「妳說得對，漢娜。我會把妳的話放在心底的。」

5

「請妳幫我秤一磅這些美味的薑味餅乾。」

「這些是買給醫生兒子們的嗎？」

孟浩特女士搖搖頭，微笑地說：「不是，其實是買給我自己的。」

瑪莎．布倫從櫃台上那罐玻璃瓶裡隨意拿出自家烘烤的薑味餅乾，裝入一個紙袋裡，砰一聲放在秤的一個銅盤上，並在另一邊的銅盤放上秤錘。

「我多給妳三個，」小店老闆娘說，瞇著眼睛仔細查看秤上的指針，「送給孩子們的，告訴他們，是小店的瑪莎給的愛心。」

孟浩特女士想要婉拒她的好意——醫生不讓孩子們吃任何甜食——但怕瑪莎又會不停地追問一大堆令她反感的問題，她只是點點頭說：「妳真好，謝謝。」

她接過紙袋，把它塞進購物手拉車，手拉車裡已經裝滿了她幾乎每天都來幫霍佩醫生買的新鮮食物。她的柳編籃子也被塞得滿滿的，除了衛生紙、爽身粉和一大包尿布以外，還有一大堆東西。

孟浩特女士已經開始幫醫生做越來越多家務事。她在照顧這些孩子的同時，也會擦亮家具、做菜和洗衣服，並且總是將衣服拿回家熨燙。醫生沒有請她做其中任何一件事，都是她自己主動做的，這主要是為了這些孩子，因為她經常看到他們穿著髒兮兮的衣服。在她看來，他們吃的食物也不夠多樣化，醫生買的大多是罐頭食品，或者是玻璃罐裝的現成食品。

瑪莎開始敲著收銀機的按鍵。「妳到底什麼時候才會把孩子們帶出來呢？我們從來都沒有看過他們出門。」她說。

「他們還太小了，瑪莎。」

「太小啊？他們現在不是都一歲了嗎？」

「沒錯，上個星期六。」

「上個星期六？九月二十九日？」

「沒錯。」

「但這表示他們的生日與他們同名的聖者是在同一天。」

孟浩特女士吃驚地看著老闆娘。

「九月二十九日，」瑪莎說，「是聖麥可、加百列和拉斐爾的節慶日。」

「真的？我沒有想到。」

「我的先生叫麥可，所以我才知道。醫生可能是因為孩子們都在那天出生，才會幫他們取這樣的名字。」

「不然就是很奇怪的巧合。」

「天下沒有什麼巧合的事，」老闆娘搖著她的手指頭說，「告訴我，有沒有替孩子們好好辦場生日慶祝會呢？」

孟浩特女士點點頭，卻把臉側向一邊，因為她覺得自己的臉開始漲紅了起來。她原本應該說實話，但她現在想到這，心裡還是很不舒服——那個星期六早上，她帶著滿滿一袋禮物到醫生家，裡面還有一些圖畫故事書，醫生卻要她回家。醫生告訴她，孩子們病得很重，他決定讓他們整個週末留在無菌室裡，接受隔離——他其實用的是「強制隔離」這個詞，聽起來有些刺耳。孟浩特女士問醫生他們是哪裡不舒服——孩子們前一天晚上一點生病的徵兆也沒有——他說他們是在半夜裡發病，他現在還在研究他們到底是怎麼回事。

這是第一次三個孩子同時生病。醫生曾經有過一、兩次將他們其中一人留在他的辦公室隔壁的房間裡好幾天，主要是作為預防措施，因為他注意到一些顯示他們可能會生病的症狀：咽喉發紅、輕微的咳嗽、體重下降，或是出現可疑的疹子。

孟浩特女士覺得有點奇怪，但是她哪裡有資格質疑醫生的專業見解呢？而且，麥可、拉斐爾和加百列每次經過隔離以後，精力都顯得相當充沛。

其實精力充沛並非正確的形容詞，因為他們的確看起來有些嚴重的問題。但是，孟浩特女士無法推測出到底是什麼問題。醫生對這一點也總是很含糊，彷彿他不想承認自己也不太確定。每次一提到他們的疾病，他就會用一些她聽不懂的詞彙，然後跟她說他還在進行一些實驗。她有一次建議他去找一位專家，但醫生似乎非常不高興，所以她再也不敢提這事了。

「其他醫生對這一竅不通。」他說完就昂首闊步地走開了。

對於夏洛特來說，最糟的是她一點也搞不清楚孩子們的疾病到底會有什麼現象，發病的時候又有什麼症狀。她除了發現孩子們很容易疲累，以及很難忍受別人觸摸他們以外，並沒有注意到任何其他可能顯示病情嚴重的地方。

「我應該特別留意些什麼？」她在稍早的時候就問過霍佩醫生。

「哦，到時候會很明顯。」他回答。

瑪莎．布倫的聲音打斷了她的沉思。「他們現在是不是很會說話？」老闆娘問，「蘿賽塔．拜耳說他們也會講荷蘭語。她有聽過他們在唱一首荷蘭歌。」

「唱歌不算是說話，瑪莎。妳可不要相信人家跟妳說的每一句話。孩子們只是喜歡重複我說的話而已。」她故意扭曲了一點事實，因為她發現，提到三胞胎特殊的語言能力，往往會招來嫉妒或是懷疑，有一些人甚至認為夏洛特只是在炫耀自己是多麼厲害的老師。

「但是他們很聰明，對吧？」

「那是遺傳自他們的父親。」

「而且還好是這樣，」瑪莎低聲地說，「如果他們只遺傳到他的長相——這讓人想都不敢想，是不是？那麼，我們的醫生好嗎？」

「他很忙，非常忙。大家都認為他可以創造奇蹟。」

「他是可以呀！上個禮拜他治好了弗萊迪．馬崇的慢性痛風。給他打了五次針，他就完全好了。醫生說那種藥他們在德國已經用了很多年了！妳了解這是什麼意思嗎？我們比利時在醫療方面跟人家差得遠了。真可惜，醫生沒有早一點回來，不然他說不定可以醫好我們家麥可。」

「妳可千萬不要這樣想，瑪莎。事情都已經發生了。總共多少錢？」

瑪莎仔細地查對帳單，確定她沒有忘記什麼東西，然後說：「總共九百二十法郎。」

孟浩特女士拿出錢包，掏出一張一千法郎的紙鈔，放在老闆娘那粗短的手心裡。在收好了老闆娘找回的零錢以後，她就拉著購物車準備離去。

「記得幫我問候一下醫生，好嗎？」她快到門口時，瑪莎在她身後大聲說。

夏洛特過馬路的時候，購物車的塑膠輪子在街道鋪的小石塊上大聲地發出喀嗒、喀嗒的聲響，引起了廣場上三個青少年的注意，便開始向她揮手。她認出他們三個分別是費里茲．米克斯、羅伯．西瓦勒和從小失聰的古德．韋伯。古德．韋伯以前每個星期都會到她家上口語課，因為他的父母沒有錢支付專業的口語治療師。她覺得自已教的效果不怎麼好，但他現在至少能夠讓別人聽懂他的話，而且自從他去年開始到列日的啟聰學校上學以後，更是大有進步。

她向他們揮手回應，腳步卻隨著開始敲打六下的教堂鐘聲加快起來。她已經兩天沒有看到三胞胎了。整個週末，她和往常一樣地守在電話旁，等候霍佩醫生突然打電話來，請她在他外出急診的時候幫忙照顧孩子們。但是整個週末都很平靜，沒有一位村民爆發任何嚴重的病痛——她很慚愧自已幾乎暗自期望會有這種事情發生——她的空等讓她更加擔心孩子們的身體狀況。

今天早上她還是無法看到他們，醫生跟她說他們好多了，但還在睡覺。他想要讓他們多睡一會兒，於是她就留在那裡收拾一下屋子，做一點打掃，隨時留心聽著孩子們會不會發出一些聲音。到了她得離開的時候，麥可、加百列和拉斐爾都還在睡。她在下午三點左右打電話給醫生，他說他們下午一點半終於醒來了，這才讓她大大鬆一口氣。

夏洛特·孟浩特在大門前按門鈴的時候，教堂大鐘發出的最後一聲鐘響正在沃爾夫漢姆小村相互連靠的屋頂上逐漸消逝。她滿懷渴望地透過欄杆往屋內張望，希望能夠看到醫生抱著其中一個孩子從面向街道的窗戶往外頭尋覓她的身影。唉！結果他不在窗前。

她已經對這些孩子產生了感情，他們對她也是如此。雖然他們三個好像還是在自己的周圍築起了一道牆，她覺得他們開始會偶爾卸下防衛。他們臉上的表情在她到達和離去的時候，的確有了變化。不認識他們的人，可能不會發現有什麼不同。但是她已經學到如何去注意一些細膩的地方，不論是嘴角稍微牽動一下、匆匆的一瞥還是小手的抽動。

「孟浩特女士留下來，」上次她走的時候，麥可甚至這麼說，好像有預感這次她會被迫離開得比往常久一點，但他這話說得聽起來像是「孟哈厄尼斯樓阿哎」。

此外，孩子們在學習方面也進步神速，孟浩特女士估計他們的智力比同年齡的兒童至少早六個月。他們幾乎完全了解她對他們說的話，並且會用簡單的德語或法語句子回答。不僅如此，他們不但能夠完成給十八個月大的幼兒所用的木製拼圖，還會辨認圖畫書和漫畫裡的事物。

但是，他們在身體方面的成長就慢了一點。除了還不會走路以外，他們在動作技能方面也有一些問題，比方說，每當他們嘗試自己吃飯或是撿東西的時候，很明顯就可以看出來。但孟浩特女士覺得這是由於她與他們個別相處的時間不夠，她無法給予他們足夠的個別關注。「我只有兩隻手啊！」她經常嘆道。

除此以外，她也懷疑醫生在她回家以後，並沒有花什麼時間與孩子們共處。她覺得他大概只會把他們放在他們的小椅子上或是嬰兒圍欄裡面，然後除了為他們做更多的醫療實驗以外，就很少理會他們。

「醫生不在家嗎？」她突然聽到一個男孩的聲音。

孟浩特女士吃了一驚。醫生還沒現身，原來在廣場上玩的男孩們現在正朝她這裡走來。

「喔，他在，」她說，「他待會兒就會出來。」

「那麼，那些霍佩兄弟，他們現在怎麼樣？」瘦皮猴米克斯問。

「很好哇，你呢？我看你還在長呢！很快你就會比我高出一個頭了。」

「醫生說我會長到兩百公分高，」瘦皮猴米克斯有一絲自豪地回答，「他前幾天幫我檢查過。」

「他爸爸總是踢他屁股！」古德．韋伯說，「所以他才會那麼高！」

「那你爸爸踢你踢得不夠！」

「好啦，你們別鬥嘴了。」

孟浩特女士向屋子的前門瞄了一眼，但依然沒有看到任何人影。

「我爸爸說醫生的兒子們是天才。」羅伯．西瓦勒說。
「天——啥？」古德指著自己的耳朵，大聲說。
「天——才，」羅伯仔細清晰地發音，「很特殊的。」
「嗯，你們不都是嗎？」孟浩特女士眨了一下眼說，她看到他們三個馬上挺起了胸膛，一副神氣的樣子。「來，我有東西給你們。」她把手中的籃子放在地上，在購物拉車裡翻找了一下，掏出了那一袋薑餅。
「小店的老闆娘瑪莎送的。」她說，心裡很高興她至少能夠讓別人愉快地享用這些餅乾。
「唔！」古德說。
「謝謝妳，孟浩特女士。」瘦皮猴米克斯和羅伯．西瓦勒異口同聲道，兩個人都各自急切地拿了一塊餅乾。
「醫森來啊。」
古德指著屋子。霍佩醫生已經打開了前門，正從門前的階梯走下來。
「我們什麼時候可以跟醫生的那些兒子玩？」瘦皮猴米克斯急忙問。
「過一陣子，等他們大一點。」
「哈囉，醫生。」羅伯嘴裡塞滿著餅乾說。
醫生點點頭，喀嚓一聲把門打開。「請進，孟浩特女士。」
「需不需要我們幫忙？」瘦皮猴米克斯問。
醫生假裝沒聽見米克斯說的話，彎下身提起了孟浩特女士的籃子，又說了一遍：「請進，孟浩特女士，我們不能讓孩子們太久沒人看管。」

瘦皮猴米克斯皺起了眉頭看著他的兩個朋友。孟浩特女士握著拉車的手把，向男孩們點了頭道別。男孩們目不轉睛地看著她走向屋子的背影。醫生在進門的時候，接過她手裡的拉車。

「孩子們現在怎麼樣，醫生？他們好一點了嗎？」孟浩特女士在進門以前問。

他沒有回答，卻停下來讓她經過自己身旁。「我把這些拿到廚房，」他說，「妳先去吧。」

他話一說完，她就急忙順著走廊往前走。

她聽到身後傳來：「孟浩特女士？」醫生的聲音裡帶著一些急迫。

她回頭疑惑地看著他，覺得好像看到他的左眼皮正在抽動。他的三個兒子有時候在感受到壓力時也會如此。

「發生了一些事情，孟浩特女士。」他的眼皮又抽動了一下。

6

沃爾夫漢姆在霍佩醫生回來一年以後，又恢復了平靜。喜愛說長道短的婦人們又開始拿起手中的掃帚，好好地工作。冬季裡，她們掃清了門廊上的雪；隔年夏天，氣候十分乾燥，她們掃淨了從瓦爾斯堡山吹到山谷來的沙塵；到了秋天來，她們又掃起廣場上老椴樹的落葉。霍佩醫生則繼續以堪為楷模的方式執業，用他自製的藥水、藥劑和藥丸為村民們醫治咳嗽、皮膚曬傷、流行性感冒、腎結石和其他各種病痛。他沒有再創造任何奇蹟，但凱薩格魯伯神父在一個星期日的布道中表示，這種事情是需要時間的。但無論如何，大夥兒在談到醫生的時候，總是會顯露出非常尊敬的態度，而且很少談論到他的兒子們，雖然越來越多的人開始覺得奇怪，不論是在室內或是室外，從來都沒有人看過這三個男孩。冬季裡看不到他們還說得過去——今年極其寒冷的寒流，持續了好幾個星期——但暖和的春天和炎熱的夏季都過了以後，還是沒有人見過他們的身影，大夥兒的心中就開始起疑了。但是，沒有人過於擔心，因為他們三個人的聲音有時會傳到候診室裡，坐在裡面等候的病人可以從他們的聲音聽出來他們很好，沒什麼問題。不但醫生自己再三跟別人如此確認，連現在還是每天來照顧他們幾個鐘頭的孟浩特女士也這麼說。

但是，過了一陣子，村子裡便開始流傳三個小男孩不出來見人的兩種說法。雷昂·胡斯曼很久以前到比利時的列日大學上了一年醫學院就輟學了，他覺得他們可能得了象皮病——按照他的說法，這種疾病可以讓人的頭腫脹得跟大象的頭一樣大。他是因為看到醫生桌上好幾個月以來一直擺著一張相同的照片——孩子們快一歲時拍的拍立得照片——才下的斷論。他們的頭那個時候就已經那麼大，雷昂猜測他們的轉變是那麼的快，醫生一定是不忍心展示最近的照片，雖然據瑪莎·布倫說醫生還是照常購買底片。

海爾格·巴納德則將《讀者文摘》裡的一篇文章傳給大夥兒看，文章裡講的是一些會對陽光過敏的人，必須一輩子躲在陰暗處。「他們只要遇到陽光就會感覺到灼燒般的疼痛，他們的皮膚馬上就會被曬傷，一定是這樣子。」

直到一九八六年九月，真相才終於大白——或許應該說部分的真相。那個傍晚，愛爾瑪·努斯鮑姆去看霍佩醫生，這已經數不清是第幾次了，這次她是去檢查血壓。以前她還到醫生那裡看過背痛、耳鳴和健忘，有時她的胃和下腹也有問題。但如果有人問她的先生的話，他會說那都是她腦袋的問題。

愛爾瑪·努斯鮑姆進門的時候，年輕的朱利斯·羅森博姆已經坐在候診室，身患糖尿病的他每天都來醫生這裡打胰島素。愛爾瑪在他的對面坐下來，以便注意問診室的門，並從桌上的一疊雜誌中選了一本婦女雜誌。

「醫生開始看診了沒有？」她問。

朱利斯聳了聳肩，眼睛繼續盯著他大腿上的漫畫書，連頭都沒抬一下。

「你聽到他們的聲音了嗎？」她問。

「誰？」朱利斯問。

「醫生的兒子。」

朱利斯又聳聳肩。這時，屋子裡的一扇門砰地關上，然後一個孩子大喊：「不要，我就是不要！」

「這一定是他們。」愛爾瑪高興地說。她把頭一側，專心聽著。那聲音好像是從樓上傳來的。

「麥可，不要頑皮。過來！」

「孟浩特女士分明照顧不了他們。」愛爾瑪說。她看了看朱利斯，他正在翻著書頁。

「他們會經常這樣嗎？」

「據我所知是沒有。」朱利斯說，他突然把頭轉向醫生辦公室的門，說：「醫生好像來了，妳先吧，我還沒看完這個。」

朱利斯願意讓愛爾瑪先進去，讓她實在太高興了，所以霍佩醫生一開門，她就趕緊站了起來。她每次都需要一點時間來適應他的容貌。除了她的眼睛不斷地被他的頭髮和鬍子吸引以外，她也常常發現自己會盯著他試圖用小鬍子掩飾的疤痕。

「請進，努斯鮑姆女士。」醫生說。

醫生在自己的辦公桌前坐下，然後俯身在抽屜裡翻找她的病歷資料。

愛爾瑪趁著這個時機將擺在桌角的那張鑲框照片轉向自己。「我每次都感到不可思議，醫生，他們長得那麼相似。」她說。

醫生匆匆地朝上一瞥，同時點了點頭。

「他們自從照過這張照片以後，一定改變了不少，是不是？」愛爾瑪接著說。

醫生將病歷資料放在桌上，再次點點頭。

「他們現在還是長得很像嗎？」她硬要繼續問。

「對，他們還是。」

「他們現在到底怎麼樣呢？醫生。我剛剛好像聽到他們其中一個在叫喊。」

「孟浩特女士大概要幫他們洗澡，他們不是很喜歡洗澡，所以自然就會吵鬧。這很正常，不是嗎？」

「這我怎麼會不曉得！等他們再大一點的時候，你就等著瞧喔。我真高興我那兩個終於長大離開家了。你兒子，他們現在幾歲啦？」

「快兩歲。但請妳告訴我——」

「你應該把它泡在冷水裡。」愛爾瑪打斷了醫生的話。

「什麼？」

「那個污點，」她說，指著醫生的白袍，袍子的左袖上有一個如硬幣大的污點。「那是血漬，是吧？你可以把袍子浸泡在冷水裡一個小時左右，然後用六十度的熱水洗，這樣就可以洗淨血漬。孟浩特女士難道不懂這些嗎？」

醫生似乎有一點困惑，用手搓著已經乾了的污漬。

「還是墨漬？」她指著桌上的一枝鋼筆。「如果是墨漬，你就得用醋，或者是檸檬汁。」

「我會告訴孟浩特女士。」醫生說，用他的指甲刮著那污點。

「不要那樣弄，那樣只會更糟。」愛爾瑪嚴肅地說。

醫生不由得將手縮回去。他坐直了身子，開始翻閱她的病歷。「嗯，妳是哪裡不舒服？」

愛爾瑪．努斯鮑姆還沒來得及回答他，甚至還沒記起來自己是哪裡不舒服才來找醫生，樓上又傳來一陣聲響，這次是腳砰砰砰地落在地板上，發出來很大的聲音。聽起來好像有人從樓上衝下樓，愛爾瑪和醫生同時轉過頭瞪著通往走廊的門，霎時門被猛地推開。站在門口的孟浩特女士滿臉漲紅，她喘著氣，一隻手緊握著門把。她的嘴扭曲變形，眼鏡後面的雙眸燃著怒火。

坐在椅子上的愛爾瑪看到她那踩著重步走向自己的高大身影，嚇得縮成了一團，舉起手臂擋著自己。孟浩特女士並不是衝著她來的，她繞過了桌子，直衝到雙手緊抓著椅子扶手的醫生跟前，傾身向前並舉起手來，用食指怒氣沖沖地指著醫生的臉。

「你要是敢再碰孩子一根汗毛，」她向他厲聲吼道，「我就去告發你！你給我牢牢記住，醫生！」然後就轉身往門外走去。

愛爾瑪．努斯鮑姆驚訝得用手捂著嘴。霍佩醫生看起來似乎沒有被嚇到，夏洛特．孟浩特才走了三步，他就已經從位子上站了起來。

「孟浩特女士，妳這是什麼意思？我不明白……」

她停下腳步轉過身。「你竟敢這樣？」她喊道，「你竟敢假裝什麼事都沒發生過？」

「真的，孟浩特女士，我……」

愛爾瑪在孟浩特女士和霍佩醫生之間瞄過來又瞄過去，心裡想自己到底是應該加入還是不要管，這時醫生的三個小男孩突然出現在門口，每個孩子的身上都圍著一條浴巾。

愛爾瑪最先注意到的就是他們的光頭，三個孩子的頭全都光溜溜，一根頭髮也沒有，這讓他們原本就很大的頭顱現在看起來更大了，青色的靜脈在那薄薄的皮膚下如網狀般複雜地交織著。

「好像看到三個巨大的電燈泡，」愛爾瑪對她的先生說，他迫不及待地催促她更詳盡的描述，但卻是徒然。她還沒仔細看清楚他們的面貌，夏洛特．孟浩特就急忙跑上前，溫柔地把孩子們帶回走廊上。

「來，你們還是要洗澡啊。」她說，頭也不回地帶他們離去。愛爾瑪還是能夠聽到她向孩子們保證一切都會沒事的，然後屋子裡就安靜下來。

坐在愛爾瑪對面的醫生這時俯身向前，搓著雙手，一副好像沒有發生過任何事的樣子，說：「那麼，妳是哪裡不舒服，努斯鮑姆女士？」

「我才不要！」麥可砰地把浴室門關上，雙臂在胸前交叉，一動也不動地站在走廊上。

孟浩特女士在浴室的門後叫著：「麥可，別亂搞，趕快回來！」

她打開浴室門走到走廊上。麥可站在樓梯旁，準備她一靠近就往樓下衝。這已經不是第一次她和孩子們為了洗澡而搏鬥，但他們以前從來沒有鬧得這麼兇過。

「我們自己洗。」拉斐爾說，他和加百列站在浴室門口，拉斐爾把雙手夾在腋下表示今天他也不願意合作。加百列點點頭，接著說：「脫衣服，洗澡，擦乾。通通自己做。」

麥可點了點頭，贊同地說：「通通自己做。」

「好吧，」孟浩特女士說，「那就聽你們的，但只許這一次。快點，麥可，快進來。」

麥可跟著他的兩個兄弟走進浴室。孟浩特女士搖了搖頭，孩子們正在經歷的階段，對於每一件事情都想弄清楚到底是怎麼回事。怎麼會這樣？怎麼會那樣？為什麼？一個問題接著一個。他們什麼都想自己動手，雖然他們尚未真正具備這些能力。她知道自己應該對他們更嚴格一點，但是她沒有辦法這麼做，因為她覺得他們很可憐。

她回到浴室，看到他們三個都還沒開始動手脫衣服。「噯，你們還在等什麼啊？」她問。

「先刷牙！」拉斐爾突然喊道。他很快地跑到洗臉盆前，另外兩個小傢伙緊跟在他的後頭。他們全都爬到一張小長凳上，這樣手就可以碰到水龍頭。拉斐爾發給其他兩個孩子和他們手環顏色相同的牙刷。

孟浩特女士可以從鏡子裡看到他們三個人的光頭。她想起來他們一歲生日之後的一、兩天，自己第一次看到他們沒有一根頭髮的時候，是如何錯怪和責罵他們父親的。她原本以為霍佩醫生剃光了他們的頭，也許是因為他要進行某種實驗，也可能他只是有什麼奇怪念頭。但後來她才弄清楚，原來他們的頭髮是自己掉的，而且全都在一個晚上掉光。霍佩醫生為了證明自己的話，給她看了三個塞滿頭髮的塑膠袋，這是他從孩子們的枕頭上收集到的。三個孩子也證實了他的話。

「到最後一切都會沒事的。」醫生說，並且向她解釋光頭只是暫時現象。但幾乎一年都快過去了，他們的頭髮還是沒長出來。醫生同時也不斷地為他們做各種檢驗，期望能夠找出一些頭緒。這其中包括一些例行的體檢，比方說，聽心跳、肺部的活動、量血壓和測驗他們的身體反射動作，但是他也為他們做其他各種檢查：譬如，他會用金屬器具在他們的皮膚上刮取一層表皮作為樣本，或是用有大針頭的針筒在他們瘦得皮包骨的小手臂上抽血——孩子們總是以平淡的口吻向她描述這些令人難以忍受的折磨，彷彿他們只是目睹這些治療的過程，而不是自己的親身經歷。事實上，她很難過看到過去這幾個月以來，他們在這方面沒有什麼進展。他們似乎還是不懂在遇到各種狀況時，應該如何反應，也可能他們知道如何反應，但只是無法表達他們的感情，孟浩特女士依然不能斷定是哪個原因。總而言之，他們的反應還是極為冷淡，除非是他們不願意做某件事的時候，這種情況發生得越來越頻繁。每次遇到這種情況，他們三個人都會顯得特別的頑固，孟浩特女士猜想這可能是他們表現害怕的方式。

她又望著鏡中的三個男孩，心裡想他們是否了解自己唇上的傷疤在鏡子裡比實際上看起來更鮮明，這讓他們的缺陷更明顯。夏洛特心裡想，他們看到彼此一定心中明白。這就是他們長得那麼相似的最大的好處，他們只要相互對看一下，就知道自己在別人的眼中是什麼樣子。但這也是個壞處，因為這些男孩每次看到自己的兄弟，就必須面對自己容貌的缺陷，無法逃避。夏洛特不太確定他們知不知道自己長得有些奇怪，因為他們幾乎沒有看過其他的孩子或是成年人。她自己從來沒有和他們討論過這方面的事，他們的父親就更不會提這些了。

雖然這三個兄弟在過去的一年中改變了不少，他們的相貌還是相似得令人感到有些怪異。他們三個都是又矮又瘦，但腦袋卻依然大得不尋常。他們一口的歪牙不但數量相同連歪的模式也一模一樣，就連他們嘴唇上的傷疤也長得完全一樣。人們無論是從遠看或是近看，都會發現甚至連他們頭上靜脈的曲線都是一致的，那如鐮刀狀的靜脈都是從他們每一個人的右耳後面橫劃過整個後腦勺到另一端。

孟浩特女士剛開始幫醫生工作的時候，很有自信自己很快就能區辨他們。她以前教書的時候，每次遇到雙胞胎，也都是如此，但這次她必須承認醫生說得沒錯，他一開始就告訴她這是不可能的，她到現在還是無法分辨出他們到底誰是誰。

「好了！」

他們其中一個放下了自己的牙刷，跳下椅凳。他轉過身來，掀起自己的上唇，抬起下顎，給她看自己的牙齒。孟浩特女士不由自主地看了一眼孩子的手環，確認一下它的顏色。她有些警覺，主要是因為孩子們今天早上試著互換身分。他們以前也曾經試過，但是她都能藉由他們手環的顏色來確認誰是誰。今天早上他們終於打開了手環的扣子。拉斐爾將自己手環戴在加百列的手腕上，加百列把自己的給了麥可，麥可的手環又戴在拉斐爾的手腕上。孟浩特女士並沒有注意到他們這麼做，但是當她問拉斐爾一個問題，看了一下他的手環便把他叫成麥可時，真的麥可就衝口而出：「他是拉斐爾，我才是麥可。」

如果是其他的孩子，這時一定會大嚷：「哈哈，妳上當了吧！」然後放聲大笑，但是這三個孩子只是點點頭，彷彿在說：「我們不是跟妳說過了嗎？」孟浩特女士知道他們希望自己會再搞混他們的名字，所以故意再做了幾次。到了十點半，她準備回家的時候，三個男孩就將食指放在嘴唇上，輕聲地對她說別告訴他們的父親。她這才明白他們還沒有用這花招捉弄過他。

「夠好了嗎？」麥可問的時候沒有動到他的唇。

她倉促地看了一下他的牙齒。

「做得很好，麥可。但你的嘴角上還有一點牙膏。」

拉斐爾和加百列也從椅凳上跳了下來，她還沒開口，他們就張大了嘴巴給她看自己的牙齒。孟浩特女士點點頭，表示很滿意。

「妳看，我們自己會做。」加百列說。

「你們很快就不需要我啦，」她說，向他們眨眨眼睛。「好！現在快脫衣服，我來放洗澡水。」

她花了一點時間調好水溫，轉過身看見只有加百列能夠脫掉他的套頭毛衣。麥可只脫掉了一隻袖子，拉斐爾正在掙扎，想將毛衣拉過他的頭，但還在瞎抓著背後，雙肘在他的頭兩側向前突出。就是在這個時候，孟浩特女士從鏡子裡注意到一個她以前沒看過的東西。

「那是什麼？」她問，指著鏡子裡拉斐爾裸露的背。

「爸爸弄的。」他急忙說。

她走上前去，脫掉了他的毛衣。他的皮膚上用膠帶貼著一個如郵票大小的紗布。

「我們不可以。」拉斐爾接著說。

「不可以什麼？」她問，一陣恐懼突然攫住她。

「我們的手環……」

她開始撕開膠帶，雙手不停地顫抖。雖然她還不太清楚到底發生了什麼事，卻感到熊熊的怒火燒灼著胸口。她小心謹慎地拿開紗布，紗布下的皮膚又紅又腫，但她還是可以很清楚地看到幾個小黑點。

「怎麼回事？」她說，心裡浮現出一個可怕的想法。她擦拭這些黑點，但它們沒有消失，即使她用指尖沾了口水擦也擦不掉。她看了看加百列和麥可，他們倆正凝視著前方。她走向背對著牆的加百列，心裡希望自己的猜測是錯誤的，她抓著他的肩膀，把他轉過身。他的背上也有一塊類似的紗布。她謹慎地撕開紗布，發現自己猜的完全正確：他的背上也有相同的小黑點，差別在於，他只有兩點。她頓時困惑地站在那兒。噢，不可能，她心裡這麼想，但她也十分明白霍佩醫生的確有能力做出這種事情。她轉向麥可，雖然她不需要檢查他的背，她還是做了，這當然只是讓她更加氣憤。她撕下麥可的紗布，看到的是一個黑點，一個永遠留在這男孩皮膚上的黑墨點。

「留在這裡。」她命令孩子們，然後跑出浴室。

孟浩特女士的事件傳開之後，沃爾夫漢姆爆發了流言蜚語熱，愛爾瑪．努斯鮑姆就是這個病毒帶原者，並且是傳播這個病毒的罪魁禍首，它以口傳的方式如野火般地擴散，很輕易就傳染了沃爾夫漢姆的村婦。好幾個星期以來，霍佩醫生的候診室裡的人比平常多得多，雖然她們都自稱有點耳鳴、頭痛，不然就是脅部突然劇痛或是頭暈，但實際上卻都感染了這閒言閒語的痼疾。她們對於夏洛特．孟浩特發脾氣的事，不但各有看法，而且喜歡發表自己的意見，尤其在候診室裡更是大聲，希望自己的聲音能夠傳到診察室或是廚房。特別奇怪的是，她們從來不會怪罪醫生。奧黛特．敘爾蒙覺得她在退休以後就變得很憂鬱；住在教堂街的卡特．布魯姆硬說夏洛特．孟浩特一定有虐待那些孩子，蘿賽塔．拜耳則認為這一定是出於嫉妒，還說醫生應該提高警覺，確保他那三個兒子不要被他的保姆給拐走了。但她們都同意一點：霍佩醫生必須趕走夏洛特．孟浩特，而且早就應該這麼做了。

每天晚上在特米努斯酒吧裡，帶著醉意的人們免不了愛饒舌，勒內．莫理斯尼特說服了客人們打賭夏洛特的工作能夠持續多久。客人押注她辭去工作的日子過了的時候，那些賭輸並受到大夥譏笑的客人看到夏洛特離開醫生家，經過村子廣場回到自己家時，總會敲打酒吧的窗戶並揮動自己的拳頭。凱薩格魯伯神父對整件事情沒有發表任何意見，但據賈克伯．韋恩斯坦說，神父不談論這件事就足以表示他包容了村民的舉動，因為他絕對不會忘記霍佩醫生那瓶不可思議的藥水治癒了他的胃病。

但是孟浩特女士並沒有被辭退，村子裡一些婦人越來越失望，她們必須承認醫生家裡四處都可以聽到她那音量和自信都日益增強的聲音——好像是故意戳她們的痛處。

村裡的人除了經常談論到夏洛特．孟浩特以外，也常常談到醫生的那些孩子。每一個人心裡都在捉摸他們到底生了什麼病，而造成了諸多猜測。雷昂．胡斯曼依然認為是象皮病，還拿一些醫學書籍來支持他的判斷，這些書本附有一些照片，照片上都是容貌毀壞和光頭大得與身體不成比例的人。甚至有一些村民開始用「那個病」婉轉地暗示可能是可怕的癌症。

但是，霍佩醫生依舊表示真的不需要擔心，甚至表示每個冬季橫掃這個地區的流行性病毒，實際上比他三個兒子的病危險多了。

7

四個月以來，孟浩特女士幾乎沒有跟霍佩醫生說上一句話。她好幾次想和他談論有關孩子們背上被刺黑點的事，但自從上次的事件發生後，他除了一些例行的治療以外，就不再碰這些孩子，她也就沒再提這件事了。孩子們的身體的確看起來有所改善，她不知道醫生在這段時間是否在試用新的藥物或是技術。孩子們還是會經常感到疲累，並且比其他同齡的孩子需要更多的睡眠，但他們清醒的時候卻比以前更活潑，彷彿突然從長久的恍惚中清醒過來。於是，他們對牆外所有的事物都開始感到好奇，那四面牆實際上像一座監獄一般地將他們囚禁起來。孟浩特女士總是刻意敷衍他們的問題，以免激起孩子們太多的渴望。

「那後面有什麼？」他們指著對街的房子，問過她好幾次。

「更多的房子。」她回答。

「這些車子都要去哪裡？」每當門前的街道上堵著車，他們就會這麼問。

「到山上去。」

「山的另一邊。」

「荷蘭在哪裡？」

「我們什麼時候可以去呢？」

「噢，將來有一天。」

他們的世界只限於窗外能夠看到的地方：除了教堂、街道和房屋以外，還有一些樹木、來往的車子和人們。孟浩特女士希望有一天可以帶他們出去走走——即使只是到對街或是村子的廣場逛逛，也是個起頭。於是，春天來的時候，她決定向醫生提出這個建議。她覺得醫生應該不會反對，因為孩子們的身體現在看起來好多了。

「我希望有一天能夠帶麥可、加百列和拉斐爾到外面走走。」她對醫生說。

「他們從來都沒有出過門。再不到六個月他們就要三歲了，卻從來沒有看過外面的世界。」

「為什麼？」

「我像他們那麼大的時候也沒有。」

他的回答讓她感到意外，看起來他好像想把自己童年的經歷施加到兒子的身上。如果這是唯一讓他阻止孩子們出門的原因的話，她的確應該努力說服他不要有這種愚蠢的想法。這也讓她覺得奇怪，為什麼醫生小時候不能出門呢？但她不禁凝視著他的面孔和唇上的疤痕，便發現了一個令她震驚的答案。她並沒有壓抑這個想法，反而想知道自己猜想的到底對不對。

「你是不是害怕別人看到他們？」她問。「你是不是對自己的孩子感到羞愧？是不是這樣？」

他的反應微小得幾乎令她察覺不到——一瞬間他似乎抽搐了一下，像是咬到某個堅硬的東西——但這足夠讓她知道自己已經觸及到他的痛處。

「妳是這麼想的嗎？妳真的是這樣想的嗎？」

「我並不是唯一這麼想的一個，」她胡亂說，「每個人都是這麼想的。」

他沉靜了一會兒，深思著她的話。

「我並沒有因為他們而感到羞愧，」他說，「妳為什麼會這麼想？我為什麼要覺得羞愧？」

因為他們的長相，她幾乎脫口而出。

但她說：「那就沒有原因讓他們關在家裡了，對不對？」

「我不要讓他們發生任何事情，他們絕對要平安無事。」

過度保護，是這樣嗎？他是因為這樣才如此的嚴格嗎？她曾經遇過這種父母：比方說，學生的家就住在學校附近，但父母還是覺得必須開車將孩子送到校門口，還有一些家長不讓孩子們參加班級的出遊，另外也有一些家長會列出一些他們的女兒在下課時間不能參與的活動。但是她從來沒有遇過任何父母將自己的子女整天都留在家裡，醫生或許是因為已經失去了自己的妻子，才會這麼擔心。

她沒有問他這個問題。這時，不論是什麼原因都不太重要。於是，她說：「那麼就讓我只帶他們到院子裡走一走。他們在那裡一定不會有事，對吧？而且我會像老鷹一樣地盯著他們，每一秒鐘都會和他們在一起。」一步一步地來，她心裡想。

「嗯，好吧，但是只有天氣好的時候。」醫生說，這可能是因為他不想一下子做太多的讓步。

但對夏洛特來說，這已經算是一種勝利。

就像缺乏氧氣的火焰會熄滅一樣，好幾週以來，村子裡議論紛紛的謠言疫情也逐漸消散，只剩下幾位母親很努力地維持著閒話的火種繼續燃燒，但自從她們聽到有人在一九八七年第一個春光明媚的日子看見那三胞胎在院子裡逗留之後，也就不再開口。弗萊迪．馬崇在村子的廣場遛狗時，發現他們在庭院裡，醫生庭院那高大濃密的山楂樹籬裡面突然傳來孩子們的聲音。他偷偷地靠近了一點，沿著樹籬繞著，一直到他找到了一個可以窺視院子的缺口。他後來為了證明這一點，還在特米努斯酒吧裡給其他的客人們看山楂樹那尖銳的刺在他手上留下來的刮痕。據他描述，三個男孩都坐在老核桃樹的樹蔭下一張小桌子前，夏洛特．孟浩特也在那裡削馬鈴薯皮。三個兄弟正在玩卡片遊戲，他們將所有的卡片都蓋著，按著行列在桌上排好以後，便輪流翻兩張卡片來找相同的一對。

「記憶遊戲！」勒內．莫理斯尼特喊道，好像這是一個猜謎遊戲，「那是記憶遊戲嘛！」

「你看不看得出來他們的頭是不是光禿的？」賈克．米克斯想要知道。

弗萊迪搖搖頭說他們三個都戴著帽子，帽簷被拉到耳朵上方，遮擋太陽不曬到他們的臉。

「那當然，否則他們的頭就會被曬得很嚴重，」米克斯說，他揉著自己光禿禿的腦袋，「這個時期的太陽有時候是很毒辣的，還有什麼？你還看到了什麼沒有？」

弗萊迪說讓他印象最深刻的就是他們皮膚很蒼白。三個孩子露在短袖汗衫和短褲外頭的手臂與雙腿像滑石粉一樣白，彷彿孟浩特女士帶他們到室外以前，先將他們放在那白粉裡滾過似的。

「那麼，他們看起來有沒有活力啊？」酒吧的老闆問，「他們沒有坐輪椅或是什麼，是吧？」

「不知道，」弗萊迪說，「那之後我就沒有繼續看了，因為馬克斯突然開始大吠。」

「喲，不然你以為會怎樣？這可憐的狗大概也不能相信牠的眼睛。我知道明天要做什麼了！明天天氣也會很晴朗，他們可能又會坐在院子裡。來，我們喝一杯祝醫生的兒子們身體健康，這杯我請客！」

接下來的一、兩個星期，弗萊迪．馬崇的話讓好幾名村民經過拿破崙街一號這棟屋子前時，特意放慢腳步。然而，他們其中很少人會失望，因為天氣很好，他們常常看到孟浩特女士和孩子們在院子裡。有一次，有人看到三個孩子在玩記憶卡片遊戲，另外一次，孟浩特女士在念書給他們聽，還有人看到他們連續幾天都專心一志地拼一塊拼圖，照瑪麗亞．莫理斯尼特說，這些拼圖的塊數比與他們同年孩子玩的拼圖塊數多得多。

村子裡的人在醫生家也更常見到這些孩子，有幾個村民看到他們從門後偷看，有人想要靠近他們，就會聽到他們發出咯咯的笑聲，一溜煙地跑掉。有一天晚上，蘿賽塔・拜耳看見他們一個一個跟著孟浩特女士身後晃晃蕩蕩地走向通往走廊的樓梯。他們經過她旁邊到廚房的時候，羞怯地把目光移了開來，但她至少瞥見了他們的光頭。除此以外，她還發現他們雙眼下掛著半圈淡藍色的眼袋。不久後，她隨口問了醫生他們近況怎麼樣。

「他們最近都沒有睡好，拜耳女士。我想大概是蚊子的關係。」他回答，然後就不願意再多說了。

「他是不想面對事實，」蘿賽塔對愛爾瑪・努斯鮑姆解釋道，「這個可憐的男人先是失去了太太，然後又發現他的孩子們也得了某種奇怪的疾病。男人都不懂得如何面對悲痛，他們只會試著逃避，假裝沒事對他們來說比較簡單。」

朱利葉斯・羅森博姆也在醫生家看過這些孩子，不僅如此，他們甚至還談了幾句話。

「我跟他們說話了！我跟他們說話了！」他隔天早上到村子廣場時，向他那群好友大聲嚷著。他們都在等著載他們到黑根拉特上學的公車。

「誰呀？」瘦皮猴米克斯問，他用手指戳了一下羅伯・西瓦勒的胸口，羅伯那時正在向高二的葛麗泰・匹克擠眉弄眼。

「當然是醫生的孩子們！」

「你說什麼啊？」剛到車站的塞琵問。

「我跟霍佩三兄弟說話了！昨天晚上！」

「快跟我們講，快講！」塞琵說。

「我一個人在候診室的時候，門打開了，」朱利葉斯開始說，他看了一眼醫生的屋子，「我以為可能是煩人的努斯鮑姆女士，所以就把頭埋在書裡。起先很安靜，但後來我聽到有人在竊竊私語。我抬頭一看，他們就站在我眼前！三個都在！他們一定是醫生的兒子，三個人都沒有一根頭髮，那光頭跟足球一樣大，而且每一個人的臉上都有一道傷疤——你們知道，像這樣。」他用食指將嘴角一邊推向鼻子的方向。

「那他們有多高？」瘦皮猴米克斯問。

「比這兩個至少矮一個頭。」他指著幼小的米歇爾和馬賽爾．莫理斯尼特，他們倆正牽著媽媽的手，在旁邊等著公車。他又接著低聲說：「但沒有像他們那麼胖，其實，他們真的很瘦。」

「然後呢？接下來怎麼樣？」塞琵問。

「他們其中一個問我叫什麼名字。」

「你沒有告訴他們吧？」

「當然有，我當時被搞得糊裡糊塗的。」

「他們說的是德語嗎？」羅伯．西瓦勒問。

「標準的德語。」

「那他們的聲音聽起來怎樣？」

「很難聽得懂，好像他們不太能夠張口似的。」

「嗯，他們就是不能張口啊，是吧，」瘦皮猴米克斯猜想，「因為他們的疤痕，留下來的那些疤痕組織。」

「我跟你說，真的很不好看。」

「然後呢？」

「同一個小鬼問我在幹什麼，我跟他說我在念書，學一些上學要知道的東西。他問：『你的學校在哪裡？』我說：『在黑根拉特。』他又接著問：『黑根拉特在哪裡？』我指著一個方向回答：『在那裡。』然後他的一個兄弟問：『那裡會不會很遠？』我回答：『坐公車只需要二十分鐘，』他說：『喔。那很遠。』」

「我覺得他們不是很聰明。」瘦皮猴米克斯說。

「對，他們看起來並不是很聰明。」

「接下來呢？發生了什麼事，朱利葉斯？」塞琵問。

「沒事，因為孟浩特女士突然站在門口，手扠著腰，看起來很不高興，她跟孩子們說他們不應該到候診室裡，然後他們就很快地跑了出去。但是，在那之前……」

「在那之前怎麼樣？」羅伯．西瓦勒問。

「就在他們轉身離去以前，」朱利葉斯接著說，「他們其中一個把手伸出來，摸我的上唇。真的！好像他想知道那是不是真的，我真不敢相信！」

「嗄！那麼大膽！」羅伯憤憤不平地說。他瞪著醫生的屋子，大聲說：「怎麼可……」他繼續注視著屋子，然後拉著瘦皮猴米克斯的袖子，指著屋子喊道：「他們在那裡！在二樓，窗戶前面！」

其他的孩子也跟著轉過頭，看到窗戶那裡三個男孩光禿禿的頭。原來這三個小傢伙一直在偷窺他們，他們三個一看到塞琵向他們揮著拳頭，便趕緊躲了起來。但過了幾秒鐘以後，三個頭又一齊露出來，像連體嬰一樣。

8

孟浩特女士或許不應該一下子邁出這麼大的一步，但是她開始不斷地對霍佩醫生嘮叨，想要說服他讓孩子們在暑假之後去上學——他們到九月就滿三歲了。醫生用了很多的藉口來拒絕她，但是她都可以一一反駁。

「他們還太小。」他說。

她反駁他說，在比利時小孩子兩歲半就可以上幼兒園了。

他又說孩子們還沒準備好，她又駁回了他的理由，並且告訴她孩子們早就準備好了。實際上，她從來沒有看過其他與他們同年齡的孩子有他們這麼高的程度。

「他們的身體無法負荷，他們很容易疲累。」

她建議孩子們先從半天開始，這在比利時算是很平常的事。

醫生後來又說孩子們在學校可能會很容易受到病菌感染，對於這一點，她斷然地跟他說他們在家也會遇到同樣的風險。他並沒有針對這一點繼續爭論下去，可是他還是沒有答應讓孩子們去上學。

她在下一次提起這件事的時候，便強調讓他們與同年齡的孩童接觸，對他們的人際發展來說是多麼重要。

「他們有彼此可以作伴，」他說，接著又說，「我在他們這個年紀的時候，也沒有跟同年的孩子們接觸過。」

他又把自己拿出來與孩子們相比，好像要孩子們變得和他一模一樣。於是，她很直截了當地問：

「你希望他們長大以後做什麼?」

他很誠實地回答:「他們必須繼承我的事業,然後將它發揚光大。」他的誠懇比他的話更讓她驚訝。

正如她所料,他也和許多父母一樣,期望自己的孩子達成自己無法實現的願望。

「那麼你就更應該盡早讓他們上學。」她大膽地催他。

但他還是堅持著自己的立場。「等他們滿六歲,孟浩特女士。等他們到了上小學的年齡就可以上學,但早一天都不行。」

孟浩特女士相信他終有一天會了解讓孩子們上幼兒園的好處,於是她就開始透過遊戲教導他們學習一些東西。他們的進步讓她感到驚訝,他們比她想像的還更聰明。才短短四星期,而且她每天最多只能專心陪他們兩個鐘頭——其他的時間她都必須花在家事上面——麥可、加百列和拉斐爾已經學會許多字彙了。她並沒有特意地教他們閱讀,但她一旦教過孩子們字母如何連串起來成為字彙以後,他們就自己到處找字彙來念:報紙、雜誌、書籍、海報、文件夾、紙袋、罐頭和紙箱子上的字都拿來念。任何東西,只要上面印有字母,他們都會找來念。夏洛特·孟浩特特別回去她以前教書的學校去拿一些她曾經教過的初級課本給孩子們閱讀。這三個孩子一下子就把這些課本給讀完了,他們是用其他同齡兒童玩積木或是玩具車的方式來玩這些字母。

他們在學數數的時候也是如此,她一教過他們從一數到十以後,他們就開始什麼都要數,就跟尋找新字彙一樣地熱衷。水果籃中的蘋果、冰箱裡的雞蛋、襯衫上的鈕釦、書架上的書冊都被他們數過了。很快地,他們就想知道十以後還有什麼,接下來還有什麼,然後還有什麼。沒多久,他們就學會數到一百了。

霍佩醫生不可能沒有注意到孩子們的進步，但是他過了至少兩個月才提起這件事。孟浩特女士一直以為霍佩醫生在生她的氣，覺得她只是想證明麥可、加百利和拉斐爾需要上學而已。所以，醫生的話讓她十分訝異，一開始還以為他是指她做的家事。

「妳最近做得不錯，孟浩特女士。」他說。她站在走廊上正準備回家，一下子只能想到「謝謝」兩個字。

「妳讓孩子們學到的比我想像的多，也比我期望的多。」

「這都是他們自己的努力。他們會彼此激勵，對他們來說這只是一種遊戲。」她很想說，他們這麼努力，是想要藉此忘記生活的枯燥和沉悶。

「妳實在太謙虛了。」霍佩醫生說。

「要是換了別的老師，他們也一定會學得一樣多，一樣快。」

「在幼兒園就不可能，他們在那兒就會浪費時間。」

他的話讓她愣了一下。她突然了解到自己的努力讓醫生又有了一個新的理由不讓孩子們上學，但她又想到了一個辦法。

「我可以問學校是否願意讓他們從比較高的年級開始，我們學校曾經也有一名跟他們一樣特別有天賦的學生。」

孟浩特女士心裡想到的是薇樂莉．泰弗內。這個小女孩在一年級上了一學期以後，因為天賦遠超過其他的學生，就被升到二年級，然後又跳過三年級。到她十歲的時候，就被送到列日的一所寄宿學校上中學。醫生的兒子們的智力比薇樂莉在他們這個年齡的時候還要高，已經具有六歲孩童的程度。孟浩特女士其實並不曉得學校會不會允許他們升級，甚至有沒有可能都不知道，但是她不願讓醫生知道。

醫生搖了搖頭。「這以後再說，」他暫停了一下，深吸了一口氣，接著說：「我想請妳繼續教導他們。」

他的請求讓她怔了一下，一時不知道如何回應才好。她一方面很高興，另一方面又覺得自己像是被利用了。

「當然，我也會為妳加薪。」他說出自自己的想法和決心。

「但如果我拒絕呢？」她不知道他會不會找別人。

「我不知道，我希望妳來教他們。」

她也不知道該怎麼辦，而且又怕說錯話。

「你的要求實在是太突然了，醫生，我需要一點時間，」她說，「我要好好考慮一下。」

「請妳最遲明天告訴我，這都是為了孩子們好，孟浩特女士，也是為了其他人好，為了大家好。」

她聽不太懂他的意思。「你是什麼意思？什麼其他人？」

「全人類。」

她睜大了雙眼直瞪著他，但他的眼睛還是和以往一樣盯著地上。算了，她想，他只是隨便說的。孩子們才是最重要的，這都是為了他們好，一切都是為了他們好，他這一點倒是說得沒錯。

她向醫生提出了自己的條件，並且告訴他如果真的想要雇用她當孩子們的教師，她當然願意接受，但他必須接受她提出的條件。

首先，她堅持將二樓沒有在使用的房間整理出來，作為孩子們的教室。如此可以給孩子們上學和放學的感覺。這當然也會比在廚房或是客廳裡給她更多的個人空間，但她並沒有告訴醫生這一點。其次，她要求加長自己的工作時間，因為她絕對不可能在每天短短的四個小時內做好家事又教好孩子們。她又說，如果他接受這些條件，她就不會要求他先前提出來的加薪。她後來很後悔自己這麼說，因為他立刻就答應了，甚至連她想加上多少時間都沒問。

他們講定了她每個工作天從早上八點半工作到十一點半，然後從傍晚五點到八點，這讓她的工作時間比以前多了兩個小時，孟浩特女士可以完全自由地安排自己的工作時間。此外，他們也說好了她以一個星期用法語，另一個星期用德語的方式為孩子們上課。「然後，他們大一點以後，如果也學會說英語，就能夠與這世界上一半的人口溝通和交談。」

溝通並非只靠語言能力而已，孟浩特女士心裡想，但她沒有說出口。

最後，他也提出了一個請求，而且令她大吃一驚。「妳可以向他們講述有關耶穌基督的故事嗎？」

「什麼？」

「耶穌的故事，新約裡的故事。」

「跟他們講述耶穌。」她蹙著眉頭重複他說的話。

「是的，講述耶穌，但不要提到上帝，」他強調，「只有耶穌。」

「只提到耶穌。」

「對，只教他們新約聖經，但不要教舊約。」

她簡直不敢相信自己的耳朵。首先，她壓根也無法想到醫生會是虔誠的教徒。再者，她自問自己怎麼可能向孩子們講述耶穌但不提到上帝？為了確定自己聽得沒錯，她又問了醫生一次：「所以，我要教他們有關耶穌的故事，但不要提到上帝？」

「對，就是這樣。」

「但這是辦不到的事。不可能。」

「沒有什麼是不可能辦到的事，孟浩特女士。這或許會很困難，但不是不可能。」

她決定不要再繼續追問下去。即使附上了一些限制，能夠教導這三個孩子一些有關宗教的知識，已經讓她感到很滿意了。

但她還是加上了一句：「我原本不曉得你是一位虔誠的教徒，醫生。你從來都不去教堂。」

醫生回答：「教堂是上帝的家，那裡沒有什麼可以給我的東西。」

「那麼，這裡也沒有什麼東西可以給上帝。」她開玩笑地說。

但醫生的表情依舊嚴肅。「上帝無所不在，」他說，「在天國、在世間或是在萬物裡。」

這是教義問答集裡的一句——一個針對「上帝在哪裡？」的回答。她小時候也得背誦教義問答集，而且也都還沒忘記。

「你是在哪裡上學的？」她問，這不僅是基於好奇，也是因為她想換個話題。她並不想和他討論宗教，況且他們彼此一般的談話都已經夠少了。

他猶豫了一下才回答：「在奧伊彭。」

「是基督教的兄弟學校嗎？」

他點點頭。

「寄宿？」

他又點點頭。

她曉得這所學校，至少聽過它的名聲。這裡的學生從小接受嚴格的天主教教養，從醫生的身上可以很清楚地看到留下來的印記。她對他在這個學校的經歷很感興趣。

「你覺得——」她才一開口，他就打斷了她的話。

「我還有一大堆事情要做，孟浩特女士。改天再說吧！」

她原本以為自己這下終於可以在他圍築的高牆上敲開一道裂縫，但她這次又錯了。

「改天。」她重複他的話語。

弗洛朗．科寧只需要三天就把醫生家二樓的一個房間轉變成了實用的教室。他粉刷了天花板和牆壁，將老舊的木地板擦淨、打亮，刷掉窗戶樞紐上的鏽，最後把醫生在訂購三張木課桌和教師講台時買的黑板給掛起來。令他有些失望的是，在這裡工作的這幾天，他都沒有看到那些孩子。最後一天，就在他在快要放棄的時候，孩子們突然跑進教室裡。他們一定是聽到了他的話，他那時故意提高了嗓子喊：「好啦！做完了！醫生的兒子們一定會高興得不得了！」

這些孩子連瞄都沒瞄他一眼，就趕緊跑到課桌前，各自在自己的位置坐下來，但其實一張課桌就足以容下他們那麼瘦小的身子了。他們的小腳還碰不到地，所以短短的小腿就在凳子下懸盪著。他們用手指摸著桌面的木紋，雜工這時卻張大了眼睛猛盯著他們三個光禿的頭，那頭上薄得幾乎透明的皮膚底下布滿了泛青的靜脈，讓他想起一些大理石中彎曲的紋理。

孩子們的目光從桌面轉移到掛書包的小鉤子上，再到桌面下可以放書和筆記本的抽屜，最後又回到桌面上放鉛筆的凹槽。

「這是給你放鉛筆和原子筆的地方。」弗洛朗說。三個男孩聽到他的聲音，匆匆抬頭瞄他一眼。弗洛朗大吃一驚，不敢相信自己看到的景象。孩子們只有嘴唇上的疤痕和扁塌的鼻子還符合上次他為醫生工作時，在腦海中留下來的印象。當然，孩子們現在是比那時大了兩歲，但即使是兩年的時間，也不應該有這麼大的變化。他們似乎比兩年前衰老許多，這不只是因為他們的光頭，還有那一對又深又大的黑眼袋，讓他們看起來很憔悴。而且，他們全都沒有眉毛。這讓三個人看起來像是戴著只有兩個眼孔的面具，更讓人覺得他們的頭和身體真的很不相配。但儘管有這些變化，三個孩子長得還是像一個模子裡印出來的，弗洛朗幹雜活的專業讓他能夠辨別出物品是扭曲或是筆直的，但即使他那銳利的雙眼也無法看出他們三個有任何不同的地方。三個孩子瞪著他，好像一點也聽不懂他的話，於是他走上前，將耳後的鉛筆拿下來，放在中間課桌的桌面凹槽裡。

「你看，就是這樣。」他說。

坐在那個課桌前的男孩皺起了眉頭。「嗯，我們當然知道這個，」他有點不高興地說，「你以為我們很笨嗎？」

弗洛朗又吃了一驚，但這次是因為孩子們的聲音，這聲音跟醫生的很像，但音調高了許多，因此就像有人用指甲刮黑板一般的尖銳刺耳。

「我們都已經會讀書和寫字了。」另外一個孩子說。他從自己的椅凳上溜下來，向黑板走去。

「板槽上有一些粉筆。」弗洛朗有些難為情地說。

男孩從板槽上拿起了一枝藍色的粉筆，踮起腳尖，開始在黑板上寫字。他的後腦勺有一條突顯的靜脈，像一條眼鏡掛繩一樣，由左耳橫跨到右耳。另外兩個男孩也跑到黑板前，站在第一個男孩的身旁，並拿起了粉筆。他們也有同樣粗大的靜脈繞在後腦勺上。弗洛朗注意到他們三個都是左撇子，而且手上還戴著那些有顏色的手環。

「你們三個在樓上嗎？」夏洛特．孟浩特的聲音突然傳了上來。

孩子們沒有一點反應。

「是啊！他們在樓上。」弗洛朗喊道。

「我就知道。」

他聽到她上樓的腳步聲。一會兒，她那碩大的身軀就在門口出現，一邊腋下夾著一個紙箱子，另一邊腋下夾著一捲紙。

「哈囉，弗洛朗，」她說，「真高興你還在這兒，可以幫我把這幅圖掛起來嗎？」她點了一下頭示意自己右腋夾著的那捲紙。

弗洛朗點了點頭就急忙跑到門口。他接過了那捲紙，用拇指指著站在黑板前的三個男孩，悄悄地向她說：「他們已經會讀書和寫字了。」

「嗯，他們也會數數喔，」她輕鬆地說，「所以，你準備帳單的時候，最好小心一點。」

他驚愕地看著她。

「我是開玩笑的。」她戲謔地拍拍他的肩膀。

「那上面寫什麼？」一個男孩大聲說，他已經轉過身，用手裡的粉筆指著那一捲紙。他的雙眼凸得那麼厲害，好像隨時都會從眼窩裡掉出來似地。弗洛朗把臉側開，讓自己看起來不像是在瞪著他們。

「歐洲地圖。」孟浩特女士說。

「歐洲地圖？」弗洛朗問。

「這是學校唯一願意割捨的海報，」她悄聲地告訴他，然後轉過身對孩子們大聲說，「這也好棒，因為我們三兄弟想要環遊全世界——對不對？」

「對呀，我們要去很遠很遠的地方。」加百列說。

「那麼，我最好趕快把這幅地圖掛起來，這樣你們就可以開始了，」弗洛朗說，他在牆上尋找著一個可以掛這地圖的地方，「妳想把它掛在哪裡呢？孟浩特女士，窗戶旁邊怎麼樣？」

「好，那裡可以。」她說。

「妳要教他們嗎？」

「是醫生要求我這麼做的，他說他們到幼兒園只會浪費時間。」

「他這麼想倒是沒錯。他們要真是那麼聰明，到幼兒園反而可能會適得其反。掛在這裡，行嗎？」

他用手中的電鑽指著牆上的一處。孟浩特女士點了點頭。

弗洛朗匆匆地看了一下醫生的兒子們，電鑽的聲音對他們似乎沒有一絲影響。弗洛朗感覺到兩種矛盾的情緒，他一方面被孩子們的相貌搞得心裡很不平靜，另一方面又很高興自己見著了他們。等一會兒到了特米努斯，大夥兒就會凝神傾聽他說的每一個字，但他還是希望自己可以告訴他們更多的消息。

「孟浩特女士，」他輕聲地說，接著更小聲地說，「他們有沒有什麼問題？我是說，他們看起來真的很……嗯……不一樣。」

孟浩特女士深吸了一口氣，冷靜地點點頭說：「醫生說這跟他們的染色體有些關係。」

「染色體？」

「我也不太懂，是屬於生物基因的一些問題。人體裡每個細胞都有許多染色體——準確地說，是二十三對——每個細胞分裂的時候，染色體也會隨著分裂，身體裡的訊息就靠這種方式，從一個細胞傳到另一個細胞。」

「妳已經把我給搞糊塗了，孟浩特女士，」他低聲地說，「醫生難道不能做點什麼嗎？」

「他說他正在想辦法，一切都會沒事的。」

「噢，那就好！」他如釋重負地說。

他把地圖掛在鐵鉤上，正想問別的問題，孟浩特女士卻向孩子們大聲喊著：「你們看，這就是歐洲的地圖！」

三個孩子都轉過頭看著地圖，那地圖上用不同的顏色來顯示歐洲各個國家，又用紅點來標示一些較大的城市。

「我們就在這裡。」她說，用手指輕輕點著地圖上德國、比利時和荷蘭三國邊界的一個交點。

「三國的交界！」弗洛朗熱切地喊著，彷彿在回答一個很難的問題似的。他看了一下自己的手錶。特米努斯快要開門了。「我得走了，孟浩特女士。我還得在瑪莎的店打烊以前到她那裡一下，她也有一點工要我做。」

「喔，可不可以請你稍等一下再走？我還有一樣東西想請你幫忙掛起來。」她走到教師桌前，桌上放著她剛剛帶進來的紙箱子。她揭開了紙箱的蓋子，在箱子裡胡亂翻找了一會兒後，拿出了一個十字架。

「那是什麼？」其中一個男孩問。

「這是耶穌。」她說。

「木匠的兒子。」弗洛朗接著說，他眨了眨眼，揮著手中的鎚子。

「他為什麼被釘在十字架上？」男孩問。

「我以後再跟你解釋，」孟浩特女士說，「弗洛朗先生在趕時間。」她轉身指著門上方的一處，「掛在那裡大概就可以了。」她說。

弗洛朗點點頭，把他的梯子移到門前，便開始往牆上釘釘子。「那妳是不是也要教他們有關宗教的事情？」他側過頭問。

「沒錯，是醫生讓我教他們的。」

「真的？我不曉得醫生是這麼虔誠的人。」他又多了一件可以告訴大夥兒的事情，特米努斯裡的客人聽到了以後一定會覺得不可思議。

「啊，他是的，弗洛朗。一個人不去教堂，並不表示他不虔誠。」

「他當然沒有時間去教堂。」

「沒錯，弗洛朗。」

她把十字架遞給他，他便把它掛在釘子上。「好啦，這下可以掛個上千年。」弗洛朗邊微笑地爬下了梯子邊說。他一手提起了自己的工具箱，另一隻手臂伸過了梯子踏板間，然後把它掛在肩膀上，說：「孟浩特女士，妳如果還有什麼工作要我做，就隨時跟我說。」

他點點頭，偷偷瞄了孩子們最後一眼，才離去。被遺棄的孩子，他的腦子裡忽然閃現出這個形容詞。這三個孩子看起來像是被遺棄了，就像一棟被棄置的屋子，經過長年累月的風雨侵襲而荒廢。

第二天，孟浩特女士發現那十字架在她書桌的第一層抽屜裡平躺著，她的目光立刻往門上方原本掛十字架的地方望去，卻看到連釘子也不見了。她有一種直覺，傍晚她向霍佩醫生提起這件事的時候，也證實了她這直覺正確。

「沒錯，是我。」他如此回答。

她一聽就後悔自己前天跟弗洛朗．科寧談話的時候那麼小心謹慎。他開始提出一些愛管閒事的問題的時候，她很想跟他說一些有關醫生不是很好的一面，但她知道自己看到的「真相」很可能會被當作誹謗，而且無論她說什麼，最後一定會傳到醫生的耳裡。

「你為什麼要把十字架拿下來？我以為你要我教導孩子們有關耶穌的故事。」

「是有關祂做的事情，我是要妳告訴他們有關祂的事蹟，祂做的那些好事，不是有關祂的死亡。」

「但死亡也是生命的一部分，」她回答，「你一定懂，不是嗎？」

「是的，沒錯。但即使如此，我們也不需要一直面對它，對不對？」

「那只是用來作為一種象徵。」她的嗓門提高了一個音階。

「上帝背叛了祂。」醫生突然說。他甚至沒有聽到她剛剛說的話，連頭也沒有抬起來。

「你說什麼？」

「祂被釘在十字架上的時候，上帝沒有去救祂。祂自己的兒子。這真的是我們想要保留的印象嗎？我們真的需要被提醒嗎？」

她記起來前幾天他們的談話，醫生要求她教導孩子們有關耶穌的事蹟，但不要提到上帝。難道就是這個原因？因為上帝沒有去救被釘在十字架上的耶穌？

「你錯了。」她堅定地說，把自己也嚇了一跳。這是她第一次敢這麼坦率地反駁醫生的話。她也知道自己為什麼突然有膽量這麼做：因為她覺得自己好像面對著一名學生；一個小男孩，一個她必須教他一些東西的小男孩。

「你錯了，」她重複說，「十字架是耶穌受難的象徵。」

「妳看吧？這就是我的意思。我們當然不需要老是面對他所受的苦難，對不對？」

「嗯，我們需要，這樣我們就永遠也不會忘記祂為我們犧牲了自己的生命。」

頓時，好像有人抓住了醫生的頭髮，使勁地把他的頭拽起來一般。她所說的話裡一定有什麼地方擊中了他的要害。

「祂犧牲了自己的生命，」她接著說，「為世人贖罪。祂升入天堂，證明了祂超越了生與死。這才是我們紀念祂死亡的原因，這也是為什麼我們對十字架必須持有敬意，」然後她加重了語氣，重複醫生曾經對她說過的話，「我們，每一個人，全人類。」

她的解釋稍微簡化了一點，好像她真的在對一位小男孩說話一般，但醫生的反應也實在很幼稚。他搖搖頭，然後踱步離去，只留下她一個人站在那裡，說不出話來。

夏洛特．孟浩特沒有把十字架掛回去。她不想激怒醫生，於是就把精神集中在教課上。實際上，她比較情願看到孩子們整天玩遊戲或是堆積木，做他們這個年齡應該做的事，但他們是那麼地渴望學習，甚至特別懇求她教他們更多的東西，她只好繼續教他們，而且十分敬業，即使她知道這樣做也等於在協助他們的父親，完成他將他們變成某種天才的野心。

他們上課的時間大多用於學習閱讀和算術，並且以口語和書寫兩種方式練習，雖然現在讓他們書寫還是太早了一點——這三胞胎在身體方面還算是幼兒，他們在動作技能方面尚未發育完整。她還沒有在課程裡加上宗教這堂課，醫生在過去這幾天所說的話讓她有些猶豫。反正，孩子們已經有許多的閱讀、算術和口語練習讓他們忙的了——他們似乎總是覺得學不夠。此外，他們還特別酷愛一個科目，只要聽到那科目的名稱就會讓他們興奮不已：世界地理。孟浩特女士在每週的一開始，會讓他們其中一個人在地圖上隨便指一個國家，然後她就會跟他們簡單地描述一下這個國家，譬如說，該國的幾個主要城市及河流的名稱。孩子們會將這些名稱當作糖果般在舌尖上品嘗，將它們記在腦海裡。然後，在接下來的幾天，她每天會花一個小時向他們介紹這個國家，給他們看如科隆大教堂或是巴黎聖母院這類建築物的照片和繪圖，孩子們就會入迷地一直盯著那些照片。

她這麼做，當然只會增加孩子們對於到那遼闊的世界的嚮往；但她也決心要帶孩子們到外頭走走，看看院子大門外的世界，村子外的世界。雖然他們的父親還沒有答應讓他們做這種冒險，她還是抱著希望。畢竟，醫生還是經常會問她有關孩子們的學習進展。她就會帶著以孩子們為豪的口氣，跟他講述他們學到的新詞彙，然後從她每個星期六到黑根拉特的圖書館借來的一些書中找一本書，讓孩子們讀給他聽。醫生總是以他特有的態度來表示滿意——也就是說，沒有很熱烈的反應。但是，他接受了她的要求，每天會騰出半個小時左右陪孩子們閱讀，這就顯示他對她的全力支持。

醫生對於孩子們開始學算術的反應卻出乎她的預料。「給我看看。」他說。

孩子們到教室取出了他們用來當作計算工具的木塊，醫生給了他們幾道簡單的題目做。麥可、加百列和拉斐爾猶如在表演魔術般地將這些木塊推來推去，排成不同的結構，每次都會很快地得到正確的答案。後來，醫生自己決定，每天孟浩特女士離去之後，他會與孩子們繼續做這個算術練習的互動，這讓孟浩特女士感到十分驚喜。他似乎終於想與孩子們接近，好像他終於肯定了他們的存在。

「有些男人不懂得如何與孩子們相處，」漢娜．庫伊克說，夏洛特還是經常與她談到孩子們的學習進展。「他們沒有什麼耐心。對他們來說，小孩子就像那種機器人，除了製造噪音和拉屎以外，其他什麼都不會做。等到孩子們比較大一點，也比較有一點智慧以後——在他們的眼底，比較像個人，他們才會開始學習如何與孩子們相處。」

很可惜，漢娜預測的情況並沒有成真，霍佩醫生與孩子們的這種互動只持續了很短的一段時間。他一開始每天都會花一些時間與孩子們相處，但兩、三個月後，他開始動不動就錯過一天。他越來越常用太忙作為藉口，孩子們倒是可以證實這一點：他們會告訴孟浩特女士，父親在鑽研一些有很難的詞彙或是很多數字欄項的書籍，或者父親整晚都在實驗室裡工作，讓他們在他辦公室的桌子上做功課。

接下來的幾週，醫生甚至也不再為自己的怠慢道歉了，孟浩特女士還得從孩子們的口中得知他到底有沒有時間與他們一起閱讀或是做算術練習。

醫生對於孩子們的學習發展逐漸減退興趣，讓孟浩特女士覺得很可惜。但是，這也給了她許多的自由，可以在課堂上教導任何她覺得適當的教材。於是，有一天早上，她打開了一本兒童聖經，開始向麥可、加百列和拉斐爾講述〈創世紀〉的故事，就像她以前在每學年一開始教她的學生一樣。她還沒有跟他們提到耶穌——她並不是故意要這麼做，她只是按著聖經裡的順序。於是，她第二天接著講〈亞當和夏娃〉的故事，然後是〈墮落〉、〈該隱與亞伯〉、〈大洪水〉和〈巴別塔〉。她每天最多只有十五分鐘可以念兒童聖經裡的故事給孩子們聽，有時候甚至更少。因為她只要聽到醫生上樓的腳步聲，不論他們是念到摩西正要將紅海一分為二，或是亞伯拉罕正舉著匕首要殺他唯一的兒子以撒，她都會趕緊合起書本，馬上收起來。

孩子們總是屏息靜聽這些聖經故事，就像他們以前聽她說神話故事一樣，聽完了之後就不停的講這些故事。孟浩特女士特別提醒他們，絕對不要跟他們的父親提到這些故事。

「祕密，我們有一個祕密！」他們喊著。這下子，孟浩特女士心裡明白他們遲早都會說漏嘴的，到時候她就得想辦法跟醫生交代了。

但是，醫生對於孩子們學習方面越來越沒有興趣，他後來甚至連他們上課在做什麼都懶得問了，不論是他的兒子或是孟浩特女士，他都懶得問。他要是向她問起這方面的事，很明顯就可以看出來，他只是出自於禮貌，而不是真正的關心。孟浩特女士漸漸感覺到醫生想把這些事情全部都交由她負責，這並不是由於他覺得她教得有多好，而是希望能夠藉此來轉移她的注意力，這樣她就沒有時間去管他到底在幹什麼。因為，他雖然有一段時間沒有去碰孩子們，現在卻又開始讓他們接受各種醫學檢驗。他還購置了一些新的設備，其中包括超音波和X光檢查儀器，而且似乎比以前更把孩子們當成做實驗用的天竺鼠。這也為他們父子之間的感情蒙上了一層陰影。

漢娜·庫伊克對這種情況也另有一番解釋。這次，她很肯定自己知道醫生的苦惱：他害怕承擔。「他自從失去了太太以後，就很怕自己的心靈會再次受到傷害。如果他的任何一個兒子發生了什麼事，他不想再經歷一次同樣的傷痛。」

漢娜的話一直縈繞在孟浩特女士的心頭。

這一切都是從拉斐爾掉牙齒的那一天開始。這除了按他的年齡來看早了一點以外，倒是沒有什麼不尋常。他吃三明治的時候，咬到了硬硬的東西，結果發現是他的一顆乳牙。夏洛特給了他一個小玻璃瓶來收藏這顆牙齒，後來他很得意地把這顆牙拿給他父親看。

醫生一看到那顆牙齒，整個人頓時癱在一張椅子裡，失神地望著前方。

這可算是一個轉折點。在這之前，三胞胎的情況都還算穩定，他們的病情看起來好像真的控制住了。但從這時候開始，三胞胎的身體狀況突然惡化。他們不但關節疼痛，皮膚開始落屑，手背上也出現了褐色斑點。除此以外，他們也咳得很厲害，不但經常腹瀉，身體也十分疲累，甚至比往常還容易感到疲倦。雖然他們的頭腦還是和以前一樣靈活，但這種情況到底還能維持多久呢？

如果他的任何一個兒子發生了什麼事，他不想再經歷一次同樣的傷痛。她無法將漢娜的話從腦海中抹去。難道這就是為什麼醫生停止對孩子的學習表示興趣嗎？因為這一切都變得毫無意義了嗎？

她已經在那裡踱來踱去地想了好幾個星期，不斷地思索孩子們到底是發生了什麼事情。最後，她終於鼓起了勇氣去問他。

她決定單刀直入地問他：「他們將會是幾歲，醫生？」

她給了麥可、加百列和拉斐爾一些事情做，這樣可以讓他們在教室裡待幾分鐘。醫生看診的時間已過，他辦公室的門虛掩著。從門縫裡看去，醫生正弓著背，坐在堆著一大疊紙張的桌前。他一看到孟浩特女士，就連忙請她坐在自己辦公桌對面的椅子上，但是她依然站著。

她的問題令他感到意外。「妳說誰？孩子們嗎？」

她點點頭。

「唔，他們再過幾個禮拜就四歲了，但妳難道不曉得嗎？」

「這不是我的意思。」

「那妳到底是什麼意思？」

他的聲音裡沒有藏著絲毫的防備，一瞬間，她對自己產生了懷疑。

「他們還剩多少時間？」她問，她從他的表情和他在座位上變動的姿勢，就知道自己的直覺沒錯，但是他還想繼續偽裝下去。「他們還可以活多久？」

她現在必須堅持自己的立場，不然他就會閃爍其詞，試著敷衍她。她沒有證據，只有預感，但她絕對不能讓他知道。「他們老得很快。」她說。

他沒有回答。

「實在太快了，」她繼續說，「這一點都不正常，好像……」她得找出適當的措辭，「好像每過一個月，他們就老了一歲。」

「但我以為，我跟妳解釋過——」

「我不需要任何解釋！」她衝口而出，「這一點也沒用！而且，我也不想再聽到一切都會沒事這種話，因為根本不是這樣！恰好相反，情況越來越糟。你自己一定知道！」

她被自己的一時衝動給嚇了一跳，但這的確對醫生產生了一些作用。他往後靠著椅背，舉起手摸著鬍子，深深地吸了幾口氣以後，從鼓起的鼻孔裡呼氣。他的手從下巴滑到喉嚨，又垂至胸前。

「他們還剩多久時間？」她又問了一遍，她把聲音壓低了一點，因為她怕孩子們可能會聽到。

醫生傾身向前，雙手握著放在桌上。他以前一定有過這種經驗，必須告訴一些病患他們患有不治之症的消息。

「這病情現在看起來──但這實在沒有什麼意義，因為它可以──」

「多久？」

「一年，也有可能兩年。」

「一……兩年？」

他點了點頭，沒再說什麼。

「這麼說，他們能活到六歲就算是幸運了。」她喃喃自語，跌進一張椅子裡。矛盾的心情困擾著她：終於知道了真相，可以讓她舒一口氣；這真相卻讓她渾身直冒冷汗。但是，現在既然讓他開了口，她就得堅持下去。

「這件事，你知道多久了？」

「他們出生後不久，我就知道了。」

「你為什麼沒有告訴我？」

「因為一切都會沒事的。最近的一次檢驗──」

「你那些檢驗完全沒有用！它們讓你得到的唯一成果，就是讓孩子們怕你！」她無法讓自己停下來，但她現在也不覺得有什麼必須抑制自己的理由。她的憤怒釋放了自己心中不願讓他看到的悲痛。

「我正在努力醫治他們，」醫生平靜地說，「這是我的目標，我要治癒他們。這應該沒錯吧。」

「他們應該去醫院。」她深深地呼吸了幾口氣之後說。

「我知道怎麼樣做才對，」她聽到他斷然地說，「我不可能送他們去任何醫院。」

「你可以聽聽別的醫生的看法。」她試著懇求他。

「他們都是一群蠢蛋！」

這讓她驚得跳起來。這是她第一次聽到他提高嗓門，他的手臂和雙手也突然隨著他的咆哮揮舞，整個人猶如受到電擊一般。她突然對他感到畏懼，這也是第一次；她在他身邊從來都不會覺得很舒服，但也從未怕過他。於是，她慢慢地站了起來。

他聽到她把椅子推開。於是，他連頭都沒有抬起來，近乎自言自語地說：「時間，我只需要時間而已。」

她真的很想一語不發地離去，但卻無法克制自己再問最後一個問題，儘管她知道自己這麼問實在有一點幼稚：「用機率來算的話，他們的機會是多少？」

「我是不管機率的。我的出發點就是認為一切都會沒問題，而且事實也是如此。」

她精神恍惚地走回教室裡，費了很大的勁才讓自己不至於崩潰，縱然她一看到其中任何一個孩子，就會覺得自己好像已經在他的眼中看到了死亡。

夏洛特回到家之後，整個人就垮了下來。她原本想打電話給漢娜，讓她給自己一點支持和意見，但她最後還是沒有這麼做。她想先把這個消息在心裡擱一會兒。她怕要是告訴了別人，所有的夢魘就會成真，這麼一來，孩子們康復的希望就消逝了。她默默地發誓，一定要堅持到自己無法單獨承受下去的時候，才會告訴別人。此外她也對自己承諾，在這段期間，她要儘量讓孩子們快樂。再過兩個星期就是他們四週歲的生日了，在這之後會發生什麼事呢？她沒有一點頭緒。

9

村子裡有小孩的父母，對於霍佩醫生在那些孩子生日派對的第二天早上採取的極端行動，大多可以諒解。有一些老一輩的人甚至很婉轉地提到醫生父親的死亡，並且暗示醫生三個兒子的悲慘遭遇，足以作為他行動的理由。但有一些人還是不確定，但是他們全都同意，醫生的決定只會為村子帶來更多的災難。至於促使醫生做出這個決定的事件，事發當時有好幾個目擊者，他們的證詞拼湊成了一個故事。

一九八八年九月二十九日，醫生兒子們生日派對的那一天，第一個到的是波利斯·克洛斯特，他因為扭傷了腳踝，由父母開車送來。他是五位幸運兒童其中的一位，這些孩子幾天前在信箱裡發現霍佩兄弟寄給他們的邀請卡。住在教堂街的歐拉夫·茨維斯特和跟他一樣也是六歲的鄰居萊因哈特·匈恩布羅德也都收到了邀請。另外，米歇爾和馬賽爾·莫理斯尼特這對五歲的孿生兄弟也有邀請卡，他們還很得意地把這卡片展示給特米努斯裡的客人看。每個人看到卡片上字跡潦草又特別大的大寫字母，就可以推測這一定是那三個小壽星其中的一人寫的。

那一天，孟浩特女士帶著波利斯進了廚房，醫生的三個兒子頭上都戴著金色紙剪的皇冠，坐在哪裡看書。孟浩特女士請他們把書合起來，收好，他們雖然不情願，卻還是照著做了。

「那些書真的好厚。」波利斯後來說，用他的拇指和食指比出五公分左右的高度。由於他才開始學習閱讀，所以沒辦法說出那些書的書名，但是他認得出來一本書的封面上有一個氣球的圖畫。

萊因哈特和歐拉夫同時到達，並且也跟三個小壽星握過了手。萊因哈特注意到他們三個人的手背上都有褐色的斑點。

「雀斑，就像醫生的一樣。」他媽媽猜測。

他們還說，三個孩子握手的時候也是有氣無力。

那些對於三胞胎的長相想要知道更多的人，只聽到一些他們早已聽過的描述。

「他們又矮又瘦，你用羽毛一揮，他們就倒了。」

「他們的臉好白喔，跟小丑的臉一樣白。」

「他們的眼睛長得像青蛙的眼睛。」

「他們的嘴巴都是歪的。」

米歇爾和馬賽爾到的時候，醫生已經加入他們。這是這些受邀請的孩子們第一次看到醫生沒穿白袍，也是他們第一次看到他脖子上掛的不是聽診器，而是拍立得照相機。孟浩特女士前一天才幫他買了幾個新的底片膠卷。

接著，小壽星們開始打開禮物，他們的父親便在同時為他們照相。波利斯送給他們一組蛇梯棋遊戲，歐拉夫的禮物是一套骨牌。米歇爾和馬賽爾給他們幾本著色簿，三兄弟不感興趣地把它們放在一旁。父親是卡車司機的萊因哈特為每一個小壽星帶來了一套俄羅斯娃娃，這是由一個套著一個而成的一組木頭娃娃。

「我爸爸從俄羅斯買回來的。」他在孩子們開始打開他送的禮物時這麼說。三個兄弟頓時精神振奮起來。

「是從莫斯科嗎？」他們其中一個問，「還是從列寧格勒？」

「不是，是俄羅斯。」萊因哈特說

拆完了禮物，緊接著就是吃蛋糕的時間，這是孟浩特女士自己烘烤的，她雙手捧著蛋糕走進來，口裡唱著「生日快樂」，所有的孩子也都跟著她唱著。蛋糕上有十二根蠟燭。

「每位小壽星四根蠟燭，」她說，「你們得一口氣把它們通通都吹熄。」

麥可、加百列和拉斐爾手牽著手站起來。其他的孩子們數到了三，然後三個小壽星試著一口氣把所有的蠟燭吹熄。結果，超過一半的蠟燭都沒熄。

「你們只能做到這樣？」米歇爾．莫理斯尼特大喊，然後吹了一大口氣，把剩下來所有的蠟燭都吹熄了。

「他只是想幫忙而已。」瑪麗亞後來聽說醫生的孩子為了這件事放聲大哭，就為自己的兒子辯解。

接著，他們讓小客人們參觀二樓的教室，由於波利斯的腳踝受傷，孟浩特女士就背他上樓。這些孩子們試了一下三兄弟的課桌以後，就自動分成了小組。加百列和拉斐爾把萊因哈特帶到歐洲地圖前，指給他看俄羅斯的位置。接著，他們又問他父親還去過其他哪些國家，並且跟他說他們自己是從德國來的。

麥可把他們的練習簿拿出來給歐拉夫和波利斯看，裡面每一頁都寫滿了算術練習。可是當波利斯告訴麥可自己只會數到十的時候，麥可露出驚愕的表情，波利斯就偷偷地溜去加入米歇爾和馬賽爾，這對兄弟正拿著孟浩特女士給他們的幾枝粉筆在黑板上畫著。

後來，孟浩特女士就離開教室去接電話。她一開始有些遲疑，並且傾聽了一會兒，看樓下的醫生會不會去接；然後，她走到樓梯口向樓下大喊：「醫生！」顯然，他沒有聽到電話響，也沒有聽到她的聲音。於是，她只好跑下樓，到客廳接這通電話。

從來都沒有人出面承認自己就是那天打電話到醫生家跟夏洛特．孟浩特說話的人。有人提到愛爾瑪．努斯鮑姆，因為她經常會打電話給霍佩醫生，問一大堆有關自己身體的問題，但她堅決否認是她打的電話。弗萊迪·馬崇那天下午看到瑪麗亞·莫理斯尼特在特米努斯打電話，但她發誓自己那通電話是打給酒廠的，後來還給大夥兒看訂單上寫的訂貨時間和日期，證明了自己的清白。

當然沒有人願意承認自己打了那通電話，因為就是孟浩特女士在樓下接電話的時候，樓上發生了事——米歇爾和馬賽爾把這件事的責任全都推給醫生的兒子們。

「馬賽爾看到窗戶外頭有很多核桃，」米歇爾後來跟他媽媽說，「整棵樹都長滿了，上百萬顆核桃！」

那一年，醫生屋子旁邊的那棵老核桃樹結的果實真的多得驚人，老樹的樹枝被一串串果實拽彎了腰，有些果實幾乎大如蘋果。這棵樹多年沒有修剪，最高的枝條已經超過了屋頂。孩子們生日派對的前幾天，有些果實已經開始掉到屋頂上，據一些看病的人說，在屋子裡有時聽到像是開槍的聲音。

「他們三個男孩走過來，站在我們旁邊，」米歇爾接著說，「然後他們其中一個說——」

「加百列——是加百列！」馬賽爾突然大聲說。

「加百列說他要摘一顆核桃給我們。」

「我們告訴他不行……」

「……但是他們其中一個拿來了一張椅子，把它放在窗戶下面。」

「加百列爬到椅子上，然後打開窗戶。」

「他伸手去搆……」

「……然後他踩的椅子翻了，他就……」

醫生一直在實驗室裡，就在孩子墜落的前一刻，他先看到窗外飄下來一張金色紙剪成的皇冠，接著聽到樹枝斷裂的清脆聲響。一瞬間，他看到一個身體從空中翻滾下來，然後聽到砰地一聲悶響。醫生連忙衝到外面，孟浩特女士一定也聽到了這聲音，因為她這時也驚慌地跑到院子裡。

愛爾瑪．努斯鮑姆幾乎在同時從她的家裡走出來——這更讓大家懷疑她就是那個打電話的人——並且從孟浩特女士的反應看出來一定發生了什麼事情。

「從我家裡就可以聽到樹枝折斷的聲音。」愛爾瑪硬是這麼為自己辯解，但沒有人真的相信聲音可以傳得那麼遠。

但不管怎麼樣，她還是能夠據實地描述自己看到了醫生的另外兩個兒子，焦急地將頭伸出二樓窗戶探望。

「進去！」他們的父親大吼，「給我進去！」

愛爾瑪也聽到了孟浩特女士的聲音。她先是一聲尖叫，然後說：「我來叫救護車！」

「不，不要叫救護車！」愛爾瑪很清楚地聽到了醫生這麼吼著，而且重複了兩遍，因為夏洛特一直堅持要叫救護車。愛爾瑪覺得實在很可惜，夏洛特對醫生的能力似乎沒有一點信心。醫生後來一定是把孩子抱了起來，因為她聽到他說：「孟浩特女士，請妳扶著門，讓它開著！」

這時，米歇爾和馬賽爾從樓上的窗戶探出頭來：「他想摘一顆核桃，醫生先生！他只是想摘一顆核桃！」

醫生沒有理會他們，門在他身後砰地關上。過了一會兒，孟浩特女士便打電話給這些孩子的父母，請他們來接孩子們回家。

這一整天，村子裡許多人都恰巧路過拿破崙街一號，並且也都會抬頭凝視核桃樹那根斷裂的大樹枝，它像一隻癱瘓的手臂掛在樹幹上晃來晃去。

「我就常說那棵樹很危險。」愛爾瑪不停地重複這句話。

第二天早上，弗洛朗·科寧到了醫生家十五分鐘後，他的院子裡傳來了一陣陣電鋸的聲音。

「是他要我做的，」弗洛朗後來說，「我不能拒絕他的要求，對不對？」

即使從很遠的地方，村子裡的人都可以看見那棵核桃樹的每片葉子都在顫抖。那電鋸的聲音響得越久，就有越多核桃掉落到醫生屋子的石板屋頂上。

「砍倒一棵核桃樹會帶來厄運！厄運啊！」約瑟·秦摩曼喊道，他從特米努斯的窗戶朝外頭望去，看到那寬廣的樹冠突然在醫生屋子的上空消失。

甚至在酒吧裡的人也可以感覺到那棵大樹倒在地上時，引起的轟隆一震。

這當然都是夏洛特出的主意。她原本對自己做的安排感到很得意。雖然她需要花費不少唇舌，但最後醫生終於答應了讓孩子們開這個生日派對。她說了許多理由，其中一個就是：這樣對孩子們的身體有益。這件意外讓她受到了很深的打擊，但這件事情還沒結束，後來有一些真相更是讓她驚愕不已。比方說，她後來發現米歇爾和馬賽爾原來對於自己在整個事件中所扮演的角色說了謊。其他的孩子們一走，麥可和拉斐爾便告訴她他們看到的事實。原來馬賽爾·莫理斯尼特悄悄地靠近加百列，搶走了戴在他頭上的皇冠。

「嘿，你看，他沒有頭髮！」波利斯·克洛斯特大聲喊道。麥可、加百列和拉斐爾都試著想要把皇冠給拿回來，但其他的孩子們都聯合起來欺負他們，將這紙皇冠傳來傳去，就是不還給他們。

這倒沒錯，她那時聽到了樓上的吵鬧聲，但就是無法讓愛爾瑪·努斯鮑姆掛電話。

米歇爾·莫理斯尼特一拿到紙皇冠，就把它扔到窗外。那皇冠掛在核桃樹的樹枝上，加百列站在一張椅子上，努力地想要搆到它。緊接著，有人推開了加百列腳下的椅子，他就失去了平衡。

孟浩特女士想要告訴醫生實情，但是她一開始並沒有這麼做，因為她那時覺得沒有這個必要，事情都已經發生了。但話說回來，如果她當時就跟醫生說出了真相，或許他就不會砍那棵核桃樹了，這件事也讓她十分震驚。第二天早上她到醫生家時，核桃樹已經倒在地上，弗洛朗．科寧正在忙著鋸那些枝幹。

於是，她還是跟醫生說了真相，由於加百列並沒有想要摘核桃，所以那棵樹和他的意外根本沒有關係。她想要讓醫生感到內疚，可能是為了要緩解她自己的罪惡感。

「喔，那棵樹很多年以前就應該砍了。」他回答，聳聳他的肩。

有一會兒，他看起來似乎已經講完了，但他接著卻一股腦兒地吐露出對她的責怪，讓她覺得更加內疚。她怎麼會想到讓孩子們自己待在那裡？她難道不曉得加百列可能會死掉嗎？她知不知道他現在多了一個傷疤，這表示從現在起他就會和他的兄弟們長得不一樣了？

霍佩醫生語氣平淡地說出這些話，彷彿在概述一些事實，這讓她受到很大的傷害。她沒有反駁，只能淚流滿面地趕緊跑開。後來她才想到，自己其實應該對他說：他自己也有過失；他應該接那通電話；說不定他故意讓電話響個不停，不去接，好讓她離開教室，希望會發生什麼不好的事情——然後他就可以把一切都怪罪於她。

接下來令她震驚的是，當她再見到加百列的時候，也就是那次意外的一週後。她只知道加百列受到一些割傷和擦傷，除了有一點輕微的腦震盪以外，頭部也有一點外傷，這時傷口上面蓋著一塊方形的紗布。紗布下的傷口被縫了七針，所以，以後只要他光頭，那疤痕就會被看得一清二楚。但是，他背上也貼了一塊明信片大小的紗布。醫生沒有提任何有關這塊紗布的事，自從上次他責備了孟浩特女士之後，他們倆就沒再說話，所以她這時不太敢直接問他有關這塊紗布的事情。加百列不記得發生了什麼事，從他掉出窗外到他在醫生辦公室旁的那個實驗室裡的黑暗中醒來之前，這段期間他什麼事都不知道。

最後，她小心地將加百列背上貼著那塊紗布的膠帶掀開，紗布下面有一道至少十公分長的縫合手術刀口。她把加百列出事那天穿的上衣找了出來，想看看衣服背面有沒有任何血跡，但是沒有，衣服的肩部和前面卻都還留有一些洗衣機沒洗乾淨的血跡。她沒辦法不去想這件事，但又不想輕率地亂下結論，所以就在醫生為加百列拆線的那天向他提起這件事。

「我不曉得他也傷到了背。」她說。

醫生點點頭。「噢，我從他的一顆腎取出了一小塊。」

「為什麼？是他摔下來的時候傷到了嗎？」

「不是，妳怎麼會這麼想呢？」

他的回答令她十分愕然。他甚至連偽裝也不用了——對他來說，他所做的事顯然沒有任何問題。

「我怎麼會這麼想？」她說，盡力保持平靜，「你取了一塊他的腎，你沒有理由的話，當然不應該這麼做。」

「有，我確實有我的理由。」

「你有你的理由？就這樣？因為你有你的理由？我不相信你。你根本沒有理由，我再也不要相信你。」

他的反應出乎她的意料。她以為他會當場解聘她，或是試著說服她他做得沒錯。但是，他看起來很不高興。

「你不相信我，孟浩特女士？難道，連妳也對我失去信心？我一直這麼信任妳，現在妳跟我說這些？為什麼？我真的……」

她想，他沉溺於自憐中。他是想讓我可憐他，千萬不要上當。

「我不要再聽你的故事！」她厲聲吼道，雖然她的雙腿一直在顫抖。「你嘗試過的一切——全都沒有用，完全沒有！你應該要面對事實了。你想救他們的命，但是你所做的一切都是把他們更推近死亡。這是你唯一達到的成果！」

她不想看到，也不想聽到他的反應，轉身就離開房間，害怕自己的眼淚會在他面前奪眶而出，讓他看到自己的柔弱。

但過了不久後，她還是在浴室裡泣不成聲，凝視著鏡子裡的自我，她自問為什麼讓他逍遙了那麼久。

10

七天。從星期一到星期天。這是孟浩特女士為自己定的期限。她只想再多教他們幾項事情，與他們再多相處那麼一會兒，與他們道別。就這七天。七天之後，她就會去求救。找誰呢？另一位醫生？專家？甚至警察？她還不能決定，但她深信只要自己一這麼做，就會失去這些孩子。

讓他們走。把他們交給好人來照顧。她這樣對自己解釋，好讓她可以比較容易與孩子們道別。

在這七天裡，她也要儘量蒐取一些具體的證據，證明醫生的確有虐待自己的兒子。因為她要對抗的不僅是他的聲譽（許多村民會為他證明這一點），還有醫生為自己的辯解，因為他到時勢必會爭辯，他會說每一個步驟和檢驗都是必要的，一切都是為了他們的健康，為了拯救他們的生命。

她沒有告訴孩子們實情。她只告訴他們到了這一週的最後一天，他們的第一個學年就要結束了，在結束以前，她還得教導他們一些事情。

「那麼，這個學年結束了以後會怎樣？」麥可問。

她不想對他們說謊，所以小心謹慎地說：「接著就會開始下個學年，我相信一定會比今年更有趣，會有更多樂趣。」

她還沒有教他們主禱文，也還沒教他們有關耶穌的故事，因為她一直找不到機會。

孩子們毫不費力就把主禱文牢記在心──法語和德語都行。但用手在胸前畫十字的動作，對他們來說有些困難。他們無法記住這些動作的順序，也記不得應該從左邊還是右邊開始。

她告訴孩子們每天上床以前要在胸前畫十字，然後背誦主禱文。這一切都讓他們十分興奮。

「我們不要讓父親知道，對不對？」

她告訴他們：沒錯，不要讓他知道。實際上，這已經不太重要了。但是，她不想讓他們感到迷惑，也不想讓他們捲入自己與醫生的爭執中。

另外，她覺得既然無法避免死亡這個問題，就只好告訴孩子們有關死亡的事情，雖然這讓她感到十分的痛苦和悲傷。「逝去的孩子們，」她告訴他們：「會變成天使，然後直飛到天堂。」她用像鉛一樣沉重的手臂在黑板上畫了一個天使。

「天堂在哪裡？我們要走哪一條路才能到那裡？」麥可問。

她覺得以大天使的名字為孩子們命名實在是非常殘酷的玩笑——彷彿醫生早就知道這些情況，然後故意為孩子們取這些名字。

「天堂就在上面，」她指著蔚藍的天空，「你只要向上飛，馬上就會飛到那裡。」

她也跟他們解釋天堂像是一個沒有邊界的國度，有一條無盡的河流貫穿那個國度的大地，河流裡有一艘很大的船，上帝掌著舵，讓船沿著河流航行，而且船上為每一個上天堂的人都保留了一個座位。

「那我們有時候可不可以掌舵？」加百列問。

「我想應該可以。」

「我真希望我們已經死了，」他嘆息地說，還好孟浩特女士沒有太多時間來思考他說的話，拉斐爾馬上就接著問另一個問題：「那大人呢？大人也會去天堂嗎？」

「只有那些一生做好事的人才能去。」

「那妳也可以去天堂。」拉斐爾說。

「那父親就不能去。」加百列立刻說。

這一下，他們終於讓她露出了微笑。

剎那間，她十分羨慕在小孩子的心中只有好人與壞人，真希望自己還停留在那個階段，這樣的話，她早就可以把他看成是壞人。其實，她一直太體諒他的感受了，怕他悲傷、絕望或是無助，即使他從來沒有坦率地顯露這些感覺。

眼看著這一週快要結束了，她發現看到孩子們的時候，自己越來越難隱藏心中的情緒。這幾天裡，她也做了一個決定：她會打電話給警察。如果去找任何醫生或是護士來，霍佩醫生都會立刻請他們出門，這樣他們就無法看到孩子們。她認為讓外人看到他們是至關重要的，任何人只要看他們一眼就知道他們急需專業的援助。

但是後來發生了一些事，把她的整個安排都擾亂了，這完全出乎孟浩特女士的預料。她這一整個星期幾乎沒有看到醫生，好像自從他們上次的衝突後他就迴避她似的。她每天早上到的時候，他不是已經坐在辦公桌前，就是在實驗室裡，等她走的時候，他還在那裡。但是，星期五早上，他突然出現在她的面前。

「我必須出門一趟，」他說，「我要去法蘭克福參加一場會議。明天一早就出門，計程車五點半來接我。」

他只說了這些，甚至沒有問她是否願意來照顧孩子們，但是她猜想他就是這個意思。

這全都是為了孩子們著想——孟浩特女士這麼對自己說。孩子心底的這個夢想已經壓了很久了，他們只希望能看到這個世界的一丁點兒，這時候機會來了。既然他們的父親要離開家幾天，她務必趁這個機會讓他們的夢想成真：她想要帶他們到附近遊玩一下，到三國交界點走一趟。這是她能夠為他們做的最後一件事。如果一切都進行得很順利，沒有必要告訴任何人。如此，麥可、加百列和拉斐爾在他們剩餘的生命中至少還有一些可以懷念的記憶。而且，要是生日派對那天沒有發生事故，醫生一定會允許她帶孩子們到三國交界。

她自從退休以後就沒有再上去過。但在退休之前，她每年都會帶班上的學生到瓦爾斯堡的山頂。她小時候也經常上去，但以前去那裡的人沒有那麼多——那時還沒有建瞭望塔——這些年來，三國交界吸引了越來越多的遊客，沃爾夫漢姆的街道上擠滿了車輛，就是一個很好的證明。從早到晚經過這個小村子的汽車和遊覽車必須在拿破崙街底那個很窄的橋下擠過，有時候車子會一直塞到醫生家的門口。過了橋，就是三邊界路，這是一條很陡的斜坡，讓車子一路爬上瓦爾斯堡的山頂——荷蘭的最高點。山上一個鋪滿了小石塊的方形小廣場中央放置了一塊刻寫著海拔三二二・五公尺的石頭。廣場後面豎立了一排古老的界碑，遊客們有時候會誤以為這裡就是三國交界點，但比利時、荷蘭與德國真正的交界點，實際上還要再往南走十二到十五公尺，由一個方尖碑形狀的小水泥柱作為標記，柱子的三面分別刻上了「B」、「D」和「NL」的字母代表比利時、德國和荷蘭三國，讓圍繞它周圍走動的遊客能夠知道每一刻自己腳底下踩在哪一國的土地上。

博杜安瞭望塔是另一個吸引許多旅客的景點。這個瞭望塔雖然位於比利時，但離三國交界很近，有三十四公尺高，沿著外圍的鐵梯可以一直爬到塔頂的瞭望台，從這高處眺望，可以將整個地區的美景一覽無遺。爬到塔頂每次都是孟浩特女士的班級出遊時最精采的活動。很遺憾的是，瞭望塔那麼早還不會開門，這次孟浩特女士和三胞胎就無法爬上瞭望台了。這真的很可惜，因為瞭望台上的視野可以讓孩子們對他們的歐洲地圖有一些立體透視的感受。

霍佩醫生出門的前一天晚上，孟浩特女士一直做到深夜，忙著為孩子們準備喬裝的服飾。如果他們碰巧撞見任何人，她不希望讓對方認出孩子們是誰。讓他們喬裝也是為了讓他們比較不緊張，提高他們的自信。她注意到他們三個在玩裝扮遊戲的時候，都變得比較大膽：他們真的把自己轉變成了裝扮的人物。這其實是可以理解的，這是他們逃離父親掌控唯一的辦法。

她上床之後，卻輾轉反側，難以入眠。她一直在回想過去：這三年來，她幾乎每天都跟這三個孩子在一起，但似乎所有事情都發生在兩、三天內。她想這大概跟每日千篇一律的例行工作有關，許多日子都模糊地交織在一起。她那四十五年的教職生涯也差不多是如此，在她的心裡壓縮到只有幾個月。然而，就像她在退休後會懷念教書的例行工作一樣，她以後也會想念這項例行工作。當然，她也會想念這三個孩子。

她已經愛上了這些孩子了，這一點她非常清楚。但是，她從未真正了解他們任何一個。這三年來，他們從來沒有表現出任何獨特的個性。他們其中——無論是麥可、加百列或是拉斐爾——都沒有一個比另外兩個孩子更頑皮、更害羞或是更開朗。漢娜曾經說過，他們的大腦可能被一些無形的線給牽連著。他們的個性好像也是如此，三個孩子都很內向——雖然他們對周遭發生的事情感到十分好奇，但他們基本上大多沉默寡言。就像他們的父親，她傷感地這麼想——但不同的是，他已經失去了對事物的好奇，也或許他從未有過這種感覺。假使她有更多時間的話，她或許能夠陪著孩子們成長、茁壯，幫助他們表達藏在內心深處的感受，那麼，他們長大就不會像他們的父親一樣。

假使她有更多時間的話……她想著想著就睡著了。

第二天早上她到達醫生家的時候，差幾分鐘就五點半，霍佩醫生這時剛剛從屋子裡出來，計程車還沒到。她感到自己的心噗通噗通地直跳。醫生並沒有和她打招呼，但她決定假裝他們之間好像沒有發生過什麼事，問：「孩子們醒了嗎？」

「我不知道。」醫生回答，他正開著院子的大門。

「我可以去看他們嗎？」她問。

「妳自己決定，妳有鑰匙。」他站在那裡向街頭張望。

「你什麼時候回來？」她問，「這樣我才知道什麼時候要把晚餐準備好。」這是她巧妙的計策，但他的回答卻讓她失望。

「不用管我的晚餐。」

「那麼，好吧。」她低聲嘀咕著，沒再看他一眼就沿著小徑走向前門，這時她身後傳來了車子駛近的聲音。

「麥可、加百列、拉斐爾，起床嘍！」

她開了臥室裡的燈。孩子們咕噥兩聲，沒有其他的反應。

「起來啦，我們要出遊了。」

三個孩子一骨碌地從床上坐了起來，個個眨著一雙大眼。她深深吸了一口氣，逐一端詳他們的臉龐。

「妳說什麼，孟浩特女士？」麥可問，他用手背揉著雙眼。

「我們要出門了，我要賦予你們一個任務。」

「一個任務？」

於是，她把準備好的服飾拿出來給他們看。三件斗篷、三頂帽子和三個紙板做成的面具。斗篷和帽子分別有紅、綠和藍三種不同顏色，面具則被她塗成了銀灰色。

「今天，你們是三劍客，為國王效命的騎士。」

「什麼國王？」拉斐爾問道。

「比利時國王博杜安一世，國王賦予他的三劍客一個任務。你們必須去奪取三國交界點。」

他們費了一番力氣跟時間才聽進這些話。

「你們最好趕快起來了，免得國王改變心意喔！」她又說道。一眨眼的工夫，三個孩子都已經在他們的床邊立正站著。

他們一穿好衣服，她就幫他們戴上了面具，她已經在面具上為他們的眼睛開了兩條縫，也為他們的嘴剪了一個孔。接著，她幫他們戴上帽子，穿上斗篷。他們撫摸著布料，彷彿那是寶貴的絲絨一樣。

「等一會兒，還缺了點什麼，」孟浩特女士說，然後從袋子裡十分神氣地取出三柄木劍，「首先，你們必須被封為騎士。」

面具後面的三雙眼睛目不轉睛地盯著那三把劍。

「跪下。」她說。

她以簡短、莊嚴的方式進行這個儀式。孩子們都低下頭，跪在地上。她用手中的劍輕輕地點了點他們的頭頂和肩膀：「拉斐爾，我謹代表國王，特此將你命名為波爾多士，三劍客裡最聰明的騎士。加百列，我代表國王，特此將你命名為亞拉米斯，三劍客中最高尚的騎士。麥可，我代表國王，將你命名亞多士，三劍客裡最勇敢的騎士。」

她把劍賜予孩子們，他們馬上就被灌入了三劍客的精神。三個孩子都抬頭挺胸，高高地舉起了手中的劍，口裡念著她剛才給他們的名字。她屏息看著他們走到浴室裡去照鏡子，那光禿的腦袋和面容上的缺陷大多被遮蓋了起來，這讓他們終於看起來像正常的孩子。他們原本的模樣彷彿一直是一種喬裝，因為他們的面貌讓他們看起來比這時穿戴了裝扮還怪異。

早餐的時候，孟浩特女士又教了他們兩件事情。她讓他們圍成了一圈，將手中的劍高高舉起，在他們的頭頂上方相互交叉，說：「我為人人，人人為我！就是三劍客的座右銘。這表示你們永遠都會彼此守護著。不論發生任何事情。」

他們的聲音在廚房裡迴盪：「我為人人，人人為我！我為人人，人人為我！」

最後，她提醒他們：「你們要記住，三劍客只服從上帝和國王的命令。所以你們不必畏懼其他任何人。」

「上帝和國王，」孩子們重複地說，「只有上帝和國王。」

然後，他們就出發去奪取三國交界點。這是一九八八年十月二十日，星期六早上五點五十分。

「我們會在長針走到二的時候到達。」孟浩特女士指著教堂尖塔大鐘上散發著黃色螢光的指針。他們已經在拿破崙街過了馬路，正經過一排房屋往三邊界路的方向走。二十分鐘到達邊界，在那裡停留十五分鐘，然後二十分鐘回到家，剛好在日出前到家。

孩子們走在她的右邊，三個人都準備好了隨時拔劍，並且不斷地回頭張望，好像隨時會遭到伏擊的樣子。地面上籠罩著縷縷晨霧，其中一個孩子將劍揮掃過地面，霧就如青煙般散開來。

他們在橋前停了下來，過了橋下就是三邊界路的起點。

「我們必須經過橋下的通道，」孟浩特女士解釋，「然後就要開始爬上瓦爾斯堡山，三國交界點就在那裡。你們準備好了嗎？」

三個男孩點點頭。亞多士扶正了臉上的面具，亞拉米斯將自己的劍握得更緊，波爾多士則輕碰了一下自己的帽子。孟浩特女士露出了微笑，但那個讓她整夜不舒服的感覺依然沒有消退。

「好極了，」她如同在舞台上演戲般輕聲地說，「你們要記得：我為人人……」她把食指放在嘴唇上。

「……人人為我。」他們低聲地接著說。

上山的路比她印象中更長，也更難。她沒有讓孩子們離開自己的視線片刻。開始的時候，山坡的斜度還不大，但過了第一個轉彎後就開始變得越來越陡峭。這可以從孩子們前進的速度看出來，他們一開始帶著孩童具備的衝勁，用他們瘦小的雙腿難以負荷的速度跑了一百公尺，但隨後就放慢了步伐，過了十分鐘左右，他們幾乎沒有前進幾步。孟浩特女士在這之前就想過孩子們是否有足夠的體力來走這段路，後來決定即使她得背他們，也要上去。她剛開始有這個出遊的念頭時，曾經想過可以請漢娜・庫伊克開車帶他們上山，但後來決定她要自己進行，就她和孩子們，沒有別人。

沃爾夫漢姆的大鐘敲打六下，鐘聲很快地從山谷傳上瓦爾斯堡山。孟浩特女士數到鐘聲的最後一聲時，挺起了胸膛，深吸了一口氣，便向孩子們宣布：「三劍客從這裡開始騎馬上山。」然後把孩子們抱起來，她一隻手抱著麥可和拉斐爾，另一隻手抱著加百列。三個孩子立即昂首朝天，將手中的劍指向前方。孟浩特女士也跟孩子們一樣神氣地昂起了頭，她心想，我們出發了。

這是一件相當辛苦的事。孩子們雖然都很輕──每個只有十三公斤──但通通加起來還是頗重。孟浩特女士很快就大汗淋漓，雙臂沉重如鉛，但她沒有片刻想要停下來。她只要看一眼其中一個孩子面具狹縫中的那雙碧藍眼睛，就找到了一股繼續的力量。他們在她臉龐呼出的氣息和靠著她胸前的小身體所散發的溫暖，都激勵著她堅持下去。這是她享受這些感覺的最後一次機會。

他們終於看到了瞭望塔。它像一隻巨大的昆蟲踩著細長的腿，隱隱約約地出現在他們眼前，下面泛光燈的強光將它照得很亮。三劍客張大了嘴，抬頭凝望著高塔。

「博杜安瞭望塔，」孟浩特女士大鬆一口氣說，「三十四公尺高。從瞭望台可以看到亞琛和瓦爾斯。天氣晴朗的時候，還可以看到列日。在上面，可以觸摸到天空。」

她真是不應該說這些話的，這就像是在孩子們面前揮動一袋糖果，然後跟他們說他們一顆也不能吃。

「我們可不可以上去？」麥可問，「一直到最上面？」他用劍指著瞭望台。

她搖搖頭，說：「瞭望塔現在關了。」

她小心地把孩子們放在地上，帶他們走到圍著瞭望塔的柵欄前面，鐵門的鐵鍊上了鎖。拉斐爾和加百列抓著欄杆，仰望著瞭望台，麥可也是一樣，只不過他同時還試著將一隻腿和肩膀擠過了欄杆。

「你看，我可以過去！我可以過去！」他大喊。

孟浩特女士嚇了一跳，猛力拽著他的手臂，把他從鐵門上拉下來。她用力得連手指都深深地陷入了他的肌膚裡。

「哎唷，好痛！」他大聲叫，她在瞬間看到他眼裡透露著那種平常只對他們父親才用的眼神，這才發覺自己有多麼粗暴。

「對不起，對不起。」她連忙說。她伸出手想要整理一下他的帽子，但是他躲開了。「我們下一次再上去。」她對他做出承諾，心裡卻知道不會有下一次。

「真的？」他問。

「真的。」

她深吸了一口氣，突然意識到自己有多麼的緊張。她這時才發現自己做的這個決定，是多麼衝動，這一點也不像她會做的事。她轉過頭，看到被泛光燈那束黃色光線照著的水泥柱子。

「你們看，三國交界就在那裡。」她溫柔地說，試著轉移他們對高塔的注意力。

孩子們似乎立刻就忘了剛才發生的事。他們看了柱子一眼，再彼此對看，又再盯著柱子，然後開始向柱子飛奔過去。他們的斗篷像鮮豔的雙翼在背後飄動。三個孩子幾乎同時到達，他們像是逮到小偷似地緊抱著柱子。

「我們抓到了！我們抓到了！」他們興奮地呼喊著。

孟浩特女士笑了。「國王會很高興的，」她走向他們說，「我想現在是你們喊戰鬥口號的時候了。」

三劍客點點頭，隨即將劍舉過了頭。現在是六點十五分，三個小孩的聲音在三國交界點的空中飄蕩：「我為人人，人人為我！」

孟浩特女士吞嚥了一下唾液，做了兩次深呼吸，然後往後退了幾步，指著地面說：「你們每個人都站在不同的國土上，先往後退一步。」

他們可以辨認出水泥柱上白漆寫的字母「B」、「D」和「NL」。孟浩特女士拿出了一枝粉筆，蹲下來在地上畫出邊界的界線。孩子們盯著她的每一個動作。

「這是比利時，這是德國，這個就是荷蘭，」她說，繞著柱子和三個孩子，「比利時，德國，荷蘭。比利時，德國，荷蘭。你們懂嗎？」

三個小腦袋上上下下地直點著。

「好啦，那現在該你們了。」

她向後退了幾步，屏息看著孩子們開始緩慢地圍著柱子繞著，然後越來越快。三個孩子一邊繞，口裡一邊叫著自己所站的國家的名字，他們三個同時轉頭看她的時候，她從那銀色面具的孔裡看到他們眼睛閃爍著光芒，頓時一股暖流如洪水般地湧上了她的心頭。這就是她這麼做的原因，她這時明白了——就是為了這個。

「來吧，亞拉米斯、亞多士和波爾多士，」她過了一會說，「你們已經達成了任務。現在，我們必須趕緊回去了。」

「再一次啦，孟浩特女士，再一次就好了。」亞多士懇求。

「好吧，那就再一次。」

他們拖著腳步，很慢很慢地又繞了一次這個三國交界點，一邊走一邊伸出一隻手或是一隻腳，如此就可以同時在兩個國度裡。她記得自己的學生以前也這麼做過，在這一方面，麥可、加百列和拉斐爾跟別的孩子沒有什麼不同。至少，在這一方面。這個念頭來得太猝然，把她之前有的那種暈眩的感覺又帶了回來。

在他們走下瓦爾斯堡山的路上，她那不舒服的感覺一直沒有消失。她想像在這之後自己會有什麼樣的日子。寂寞，她會變得很寂寞。就如從她退休之後到遇到這三胞胎之前一直伴隨著她的感覺。寂寞，她無法將這詞從腦海中揮去。

「過來，孩子們，靠我近一點。」他們走了五分鐘，拉斐爾和加百列已經落在後面好幾公尺。她轉過身，尋找麥可，頓時感到自己的心像是漏跳了一拍，麥可已經毫無蹤影。

「麥可呢？」她的聲音聽起來有些急促和尖銳。加百列和拉斐爾四處張望，他們也沒注意到自己的兄弟不見了。

「麥可！麥可！」孟浩特女士開始大聲喊叫。

但是沒有回應。她抱起了加百列和拉斐爾，回頭就往山上跑，跑回三國交界點。她有一種很不祥的預感——結果，這個預感真的沒錯。麥可正爬著高塔，他已經爬到第二十個階梯，並且還在往上爬，他的雙眼盯著瞭望台。泛光燈那強烈的光線似乎正追隨著爬著高塔的他。

「麥可，下來！」她把加百列和拉斐爾放到地上。

麥可回頭看了一眼，舉起他的劍向兩個兄弟高呼：「我要去奪取亞琛和瓦爾斯！還有列日！然後我要一直爬到天上！」他在空中揮舞著手中的劍，然後又繼續往上爬，似乎沒有任何事情可以阻擋他。

孟浩特女士覺得自己腳下踩的土地好像塌陷了。「麥可，馬上下來！」

「我不是麥可！」她聽到他說，「我是亞多士，三劍客裡最勇敢的騎士。」他的斗篷在背後飛舞著。

「麥可，回來！」

「亞多士！我的名字是亞多士！」

「麥可，不要再鬧了！這不是遊戲的時候！」

但是對於麥可來說，這並不是一個遊戲。這時他是亞多士，完全變成了亞多士，三劍客裡最勇敢的騎士。他只有在當亞多士的時候才敢爬那麼高，不是在當麥可的時候，她突然明白了這一點。

「亞多士！」她喊道，「亞多士！停下來！下來！」她的聲音傳到塔上。

他的腳步僅僅遲疑了一下，但又接著喊道：「三劍客只服從上帝和國王，是妳自己這麼說的！」接著，有那麼一瞬間，他往下面看了一眼。這時他已經爬到離地面十公尺左右，他從來沒有到過這麼高的地方。這讓他大吃一驚，突然有些畏縮，並往後退了一步。孟浩特女士看到了，他的兩個兄弟也看到了。突然間，他失去了平衡。有人尖叫了一聲。他本能地一鬆手，手裡的劍就滾落下來，掉到塔下的水泥地上。隨著砰一聲很大的裂響，劍柄和劍刃摔裂了開來。

菲利克斯．格魯克到沃爾夫漢姆阿爾伯特街十七號按奧托．萊辛格家的門鈴的時候，正好是六點四十五分。

「萊辛格先生，有個孩子被困在高塔上面。」菲利克斯看到一個大頭從樓上窗戶伸出來，便這麼喊著。

「什麼？」奧托回答，「怎麼可能？等等，我來了！等一下！」

這天清晨，來自亞琛的汽車修理廠技工菲利克斯．格魯克在日出的時候慢跑到三國交界。到了這裡，他很驚訝地發現一位女士和兩個小孩坐在瞭望塔旁邊的一張長凳上。他們三個人都低著頭，雙手緊握，似乎正在祈禱。這位將花白的頭髮別成了一個髻的中年婦女把菲利克斯看成了上帝派來的使者似的。「感謝上帝！」她喊著，雙眼仰望著天上。她身邊的兩個孩子都身穿喬裝的服飾，不但臉上戴著面具，穿著斗篷和戴著帽子，大腿上還擺著一把木劍。

這位女士自稱是夏洛特．孟浩特，她指著在博杜安塔上十公尺左右，一個縮成了一團，一動也不動的小男孩。她乞求他跑下山，到沃爾夫漢姆去找高塔的看守員奧托．萊辛格。他有鑰匙，能夠打開鐵門。

菲利克斯．格魯克只花七分鐘就從三國交界點跑到了沃爾夫漢姆，打破了他個人的紀錄。

「孟浩特女士？」高塔的看守員在聽菲利克斯．格魯克描述時驚訝地叫道。

「還有她的三個外甥孫。」技工點了點頭，瞪著奧托．萊辛格的啤酒肚。

「三個外甥孫？喔，你指的是霍佩醫生的兒子。」

「是她自己說那三個男孩是她外甥孫──她妹妹的孫子。他們都戴著面具，所以我沒有看到他們的臉。反正，他們都很小就是了。我想大概是孩童吧！他們只有這麼高。」他用手在自己膝蓋上方大約十公分左右畫了一道。

「那就是醫生的孩子嘛！沒有別的解釋了。那醫生呢？他沒有跟他們在一起嗎？」

技工格魯克聳了聳他粗壯的肩膀。

「這很奇怪，」萊辛格說，「真的很奇怪。」

一會兒後，他們兩人就坐在看守員的西姆卡老爺車裡，往三國交界點駛去。車子發出很大的噪音。

「排氣管有一個洞。」汽車修理技工立刻說。

「我知道，」萊辛格在一片喧囂中大聲嚷著，「我已經訂了一部新車，但要下個禮拜才會到。」

萊辛格用第二檔把車子開到了橋下。就在車子開始駛上三邊界路的時候，他問汽車修理技工夏洛特·孟浩特那麼早到三國交界做什麼。

「不曉得，」他回答，「我問過她，但她沒回答。她只說他們必須回到村子裡，而且要盡快。」

「她啊，得耐心地等一會兒。」萊辛格說，他把車檔換成了一檔，因為老爺車西姆卡快爬不上山了。

他們透過擋風玻璃看到高塔時，格魯克指著高空：「那男孩在那兒！你看到了嗎？」

看守員點點頭，把鼻子貼在擋風玻璃上。

那蹲著的男孩蜷縮得宛如一顆球，背上好像披著一種布，雙臂緊抱著樓梯的一根欄杆。

孟浩特女士這時站在鐵門旁，她的臉幾乎和披在她肩上的披肩一樣的慘白，兩隻手各牽著一個孩童。由於孩子們戴著帽子，高塔的看守員無法看出來他們是不是光頭，但是他從一個面具的嘴孔瞥見了一道疤痕。

就在奧托．萊辛格打開大門的時候，格魯克打量了一下眼前這名魁梧的婦人，她的兩條腿正不停地顫抖。

「對不起，」孟浩特女士低聲地說了幾遍。她正努力強忍著眼中的淚水，但儘管如此，她看起來還是很剛毅。他覺得，如果她穿上黑色的修女服，一定會被人誤認為修女。

「在這裡等我，」萊辛格說，他穿過了大門，大步走向高塔，但孟浩特女士立刻跟在他的身後。

「我也要上去，」她說，「不然他永遠也不會下來。」

看守員聳聳肩。他抓著梯子的扶手就開始順著台階往上爬，孟浩特女士緊跟在他的後面。

「會發生這種事，實在很糟糕，」他頭都沒回地說，「這座塔很快就要拆除了，他們準備在原地另蓋一座新塔。」

孟浩特女士沒有回答。

「新的塔將會有五十公尺高，」他驕傲地說，「而且還會有電梯！」

她似乎沒有聽到他的話，他意識到她這時心裡只想著困在塔上的孩子，這是理所當然的。他們一定是醫生的孩子——他非常確定這一點。他轉過頭往下面瞥了一眼，另外兩個孩子正仰頭注視著他的每一個動作。萊辛格曾經看過這三胞胎，那時他的胸口突然感到一陣劇痛，於是急迫的跑去按醫生的門鈴。三個男孩當時正坐在醫生辦公室的桌子前，他們好奇的看著萊辛格，他也以同樣的目光打量他們。後來，他邀請醫生有空的時候帶三個孩子到三國交界走走，但醫生都沒有帶孩子們來過。

他們到了上面以後，看守員看到這孩子的雙臂把欄杆抱得緊緊的。他蹲下來，伸手想要抓住那雙細瘦的手臂，但那孩子開始大叫：「不要碰我！不要碰我！」

他那尖銳的聲音像鋒利的刀子，劃破了天空。奧托．萊辛格驚得後退了一步，撞著了孟浩特女士。就在他一隻手試著抓住欄杆的時候，他的另一隻手不小心碰到了那孩子的帽子，把它給弄歪了。眼前的景象卻消除了他心中的懷疑：一個布滿了青色靜脈網絡的大光頭。

「你看，就是醫生的小傢伙們！我就知道！」他驚嘆道。

孟浩特女士趕緊把頭轉向孩子。「讓我來試試看。」她說，然後彎下身子，開始用一種溫婉的口吻跟他說話。

看守員聽到她喊了幾次麥可的名字。菲利克斯．格魯克從下面看到孟浩特女士最後終於將小男孩抱在懷裡。她試了一下，想幫他把帽子戴上，但是他啪地一聲把她的手給撥開，大聲尖叫：「不，不，我已經不是三劍客了！」然後用另一隻手將自己的面具拉了下來。

他的另外兩個兄弟猶如接收到什麼訊號似的，都決定仿效他。他們猛地一揮，就推掉了帽子，扯下了面具。

修車廠的技工發現自己張口結舌地看著他們。

「他們有幼童的身體，卻有老人的臉。」他後來在修車廠跟一位顧客說，「他們有病，病得很嚴重，這很明顯。」

孟浩特女士到達塔底的時候，格魯克很想看看她手中的男孩是否和另外兩個孩子長得一樣，但這孩子一直將自己的臉埋在她豐滿的胸前。

「你們看我找到了什麼！」看守員喊道。他站在大門前，滿臉通紅地揮著一把斷成兩片的木劍。他把這兩塊木片交叉擺在一起，然後微笑地說：「這只需要幾根釘子和一點膠水就可以修好了！然後你們又可以玩了！」

但是孩子們表現得就像沒有聽到他的話似的。

萊辛格聳聳肩，將斷掉的劍夾在腋下，然後把門鎖上。「要不要我開車送妳回醫生家，孟浩特女士？」他問。

她兩眼無神地望著遠方，過了一會兒才把眼神轉向他，搖搖頭說：「喔，不，不需要了，真的。」

「但我堅持要送你們，孟浩特女士，」看守員堅決地說，「我要是把你們留在這裡，醫生一定永遠都不會原諒我。而且，孩子們大概比較想坐車回家，不想走路——我說得對不對？」

她又沒有回答。菲利克斯．格魯克凝視著男孩們。小火星人，他想——他們看起來就像小火星人，差別只在他們不是綠色。他聽到孟浩特女士深呼吸了幾下，然後答應了萊辛格的要求。

萊辛格點點頭。「這是很明智的決定，孟浩特女士。」他走到自己的車後，打開後車廂，把斷劍丟向裡頭。

格魯克這時打開了後車門。「請進，女士，妳要不要和孩子們坐在後面？我想這樣會比較好。」

她經過他身旁，匆匆地看了他一眼。「感謝你，」她說，「真的很感謝你。」

她的眼神柔和，這讓她頓時看起來比較親切。

孟浩特女士和孩子們很快地鑽進後座，看守員也上了車，車子有點往他坐的那一邊傾斜。

「格魯克先生，謝了，再見！」萊辛格喊道，將頭伸出了窗外。

「再見！」格魯克說，他的聲音被那車子震耳欲聾的噪音給淹沒了。

五分鐘後，特米努斯酒吧前的人行道上有一群人看到了這部車開進村子裡。

「我先生在那兒！」萊辛格太太大叫，向他揮著手。

他在遠處將手臂伸出車窗，向她豎起了大拇指。

「老天爺，看樣子一切都沒事了！」她鬆了一口氣地說。

老爺車慢慢地經過了圍觀的人群，奧托·萊辛格做了一些手勢，表示他要先把車子裡的人送到醫生家。但這些人只注意誰坐在車子的後座。

群眾中有人說：「我不早就跟你說了？」這就為他們接下來的議論定下了調子。

11

事情被她自己搞得一團糟。這是孟浩特女士坐在奧托．萊辛格車子裡得到的結論。她不但為自己惹了大麻煩，也讓孩子們十分失望。他們一句話都沒有說，甚至回到家以後，也沒說什麼。這時候，他們已經筋疲力竭，所以一到家她就讓他們上床睡覺去了。她自己到廚房的桌子前坐了下來，壓抑已久的情緒這時才如潰堤的洪水，一發不可收拾地宣洩出來。她幾乎無法清楚地思考，頭腦裡不斷地問著這個問題：自己怎麼會這麼愚蠢？

過了一個鐘頭以後，她才能讓自己平靜下來。然後，她問自己接下來要怎麼做。她已經把自己逼到牆角。在她自己顯得這麼沒有責任感之後，她又怎麼能夠指控霍佩醫生疏於照顧或是虐待自己的孩子呢？醫生一定會趁機把所有的責任都推到她身上。所以，這時比以往更需要找到一些證據來證明醫生的邪惡企圖。只有這樣，她才能夠走下一步。

於是，她開始搜尋證據。她可能有整天的時間，但這也不一定。她不知道要到哪裡找，或是自己到底要找什麼。

她從醫生的辦公室開始。她原本以為所有的東西都會被好好地鎖起來，但實際上並非如此。她打開一個抽屜時，病人的資料像手風琴一樣，呈扇形散開，但她約束自己只翻閱「H」部分的資料——除非真的必要，她不希望受到責怪。如果到最後還是找不到任何線索，她就會翻閱其他的資料。可惜的是，「H」的資料沒有給她任何頭緒。

她在其他抽屜裡也沒有找到什麼特別的東西，只有一些醫療用品——剪刀、針、繃帶、脫脂棉和橡膠手套。手套！她忽然想到自己已經在四處留下了指紋，這讓她更覺得自己像是一名入侵者。可是，她這麼做是有原因的！——其實，是三個原因，正在樓上睡覺的三個原因。這讓她鼓起了勇氣，繼續搜尋，最後還是找到了一些東西。

她在一個櫃子裡發現了一疊相冊。她或許可以找到一些揭示醫生過去的照片？一些醫生在兒童或是青少年時期的照片，他母親的照片，或者他那曾經也是家庭醫生的父親的照片。說不定還可以找到一張他太太的照片，麥可、加百列和拉斐爾的母親！她是誰？她是什麼樣子的人？夏洛特經常想著有關她的事，尤其是，有一天孩子們必定會開始問有關她的事情。但是夏洛特對她知道得非常少，她在這裡工作的這幾年來，醫生只提過她一次。夏洛特那一次問醫生有關她的事情，他只說自己對孩子們的母親所知不多，如此而已，但這自然讓孟浩特女士覺得奇怪。她暗自想，麥可、加百列和拉斐爾的母親或許沒有死。她可能從來都沒有跟醫生結婚，孩子們或許是縱情的結果。她曾經與漢娜・庫伊克談論到這些可能性，那時漢娜猜測得更大膽。「也可能是強暴！」漢娜這麼認為。或者，他與某個病人之間有一些曖昧的關係。漢娜還說，這也可以說明他為什麼願意放棄波昂，跑到像沃爾夫漢姆這種小村莊。那個女人對他提出了控訴，讓他名譽掃地。而且，她大概也不想留著嬰兒，因為他們長得實在太——「請原諒我這麼說」，漢娜說——醜。所以，對醫生來說，孩子們會讓他聯想到自己的恥辱，這也是為什麼他無法如一位父親一般地愛他們。

孟浩特女士站在問診室裡翻閱櫃子裡的相冊時，不由得想起了她與漢娜的這段對話。她對自己看到的東西毫無心理準備，這與她原本想像的完全不同。

她過了片刻才明白過來。她拿下了第一本相冊，它的右上角標著「V1」的記號，她不懂這是什麼意思。相冊裡全都是用拍立得拍的照片，這可能是醫生自己照的。每張照片下面的空白處都會用簽字筆寫上註明——又是「Ｖ１」的符號，後面寫著日期和年份，這本相冊裡寫的是一九八四年。這些照片本身有點奇怪：只有一隻手，一隻腿，一隻腳，一個耳朵或是一個肚臍眼。她隨意地翻閱了一會兒後，就曉得整本相冊都是這個樣子。然後，她又翻到前面，看著第一頁。

她馬上就認出了照片裡的嬰兒。他在第一張照片中赤裸地仰臥著，可能是在床上或是沙發上，她無法分辨出來。她不知道這是三胞胎中的哪一個，因為沒有名字註明，但是有日期：一九八四年九月二十九日。是孩子們的生日那天。接下來讓她心悸的是唇顎裂的照片，這並不是唇顎裂的疤痕，因為那時疤痕還不存在。這完全不同，它是一個傷口，一個裂開的大洞。

看到下一頁，她就肯定這絕對是一個大洞，這讓她極為震驚。醫生照這唇顎裂和他照那些手、腳和其他身體部位所採取的是一樣的手法——特寫。

她倒抽了一口氣，啪地一聲把相冊合上，但那些照片已經在她的心裡烙了印。

她抽出來下一本相冊，封面上標著「Ｖ２」的記號。她隨便翻開幾頁，發現裡面的照片跟第一本相冊完全相同。但她還是去架子上拿第三本相冊，封面上跟她預料的一樣：有「Ｖ３」的記號。這本相冊也一樣有手、腳、腿，還有身軀、後腦、肩膀、眼睛……每一樣都有。

每一樣。

她感到頭暈目眩，必須在桌子旁的一張椅子坐下來。

過了一會兒，她開始在座位上數著相冊的數目，總共十二本。這算起來很簡單，每個孩子一年一本相冊。

但這不夠。這可以證明什麼？沒有什麼。她花了一個早上，最後得到了這個結論。她找到這些相冊以後就停止搜尋，走到樓上孩子們的臥室裡。他們都還在睡覺，她沒有久留，因為她在他們身旁無法思考。她注視他們的時候，那些照片就會一直浮現在她的眼前。

她回到了樓下，走到電話前想要打電話給漢娜，卻又不斷地猶豫。她覺得自己應該先把事情弄清楚。但她後來還是撥了漢娜的電話號碼。

沒有人接。

她為自己弄了一碗湯，強迫自己想想別的事情。她也洗了碗，熨了衣服。每過一會兒，她就覺得自己好像無法呼吸。她要怎麼辦？應該怎麼辦？她真的已經心慌意亂。

最後，她還是回到了醫生的辦公室，這裡應該還有更多的線索。這次，她的目光立刻投向那扇通往實驗室的門。這就是每次孩子們生病，他把他們留置並進行隔離的地方。那扇門並沒有鎖，這讓她有一點失望，因為這就表示他在那裡面藏什麼東西的可能性比較少。

她並沒有經常到實驗室。醫生自己負責打掃這個房間，她進來的那幾次看到他把這裡打掃得很乾淨，一塵不染，有條不紊。

這時她又注意到這個房間是多麼的乾淨，沒有灰塵，也不凌亂。但這次有點不一樣，所有的玻璃杯、罐子和碟子——每件器具，包括顯微鏡和顯示器——看起來像是全新的，彷彿從未有人使用過。以前，她每次往房間裡面窺視的時候，總是會看到某處有什麼東西在冒泡或是冒著熱氣；在桌上和櫃子裡也擺著各種有蓋的培養皿和裝滿了液體的試管。但這次不同，這房間看起來像是近來經過了裝修，正等著新住戶似的。這是她的第一個印象，但不久，她又有了不同的結論：他湮滅了證據。他已經清除和丟棄了所有的東西，毀滅了證據。

她已經晚了一步。很可惜，這是她不得不做的結論。

她決定再翻閱一次病人的資料，但在這之前，她先回到那個堆放相冊的櫃子。她克服著心裡的反感，開始翻閱所有的十二本相冊，粗略地從頭到尾看了一遍。她雖然已經知道在相冊裡會看到什麼，卻還是不停地嚥口水。她原本希望自己可能會找到一張卡在兩頁之間的照片或紙條，一點能夠幫助她的線索，但什麼也沒有。在她翻到最後一頁的時候，覺得自己好像也正在關上孩子們生命的最後一章。

這時候，她放棄了。她已經沒有力量和勇氣繼續探究。她想要與麥可、加百列和拉斐爾共度剩下來的時光。等醫生回來以後，再看會發生什麼事，她只好等著看了。

就在她把最後一本相冊放回櫃子的時候，她的目光落在另一個架子的一疊雜誌上。這都是一些像《自然》、《細胞》和《細胞分化》這類的英文期刊，她拿起幾本抖動了一番，看看有沒有什麼東西會掉出來。但這最後的努力——她已經知道沒什麼希望——也沒找到什麼，直到她把雜誌放回架子上的時候，注意到了一個男人的照片，這張照片刊登在一本《細胞分化》期刊的封面，她立刻就認出他了，從他一頭的紅髮和遮蓋著那疤痕的小鬍子就可以看出來了，他那時還沒有長大鬍子。照片下面有一段文字說明，其中一個詞引起了她的注意：「實驗性的」。她在期刊中找到了醫生自己寫的這篇文章，文章標題：「哺乳動物胚胎實驗遺傳學」，標題上方寫著「維克多．霍佩醫生」。

「哺乳動物，」她大聲說道，這讓她想起法文的mammalien這個詞，「哺乳動物胚胎的遺傳實驗。」她不由自主地顫抖起來，並看了一眼封面上日期，期刊是在一九八二年三月出版。

她越來越震驚，開始翻閱其他期刊。每一本期刊裡都會提到霍佩醫生的名字，有時還會附上他的照片，但總是同一張照片：一張簡單的護照相片。有一些文章是醫生自己寫的，但大多數都是在談論他。亞琛大學將他描述成一位「有名的胚胎學家」，他在八〇年代早期顯然在那裡做過了一些備受矚目的實驗。這些作者都十分敬畏霍佩醫生，許多人甚至讚美他。但是，她再接著看，驟然發現這些文章的語氣開始轉變，並且用了一些如「調查」、「偽造」、「欺詐」和「混亂」的字眼，這些字眼令她驚愕不已，尤其是最後的兩個。

最後，她在這疊雜誌的最下面一本《自然》期刊中找到了最後一則有關他的文章。這篇文章很短，但光是它的標題就說得很清楚：「亞琛大學：維克多・霍佩辭職」。

她感到背脊起了一陣寒顫，再看看日期，她倒抽了一口氣：一九八四年七月三日。這是醫生搬回沃爾夫漢姆的前三個月。

她一個衝動，撕下了那篇文章。

欺詐和混亂。混亂和欺詐。她默默地重複著這些詞，因為她很想了解它們代表的義意。特別是「欺詐」，這個詞不僅讓她思索，還讓她得到安慰。畢竟，這表示醫生已經以某種方式欺騙過別人，也就是說他曾經說服別人相信他的一些謊言。這是她可以利用的一點。

她的腦海裡突然浮現一些話。他是怎麼說的？那是在她問到加百列背後開刀的傷口時。她那時好像說：「我不相信你。」或者是「我再也不相信你了。」

難道，連妳也對我失去信心？

連妳。所以，她不是唯一的一個人。

她有了頭緒，僅此而已，但這比她原本指望的多。她可以繼續做一些深入的了解，可以讓別人幫她翻譯這些文章，或是與亞琛大學聯繫。但是她不能操之過急，她不能有任何誤失。她心裡盤算著，當天晚上回到家以後就可以開始。然後，她還有星期日整天。一直到星期一早上她才需要對自己做的事情辯護，她猜想，到那時候，醫生的一些病人大概就已經告訴他在三國交界發生的事情。她希望到那時候她已經有所進展，即使沒有，她還是會有時間。總之，現在如果醫生解雇她，她也不在意了。

霍佩先生在那個星期六的下午五點半回到家，那時孟浩特女士和麥可、加百列及拉斐爾正在教室裡。孩子們大約在兩點鐘起來以後，她讓他們吃了點東西，然後把他們帶到樓上，但他們沒有上課。孩子們都心不在焉，她自己也無法集中精神。但是，她還是有念書給他們聽。她從兒童聖經裡選了〈大衛和歌利亞〉的故事，故事裡描述一個平凡的牧羊人如何殺死一個大巨人。

「你如果不高大也不強壯，就必須靈敏一點。」她在故事結尾的時候跟他們說。然後，她要他們畫一張有關這故事的圖畫。

「那個巨人到底有多大？」加百列很想知道。

「三公尺高，甚至比這還高。」她將手臂儘量地向上伸展。

「我的紙太小，畫不下他。」

「你得按比例來畫。你需要將所有實際的東西都畫得比較小。」

對他們來說，這是一個很難理解的概念。他們不知道怎麼將具有實際大小和真實的事物在頭腦裡轉換成較小和平面的形象。不知什麼緣故，她無法讓他們理解這一點，他們只能想像實際的東西。她在一張紙上畫了大衛和旁邊一個比他大四倍的巨人。

「但那不是巨人，他太小了！」加百列大聲嚷著。

「好吧，你們照著畫就是了。」

她發覺自己那天下午沒有太多的耐心。她當然很緊張，不但一直看著手錶，還咬指甲。每次一有車子開過，她就會將窗戶開一點縫隙，屏住呼吸。

到了五點鐘左右，孟浩特女士終於按捺不住了。她讓三個孩子專心聽，然後開始問他們問題。她要讓他們做好準備。她沒有說「如果有人問你們……」只是簡單地問，「你們覺得父親怎麼樣？」

「他很壞。」

「為什麼？」

「他做很壞的事情。」

「哪種事情？」

「用針。他用針戳我們。很長的針……」

「就這樣嗎？」

孩子們想了一會兒，卻無法想到其他的事情。這讓她了解到，實際上沒有其他任何事情。無論她覺得醫生犯了什麼錯，都很難提出證明。到最後歸納起來，就是他對孩子們不負責任的行為，甚至可以說不人道。但是，他從來沒有對他們大發脾氣，也沒有打過他們。事實上，他只有為他們做身體檢查而已，即使過多了一些，但也只是如此而已。他把他們關在屋裡，但這算是犯罪嗎？

她大嘆了一口氣，試著整理了一下思緒。欺詐和混亂，這才是她應該專注的問題。

到了五點半的時候，一部計程車在屋子前停了下來。孟浩特女士走到窗前，她感到自己的心怦怦地跳著。醫生一下車，她就不由得往後退，讓他看不到自己。「你們父親回來了，」她對孩子們說，「你們最好收拾一下，他等一會兒就會上來。」

但是他沒有上樓。

她等了五分鐘。然後，十分鐘過去了。她聽到他在樓下的辦公室裡，心裡迫切地希望他不會發現自己曾經在裡面四處窺探，並努力回想自己有沒有把所有的東西都放回原處。

他為什麼不上樓來看看是否一切都沒事？

她決定自己要帶著孩子們下樓，然後離去。她走到窗戶前想要打關窗戶，外面有一種聲音引起了她的注意。她抬頭看看，除了遠處有些殘雲以外，天空一片蔚藍，但聽起來彷彿暴風雨快要來臨似的。她把窗戶推開了一點，然後把身子探出窗外。那隆隆聲來自拿破崙街的另一頭，而且越來越近。她聽過這個聲音，但一下子不太記得在哪裡。這有點像一大群車隊的聲音，但又不是。

忽然間，她記得了這個聲音，她的臉卻變得如白紙一樣的慘白。她從麥可、加百列和拉斐爾抬頭的樣子就知道，他們也認出了這個聲音。

「那部車子，」加百列說，「這是那個先生的車子。」他的聲音此時幾乎被已近的車聲給掩蓋。

孟浩特女士沒說什麼，只是專注地聽著。她瞄了一眼自己的手錶，快要五點四十五分。奧托．萊辛格可能正從三國交界回來，他在那裡讓博杜安塔一直開到五點。他要回阿爾伯特街，她心裡想；他不會停下來。

但是他停了下來。那破損的排氣管發出的震耳噪音持續了幾秒，然後突然靜止下來。孟浩特女士吞了一下口水，往窗外看。瞭望塔的看守員已經把他的老爺車停在屋子前面。他傾身到駕駛座位旁的乘客座椅上拾起了一樣東西，走下車，然後砰的一聲把車門關上。他手上拿著那把小木劍，看樣子，他已經把它給修好了。這時用手捂著自己嘴巴的孟浩特女士，看到他在按門鈴。接著，他推開了沒有門的鐵門，走在通往屋子的小徑上。

她轉身看著孩子們。「我們今天禱告了嗎？」這句話就這麼地從她口中迸出來，連她自己也不知道為什麼。嗯，其實她知道，只是她不願意承認而已，她心裡很害怕。

她走到三張課桌前，三個孩子坐在那兒，乖乖地將雙手合起來。樓下的走廊上傳上來一些聲音。

「我們在天上——」她開始。

「畫十字的手勢，」拉斐爾打斷了她，「我們先要在胸前畫十字。」

「你說得對。」她說，然後舉起右手碰自己的額頭。

「以父為名……」

孩子們放低了聲，用她教他們的方式跟著她念禱文。她閉上了雙眼，聽著孩子們如歌唱般的聲音。

「我們在天上的父……」

她是絕對不會俯首屈服的。她已經下定了決心，一定要捍衛自己。她要告訴他這一切都是他的錯。不是嗎？

「免我們的債……」

「謝謝你，萊辛格先生！」樓下傳來醫生的聲音，「再見！」

孩子們平靜地繼續說他們的禱文。

「不叫我們遇見試探……」

樓下的大門砰的一聲關上。

「……救我們脫離兇惡。阿門。」

接著，她聽到了醫生上樓的聲音。她匆匆決定要起身去見他，希望這樣不會讓孩子們看到他們的爭吵。

「我馬上回來！」孟浩特女士告訴他們。她那一雙無法靜止不動的手顯示她心裡承受的壓力。在屋外，萊辛格先生的車子又開始發出一些噪音，但它這次發出的不是很大的轟隆聲，而是短暫、尖銳刺耳的聲音。她打開門走到樓梯口。

醫生這時也剛好走到這裡，手裡握著木劍。她看了一下他的臉色，想要揣測他的心意，但他還是像往常一樣面無表情。

「萊辛格先生。」他開始說。

屋外突然又傳來那車子震耳的噪音。醫生停頓了一下，又開始：「萊辛格先生送回來這把劍。他告訴我——」

「這都是你的錯。」她打斷他的話。孟浩特女士使勁地扭絞著雙手，她要奮戰下去。

「什麼？」

她想，他只是在偽裝，他在假裝無辜。

「事情落到這種地步，都是你的錯。」她說。

他低下頭。

「不是這樣的，」他說，「這不是我的錯。」

「你說什麼？」她既驚愕又憤怒地說。他開始搖頭，但雙眼依然緊盯著地面，說：「我做的是好事，我只有做好事。我原本不想發生這種事情。」

她覺得他看起來像是在胡言亂語，彷彿喝醉了一般，奇怪地將頭不停地左右搖晃著。外頭的車子再次發出尖銳的響聲，但醫生的聲音大得蓋過了它。

「是他要這麼做的，是他。我曾經試圖阻止過他。我試過。但是……」他用手摸了一下劍的木刃，向前踏出一步，但似乎有些不穩。

「我想要做的是好事，我一直想做的都是好事。」

混亂和欺詐。這些字眼又在她腦海裡浮現，於是她大聲地咆哮：「混亂和欺詐！」她往旁邊挪一步避開了他，「混亂和欺詐，這是他們對你的控訴。你欺騙了所有的人。過去是這樣，現在也是。」

外面突然傳來一聲巨響。這讓她驚了一下，但醫生似乎一點也沒聽到。

「妳不應該這麼說！」

他朝她又走了一步，她退一步。她感覺自己找到了他的痛處，她繼續說：「你無法接受事實，你沒有勇氣面對它。你高估了自己。」

「妳不應該這麼說。」醫生又說一遍，這時他把頭搖得更厲害，像一個做了不該做的事，被人發現後拒絕承認的孩子。醫生突然向前一撲，夏洛特．孟浩特猝不及防，立刻往後又退了一步，這時才驚覺自己正站在樓梯的邊緣，但已經太遲了。

「醫生？我的車子沒辦法發動。你可不可以……」

踏進醫生家門的看守員一時嚇呆了，「啊，老天啊！」他大喊。

霍佩醫生正蹲在孟浩特女士的身旁，她四肢攤開，橫臥在樓梯底端。醫生將自己的食指和中指按在她的喉嚨上，過了一會兒，抬起頭來。

「上帝賜予，上帝也取回。」他說。

奧托．萊辛格慢慢地在胸前畫著十字。

他原本不希望發生這種事。維克多．霍佩並不想讓這種事情發生。他只是想將那把劍還給她，僅此而已。但是她說了一些話，一些指控他的話。然後，有一種比他強大的東西進了他的身體。這是惡魔附了他的身，他自己知道。這個惡魔必須被擊敗。這，他也明白。

第二部

科學界的學術文獻通常如此描述維克多．霍佩的職業生涯：

德國胚胎學家維克多．霍佩於一九六〇年代以一篇關於細胞週期調控的優異論文獲得亞琛大學的博士學位。後來他在波昂待了幾年，從事生殖醫學專家的工作。到了一九七九年，他以單性繁殖的方法製造出小鼠的子代而震驚科學界。在這之後，他到亞琛大學擔任研究講座教授一職，並在一九八〇年十二月以複製小鼠再次震撼了科學界。他是首位將複製技術成功地應用於哺乳動物的科學家。三年以後，他被同僚指控欺詐。霍佩博士的實驗似乎無法按照他的數據得到印證，他又拒絕示範自己使用的方法。經過一個獨立委員會的調查之後，他在一九八四年六月結束了自己在該所大學的研究，並離開學術界。後來，有一些科學家對於整個事件表示有些遺憾，他們認為霍佩博士的離去，等於失去了一位傑出的人才。但另外一些學者依然認為他的研究只是非專業的粗劣做法。

甚至如今，人們還是這樣描述他的這段過去。除了霍佩博士的國籍以外，其他的敘述都很正確。但這只是真相的一部分，我們如果仔細地探究，就會發現另一個相當不同的故事。

一九八〇年十二月十六日，星期二下午四點半，在倫敦的《細胞》自然科學期刊主編接到了一通由維克多．霍佩博士打來的電話。這位主編覺得這個名字很耳熟，但一時想不起來是誰。霍佩博士用帶著德語口音的英語向他詢問該期刊下一期的截稿日期，並且興奮地說他自己有一些重要的消息。他的聲音聽起來不太清楚，彷彿話筒蒙上了一條手帕。

這位主編告訴他一月期刊的截稿日已經過了一週，現在校好的稿隨時都可能送到他的辦公桌上，但他們現在還是可以接受二月期刊的文章。

霍佩博士不願意等那麼久，他說：「這實在是太重要了。」

於是，這位主編很謹慎地問他是有關什麼內容。電話的另一端先是猶豫了一會兒，然後用一種很有自信的語氣說：「生物複製。我複製了一些小鼠。」

這句話讓這位主編坐直了身子。倘若屬實，這可真是一項重要的消息。這位博士在電話中透露的消息也喚起了他的記憶，他驀然想起維克多．霍佩是誰：這名德國生物學家幾年前在《科學》期刊中發表了一篇有關小鼠胚胎工程的重要文獻。

「啊！這可真是史無前例。」主編說。

「我希望能夠盡快發表我的實驗報告，你懂吧。」

「我當然懂，」主編回答，忽然變得很通融，「我或許可以想辦法把它排進這一期裡面。你可以今天把它傳真過來嗎？」

「噢，不行，要等到明天才行。」

「這樣會很趕。我最晚中午十二點以前一定要接到。可能做到嗎？」

其實他們還有一天的緩衝時間，但主編不願意告訴他。他怕自己給霍佩博士的時間越多，其他的期刊就有更多機會發現這件事情，然後搶走他們的獨家。

「十二點，我想應該可以。」

「那好極了。我可以請問你複製了多少隻小鼠嗎？」

「三隻。總共三隻。」

「那太棒了。我會期待閱讀你的報告。」

「我還有一點細節就寫完了，你放心。」

在亞琛的維克多・霍佩放下電話聽筒的時候，他答應隔天要交的那篇文章，其實並沒有多少字。他的頭腦裡的確有一份大綱，他在實驗過程中每一個步驟所得到的數據也都記錄了下來。此外，他也照了一些相片，但他只有這些。他知道自己必須特別強調他所使用的方法。他的同事們大多在細胞混合的過程中使用病毒作為載體，但如此的做法，即喪失了複製過程中最重要的步驟。霍佩博士採用的則是一種在一九七〇年代由英國戴瑞克・布魯姆霍爾博士研發的方法，他只稍做了一些改進：他是用微量吸管將供體細胞核注入細胞中，然後用同樣的微量吸管吸出該細胞原本的細胞核。採用這種方法，細胞膜只需被刺穿一次，因此也可以癒合得比較快。接下來，他會用細胞鬆弛素B這種當時最新發現的抑製劑來處理細胞，維持細胞的柔軟性，促使它與新的細胞核融合。

這在理論上十分簡單，但實際上，這種方法不但需要很多專業知識，而且操作需要的技術比穿針引線還要靈巧上千倍。他有許多次的嘗試都失敗了，有時候是細胞膜損害太嚴重，還有些時候是因為在吸取細胞核的同時也吸出了太多的細胞質。此外，供體細胞核與新細胞的融合也不是那麼的簡單，改造的細胞是否能夠形成胚胎也完全要靠運氣。霍佩博士並沒有謊報自己的數據。他所選的五百四十二個白小鼠細胞，經過顯微介入的過程後，能夠存活的細胞不到半數，該介入過程，是將這些細胞的細胞核換成褐色小鼠的細胞核。在這些存活下來的細胞中，只有四十八個細胞與新的細胞核成功地融合。這些細胞經過四天的培養後，其中只有十六個形成了很小的胚胎，能夠被植入一些白小鼠的子宮。雖然這個數目相當少——能夠活到倒數第二個階段的細胞不到百分之三——但對維克多・霍佩來說是一個很大的成就，這也是他的同事們永遠比不上的成就，因為那時他們所有的嘗試都是在培養皿的階段就失敗了。

接下來，他必須等三個星期，胚胎長成完整的個體才能出生。他利用這段時間再用一組細胞重複相同的實驗，但結果令他頗為驚訝，這組細胞沒有一個活過培養階段，這也表示他必須將所有的期望寄於這批被植入的胚胎上。新生小鼠是無毛的，因此霍佩博士還要等到三天，小鼠們開始長毛以後，才能知道他的複製實驗是否成功。那十六個經過他改造的細胞應該會長成褐色小鼠，另外還有十五個正常受精的卵子應該會形成與牠們母親一樣具有白毛的小鼠。

一九八〇年十二月十三日，這些小鼠在亞琛大學的實驗室裡出生了。為了安全起見，這些小鼠是以剖腹的方式從母體取出。這個過程比細胞核移植的顯微外科手術簡單多了，但霍佩博士還是必須竭力地集中精神，因為他緊張得手都在顫抖。

五隻母白鼠中的第一隻母鼠——他用墨水在牠們身上以一個點到五個點做標記區分——並沒有讓他得到他期望的結果，牠的八個胎兒全部都是死胎，其中只有三個胎兒看得出來是小鼠。另外五個胎兒，有兩個皺得像葡萄乾一樣，另外兩個像是縮皺的三個月大人類胚胎。最後一隻畸形的胎兒不但皮膚比皺紋紙還薄，還透明得可以看到內臟。霍佩博士感到失望，但他把第一隻母鼠的胎兒浸入甲醛溶液中後，又抱著希望剖開第二隻母鼠的肚子。這次，這隻母鼠的五個植入胚胎中，有四隻是死胎，並且都成對地連在一起。一對共有一個脊椎，另一對的臀部連在一起，共有一雙後腿。但他的注意力立即轉向第五隻，牠是另兩對胎兒的兩倍，但不僅如此，牠還活著！但僅此而已，這個小生物已經幾乎不動了——除了兩隻後腿有些抽搐以外——於是，醫生立刻抓起一根微量吸管，向牠那細小的口裡開始打氣。

「呼吸！快點呼吸！」他彷彿是在對某個人大喊。

***

「呼吸！快點呼吸！」

卡爾．霍佩醫生那變了調的聲音貫穿了這棟在沃爾夫漢姆村拿破崙街一號的房子，他剛剛為自己的妻子接生了一個男孩。這是一九四五年六月四日，一個星期一的早晨。整個產程花了九個小時，雖然他妻子的陣痛兩天前就開始了。

這是一名男孩，所以他的名字就是維克多，這是他們之前就決定好的。但孩子的父親首先想知道的並不是他的性別，他的目光最先落在孩子的臉上。透過了孩子嘴巴、鼻子和臉頰上的那層黏膜和血液，他立刻看到自己害怕的事情成真了：這男孩跟他一樣，有他父親遺傳下來的兔唇。

村子裡許多人認為，如果一個孩子天生就有這種缺陷，是因為孩子的母親在懷胎十週的時候看到了死野兔。就連他的妻子也相信這個迷信，儘管他已經跟她說過這是霍佩家族的遺傳，就跟他們的紅髮一樣。她在整個懷孕期還是儘量避開肉店，要是她不得不經過這家店那掛滿了肉的櫥窗，就會特別留心注視著正前方。

但這都沒有什麼作用，孩子還是一生下來就有兔唇。這是她問醫生的第一件事，她沒有問孩子到底是男的還是女的，而是他有沒有……她用顫抖的手指著自己滿是汗水的嘴唇。他只稍微地點了點頭，然後告訴她是個男孩，希望能夠藉此轉移她的注意力。她閉上雙眼，嘆了口氣。

男嬰出生時，瞬間呼吸困難，霍佩醫生立即將氧氣罩罩在他帶有缺陷的嘴巴，每隔三秒就擠壓著黑色的氣囊，往兒子的肺裡打氣。

「呼吸！快點呼吸！」他喊著。

如果他停止做人工呼吸，這孩子可能就活不了多久。但就在醫生自動捏著氣囊的時候，他確實問過自己，對這孩子來說，他沒有活下來，是否比較好。在這以前，他也接生過幾個容貌有缺陷的嬰兒，而且受損的程度比顎裂還嚴重，但他從未想過這個問題。他總是遵守自己的職責，竭盡全力去救這些孩子的生命。但現在，在迎接自己的兒子，自己的第一個孩子時，卻滿心疑惑。他自己的兒時記憶讓他猝然暫停了片刻。他每捏一下氣囊，就覺得臟腑好像被人刺了一下。他頓時停止打氣，告訴自己他只是在查看兒子是否能夠自行呼吸，這時卻感到自己肩上彷彿有一個沉重的包袱被拿掉了。

「他還活著嗎？卡爾。」他聽到身後的聲音，「求求你，告訴我他還活著！」

他妻子的懇求將他從恍惚中喚醒，他又開始盡力朝兒子的肺裡打氣。

稍過片刻，一陣尖銳刺耳的聲音回答了孩子母親的問題。

***

雖然維克多用盡了全力，那隻小鼠還是沒有活下來。十三隻小鼠，沒有一隻活的。這個實驗只完成了一半，霍佩博士有一種注定要失敗的感覺，但後來的結果證明這個定論還下得太早，因為半個小時後，他從第三隻母鼠中取出了六隻活的胎兒。這其中有兩隻的頭連在一起，所以幾乎一生出來立刻就死了，但其他四隻看起來毫無問題。每一隻小鼠胎兒猶如小孩的小拇指一般大，但有一條尾巴、四隻小腿和兩個耳朵。牠們還沒有毛的皮膚呈粉紅色，閉著的眼睛有些鼓脹，小嘴巴都已經開始開開合合地找著母親的乳頭。這讓維克多鬆了一口氣。這六隻植入的胚胎中，有三隻胚胎的細胞是經過改造的，所以在這四隻活下來的幼鼠中，應該至少有一隻是複製的。霍佩博士用顫抖的雙手將四隻待哺的幼鼠放在一個鋪著碎紙的盒子裡，然後將盒子安置於加熱燈下面。第一天，他先用一種滴管來餵牠們喝奶，然後會將每一隻幼鼠與一隻幾天前以自然方式生產的母鼠放在一起，因為沒有經驗的母鼠有時候可能會吃掉自己的新生兒。

他從第四隻母鼠又取出了四隻活的幼鼠，連最後一隻母鼠也給他較多的希望，牠的體內被植入的七個胚胎中，有五個存活下來了。因此，總共有十三隻小鼠，這個結果比他預料的好太多了。

過了三天之後，也就是一九八〇年十二月十六日的這天晚上，維克多發現在那十一隻小鼠中——有兩隻不知為何在出生的隔天死了——有三隻幼鼠開始長出黃褐色的毛，而另外八隻幼鼠那粉紅色的皮膚上長的顯然是白毛。過去七十二小時在他心裡堆積起來的壓力，一下子化為烏有，被一種恍惚代替。他就這樣發呆似地盯著那不斷地吸吮著母親乳頭的三隻褐色小鼠，足足看了半個鐘頭，每過一會兒，就會用指尖輕輕地撫摸其中一隻的背脊。

***

約翰娜兒子的兔唇跟她想像的完全不同。她原本以為最糟就是兩、三公分長的表皮傷口，縫幾針就沒事了。她只看過自己先生的傷痕，而且從來沒有想像過他在那傷口縫起來以前的長相。所以，他把孩子放在她的懷裡時，她驚恐得立刻把他推開。

「把他拿開！」她大叫，舉起雙臂面露嫌惡之情，嬰兒從她的胸前滾下來，臉面朝下，落到她裸露的小腹上。

卡爾有些猶豫，他不知該怎麼辦才好。在他整個職業生涯中，他從來沒有遇到過這種情況。在以往，他接生的每個嬰兒的母親都想立刻將孩子抱在胸前，即使嬰兒有什麼問題，也是一樣。有的母親甚至把孩子抱得緊緊的，別人怎麼搶也搶不走。

「把他拿開，卡爾！」

約翰娜以為自己感覺到孩子的嘴巴像吸盤一樣地黏在她的皮膚上，甚至她先生最後把孩子抱起來以後，那種感覺還是沒有消散，於是她焦急地往自己肚皮上瞄一眼，看看孩子是不是真的不在那兒。孩子原來趴著的地方還留有一點嬰兒臍帶留下來的血跡，她卻以為這是孩子裂開的上唇所流的血，於是開始恐懼地尖叫。

維克多・霍佩出生後沒幾天，就被送到拉沙佩勒的克萊爾修女院，距離沃爾夫漢姆有好幾公里。這孩子被魔鬼咬到了——至少他那虔誠的母親是這麼說的。她不是避免接觸野兔了嗎？所有的野兔，不論是死的還是活的，她不是都避開了嗎？而且不是只有懷孕的初期，而是整整九個月！但這男孩的臉還是有缺陷。所以，這背後一定還有一些其他的力量。

來為孩子施洗的凱薩格魯伯神父肯定了她的猜疑。「我的上帝！」這位堂區副主任一見到這孩子就大聲喊道，不假思索地用手畫了十字。

約翰娜當然注意到了他的反應。「這是魔鬼搞的，對不對？」她問他。她希望能夠得到肯定的答覆，這樣她就可以確認自己的無辜，神父給了她想要的答覆。雖然他只是點了點頭，但對她來說，已經足夠了。然而，就在回覆她的問題之前，神父曾經用眼角掃了霍佩醫生一眼，那時他正用手捂著自己的嘴，站在這個陰暗房間的角落。

凱薩格魯伯神父心裡想著：這是他的錯，是他傳遞了這個惡魔，他根本就不應該獲准將任何孩子帶到這世界上來。但他沒有大聲說出口，因為即使他這麼想，心裡還是對醫生有些尊重，所以他才點點頭而已。這讓孩子的母親如釋重負，深深嘆了一口氣。

位於拉沙佩勒的克萊爾修女院曾經是一處收容身心具有殘疾的孩童的機構，但戰爭期間，修女院院長米勒格塔修女決定接納一些逃離法國和比利時的富裕市民。戰爭結束後，修女院又不得不回復到原本療養院的性質。維克多．霍佩就是療養院在戰後的第一位病患，但由於他在身體上的缺陷並沒有達到真正殘疾的地步，修女們便在他的病歷上填寫他有一些智障的徵兆。除此以外，沒有記錄其他特別的病症，兩位家長也都在病歷上簽了字。

米勒格塔修女按照自己對於霍佩醫生收入的推測，每月向醫生收取相當高的費用來照顧和教養維克多，但她看到這嬰兒以後，把費用提的更高了一些。她跟維克多的父母說，這是為了填補額外的耗費，例如特殊的奶嘴和消毒劑之類的物品。但是，她告訴院裡的另一位修女，她之所以要更多的錢，是因為她確信霍佩醫生和他的妻子願意花任何代價來擺脫這個孩子。凱薩格魯伯神父也給了她相關的暗示。

當初就是神父建議這孩子的父母，或許可以將孩子委託給克萊爾修女院照顧一段時間。就在他提出建議的前一週，米勒格塔修女曾經傳喚他，並且告訴他自己要重開療養院。她要他幫忙去找一些「不幸的人」——這可真是她用的形容詞。當然，神父也會得到好處，身為堂區副主任的他不是一直等著想升為主任嗎？

這位堂區副主任從來沒有想到他這麼快就找到了第一個「不幸的人」。

「惡魔必須被驅除。」他在施洗之後對醫生和他的妻子說。他在洗禮儀式的過程中偷偷地掐了嬰兒的屁股，所以當聖水灑在他的頭上時，他就會發出如妖魔一般的淒厲尖叫聲。嬰兒的母親用手遮住了自己的雙眼，父親則把目光轉向其他的地方。接著，堂區副主任又做了兩遍。

掐，灑水。

再掐，再灑水。

堂區副主任用完所有的水的時候，小維克多已經叫得聲嘶力竭了。

「只有靠上帝的幫助，才能驅逐惡魔。」他逐一強調了每一個字，然後將還在哭嚎的孩子放回睡籃，連頭都沒幫他擦乾，孩子一頭稀疏的紅髮貼著他那小小的頭顱上，包著他身上的布全都濕透了。

堂區副主任看著孩子的母親，不經意地說：「拉沙佩勒的修女們又開始收容精神病患了。」

他故意不去看醫生，因為他不知道醫生對這個建議會有什麼想法。至於母親，他幾乎可以肯定她不想要這個孩子。她不但在整個洗禮儀式中拒絕抱這個孩子，在場的人都看到她盡了全力不去看他一眼。

孩子的母親轉向她的先生。堂區副主任小心地轉開自己的目光，把頭低下來看著睡籃，維克多依然在裡面聲嘶力竭地哭喊。堂區副主任誇大的將一隻手舉到眉上，一邊低頭看著嬰兒一邊微微地搖頭，顯示自己是多麼的憂慮。他屏住了氣，等他們倆有所反應，結果令他大失所望。

「我可以，」於是他又轉向約翰娜開始說，「……如果妳想的話，幫妳約個日子，去看米勒格塔修女。」

「我們會考慮一下——」醫生說，但他的妻子冷不防地打斷了他的話。

「我希望他消失！卡爾。」她激烈地說。

「約翰娜，我們必須——」

「他被魔鬼附身！」孩子的母親幾乎歇斯底里地大叫，「你一定可以看得出來呀！」她猛地把頭轉向堂區副主任。

從她的眼神，他可以看出來她是在懇求他來插手。「醫生，」他沉著地說，「我覺得這樣對孩子來說，是最好的辦法。」

醫生的表情突然起了變化。他先是滿臉訝異，然後，剎那間他的雙眼失去了光彩，好像在努力地回想什麼事情。

堂區副主任猜測自己的話觸到了他的痛處，於是就故意乘勝追擊，再刺激他一下。「你必須替這孩子的未來著想。」他說，與孩子的父親對視著。

霍佩醫生慢慢地轉過頭，凝視著睡籃。睡籃裡發出一陣一陣的嚎哭聲，間歇夾雜著嬰兒為了喘氣發出難聽的嗷嗷聲。

「你要替孩子想一想，醫生。」

堂區副主任看著孩子的父親深吸了一口氣，然後聽到他說：「那好吧，你就幫我們約個時間。今天，如果有可能的話。」

醫生講完之後就衝了出去。

從一九四五年到一九四八年間，拉沙佩勒的這間修女院裡住著十七位修女，療養院裡差不多有十二名病患。維克多．霍佩是那裡年齡最小的患者，埃貢．懷茲的年齡最大，他比維克多晚一個月進療養院，那時已經二十七歲。根據那時人們接受的診斷顯示，他是一個白痴——最嚴重的一種智障。大多數的時間，他都被銬在床上，並且從早到晚不斷地發出動物的嚎叫聲。毫無疑問，他的體內住著魔鬼。

埃貢．懷茲要不是用狼一般地嗥叫，就是用像瘋狗咆哮的方式與人溝通，這幾乎使療養院裡的修女和病患發狂。維克多卻聽得入迷，對他來說，與修女們認為比任何藥物更有療效的那些單調的讚美詩和禱文相比，埃貢尖銳的叫聲是一種令他喜悅的變化。

大部分病患整天什麼都不做。早上，有一些人會起床走到一張椅子坐下來，另外還有一些人會站起來，然後就一直站到上床的時候。所有的病患一天都得去一次教堂，不能自己走的人就會用輪椅推去；維克多是被抱去的。讚美詩是用拉丁文，禱文則是用法文和德文，這是為了讓病患們至少能夠懂點什麼。一位坐在前頭的修女帶領著大夥唱聖歌和念禱文，其他的修女則在病患之間走動，大多數的患者每次都會在禮拜儀式進行時溫順地坐著，其中有幾個人甚至會小聲地跟著念主禱文或是聖母經的禱文。

只有埃貢．懷茲會繼續哀嚎，而且有時會在禮拜結束之前被帶回大廳。他的症狀連巴比妥鹽這種鎮定劑都沒有用，就連他在睡覺的時候，也會發出彷彿一群野狗在追他的慘叫聲。唯一能夠讓他閉嘴的方法，就是把他浸泡在冰冷的水裡，接著再泡滾燙的水，然後再回到冰冷的水裡。這樣可讓他安靜幾乎達一個小時，他濕漉漉的一身也需要這麼久才會乾。

維克多三歲以前從未開口說話。他出生後的第一年，大夥兒都以為他的缺陷讓他無法發出任何聲音。但是他的顎裂經過手術縫合後，他還是不說一句話，修女們就推測他的智商不夠，無法學說話。她們又為他做了幾次測驗，他在接受測驗的時候什麼反應都沒有，這更證明了修女們的推測正確。

他的父親一開始還抱著希望，或許這個問題可以自行解決。然而，結果並非如此，這卻稍微安撫了他的良心，因為他現在肯定了自己兒子當初被送到療養院的確是因為他有些弱智。想到顎裂是兒子被送到療養院的原因，讓他有許多晚上徹夜難眠。在孩子送去的頭一年裡，他每個星期都會去一次療養院。他每次看到那群可憐的白痴和低能兒，都覺得自己的兒子不屬於這裡。幸好如今的結果顯示，這孩子也有精神方面的問題。

孩子的母親卻從來都沒去看他，一次也沒有。她甚至不會向她先生詢問孩子的情況，她先生也就不會跟她提起孩子的狀況，除了那天以外。

「他被診斷是智障，」他說，「他接受的一些測驗已經證實了這一點。」

約翰娜只是眨了眨眼。

「他可以留在那裡，」卡爾繼續說，「我們要他待多久，他就可以待多久。」

他的妻子投給他一種期待的眼神。

「我告訴他們，如果修女們願意繼續照顧他的話，我們會非常感恩。這對孩子來說是最好的辦法，米勒格塔修女也有相同的看法。」

他的妻子點點頭，僅此而已，一直到他轉身快要走出房間門的時候。

「這怎麼會發生在我們身上，卡爾？」她的聲音裡帶著絕望。

這次該他默不作聲了。他沒有答案，除了他們原本或許就不應該想要有孩子。但是他們以前從來都沒討論過這個問題，而現在再討論這個，已經太晚了。

***

露薏絲・布朗於一九七八年七月二十五日在英國誕生。她是英國曼徹斯特的動物生理學家羅伯特・愛德華茲與奧海姆的婦產科醫生派屈克・斯特普托合作成功的結果。愛德華茲早在一九六〇年代就開始從事體外人工受精的試驗；到了一九七〇年代，斯特普托發現了一種方法，可由陰道取出卵細胞，然後再經由陰道植入母體。露薏絲・布朗是在一九七七年秋天，她母親的卵細胞與她父親的精子細胞以人工方式在培養皿中結合時受孕的，接著，這個受孕的胚胎再被送回她母親的子宮裡發育。露薏絲・布朗誕生的消息在一九七八年夏天轟動了全球，世界各地上有的人覺得反感，也有人感到欽佩。對於朝著這個目標花了多年心血的維克多・霍佩來說，第一個試管嬰兒的誕生等於粉碎了他自己的研究計畫。

維克多在亞琛大學做博士研究期間，就已經開始用兩棲動物和小鼠的卵子進行實驗，到了一九七〇年代，他在波昂的一所生殖中心工作時，第一次嘗試用人類卵子在子宮外受精。他從波昂的一家醫院取得了人類的卵子，這些卵子是從一些由於婦科疾病而被切除的卵巢中採得。至於精子，則是用他自己的。經過了五年的實驗，他終於找到了適當的方法和媒介促使精子和卵子在培養皿中融合。然後，他會讓受精的卵子在另一個培養皿中形成胚胎，這與他使用小鼠的卵子所運用的方式相同。這之後，他又花了一年的時間來熟練這個過程，但總結來看，這還算是相當快速的成果。

一九七七年春天，他藉由這些實驗結果，說服了幾對配偶參與一項讓他的研究往前更進一步的實驗。他所找到的配偶中，那些婦女都是由於卵巢的某種異常而無法製造成熟的卵子。霍佩博士告訴她們可以用先生的精子使捐贈者的卵子受精，過了三天以後，卵細胞分裂和繁殖到十六個細胞時，就可透過腹部手術將胚胎植入太太的子宮壁上。在接下來的一年半中，他為四位婦女總共進行了九次這種實驗。這些婦女的身體在三週內就排斥了胚胎，最後一次是在露薏絲．布朗誕生兩天之後發生的。露薏絲的消息發布後，霍佩博士將他這些年收集的大量數據全都存檔不再使用。

維克多．霍佩習慣無論在何時何地，只要自己一想到什麼就會就順手記在手邊任何用過的廢紙上，不論是信紙、用過或是沒有用過的信封、從期刊撕下來的殘頁、報紙撕下的紙片、日曆、裡外翻面的麵包紙袋或是雜貨和藥物的包裝紙。他寫的都是一些字、句子、公式或是繪圖——潦草地寫滿了這些紙張所有空白的地方。這些筆記以橫的、直的、斜的方式記在頁邊空白或是文章的標題或各段落之間。此外，他的筆跡算是十分潦草。

對於其他所有人來說，乍看之下，這些筆記除了顯示維克多．霍佩在工作方面是多麼的雜亂無章和不專業以外，似乎毫無價值。一位在這方面具有一些知識的人士，經過很大的努力之後，或許可以將一、兩條公式或繪圖與霍佩博士所進行過的許多實驗之一聯繫起來，但即使如此，卻還是無法在那些無盡的筆記中找到它們彼此之間更進一步的關聯或是邏輯。這些筆記的內容全都在維克多的腦子裡。他只需要一個字或是一條公式，就可以在剎那間喚起所有與其互相關聯的資料。對他來說，這些筆記只是幾扇門的鑰匙，那些門卻可以讓他進入堆滿了資訊的儲藏室。他頭腦的運作方式對他從事的這一行來說是一種優勢，因為這讓他不用一直找資料，從而替他的工作節省了不少時間。但這個天賦對他的個人生活而言則比較像是一種障礙，因為他看到或聽到的每一個詞都可能讓他想起一大堆不相關的事情或是不愉快的回憶。

在今天這個時代，維克多．霍佩可能會被診斷患有亞斯伯格症候群。奧地利維也納大學的小兒科醫師漢斯．亞斯伯格在他發表的一篇〈兒童期的自閉性精神病質〉論文中描述了這種輕度的自閉症。他所研究的兒童在社會化、想像力以及溝通能力方面具有嚴重的缺陷，他們雖然具備語言能力，但顯得十分注重規則和細節，而且非常不自然。這些孩子似乎沒有一點幽默感，也幾乎不會表達任何情緒，別人對他們說的話，他們也會完全當真。但另一方面，他們極其聰慧，並且從年紀很小的時候就能夠記得最複雜但通常也是最無趣的事物，比如說，整個維也納電車時間表或是內燃引擎所有的零件名稱。

漢斯．亞斯伯格醫師早在一九四四年就發表了他的研究結果，但是這個研究一直到一九六〇年代才受到其他學者的重視，然而，還要等到一九八一年才被正式視為一種症候群。現在人們認為李奧納多．達文西和阿爾伯特．愛因斯坦都曾經患有亞斯伯格症候群。

***

在拉沙佩勒的療養院裡，修女們從來沒聽過亞斯伯格症候群，甚至連「自閉症」這個名詞也不熟悉。她們只懂得以前建立的三種精神失常：智商在零到二十之間為白痴；二十一到五十之間是低能，五十一到七十之間則是弱智。

維克多．霍佩因此被歸類為弱智。由於他口裡從未吐出過一個字，修女們都認定了他一個字都不懂，也不能理解字詞的意思。他自己的舉止也證明了這一點，他對別人說的話幾乎不會顯示一點反應或是情緒。他唯一感興趣的似乎只有埃貢．懷茲那如動物般的嘶喊，他可以在那裡坐上好幾個小時，一邊盯著這年輕人一邊聽著他的吼叫。他也是唯一能夠睡在這白痴旁邊，而不被逼瘋的患者。這讓修女們擔心維克多．霍佩的病情可能比她們想像的還要糟，或許他是低能，甚至白痴，不過這時他還太小，她們無法確定。

維克多終於在三歲的時候突然開口講話了，這是在一九四八年一個酷熱夏夜裡發生的。歐洲許多地區受到熱浪襲捲了好幾個星期，甚至穿透了拉沙佩勒這座修女院厚厚的牆壁，那原本陰冷的房子一下子變得十分炎熱。屋子裡的悶熱引來了蒼蠅和蚊子，蒼蠅是聞到了那些很快就腐敗的食物飛來的，蚊子則是受到了院裡病患的汗臭味吸引，即使在這種天氣裡，他們頂多也只能每週洗兩、三次澡。

到了晚上，病患們要不是因為太熱，就是因為受到蒼蠅和蚊子的騷擾而睡不著覺。埃貢的嚎叫聲也讓他們難以忍受。天氣讓他的情況變得更嚴重，酷熱讓汗水從他每個毛細孔冒出來，蒼蠅爬進了他的衣袖和褲管裡，蚊子透過了他的衣服吸噬著他的血液。但是他無法把牠們趕走，因為他的腳踝和手腕都被鐵鍊拴在床上。他全身的惡臭、再加上蒼蠅在皮膚上爬行和蚊子叮咬引起的瘙癢，讓他怒得發狂。

其他的病患也沒有一個睡得著，他們變得煩躁，想要造反。有一天下午，十八歲低能的馬克．弗朗索瓦扯掉了身上所有的衣服，在整棟建築物裡奔跑，想找到一個比較涼快而且聽不到埃貢聲音的地方。到最後，總共需要八名修女才能把他制伏。

十四歲，也是低能的費邊．納德勒用拳頭打破了一片窗戶的玻璃，然後試著將蒼蠅趕向窗戶的破洞。其他的病患也來幫忙趕，他們在寢室裡又跑又跳，追趕著看得見的和看不見的蒼蠅。二十歲的安傑洛．文圖里尼不但弱智還有些瘸，他趁著騷動，拿起了一片玻璃就往埃貢．懷茲的床鋪走過去。他很可能是想去把埃貢身體裡所有的惡魔取出來，然後將他們跟蒼蠅一起趕出窗外。但是他還沒到埃貢的床鋪，就摔了一跤，把自己的大腿給劃開了一道傷口。

三歲弱智的維克多一點都不為所動，屋子裡的酷熱和喧鬧似乎對他一點影響也沒有，他甚至沒有注意到安傑洛．文圖里尼想要傷害埃貢的舉動。他坐在埃貢床邊一張椅子上，唯一感興趣的就是那些蚊蟲──但不是在他自己身上的蟲子，而是爬滿埃貢臉上的蚊蟲。不論是蒼蠅或蚊子，只要牠一停在他的臉上，維克多就會用手臂一揮，把牠趕走。他會整天都坐在那裡這麼做，這好像真的讓埃貢．懷茲平靜一點，他每過一會兒就會轉頭用眼眶深陷的雙眼盯著這孩子看。他的目光呆滯無神，但他能夠看這孩子一眼，就算是已經克服了他平常那種易驚的獸性。如果維克多有足夠的時間，他或許可以馴服埃貢。

但維克多每天晚上必須回到自己的小床裡。守夜的修女會將他床邊的護欄拉起，他的手也就無法伸得那麼遠去揮打蒼蠅和蚊子。他在昏暗夜燈下看著蚊蟲成群地圍繞著躺在床上的埃貢的頭打轉，聽著他的聲音又漸漸轉為咆哮。

於是，安傑洛．文圖里尼決定再試一次，滅掉這白痴身體裡魔鬼的聲音，而且他這次做到了。他後來什麼也不記得了，由於他從小就患有夢遊症，修女們就認為他是在無意識的情況下做出這件事。

這真的很荒謬。一個人假使要在睡眠中遊走，還得先真的睡著。那天夜裡，沒有一個人能夠睡著——這當然也包括文圖里尼。他下床的時候，完全清醒。他為了假裝在床鋪之間的走道上走動的時候還在睡覺，就把頭歪向一邊，用臉頰和肩膀夾著一個枕頭。他真正夢遊的時候，卻從來沒有用過枕頭。

那天晚上值班的盧德米拉修女坐在寢室盡頭的隔間室裡，她抬起頭透過隔離窗向寢室裡掃了一眼，她看到一個走路一瘸一拐的人，就知道是安傑洛．文圖里尼，所以她又回去讀她面前的祈禱書。她知道他會和往常一樣，來來回回地走個三趟以後，就自己回去床上睡覺。

但那天晚上文圖里尼沒有來來回回地走三趟，他直接走到埃貢的床邊。埃貢或許沒有看到文圖里尼俯向他時的陰影，也許沒有意識到危險，但也可能他只渴望那全身的搔癢能夠結束。但無論是什麼原因，文圖里尼把枕頭壓在他臉上的時候，他一點反抗也沒有。他沒有搖頭，他的手腕或腳踝也沒有試著用力掙脫。他只想繼續嚎叫，他的聲音聽起來像是嘴被人給捂住，但他有時候沒有枕頭捂著嘴，也會發出這種聲音。這也是盧德米拉修女沒有立刻抬起頭來看的原因。

一直到埃貢．懷茲突然一聲都不吭的時候，她才抬起頭來探看。安傑洛．文圖里尼正把壓在埃貢臉上的枕頭拿起來，塞回自己的肩上，把頭歪靠在上面，然後跛著腳，經過走道，回到自己的床上。

隔著走道，馬克．弗朗索瓦坐在床上歡喜地晃來晃去，他拍著雙手，發出刺耳的笑聲。盧德米拉修女猛地起身，打開大燈，扯了那根讓修女院裡的鐘聲大響的繩子，就衝到埃貢的床邊。文圖里尼悄悄地鑽進了自己的被窩裡，不久就進入了夢鄉，一點也不在乎蒼蠅和蚊子四處飛繞。

盧德米拉修女看到埃貢睜著空洞雙眼，就知道他已經死了，於是在自己胸前畫了十字。這時，她聽到身後傳來一種不熟悉的聲音，轉過身一看，立刻用左手捂著嘴，右手又在胸前畫著十字。

維克多在他的小床上跪著，雙手握著搭在小床的欄杆上，頭低靠在小手上，口裡吐出一連串的聲音，盧德米拉修女一開始以為他只是滿口囈語，但忽然發現那聲音有一種特別的節奏，這時她才明白這孩子原來正在用他尖細的聲音，咿咿呀呀地說著——德語：

「聖若瑟，苦者之安慰，為我等祈。

聖若瑟，病者之希望，為我等祈。

聖若瑟，臨終之主保，為我等祈。

聖若瑟，邪魔之驚懼，為我等祈。」

在埃貢．懷茲的死亡證書上，三十歲的他死因在於窒息，原因是他吞嚥了自己的舌頭。

大約在同一個時期，有一份關於維克多．霍佩的臨時報告書上寫著：「會說話，但可惜他人無法聽懂。」

***

這兩名女子大老遠地從維也納跑來。她們倆有個特殊的要求，這要求已經遭到其他幾位醫生拒絕。這些醫生幾乎都說她們的願望不太可能實現——至少在未來的一段時間裡是不可能的。但這兩位女子深信，露薏絲．布朗誕生以後，什麼事情都可以做到，這些醫生不願意做，只是基於倫理道德的關係，而不是實際的情況。

「這是因為我們是同性配偶嗎？就是因為這樣嗎？你就是因為這樣才不願意幫我們做，對不對？」

她們倆一直這樣問他們。

「不，這是不可能的，根本不可能。」

有一位醫生跟她們說：「這裡不允許這麼做。」這反而讓她們倆更有決心。

到最後，她們只好越過邊界到德國，或許在那裡可以實現願望。

一九七八年十一月十一日，她們與霍佩醫生首次會面。「我們想要一個孩子。」她們其中一個告訴霍佩醫生。

「我們倆的孩子。」另一個幫忙說清楚。

她們倆都以為這個醫生認為她們是在胡言亂語，她們在搭往波昂的火車旅途中所建立的希望遽然幻滅，並且覺得自己既荒謬又幼稚。所以，當霍佩醫生簡短地說他可以做到的時候，她們已經從椅子上起了身。

她們十分驚訝，於是又堅決地重申一遍，她們希望有來自於她們兩人的孩子——就像一對男女配偶的孩子一樣：具有來自於她們兩個人的身體特徵。

「我可以做到，」醫生又說了一次，「但不是現在。」

「我們什麼都帶來了，」她們其中一位說，另一位從她的皮包裡拿出一個文件夾，誇耀地遞到他的面前：「這裡面有我們的子宮抹片檢查和驗血報告，還有我們的月經週期時間表。我們倆現在都在排卵期。」

「我們的月經週期都一樣。」另一位很得意地說，然後向她的女友投以愛慕的眼神。

「修女院裡的修女們也常常在每個月同一個時期有月經。」霍佩醫生冷淡地說。

她們倆愣了一下。霍佩醫生打開了文件夾，開始翻閱。

「我們有多大的機會，醫生？」

「我不相信機運。」他回答。

她們兩人在他面前覺得很不自在，但這種感覺很快就被他宣布的好消息給掩蓋了。

「妳們明天回來，」他為她們做了身體檢查以後說，「然後我們就可以開始。」

他原本是想擺脫她們。他應該擺脫她們。但他還是和平常一樣，一不小心就會迸出一些並非他原本想說的話，說出一些突然閃入他腦海裡的念頭。

「我可以做到。」他說。等到他聽到自己說的話時，就已經太晚了。後來，這兩位女子也誤解了他所說的「不是現在」的意思。但，也可能是他自己沒把話講清楚，就像他平常一樣。

當她們倆告訴他她們想要做什麼的時候，他的頭腦裡霎時顯示自己會怎麼去做。這在理論上，是可以辦到的。他必須從她們身上分別取得一些細胞的細胞核，然後在一個已經受了精但細胞核已被取出的卵子內將她們的細胞核融合。他在學生時代做過幾次這種實驗，但他那時用的是青蛙和蠑螈的卵，不是人類的卵。

這就是為什麼他會說：「我可以做到。」

但他接著想到實際的障礙。人類的卵子比兩棲類動物的卵子小了上千倍，而且他以前用蠑螈卵子所進行的實驗裡，沒有一個胚胎真正發育成胎兒。這也是為什麼他緊接著說不是現在。他的意思是，他需要更多時間。幾個月，甚至幾年的時間。

可是他開口的第一句話為她們帶來了一線希望，她們便緊抓著這希望不放。這時候，他覺得自己沒有辦法讓她們失望，這讓他又說了更多令她們為之愕然的話。

後來，他為她們做了身體檢查。她們其中一個人說，也許她們倆可以同時懷孕。她可能只是開玩笑，但霍佩醫生可沒有這麼想。這的確讓他開始思考，然後了解到這兩名女子為他帶來了一個千載難逢的機會。

當他告訴她們隔天就可以開始的時候，他心裡明白這其實太快。他還得要先用其他動物的細胞練習一陣子——用老鼠或是兔子的細胞，但他沒有跟她們說。他怕要是叫她們過六個月以後再回來，她們可能會改變心意。

她們第二天就按約定的時間回到診所，霍佩醫生為她們進行手術，但她們不知道他用的是沒有受精的卵子。因為這樣他可以為自己爭取至少一個月的時間。

她們的月經晚來了一週。在這七天裡，她們深信自己懷孕了，並且興奮地告訴了霍佩醫生。後來，她們的身體一定是在她們絲毫沒有注意到的情況下，不知何故排斥了她們的胚胎。霍佩醫生沒有否定她們的理論，雖然他心裡明白她們身體裡根本從來就沒有任何胚胎。於是，他又為她們植入另一組沒有受精的卵子，因為他自己的實驗還沒結束。

這時，他的實驗進行到此一階段：他能夠培育出來自兩個母鼠卵子的胚胎，但沒有一個胚胎能夠發育成活的小鼠。至於在人類細胞方面，他的實驗只達到細胞核融合的階段，但甚至連這也是一個稀有的結果。

在這之後，他就常常把自己關在實驗室裡，一關就是好幾天。他同時進行數項實驗，前一項還沒做完，下一項就已經開始了。他記下來的數據相當零星——甚至對他自身而言，都過於零星。他心裡一直想著等會兒再記；他的頭腦已經想到了下個步驟。他的思緒猶如骨牌一般：只要一塊倒下去，其他骨牌就會自動跟著倒。

一九七九年一月十五日，這兩個女人又來到他的辦公室。他原本想要將他們約定的時間延一會兒，因為他還需要一個月的時間。可是她們依然堅持要這個時候來，因為他不希望她們去找別人，就只好讓步。

「這次會不會成功，醫生？」

「時間將會證明一切。」他知道她們會問這個問題，所以心裡已經準備好了答案。

「但如果沒有……？」

這是他預期她們會問的問題。「那我希望能夠再試一次，當然，如果妳們同意的話。」

她們倆互看一眼，其中一位說：「那麼，你覺得這一次沒有成功嗎？」

她這話帶有一點責備，但他的回答還是一樣。

「時間可以證明一切。」

「我們討論過……」這女人稍停了一下，然後繼續說，「我們或許應該放棄。我們——」

「妳們不用付錢。」他馬上說。

「這跟錢沒什麼關係。我們已經不相信這是可以辦得到的事了。」她的話聽起來好像她要和什麼人分手似的。

她的女友同意她的說法，並說：「有些人跟我們說，我們想要做的是不可能的事情。」

「這些『人』是誰？」他吼道，發出的聲音比他原本想的大聲，這讓她們嚇了一跳。有那麼一會兒，他很擔心她們會像細砂一樣從他的指縫間溜走，但他又想到，她們要是徹底放棄希望，這時就不會回來了。他只需要讓她們有信心，所以他帶她們去看他的實驗室。

「有時候，一些看起來似乎不可能的事情，其實只是很難而已。」他對她們說。

他給她們看的小鼠已經出生五天了，長到和嬰兒小指一樣的大小。牠們的皮膚上長了細毛，其中兩隻的毛呈棕色，另一隻呈白色。三隻都在一個擺滿了碎紙的盒子裡吸食著一隻黑鼠的母乳。

「這不是牠們的親生母親，她只是負責哺育牠們而已，」他從一個籠子裡拿出來兩隻母鼠，一隻白色，一隻棕色。「這兩隻才是牠們的生母，這些小鼠是她們生的，整個過程中沒有一隻雄鼠的參與。」

這兩個女人看得張口結舌。

他這次沒有故意誤導她們。他告訴她們自己還需要針對人類卵子進行幾次實驗，但他有把握，在這之後就一定會成功。他花了一個半小時跟她們解釋，這次是如何和為什麼會成功，她們從頭到尾沒打斷過他的話。到最後，他終於說服了她們等一個月以後再試一次。

那天，他把自己跟她們說過的話全都記了下來。他預料這兩個女人看過了這些小鼠以後，很快消息就會傳出去，他必須在其他科學家對他提出譴責，控訴他散播謊言之前，趕緊公布他的研究方法。他本來想等到這兩個女人生下嬰兒以後，再宣布這個消息，但他這時候已經沒有選擇。

他不費吹灰之力就寫完了這篇文章，而且只需要參考一下那些零星的數據。他第二天就把這篇文章寄給《科學》期刊，這期刊在幾年前曾經刊登過他論文中的摘要。除了文章以外，他還附上用拍立得拍攝的一些幼鼠和牠們雌性雙親的照片，以及細胞分裂過程中的每個階段的顯微鏡載玻片和繪圖。然後，他又把自己關進實驗室裡。

***

洛特．古倫在第二次世界大戰結束的一年之後，來到克萊爾修女院。她的父親可拉斯來自於荷蘭的瓦爾斯，他在一九二八年搬到比利時列日這裡的煤礦區工作。一年以後，他在當地的醫院遇到了十九歲的瑪麗．沃雅切克，她是一個恪守天主教教規的波蘭移民家庭中的長女。他們倆只認識六個月就結婚了。那是一九三〇年的三月，瑪麗已經懷了洛特三個月。她用束腹隱藏了結婚禮服下微凸的小腹。沒有人注意到什麼——直到半年後，但也只有那些願意做算術的人會皺一下眉頭。但也就只有這樣子而已，連她父母都沒有提過這事。但或許正因為如此，可拉斯和瑪麗才一直感到內疚。

十六年後，他們生了三個女兒，為了紓解內心的罪惡感，便將洛特送到拉沙佩勒的修女院。洛特並沒有反抗，想要成為一位教師的她，以為修女院的望會期是她邁向目標的第一步。可是，她的父母沒有告訴她拉沙佩勒的修女院連附屬學校也沒有。等到修女們讓她在療養院裡工作時，她很快就了解真相。作為一名望會生，她必須為失禁病患換尿布，清洗其他病患用的尿壺，換洗污穢的床單，並為病患處理潰爛的傷口。此外，在整個望會期間，她不能與任何病患交談。

這個望會期持續了二十一個月左右，她的父母堅持要求米勒格塔修女讓洛特成為初學生，因為洛特已經有兩次回家探望之後，不願意再回修女院。

洛特身穿初學生的會衣，終於感受到一點自尊，即使這讓她在一九四八年這個炎熱的夏天裡汗流浹背。由於她是院裡年紀最小的修女，所以她被指派的工作還是跟原來一樣。但是她有了一個新的名字，從這時開始她被稱為瑪爾大修女，這是院長幫她取的修道名。聖女瑪爾大是瑪麗德蓮的姊姊，她總是在妹妹跑去聽耶穌講道時，誠心地在家負責家務事。米勒格塔修女說，這個修道名是對於洛特辛勤工作的獎勵。

對她自己來說，最大的獎賞就是她現在可以和病患們交談了。她是在埃貢．懷茲死去的第二天得到的消息。雖然她能夠與病患談話，還是必須保持謹慎的態度，並且不能隨便亂傳病患說的話，也就是，按照米勒格塔修女的說法：他們的胡扯。這樣一來，米勒格塔修女就可以將所有病患說的話都當作是無稽之談。譬如，馬克．弗朗索瓦的胡扯。埃貢的事情過了幾天以後，這個低能兒揮著手要瑪爾大修女到他身邊，然後貼在她耳邊小聲說，埃貢是被謀殺的。他用食指飛快地畫過了脖子來形容。於是，她問他是誰幹的。他把原先的食指藏在耳後，然後偷偷地指向安傑洛．文圖里尼。她把這件事告訴院長之後，米勒格塔修女就帶她去看埃貢的屍體，並且特別指出死者脖子上沒有一點痕跡。

「妳看，瑪爾大修女，」她說，「這都是胡說八道，這些病患就是會胡扯，所以亂傳這種事情是很危險的。」

瑪爾大修女非常理解她的意思。

自從埃貢死去以後，他在晚上的哀嚎聲就被維克多吟唱般的聲音取代了。寢室裡的大燈一關，這孩子就會開始念一大串禱文，一直念到天亮。他的聲音沒有抑揚頓挫，也沒有感情，聽起來只像不斷的喃喃囈語，所以也沒有騷擾到其他的病患。其實剛好相反，他那單調的聲音似乎能夠讓他們平靜下來，哄他們入睡。

維克多到了白天就睡覺，或許他只是在假睡。無論是真睡還是假睡，他像是在自己的周圍豎起了一道圍牆。不管是修女們的聲音或是其他病患的吵鬧聲，似乎都無法觸及他。修女們很快就放棄試著與他有任何的互動；那些病患反而繼續努力，有些是因為他們忘記自己已經嘗試過了。尚．祖爾蒙坐在維克多床邊欄杆上像公雞一樣地啼叫；尼科．包姆嘉登站在他的床邊模仿小喇叭的聲音；馬克．弗朗索瓦則偷偷地跑到維克多身旁，然後假裝向他發射一排機關槍的子彈。

埃貢走了以後，維克多也不願吃東西，只喝流質。他的盤子就放在他床旁邊的桌子上，等到其他病患都吃完了，他還沒動，盤子就會被收走。米勒格塔修女說等他餓了，就會吃。但三天過後，這孩子還是一口也沒碰，這下子，連她都開始擔心了。

「他是在哀悼埃貢。」瑪莉加布莉修女說。

「他太小，還不懂這個，」米勒格塔修女說，「他只是在惡作劇，我們得教他不准對我們做這種事情。」

那天下午，米勒格塔修女靠著其他三名修女幫忙，把食物塞進他嘴裡，捏緊了他的鼻子，一直到他吞下嘴裡的食物。她用這種方式把整頓飯都塞進了他的喉嚨裡。

維克多吞下最後一口以後，還不到一分鐘就全吐了出來——弄得米勒格塔修女的會衣上全都是。在寢室另一端的馬克．弗朗索瓦大聲狂笑。為了維護自己的尊嚴，院長對著維克多的耳際重摑了他一巴掌，讓在場的人都不禁嚥著口水。

維克多沒有一點畏縮，也沒有動一下。儘管其他的人都可以很清楚地看到米勒格塔修女在他臉上留下的紅手印，這孩子還是一副無動於衷的樣子。

「這孩子真是有惡魔附身。」院長宣布。她決定派修女守在他的床邊，早晚讀聖經給他聽，希望這樣可以讓維克多身體裡的魔鬼無法安眠，渴望安寧的它最後一定會離開這孩子的身體。

維克多的床鋪被移到另一個房間，由幾位修女輪流讀聖經給他聽，白天每兩個小時換班，夜裡每四個小時換班。

瑪爾大被指派在夜裡為維克多讀一段時間；她並不是很在意，因為這樣一來，她第二天早上就可以多睡一會兒，不需要參加晨禱。

第一個晚上，瑪爾大看著維克多緊閉著雙眼，躺在床上。她注視著他嘴唇上的傷痕，它使得他面貌無法對稱。她又凝視他那塌扁的鼻子，兔唇讓它受到嚴重的損害。那傷痕將他鼻翼的一邊往上推，使得右邊的鼻孔比左邊的大。

「這樣妳就能夠看得出來他是智障。」諾愛拉修女曾經這麼解釋。

她也看著他的頭髮，心想這頭髮是多麼的紅；但她並不覺得這有什麼邪惡，一點也不像其他修女說的那樣。她甚至探過身去，小心翼翼地觸摸它。沒發生什麼事，她的手沒有被燒焦，她也沒有被閃電擊中。什麼事也沒有發生。

但或許還是發生一點事……當她把手放在這孩子的額頭上時，他口中念的禱文停了一下，然後又像溪水般不停地流著。她讀聖經的聲音原本應該蓋過他的聲音，但是她無法做到，他的聲音將她催眠了。

這孩子說話的時候口齒不清。他的聲音從他的鼻子裡發出來，帶著一種生硬、呆板的音調。但由於他在背誦禱文，如果仔細聽，應該可以聽懂這些聲音所代表的詞彙。

院裡的修女們對維克多的智力議論紛紛，有些修女認為能夠記得那麼長的禱文的人，不可能是智障，另外一些修女則說連鸚鵡也能夠學會背誦這些禱文。米勒格塔修女打斷了她們的話，她說這孩子講的根本不是什麼禱文，是他身體裡魔鬼在瘋言瘋語。於是，這場爭論就這麼的被院長給平息了。

但瑪爾大修女絕對聽得出來〈聖若瑟〉禱文和〈聖神〉禱文。維克多可以流利地背誦整篇禱文，從來沒有結巴，也沒有停頓，而且有時用法語，有時用德語；他甚至背得比她還好。她一直無法熟背禱文，而且每次她要背給米勒格塔修女聽的時候，不是背到一半就開始支支吾吾，就是會漏掉幾句。米勒格塔修女就拿她沒辦法背好這些禱文作為延緩她成為初學生藉口。雖然她最後還是升了級，但院長警告過她，要是她沒有背熟這些禱文，到時候就不能宣發誓願。

這也就是為什麼瑪爾大修女從第一天晚上開始，就跟著維克多背誦禱文。她很輕聲地跟著念，這樣她的聲音就不會傳到大廳裡。但她一聽到什麼聲音，就會立刻暫停，大聲地讀著聖經，假裝做著她原本應該做的事情。

第二天下午，她代替諾愛拉修女為維克多讀了兩個小時的聖經。讀完了之後，瑪爾大修女在他耳邊悄悄地說，她期待晚上可以再跟他練習禱文，但她沒有得到絲毫反應。

第二天晚上就和第一天晚上一樣。

「桑—司—銀—嗄—咿—痕。」維克多說。

「**上智明達之神**。」瑪爾大修女背誦著。

「喳—咹—嘎—咟—咿—痕。」維克多誦念。

「**超見剛毅之神**。」瑪爾大修女複述著。

在她離去之前，她又撫摸著他一頭的紅髮，問：「你是在為埃貢祈禱嗎？」

他只點了點頭，沒有其他反應。

「那很好，這樣一定會幫助他得到安息。」她說。

他還是沒有反應。但她在稍後轉身離去時，感覺到他的目光落在她的身上。她回頭瞥了一眼，看見他趕緊把目光轉向別的地方。

「你必須吃一點東西。」瑪爾大修女說。她將一塊巧克力遞到他的面前。

他遽然地把頭扭開。

這是她陪他的第四個晚上。前一天晚上發生了一件十分奇妙的事。維克多跟她玩了一個遊戲，至少看起來似乎如此。他不斷地背誦禱文到一半就停止，讓她繼續，過了幾段以後再加入。他們這樣做了好幾次，但當她背錯的時候，他就會搖搖頭，改正她。這時她才驚覺，原來他在考她。她，這個二十歲的女子，是一個三歲小娃兒的學生。

他們這個遊戲玩了兩個小時，其間暫停了三次，因為維克多會不知不覺地睡著了。他已經一個星期沒有進食，飢餓開始摧殘他。院長說他要是繼續這樣下去的話，她就要為他注射不稀釋的葡萄糖。諾愛拉修女多嘴地說，這並不是沒有危險，但她並沒有解釋這樣會有什麼危險。於是，瑪爾大修女決定她要說服維克多吃一點東西。

「你必須吃一點。」她又試了一遍。

維克多依然緊閉著嘴。

「你要是不吃東西，米勒格塔修女又要傷害你了。」

他一點動靜也沒有，彷彿她是在對牆壁講話。

「你如果不吃東西，就會死掉。」

連這句話也沒有在他蒼白的臉上牽動一絲表情。

「你死了以後，就沒辦法再幫埃貢祈禱了。」

維克多的眉頭皺了一下——雖然只是一閃而過，但這就足夠了。

「其他的人都不會幫埃貢祈禱，那些修女不會這麼做。」

維克多開始緊張地扯著蓋到他胸前的被單。

「其他的病人也不會，」她繼續說，「沒有人會。馬克．弗朗索瓦不會，安傑洛．文圖里尼不會，尼科．包姆嘉登也不會。他們都不會。」

她看到他的眼珠子開始看向她這邊。

「沒有人。甚至連我也不會，維克多。因為如果你死了，我就會為你祈禱。」

從邏輯上來看，這根本就說不通，但瑪爾大修女憑直覺運用了小維克多．霍佩唯一能理解的推理方式。

如果……就。在他的心裡，一個前因接著一個後果。一個連鎖反應。

如果……就。這就是他頭腦運作的方式。

瑪爾大修女掰了一塊巧克力，遞到維克多的嘴邊。這孩子張開了他的嘴，讓她把巧克力放到他的舌尖上。

「或許你應該坐起來一點，」她說，「不然你會噎到。」

維克多頭抬起來以後，懵懵懂懂地四處張望，好像他這時才意識到自己已經不在主寢室裡。瑪爾大修女看到維克多開始吮吸著巧克力，心裡欣喜萬分。他沒有說一句話，從她手裡又接過一塊，塞進了口裡，然後又一塊，又一塊。他開始狼吞虎嚥地吃著那巧克力，好像忽然了解到自己是多麼地飢餓。

「現在，你大概也想喝一點水。」她在這孩子開始吃最後一塊的時候說。

他點點頭，說了一些她沒聽懂的話。

「你說什麼？」她問。這是他第一次真正用自己的聲音與人溝通。

「是—啊—修—尼，」他又說一遍，接著又說，「麻—含—妳。」

她大吃了一驚。沒有任何修女教過他講這些話，事實上，除了走路以外，她們沒有教過他任何東西。但是，他在不說話的時候，一定是在看、在聽，然後把所有學到的東西藏在腦子裡的某個地方。藏在那兒，等到有一天他可能需要，或是想要用的時候，就可以用得上。

「那麼，我就去幫你拿一杯水，馬上回來。」

她走向洗手間，心裡真希望現在就可以跑到米勒格塔修女跟前，告訴她這個好消息。她想說：「維克多吃東西了！」還有，「維克多還會說話呢！」

但是按規矩，只有在遇到緊急狀況的時候才能喚醒院長。瑪爾大修女並不覺得這是個緊急狀況，一點也不算，這是個好消息。不但對維克多來說是個好消息，對她來說也是。她證明了自己作為一名初學生，以前的洛特·古倫，現在成為瑪爾大修女的新生活中，她成功地說服了維克多開始進食，這是其他修女都沒有辦法做到的事情。

她拿著水回到維克多床邊時，發現他又躺了下來，口裡念著另一篇禱文。

「維克多，」她小聲說，「維克多，我幫你把水拿來了。」

維克多口中依然念念有詞，似乎沒有聽到她的聲音。她開始有點擔心，剛才發生的事，難道是自己想像出來的嗎？她往床頭櫃上那張皺巴巴的巧克力包裝紙看了一眼，困惑地蹙了下眉頭。

「維克多？你不是想喝一點水嗎？」

她側頭傾聽著他的聲音。他正在誦讀〈天主寵佑〉禱文，已經快要結束了。

她決定和他一起背誦最後幾句，「……無論我們是多麼地不應得，祈求祢賜予我們慈悲來接受祢的意旨，以至於我們能夠接受上天的福分。奉主耶穌基督之名而求。阿門。」

她的手剛畫完了十字，維克多就坐了起來，沒看她一眼，就伸手去拿她手中的杯子。

「謝——也——尼。」他說。

「不客氣。」她回答，這才鬆了一口氣。

「我們要不要為埃貢再祈禱一會兒？」她接著問。

維克多點了點頭。她發現他一直在避免接觸她的目光，她或許終於打動了他，但他還是保持著一段距離。

他們一起背誦了〈聖若瑟〉禱文，然後瑪爾大修女問維克多要不要瞇一會兒眼，已經是凌晨四點。她看到他有些猶豫。

「我想埃貢會希望你休息一下，」她說，「其實我相信他一定會的。」這似乎讓這孩子比較安心，他閉上了雙眼，她開始輕柔地哼著。

「小花朵都睡著了，
芬芳的氣味讓她們累著了。
她們向我點點頭，
好像在祝我睡個好覺。」

她停了一下，說：「這是一首荷蘭歌謠，維克多。我外祖母以前總是會唱給我聽。」但維克多早就酣然入睡了。

隔天早上，米勒格塔修女親眼目睹維克多吃他的麵包。他雙腿交叉地坐在他的小床上，弓起背，低下頭，將麵包往嘴裡送，一小口一小口地慢慢地咀嚼。他的眼珠子不停地環視四周，像是怕別人會來搶他食物似的。

瑪爾大修女站在院長身旁，眼裡閃爍著光芒。雖然今天她可以多睡一會兒，她還是跟其他修女一樣一大早就起床，趕緊跑去告訴院長這個大消息。院長不願意相信，表示她要親自去看看。瑪爾大修女心裡想，這就像聖湯瑪斯不相信耶穌基督的復活，直到他親手觸摸基督身上的傷口一樣。

她原本有點擔心維克多可能不願意在米勒格塔修女面前吃東西，但他接過了瑪爾大修女遞給他的一塊麵包。

「拿著吧。」她說。

「謝—也—尼。」他回答。

她覺得自己彷彿贏得了一場光榮的勝利。

「跟他讀聖經真的有效。惡魔被驅逐了，」米勒格塔修女說，「我就知道一定有用，這都是修女們的功勞。」

瑪爾大修女不敢相信自己的耳朵，她眨了眨眼，等到她發現院長在看著她時，也不知道要如何掩飾自己內心的失望。

「妳也是，瑪爾大修女。」院長冷冷地說。

她感到米勒格塔修女的手輕輕地碰了一下她的肩膀。

如此而已。

米勒格塔修女決定讓維克多繼續每天聽兩個小時的聖經，以防魔鬼企圖回來。她把這工作派給瑪爾大修女，這並不是基於她與維克多建立了關係，而是因為——按照院長的說法——這樣她可以同時好好地研讀聖經。

瑪爾大修女並不在意是什麼理由，能夠每天與維克多單獨相處兩個小時，已經讓她很高興了。每天早上十點和下午三點，她會到主寢室找維克多一起走到修女院盡頭的一個小房間，在這裡，其他病患的聲音不會打擾到他們。米勒格塔修女常常會剛好路過，透過門上的彩繪玻璃窗往裡面窺視。她有時會走進房間，向瑪爾大修女點頭示意，讓她繼續讀下去，自己則站在房間的一個角落，紋絲不動地聽著，然後不發一語地離開房間。

「她是在監視我。」瑪爾大修女跟維克多說，這並不是因為她想讓他放心，而是因為她確信真是如此。

瑪爾大修女很聽話地做著她被指派的工作，在一個小時裡毫不間斷地讀著聖經。維克多雙手交疊地放在托盤上，頭稍微低下，一動也不動地坐在她對面的高腳椅上。她不確定他是否對聖經裡的故事感興趣，或者是否聽得懂許多艱深的詞彙——「沒有關係。」米勒格塔修女告訴她——但他似乎聽得聚精會神，甚至在她問他是否記得上次讀到的地方時，他都會即刻把上次讀到的最後一句流利地背出來。這更加證明了他有多麼驚人的記憶力。在她眼裡，這也顯示了他的聰穎，但那些與她談論到這件事的修女們都說這兩者毫無關係。

「他是弱智，瑪爾大修女，妳可別忘了。」諾愛拉修女說。

「一個人一旦是弱智，一世都是弱智。」夏洛特修女說。

瑪爾大修女不願意相信她們說的話，但也很懊惱自己無法提出更多的證據，讓她們知道維克多的確是聰慧的。直到有一天，這孩子自己為她提供了更多的證明。

自從他們一起開始閱讀聖經的幾個禮拜以後，瑪爾大修女已經讀到出埃及記的第二十五章節。她問維克多前一章的結尾時，他說：「摩—石—寨—三—上—四—司—奏—耶。」

「摩—西，維克多，」她說，「西，就像西紅花的—西。」

瑪爾大修女一直背著院長教維克多發音，經常他講錯一個詞的發音時，她就會慢慢把那個詞再說一遍，然後要他跟著重複一遍。他每次都會盡全力練習，但有些音對他來說實在太難了。儘管如此，他還是進步神速，但她不能確定是否可以把這當作他聰穎的證明。

「摩—濕。」維克多複述。

「好多了。」她說。雖然他的發音並沒有改進多少，她還是不想逼他太緊，怕他放棄。

她把聖經翻到自己夾了絲帶當書籤的那頁，然後把聖經放在桌上，這是他們上次念到的地方。維克多把手伸過了桌面，用指尖摸著聖經鍍金的邊緣。

「你還想再聽一些故事，對不對？」她說。

「摩—濕。」維克多說。

他顯然不理解她的話。有時候，他的一些反應遠超出她的意料之外，這有時讓她感到有點氣餒，不該浪費力氣的念頭一閃而過。

他把手伸過去，食指用力按著打開的那一頁，又說一遍：「摩——濕。」

「沒錯，維克多。」她點點頭，「我們上次就是讀到這裡。摩西在山上。」

「摩——濕！」他堅持地說，將食指滑到書頁上的另一處，就放在那兒不動。

她突然意識到：他正指著摩西的德文「Moses」！她把眼光從孩子的手指移到他的臉上。他的雙眼也緊盯著這個詞不放。

「摩西！」瑪爾大修女說，她努力壓抑著自己聲音裡的興奮，「這是摩西，沒錯。很好，維克多。還有沒有其他的地方寫著摩西？」

維克多把食指移到書頁上的另一處，他的手這時放鬆了一點。

「摩—濕。」他又說一遍，手指指著另一處的「Moses」，原來這頁還有兩處寫著「Moses」。

「很好，維克多，好極了！還有哪裡？」

他又移動自己的手指，指著頁中最後的「Moses」。

瑪爾大修女心裡想：這孩子識字。感謝上帝，他識字！

其實，她這個結論有點下得過早，後來她用這一頁上面其他的詞來試探他，結果發現他一個也不認得。他可能是看到相同符號的形狀以及唯一大寫的M（但從他坐的地方其實看起來像W）來認識「Moses」這個單詞，僅此而已。但至少他還是了解她念的每一個詞就是頁中的一組符號。這在她看起來已經很不簡單了——他畢竟才滿三歲而已——為了證明自己猜得沒錯，她決定試試看。她邊指邊念這頁中的德文「der」，他就會很快地指出同頁中的每一個「der」，然後迫不及待地等著她再教他一個生詞。她就是在這個時候決定要教他識字，這樣她就可以讓其他修女們相信他不是弱智了。

***

一九七九年二月十四日，對這兩個女人來說實在是一個太美妙的日子，她們深信這個讓情人們感到歡喜的一天會為她們帶來好運——維克多·霍佩在她們的子宮裡分別植入了一個已經發育三天的混合胚胎。他先移除一名匿名捐卵者捐的兩個卵子中的細胞核，然後將這兩名女子卵子中的細胞核注入這兩個卵子。一旦這兩個女人的細胞核在卵子中融合，卵細胞便開始分裂，三天之後即會形成一個具有十六個細胞的胚胎。即使在這個階段，胚胎還是比針頭還小。

就在他進行移植手術的前兩天，他收到了《科學》期刊的編輯寄來的一封信。信裡大致上是這麼寫著：「我們在此向您表示祝賀，您的突破性研究和所獲得的成果令我們全體感到震驚……您的研究結果可能會是一個新時代的開端……能夠發表您的研究結果是我們至高的榮幸，但有幾點仍須請您予以協助說明。在隨函附上的報告中有一些問題和意見……」

維克多．霍佩邊讀報告邊搖著頭，他發現報告中的意見大多與研究本身毫無關係。他們要求他針對研究的過程和方法提供更詳細的說明，但照他來看，這在他文章裡似乎已經寫得很清楚了。讓他感到最為不滿的就是他們要求他提出相關證明，上面詳細註明：「……見證實驗整個或部分過程的同事姓名，或是監督該研究的（學術）機構名稱。」

維克多．霍佩認為他們不信任他，覺得自己受到冒犯、侮辱。他失望地把信和報告收起來。就在這一天，他在培養皿中成功地融合了兩個女人卵子的細胞核。

那個報告的最後一個問題是：「你是否已經重複了這個實驗？」

他沒有。這個實驗的小鼠出世後，他將所有精神都集中在將這個研究方法轉用於人類的卵子上。

倒數第二個問題問到：「這些混合胚胎的小鼠是否具有生育能力？」

他即使想要也無法回答這個問題。這三隻小鼠生下來不久後都猝然死去——一隻在十天之後，另兩隻則活了三週。他後來解剖了牠們，卻沒有發現任何不正常的地方。

結果，這兩個女人中的一位懷孕了，另一個人的胚胎可能沒有附在子宮壁上。她們還是歡喜不已，當然更怕會發生流產的現象。在霍佩醫生的建議下，她們倆決定在離他診所只有幾步路的地區租一間公寓。胎兒到了第六週就可以照第一次超音波，這時候應該可以檢查胎兒的心跳和脊椎骨是否正常。

在那之前，他修改了《科學》期刊寄回來的那篇有關小鼠實驗的文章。他在人類胚胎方面的成果讓他明白，他必須先處理完前一項報告，才能考慮發表第二篇報告。

他沒有提到實驗中的小鼠已經死了。還不行，因為他想再用一些小鼠重複這個實驗，這樣他就可以告訴他們他已經重複這個實驗，並且回答有關實驗中的小鼠是否具有生育能力的問題。但這次的實驗失敗了，他能夠培育出一些新的胚胎，但是沒有一個在母鼠的子宮裡發展成胎兒。

他不知道問題真正出在哪裡。或許他知道，但不願意承認。

總之，這很可能就是運氣。他所使用的微量吸管的技術，也就是移除細胞中的細胞核並注入另一個細胞核的技術，操作時動作需要極為精巧。最輕微的錯誤動作都可能會損傷到細胞膜或是細胞核。此外，如果過多的細胞質被吸出，也會造成問題。那麼，這是他技術的問題嗎？當然不是，因為他所使用的方法後來被全球的研究者們採用，雖然這些研究者所使用的設備更加精準，排除了不慎移動的風險。所以，維克多．霍佩超越了他的時代。但由於那時沒有像如今這麼先進的設備，要達成他想達到的目的，在許多地方的確需要靠運氣。

可是對於維克多來說，這並不是關於運氣的問題，他把這個失敗歸因於自己的注意力不夠集中。但既然他已經在人類細胞方面達到良好的成績，就覺得再拿一組小鼠來做實驗實在不再具有任何意義。這有點像不繼續正經地工作，而回頭去玩玩具。

所以，他在文章裡沒有提到重複實驗，也沒有回答混合胚胎的小鼠是否有生育能力的問題。他也沒有提出任何見證實驗過程的人士姓名或機構的稱呼。但他的確認真地回答了其他所有的問題和意見，並且很仔細地寫出了他使用的方法。這已經足以說服《科學》編輯委員會中大多數的科學家，他們堅決表示霍佩博士的研究結果如此具有革命性，當然必須刊登，就算只是為了提出這個問題來討論，也是值得的。那些反對刊登這篇文章的科學家希望能夠阻止這件事，他們堅稱一次成功的實驗並非可靠的研究結果，只是一個意外，但到最後，他們還是必須服從多數人的意見。

***

一九四八年的冬天，瑪爾大修女教維克多識字。為了不讓別人發現，她只在值夜班的時候教他。等到大夥兒都睡著了以後，她就會把這孩子叫醒，把他帶到可以監視整個寢室的隔間室裡。她事先已經將一些字母和發音分別寫在卡片上，這時就會用這些卡片教他拼出一些基本的詞彙。結果，他不但是一名酷愛學習的學生，而且每次上課都讓她更確信他的確聰穎過人。她只需要教他幾個字母，他就會用這些字母拼出她說的一些詞彙。他的進步是那麼的神速，她幾乎每次都必須預備一些新的字母來教他。

他也開始顯示出一些他實際上具有感情的跡象，這大多是在他認真地移動桌上的字母卡的時候。由於在這之前他都處於被動的情況，有時他的興奮比他在識字方面的進步更令她感到驚訝。他停不下來，連一會兒也不願意。她經常到最後不得不抓住他的手腕來強迫他停下來，即使如此，他的眼睛還會繼續掃瞄著字母，試著拼出下一組詞彙。

她每次只教維克多一到一個半小時，因為他第二天早上還得和其他病患同一個時間起床去參加彌撒。他會緊抓著她的手，不情願地慢慢走回他的小床。然後，瑪爾大修女會站在床邊等他為埃貢・懷茲背誦一篇禱文。

「晚安，維克多，」她會在他結束之後說，「我們明天再學一個字母。」

「哪一一哦？」他會問。

「『Biene』（蜜蜂）的『B』，」她就會告訴他，「或是『Clown』（小丑）的『C』。」

教導維克多，重新點燃了瑪爾大修女想成為一位真正教師的願望。每一天，她與維克多在一起的短暫時光，比其他任何時間都珍貴。他讓她感到自己在做一些有意義的事，他的突飛猛進也讓她深信自已天生就適合做這個工作。如果她能夠讓米勒格塔修女看到她有多麼會教書，或許她終會了解瑪爾大修女除了換尿布和倒尿桶以外，還能夠做別的事情。院長甚至還可能同意她到另一所修女院繼續她的初學期，也許她可以在那裡學習，獲得教書的資格。要是院長同意，她的父母也一定不會反對。

瑪爾大修女要說服院長，就必須先教好維克多。於是，她開始加快進度。她會代替其他修女的夜班，有時候讓維克多一直練習到凌晨三點。她不但會教他生詞，還會用最工整字體將聖經裡一些簡單的段落寫出來教他。她在白天讀聖經給他聽的時候，也會趁機與他做一些閱讀練習，要他在聖經裡找出認識的詞彙，偶爾他甚至還會自己念出一個完整的句子。

他們的課程越來越密集，但她也越來越疏於警戒。米勒格塔修女有一天突然找她談話。

「瑪爾大修女，妳最近晚上在修女宿舍裡做什麼？」

瑪爾大修女感到自己的臉頰立刻紅了起來。

「妳說什麼？」她問，故意為自己拖延一點時間。她心想，一定是一名患者看到她跟維克多在一起，向院長打了小報告。

「我知道維克多晚上會和妳坐在一起，」院長嚴峻地說，「妳可以告訴我這是為什麼嗎？」

瑪爾大原本想過是否要在這個時候告訴院長實情，但如果她說了，院長大概會想立即測驗維克多，瑪爾大知道他一定會噤若寒蟬。

「維克多晚上會作惡夢。」她連忙說。

院長懷疑的看著她。

「我要是不把他帶出寢室，」這位初學生接著說，「他就會大叫，把大家都吵醒。」

「什麼樣的惡夢？」

「我不曉得，米勒格塔修女。他不願意告訴我。」

瑪爾大自己覺得這聽起來好像有點道理，所以也比較平靜了一點，尤其在她看到院長眼裡不再有責怪的眼神，心裡更舒服多了。

「這讓我擔心。」米勒格塔修女說。

「喔，不用擔心。維克多──」

「我不是擔心維克多，瑪爾大修女。我是在擔心妳。」

瑪爾大並沒有料想到她會這麼說。她蹙起了眉頭，看著院長。

「妳最近蒼白了不少。」

「我──」她想要辯解，院長卻立刻打斷了她。

「我看，妳最好晚上暫時休息一陣子。每天兩個小時的閱讀可能也讓妳太累，我讓諾愛拉修女來接替妳。」

藉口！瑪爾大修女覺得這全是她的藉口。院長其實只是想把她和維克多分開，這才是理由！

「我──我其實覺得還滿好的！」她聲音顫抖地說，「我沒有什麼不對勁的地方。」

「我覺得最好還是這樣。這麼一來，妳也可以專心地做妳其他的任務。」

瑪爾大修女覺得自己被逼到了角落，而且她知道自己再怎麼爭辯也沒有用。她沒有別的辦法了。

「維克多會認字了，」她膽怯地說。她原本以為有一天她會用一種驕傲的口吻說出這句話，但她這時比較像是在招供。

「維克多會什麼？」

「他會認字了，是我教他識字的，米勒格塔修女。」她的聲音聽起來有些虛弱。

「瑪爾大修女，妳知道自己在講什麼嗎？這孩子甚至還不到四歲！」院長暫停了一下，接著又強調地說：「而且他有弱智。」

瑪爾大修女搖了搖她的頭說：「他沒有智障。他真的不是——」

「這可不是任由妳來決定，修女！」

院長昂起了頭，轉過身，瑪爾大修女這才衝出口說：「請求妳，讓維克多證明給妳看！」

院長沒有回答，但她也沒有離去。

「妳難道不要讓他證明給妳看嗎？」瑪爾大修女這時幾乎像是在懇求。

「好吧，就讓他證明。現在！這樣我們就可以知道到底是怎麼回事。是不是，瑪爾大修女？」

「喔，不是現在，請妳……」

後來的情況比瑪爾大修女預料的還要糟。米勒格塔修女沒有給他任何機會。院長和其他四名修女圍繞著維克多站著，就像她們將病患穿上束縛他們的約束衣時，要與他們進行搏鬥一樣。這當然會讓維克多害怕。

瑪爾大修女站在米勒格塔修女身後，只有當米勒格塔修女有時站開一下，她才能瞥見他的臉。院長指著她說：「維克多，瑪爾大修女聲稱你會識字。你要不要表現一下，讓我們看看？」

瑪爾大修女不知從哪裡得來的勇氣打斷了院長，她從自己的袖子裡抽出一張前天晚上維克多念的一段聖經裡的段落——他一口氣念的，而且沒有一個錯誤。

「米勒格塔修女，這是——」

院長將一隻手用力一揮，另一隻手從諾愛拉修女手裡拿過了聖經，隨便翻到一頁，遞到維克多面前，說：「念點什麼給我聽。」

這是你的機會，維克多，瑪爾大修女心裡想。她知道他可以做到，就算一句也好。

但維克多沒有開口。

王命令道：拿刀來！人就拿刀來。王說，將活生生的孩子劈成兩半，一半給那婦人，一半給這婦人。這個段落就是這麼寫的，白紙黑字，一清二楚。他的眼睛落在這個段落上，這些話讓他驚慌得一個字也吐不出來。

***

「我們能不能夠知道這孩子是不是我們兩個人的？」其中一個女人問道。

霍佩醫生剛剛在她的小腹上審慎地塗抹了透明的凝膠，準備進行第一次的超音波。他搖搖頭說：「從超音波不行。」

「我是指以後，胎兒出世之後。」

「嬰兒一定會是女的，」他說，「這跟染色體有關。女性有一對雙X的性染色體，這就是為什麼——」

「但我們可不可以從其他方法知道？」她打斷他的話。

霍佩醫生已經對嬰兒的性別進行了詳細的解說，但被打斷之後，他又從頭開始，似乎一點也沒有發覺他在重複自己說過的話。她沒有聽懂他第一次說的話，但她能夠記得的是，孩子是女的並不一定等於來自於她們兩個人。那種半信半疑的感覺在她心中逐漸加劇，儘管霍佩醫生給她們看了一些照片，照片中可以看到取自她們細胞的細胞核融合在一起，卵細胞分裂成二，然後四、八，最後到十六個細胞。但對這個女人來說，這些照片看起來只像是懸浮在水中的水泡，沒有什麼可以說服她，這個胎兒來自於她們兩個人。她的女伴要她別那麼多疑，並且咯咯地笑著問她，是不是想看到細胞上刻著她的名字或是什麼的。

「就像一般正常的孩子一樣，」醫生打開超音波的螢幕說，「她大概會比較像雙親的其中一位，甚至可能像家裡的祖父或是祖母。」

他的回答還是沒有令她感到滿意，她無法擺脫自己腹中懷著異物的感覺。

超音波冰冷的探頭壓在她的小腹時，她捏了捏女友的手。按照醫生的說法，超音波現在還看不太清楚，但她還是希望這可以讓她得到比較肯定的答案。

醫生一言不發地在她小腹上移動著探頭，螢幕裡顯示著白色、灰色和黑色的斑點，但沒有具體的結構，這就像手電筒微弱的光線在一個山洞裡粗糙的岩壁上閃爍著。

她把盯著螢幕的目光轉向自己袒露的小腹。那小腹沒有變大，她也沒有任何噁心的感覺，或許自己根本沒有懷孕。

「就在這裡。」醫生說。

「我什麼也沒看到。」她說。

「這裡，」醫生說，他用指尖指著螢幕。「這條白色的曲線就是脊椎。」

這條比他手指還細的線，是螢幕上唯一毫無動靜的一條線，好像獵槍瞄準器看到的一頭僵在那兒不動的動物一般。

「七點八毫米，」他說，「這有七點八毫米長，現在讓我們來找找看心跳。」他的一隻手將探頭停留在原處，另一隻手敲著超音波鍵盤。「在這裡！」

她不知道要看哪裡，或是自己應該看見什麼。

「在哪裡？」她的女友輕聲地說，似乎怕自己的聲音會驚動到胎兒。

霍佩醫生用筆尖指著螢幕上面一個忽亮忽暗的光點。

「她好像是在對我們眨眼。」她聽到女友說。

她感到自己的心驟然平靜下來。她知道自己體內真的有一條生命以後，頓時完全改變了態度，她原本不斷追問自己的問題這時也不再需要答案了。腹中懷著胎兒一直是她最大的夢想，而且這可能會是她們倆共同的結晶，真是太美妙了，但這一下子也變得似乎沒那麼重要了。

女友輕柔的哭泣聲將她從沉思中喚醒。她那含淚的雙眸和幸福的笑容令她驀然悟到自己是多麼的自私。她對自己感到震驚，但沒有顯露出來，只是伸出手握住了女友的雙手。

霍佩醫生這時轉動著儀器的旋鈕，儘量不去看她們，彷彿害怕面對她們的感情。她們原本聽到的一種微弱的嘶嘶聲遽然變得很大聲。這時又出現了另一種聲音：一種低沉、不規則的敲擊聲，就像有人用手指測試麥克風的聲音。

「這是心臟。」醫生說，「妳聽，這是心跳聲。」

沒錯，這聲音確實與螢幕上閃爍的光點有差不多一樣的節奏，但卻是時隱時現的。

但不只如此。每隔一會兒，她們會聽到另一個心跳聲，像是第一個心跳聲的回聲，但這又不太可能，因為它的節奏不同。

她看著女友，輕輕地碰了一下自己的耳垂，示意她注意聽那聲音。她的女友點了點頭，表示自己也聽到了這個聲音。

「我們聽到了另一個心跳的聲音，」她對醫生說，「這有可能嗎？」

醫生沒有回應。他皺著眉頭，雙眼盯著螢幕，手裡的探頭更用力地壓在她的肚子上。

這時，兩個心跳的聲音更清晰了，但是螢幕上閃爍的光點不見了。醫生將探頭在她塗滿凝膠的肚皮上匆匆地移動著，他的頭似乎也隨著探頭緊張地轉動著。她又看了女友一眼，女友這次更堅決地說：「醫生，我們可以聽到另一個心跳聲！」

他還是沉默不語。

「醫生！」她自己也叫了出聲。

他吃了一驚，抬眼看了看她們。

「是不是還有另一個心跳？」她問。

醫生搖了搖頭，說：「妳自己的心跳，那是妳自己的心跳聲。」這話雖然是用一種平靜的口吻說的，她還是覺得自己很荒謬，原來自己是在小題大作。

醫生放下探頭，開始擦拭她肚皮上的凝膠。

「對不起，」她結結巴巴地說，「我以為……」

「沒有關係。」醫生說。

霍佩醫生沒有說謊，那的確是她的心跳聲。但除了這個，另外還有一件事。他是否應該告訴她？要不要讓她知道有一些異常現象？但這只會讓她焦慮，反而可能會引起更多的問題。

但那真的是兩個心臟跳動的聲音——可以聽得很清楚。可是他在螢幕上看不到第二個心臟，也找不到另一個胎兒。他後來又仔細地研究了當時照的超音波照片，但每一張照片裡都看不到第二根脊椎。

第二個胎兒也許是被第一個胎兒全部擋著了，這有可能，但還是很不尋常。

如果她腹中有兩個胎兒，那麼那卵子一定是在子宮裡又進行了一次分裂，分裂後的卵子又各自發展成形。要是這樣的話，她就會有雙胞胎，一對同卵的雙胞胎。

兩個星期後的第二次超音波讓他得到了明確的答案。那懷孕的女人這次比較平靜——至少比第一次平靜多了。她那時期望他能夠在那麼早的階段就告訴她，孩子出生時會長成什麼樣子。讓他辨識出孩子長得像誰的唯一的辦法，可能是藉由她們其中一位具有某種遺傳性的缺陷。但她們兩人都不知道自己是否有這類缺陷。他發現自己居然會覺得這很可惜；如此一來，他就可以提出一些具體的證明，來說服那些不相信他的人。

他已經決定，這次超音波如果顯示出兩個胎兒，他就會告訴她們。八週大的胎兒雖然不會超過兩公分長，應該還是可以看得很清楚。儘管胎兒這時很小，她們已經具有明顯的人體特徵，應該可以看到她們的頭和四肢，臉部也已經有眼睛、嘴巴和鼻孔。所以，到了這個階段，不太可能看不見另一個胎兒。

為了尋找第二個胎兒，霍佩醫生這次悄悄地靠近她的子宮。他沒有直接把探頭放在子宮上，而是先在肝臟、胃、胰臟、膀胱和盲腸繞了一大圈——以兩道鉗形攻勢向子宮移進。

她們倆都屏息看著螢幕，每隔一會就向他投以疑慮的眼神。他沒有說一句話。

他在子宮裡很快就找到了第一個羊膜囊，那是一個如蘋果般大小的黑點，但他沒有找到第二個羊膜囊。胎兒像一粒小石子般地躺在羊膜囊的底部。

他把探頭對準了羊膜囊，將影像拉近檢視，原來真有兩個胎兒！他開始數著：兩個頭、四隻手臂和四條腿，另外還有兩顆心臟緊鄰著彼此跳動著。可是她們之間只有一條如捲曲的食指般的脊椎。

他頓時面無血色。
「怎麼回事，醫生？」她們倆同時問。
他不能再繼續假裝下去，但他仍舊無法告訴她們整個真相。「是雙胞胎。妳們會有雙胞胎。」

***

有一天，瑪爾大修女沒有回到拉沙佩勒的修女院。修女院的初學生一年裡可以有五天的假期，這就是在她回家與父母共度這個假期後發生的事。她父母剛從院長口中得知這個壞消息時，十分震驚，並且跟她說他們親眼看著自己的女兒搭上了開往拉沙佩勒的巴士。後來，米勒格塔修女表示他們可能必須通知警察時，她父親才坦白告訴她，他們曾經為了洛特想要離開修女院的決定與她有過爭吵。

這回輪到米勒格塔修女感到震驚，並且告訴她的父母，她一點也沒有察覺到瑪爾大修女會有這種念頭。按照這位院長的說法，自從瑪爾大修女在大約一年前成為初學生以後，她看起來似乎很滿足。在那之後，從她的表現看起來，應該能夠成為一名正式的修女，她如果繼續努力，應該很快就可以發暫願。院長堅信瑪爾大修女一定會回來，她建議他們暫時不要告訴任何人有關她失蹤的事。洛特的父母非常贊成這個建議，這消息要是傳出去，只會讓人家說閒話。

瑪爾大修女後來真的回來了，但她是過了三個月以後才回來的。她的父母在她失蹤一個星期後收到了她的一封信，信上說她一切安好，還說她需要一點時間來思考一些事情。

一九四九年十一月十二日這一天，米勒格塔修女寄給洛特．古倫父母的電報上寫著：「她回來了，並且感到愧疚。」

瑪爾大修女最初看起來彷彿只是去辦了一些事情回來而已。她的會衣依舊潔淨無瑕，頭上的小黑帽大小適中，戴在胸前的金色十字架也沒有失去一點光澤。

在明亮的光線下，可以看出來她的皮膚比以前黑了一些，比方說，她的臉和手背。米勒格塔修女一看到她就立即注意到了她手臂和頸子的膚色，但她沒說什麼，只問瑪爾大修女是否感到愧疚，瑪爾大修女說是，院長就引述了浪子回頭的比喻，接受她回到修女院。

她們當時就談到這裡。院長那時認為這樣最好，她可以等到以後再盤問她。

維克多立刻注意到她的舉止與以往有些不同。她現在有點駝背，稍微往前凹的下背讓她以往平坦的小腹看起來有點凸起。她的言行也變得有些桀驁不馴，跟她失蹤之前大不相同。以前，她走路時總是肩膀下垂，雙眼俯視，步伐慢得像是有人拉著她的會衣，不讓她往前走一樣。不論如何，自從他拒絕念米勒格塔修女要求他念的那段經文之後，瑪爾大修女就很少跟他講話了。他以為她在生他的氣。在那之後，他晚上都沒有再見到她，白天她也不再來和他一起念聖經。然後，她就這樣突然不見了。

可是，她現在回來了，而且在她回來的第一天，她悄悄地對他說：「我很想念你。」

維克多很想告訴她「我也很想念妳」，卻無法吐出這些話。

後來，她又逮到一個機會跟他說話時，她說：「我很快就會再離開，這次不會再回來了。」

他不知道要說什麼。這消息讓維克多陷入情緒低落，這是一種他從未有過的感覺。

那股腥味會時來時去。維克多從小就注意到了這股味道，而且每次都是所有的修女同時發出這個氣味。每當她們其中一位朝他俯下身時，這氣味就會迎面撲來。那味道從她們的衣服和手上散發出來，就連她們的口氣也充滿了這種味道。它聞起來猶如他有時吃的麵包上塗的冷燻肉脂肪的味道。

修女們似乎也意識到這氣味，因為每當她們有這氣味時，就會顯得比平常更沒有耐心。甚至連瑪爾大修女也是如此，每次她帶有這氣味時，上念經課就會比較沒有耐心，並且易怒。可是，她一旦發現自己如此，就會向他道歉。

「對不起，維克多。這會結束的。」

然而，他知道，這也會再來的。

可是自從瑪爾大修女回來以後，她就不再有這種氣味。其他的修女都已經有過了兩次，她還是沒有。當其他的修女散發著着這種氣味時，讓瑪爾大修女洗澡和帶上床，對維克多來說就像是透了一口新鮮空氣一般。但他只是注意到她沒有散發這種氣味，並沒有對此做任何進一步的結論。所以，當她有一天向他透露這個祕密的時候，他大吃了一驚。

她那時正在浴室裡用毛巾為他擦乾身體。

「她們很快就會注意到，」她開始說，「現在已經很明顯了，而且你還可以感覺到它。」她把他的手放在自己的小腹上。

他只感覺到她那會衣柔軟的質料。

「我肚子裡有一個小寶寶。」她低聲地說。

她移動著他的手，他感到她的肚子有些圓滾；她的會衣下面的確藏有東西。

「只要米勒格塔修女一發現，我就得離開，」她繼續說，「她會先把我罵到她自己的臉色變青。但我不怕，因為她罵完了以後，就沒有其他選擇，而且我父母再也沒有辦法把我送回來了。」

她跪下來，握住他的手，注視著他的雙眼，但他把眼光避開。「如果這是一個男孩，」她說，「我就叫他維克多，你願意嗎？」

他當然願意。

米勒格塔修女對瑪爾大修女產生懷疑後，每到洗衣日就會檢察她的底褲上有沒有血跡。她又拿出月曆來算這事情大概是在什麼時候發生的，到現在已經有多久了。她開始嚴密地盯著這個初學生，注意到她常常用手撫著她那微凸的肚子。

「妳的肚子痛嗎？」她問瑪爾大修女，等著看她有什麼反應。

但瑪爾大修女並沒有感到羞愧，她若無其事地搖搖頭，然後生氣地向她瞪了一眼，彷彿是在問她怎麼會有這種想法。

過了五個星期以後，米勒格塔修女還是沒有發現瑪爾大修女的內褲上有任何血跡，她就決定讓瑪爾大修女接受檢查。她自己並不深諳這種事情，所以就在霍佩醫生來探望他兒子的那天找上他。她有時會在自己和其他修女的醫學知識無法解決問題的時候，向他詢問有關這方面的問題，但這次她隱約地感到有些尷尬。她沒有讓他知道自己的目的，只請他針對一位腹痛好幾週的修女做一些診斷，然後告訴米勒格塔修女診斷結果。

她帶著他到瑪爾大修女正在獨自研習聖經的房間。他在路上問起關於兒子的近況。

「沒有任何改善，」米勒格塔修女說，「真可惜。」

她聽到了他的嘆息聲。

「妳覺得他快樂嗎？」他問。

「我相信他一定很快樂，醫生。」

「我希望如此，修女。為了他，我真的希望如此。」

院長和醫生一進入房間，瑪爾大修女就立刻抬起原本盯在桌前聖經上的目光，推開自己的椅子，站起身來，禮貌地點點頭。

米勒格塔修女原本以為這初學生會拒絕接受檢查，或者至少會先問一些問題，令她詫異的是，她什麼都沒說。當霍佩醫生揮手請她在床上躺下來的時候，她也躺了下來。甚至連他請她把會衣拉起來的時候，她都毫不猶豫地這麼做。院長站在房間的一個角落裡，偷偷地往這初學生袒露的小腹看了一眼。它的確隆起來了。

醫生將他的右手放在她的小腹上。「告訴我哪裡會痛。」他說。

他的手在她的肚子上摸來摸去，指尖按入了她的肌膚，問了好幾次：「痛不痛？」

她搖搖頭。

他開始觸診骨盆處，有時會用拇指用力壓。他這時皺起的眉頭沒有逃過院長犀利的觀察。

「妳可以給我聽診器嗎？」他說。

她把聽診器遞給他。

「妳可以屏住一下呼吸嗎？」醫生問這年輕的修女。

院長也不由得屏住了自己的呼吸，她心裡想，馬上就可以知道結果了。

醫生很專心地聽，又皺了皺眉頭，把聽診器移到另一處聽，他的目光偶爾會停在這位初學生的臉上，她的雙眼卻死盯著天花板。最後，他長嘆了一口氣，拿起放在她肚子上的聽診器。他不動聲色地問著院長：「妳可以出去一下嗎？」

她從他的眼神明白他這話是認真的，就離開了房間。

瑪爾大修女鬆了一口氣，拉好會衣後，坐在床邊。

醫生坐在桌前的椅子上，拿起了一本聖經，不安的將它在手裡翻來覆去。「我想在告訴院長以前，先跟妳說，」他開始說，「妳可能需要一點時間來接受這個事實，我自己也不能理解怎麼會——」

「我已經知道了，醫生。」瑪爾大修女打斷了他的話，她不想讓他為難。「我肚子痛是米勒格塔修女捏造的。我能夠感覺到的，是寶寶的踢動。他還滿……活潑的。」

醫生點了點頭，噘起了嘴唇，讓嘴唇右側的傷痕陷得更深。「妳知道這大概已經多久了嗎？」他問。

「四個月。」

「沒錯，這跟我猜想的一樣。否則，妳不會感覺到嬰兒的踢動。」他瞥了一下聖經，又看著她，問：「妳幾歲？」

「三十歲。」

他點點頭。

「又六個月。」她又說。

「妳想要這孩子？」

這次輪到她點頭。「是的，醫生。我很想。」

「妳知道妳很可能被迫離開修女院？我想米勒格塔修女是不會讓妳留下來的。」

「我已經知道這一點。你跟她說了之後，可以稍微停留一會兒嗎？我不太確定她會怎麼……」

他同情地點點頭。

「我會在妳面前告訴她這個消息。妳是不是希望我這麼做？」

「是的，醫生。謝謝你。」

他把聖經放回桌上，用手指撫摸著聖經的封面，然後站了起來。

「霍佩醫生？」

他轉向她。

「你是維克多的父親，對吧？維克多．霍佩？你……我有好幾次看到你們坐在一起。」

「妳說得沒錯。維克多的父親——是的，我就是。」他避開了她的目光，注視著她頭頂的上方。

「醫生……」她稍微遲疑了一下，「醫生，維克多其實並不是弱智，他真的一點也不是。」

院長問霍佩醫生，如果這是瑪爾大修女父母的想法，他願不願意幫忙拿掉這個孩子。他並沒有立刻聽進她的話，因為他正忙著思考自己的一些問題。瑪爾大修女告訴他的事，都是真的嗎？維克多會說話？他還識字？

霍佩醫生大步走在通往院長辦公室那空無一物的長廊上，他這時正在思索那女孩說的話是否屬實。他最後得到的結論是，她沒有理由說謊，尤其是現在她快要被趕出修女院的時候。他問她為什麼他自己從來都沒有注意到這些，她說要和維克多親近很難——得靠他對你的信任。這話像一把匕首刺著他的心。

院長又重複說一遍她的請求，他這次終於聽了進去，但立刻反對，說：「無論後果如何，她都想要留下這個孩子。」

「她還太小，不能自己作主。」

「她已經二十歲了！」

「她現在還是個初學生，醫生。她的父母渴望她成為一名正式的修女，所以我再問你一遍：你能不能幫助我們？」

他先是緩緩地搖著頭，然後越搖越猛烈。他這時也下了決定，不要向她提起瑪爾大修女告訴他的那些有關兒子的事情。

他的腦海裡又浮現「信任」這個詞。這個院長從來都沒有得到維克多的信任；他自己也沒有。他邊注視著她，邊聽她說話，心裡得到了這個結論。這就是為什麼維克多從來都不說話。然後，因為他不說話，就被視為弱智，就只是因為如此。

醫生仍舊搖著頭，推開椅子，站了起來。他想要向她發出怒吼，宣洩自己心裡積壓的怒氣，但他無法這麼做，因為讓他最氣憤的人，是他自己。他怎麼會犯下這麼大的錯誤，對自己兒子做出這種事情？

那灰色的女人和她的助手來自於亞琛。她們接受了指示，只要專心做該做的事，不准問任何問題。這是米勒格塔修女與她們做的安排，那筆堵她們嘴的錢比她們做這件事的費用還要多。

完全不知情的洛特．古倫，這時只穿著內衣，坐在囚室裡。院長在幾分鐘以前命令她把會衣脫下來交給她。她覺得自己像是卸下了一副沉重的枷鎖。終於結束了，她心裡想，瑪爾大修女已經死去，洛特．古倫又復活了。米勒格塔修女一句話也沒說，就離開了房間。洛特以為院長是去拿她原來的衣服，還在想這些衣服現在會不會合身。

院長回來的時候，並非只有她自己一個人而已。她還帶了另外兩個婦人，其中一個從頭到腳都是灰色。她的圍裙、眼睛、頭髮和面孔都是灰色，好像她事先在自己的皮膚上塗抹了灰燼似的。

洛特瞥見了灰色的婦女，就知道事情不妙了。她想尖叫，但米勒格塔修女隨即用一隻手緊緊地捂住她的嘴。她用另一隻手往洛特的胸前一推，她就仰面摔倒在地上。另外兩個婦人立即用皮帶將她綑在床上。她拚命地反抗，但敵不過她們三個人。她的手腕這時也被綁住了，灰色婦人把她的雙腿猛地拉開，另一個女人負責把她的腳踝分別綁在床的兩邊。她們在她的臀下塞了一堆枕頭，把她的骨盆頂高，然後剪開了她的內褲。洛特閉上了雙眼，她沒有看到那灰色婦人從袋子裡拿出來的那根長針。

「趕快做。」米勒格塔修女吩咐灰色婦人。

洛特在長針插入時，咬著捂住她的嘴的毛巾來減輕她的疼痛。院長的手指甲深深地掐入她的右臉頰。

灰色婦人用一隻手撐開這初學生的陰唇，另一隻手拿長針戳弄。她很幸運，只戳了兩下子就找到了。她朝女助手點了點頭，女助手就拿出一條毛巾來接那胎兒。

米勒格塔修女瞥了那胎兒一眼，發現這比她想像中大得多。但讓她更驚愕的是，它看起來已經那麼像一個人。

米勒格塔修女看見灰色的婦人正在注視她，就趕緊把視線移開。「把它拿出去埋了。」她說。

那天晚上，洛特來找維克多。身上又穿著會衣的她附在維克多的耳朵上悄悄地說了一些話，輕吻了他的頭頂之後，又說了幾句話。然後，就頭也不回地走了。

「它走了，維克多。寶寶走了。我很抱歉。」

這是她先說的話。接著，她在輕吻他之後說：「上帝賜予，上帝也取回，維克多。但並非總是如此。有時候，有時候也會由我們自己作主。你要切記。」

這是他聽到她說的最後一些話。第二天早晨，她父親就來把她帶回家了。

這是一九五〇年一月二十三日。

***

一九七九年四月，他正面臨兩個選擇：保留或是放棄兩條生命。這是讓維克多．霍佩苦思的問題。讀過他在《科學》期刊上發表的同事們也在這時向他祝賀，道賀的信件和電報蜂擁而至。

他可以讓這兩個胎兒繼續成長，或是放棄她們。這是他從未做過的事情，他從未奪取過一條生命，這就是為什麼他那麼苦惱。自從他著手進行博士研究的那一刻起，他的使命一直是在創造生命。這是他向來面對的挑戰，他可能要對生命做出決定，但不是對死亡。

他注意到一個印著亞琛大學校徽的信封。信封裡的卡片是由一位他不認識的教授寫的。一名叫做雷克斯．克里默的教授，他也是該大學生物醫學研究院的院長。那卡片上也寫著一些恭賀的話，但與其他的卡片有些不同，其中有一句引起了他的注意：

你的確比上帝還會玩祂的遊戲。

雷克斯．克里默的這句話，原本只是一句玩笑話。將霍佩醫生與上帝做比較，只不過是想吸引他的注意。他原本以為霍佩醫生知道這是一種詼諧的說法，一點都沒想到他可能會誤解自己的意思。

但他與霍佩醫生在一九七九年四月十五日的電話交談，讓他改變了原來的想法。

「霍佩醫生，我是亞琛大學的雷克斯．克里默。」他故意停頓了一下，給霍佩醫生一點時間來記起他的名字。

但霍佩醫生即時做出了反應，說：「克里默博士，謝謝你的卡片。」他十分驚喜。「不用客氣，這是你應得的。」

「但這不是真的。」霍佩醫生幾乎帶著一種責怪的口氣說。

「什麼不是真的？」

「你寫的那一句。我比上帝還會玩祂的遊戲。」

「喔，那個？那只是——」

「上帝根本不會這麼做。」

克里默有點困惑，彷彿自己撥錯了電話號碼，但對方並未察覺。

「我不懂你的意思。」

「你的比較用在這裡好像不太適當。你的結論也不正確。」醫生用一種比較倨傲的口氣，讓克里默覺得自己好像又成了一名學生，而且只是一名不怎麼樣的學生。以後，維克多也讓他常有這種感覺。

「上帝絕對不會做這種嘗試，」霍佩醫生用同樣的口吻繼續說，「祂絕對不會嘗試用兩個雌性或雄性動物來創造胎兒。因此，我並沒有比祂更會玩祂的遊戲。」

他的語氣裡並沒有帶著一丁點的諷刺，這也讓克里默有些不愉快。「我真的沒有這麼想過，」克里默說，他很小心地隱藏著心中的不快，「但我打電話是為了——」

「當然，我們也不應該高估祂。」霍佩醫生輕率地打斷了他的話。

「哦，對，當然不應該。」克里默禮貌地回答，心裡懷疑醫生是否喝醉了。

「因為我們要是高估了祂，就會低估我們自己，」霍佩醫生繼續冷靜地說，「許多研究學者往往都會犯下這個錯誤，如此為自己設限。他們甚至在還沒開始以前，就已經決定了哪些是能夠做到和不能做到的事情。然後對於他們認為不能做到的事情，就只是接受。但有時候，那些看起來不可能的事情，其實只是很困難而已。這只不過是要堅持的問題，是不是？」

「慶幸的是，你做到了這一點。」這位院長終於找到一個切入點，接口說出他一開頭就想說的話，「這也是我想邀請你來和我們商討一下的原因之一。我們大學想要提供你一個無期限的研究職位。我們非常希望你能夠回到你獲取博士學位的胚胎學系，繼續從事你的研究。」

電話的另一端沉默無語。

「你以前的教授還不斷地誇獎你，他們很希望看到你回來。我們這裡也有幾位很優秀的生物學家，我相信你一定會在他們其中找到很好的合作人選。」

「我比較喜歡自己一個人工作。」他簡短地說。

克里默想了一下。「這當然是可以考慮。最重要的，是你願意來我們這裡工作。我們可以安排一下見面的日期嗎？」

「現在不行。你要讓我思考一會兒。我過幾天再打電話給你，好嗎？」

「好吧。我給你我的專線。」克里默把他的電話號碼重複了兩遍，並且在結束談話以前，向維克多表示自己很期待他的電話——儘管他自己不能完全肯定這一點。

她以為自己是在進行一項絨毛取樣的檢驗。至少，霍佩醫生是這麼跟她說的。藉由這項檢查，他可以知道她腹中的雙胞胎是否患有唐氏症，或是蒙古症。她以前從來沒聽過這種檢查，但醫生告訴她這是一種比較新的檢驗。

醫生很仔細地向她解釋，他會用一種細小的夾子，通過她的陰道和子宮頸部取出胎盤組織的切片。

她可能會感覺有一點痛，但他會為她做局部麻醉來減輕疼痛。檢查這個組織切片的染色體之後，他就可以知道這兩個胎兒是否健康。

「要是她們不……？」

「如果是這樣的話，我們會再討論。」醫生回答。他很快就轉換了話題，開始講到這個檢驗會有的風險，會有很小的流產的可能性，但這機會很小，不需要擔心。

這個女人在檢診檯上躺下來，將腳踝滑入腳蹬裡時，心裡記得醫生所有的話。他要求她的女友留在候診室裡，並向她保證這不會太久。她們倆當然比較希望一起度過這個過程，但兩個人都不敢提出異議。

「妳只會感覺到一點疼痛。」她聽到他說。

她看不到醫生。她的肚子和下身都被一塊綠色的布給蓋住了；他坐在那一端的一張椅凳上。

那刺痛讓她全身微震了一下。疼痛消退後，她大鬆一口氣。但突然間，她感覺到小腹上有一種冰冷的東西，這才意識到是超音波的凝膠。她也看不到超音波的螢幕，但她並不在意，其實她不太想看到自己肚子裡到底發生什麼事情。她聽到的聲音已經夠可怕了：除了超音波的嗡嗡聲和喀噠聲，醫生亂翻抽屜時，裡面的金屬工具也發出撞擊的鏗鏘聲。另外還有他的椅凳吱吱嘎嘎的聲音，跟他的呼吸聲。

他這時拿著探頭在她肚皮上移動，當探頭在一處停下來的時候，她很想問他是不是看到了她的雙胞胎，她們是不是一切都好。但她還沒來得及開口，他就說：「請妳屏住呼吸幾秒鐘，這不會太久。」

她喘了幾口氣之後，就緊閉雙唇。雖然她接受了局部麻醉，卻還是可以感覺到有一種冰冷的東西進入了她的身體。她握緊著雙拳，指甲深深地陷入了掌心。

他又開始在她肚子上小圈地移動探頭。醫生的呼吸很不平靜，他張著嘴吐氣又吸氣，聽起來好似他在費盡了力氣後，累得喘息。這時，他的手又停了下來。

她以為就要開始了，於是咬緊了牙關。

但好像沒有發生什麼事，她原本以為自己可能只是沒有感覺到。但過了幾秒，她終於憋不住而喘口氣時，才發現自己連他的喘息聲也聽不到了。她不想驚動他，於是又過了幾秒鐘，然後嘶啞地問：「醫生，有什麼不對勁嗎？」

他沒有回應。

「醫生？」

突然間，所有的事情都在瞬間發生。她聽到椅凳發出了嘎的一聲，她肚子上的探頭被提了起來，體內冰冷的器具也被拉了出來。她又聽到鐵盆裡發出鏗鏘的聲音，然後看到醫生衝出房間。

他做不到。他就差那麼一點。但就在他正要將連體胎切成兩半，好從子宮裡分別拿出來的時候，好像有什麼東西讓他停了下來——彷彿有什麼人抓住他的手腕，猛地拽開了他的手臂。

他十分羞愧地奔了出去，讓那女人以不舒服的姿態躺在那裡。他衝進了洗手間，脫掉了乳膠手套，把手洗了好久。他凝視著鏡中的自我，他已經一個禮拜都沒有刮鬍子了，下巴上長出了稀疏的鬍鬚，這讓他突然發現他有多麼像自己的父親。

他繼續注視著鏡子裡的自己，看著自己的紅髮、鼻子和上唇的疤痕。

他的那個想法一定是在這一瞬間湧入他的腦海裡的，雖然這只是一閃而過，卻還是足以點燃不久之後越燒越旺的野火。

他不知道自己讓她一個人在那裡躺了多久，才回到她的身旁。她一直保持著同樣的姿勢，好像深怕一動就會不小心傷到雙胞胎。

他一進房間，她就問他到底怎麼回事。他說自己覺得有點頭暈，這可是真話。

後來，她又問他一切是否都沒有問題，檢查的過程進行得是否順利。他撒了兩次謊。

他在協助她下檢診檯時，告訴她一個星期之後可以得到結果。他心裡已經有了決定，到時候他就會讓她知道她身體裡到底孕育著什麼東西。但不會告訴她剛才自己準備做的事情。對他來說，這已經不重要了，他已經不再想這個問題了，早就不想這個問題了。

她在三天後回來了，這時的她顯然是受到了驚嚇。醫生又為她做了一次超音波之後，不得不證實她們倆最害怕的事情。她們其中一位不禁失聲痛哭起來，一口氣講出了整個來龍去脈，想要醫生明白她們毫無辦法預防這件事情的發生。

這一切都是從她肚子疼痛開始的，然後她坐在馬桶上開始用力，她說。她已經好幾天沒有排便，這時腸子突然發出一陣劇烈的蠕動，隨之大瀉。她聞到了一股從未聞過的惡臭，讓她隱隱作嘔，所以她還未擦拭自己以前，就趕緊先沖馬桶，想要把身體裡不知道是什麼的東西盡快沖走。

他懂嗎？

然後，她在擦拭了自己之後，又按了一次馬桶，但依然緊閉著雙眼，沒有往裡頭看，因為她對自己感到十分厭惡。她站起來一下，肚子又和剛才一樣疼痛了起來。她以為排便還沒結束，所以再用力一次。她以為如果不要這麼痛，就得……

醫生到底聽得懂嗎？

然後，她又排了一次便，又聞到了那令人難以忍受的惡臭味。結果，結果是，她有可能感覺到其他的什麼東西離開了她的體內，也有可能是從另一處出來的。但是，那時她下身痛得無法辨認是什麼從哪裡出來。所以，她把它們全都沖掉了，因為她從來都沒想過有可能……

「你懂不懂我在說什麼，醫生？」

她又用了許多衛生紙擦乾淨了自己，然後分幾次把所有的紙給沖掉。這時，她還是把頭轉開，因為她依然對自己十分反感。接著，她站起來拉褲子，這才發現那疼痛消失了，但就在這時候，她就在這時候看到自己大腿內側流著鮮血。她這時朝馬桶一看，那些從她體內跑出來的東西全都不見了。

他到底……？

他懂的，他向她保證。

到了最後，到底是誰辜負了誰？

維克多並沒有問自己這個問題。對他來說，這已經不重要了。那兩個女人才離開他的辦公室，他就開始準備下一個計畫。他拿起電話筒，撥了雷克斯．克里默的電話號碼。

「克里默博士，這是維克多．霍佩。我答應要打電話給你。」

「我很高興你打來，霍佩醫生。」

「你記得我們上次談過有關上帝的事情嗎？你說我比上帝還會玩祂的遊戲？」

「我當然記得。」

「嗯，我改變主意了。」

「喔，是嗎？」

「我的意思是，我想嘗試一下不同的方向。」

「與什麼不同？」

「與只用雌性動物或雄性動物繁殖下一代不同。如果要真的比上帝還會玩祂的遊戲，就必須開闢一條新的路。」

「這是什麼意思？」

「上帝按照自己的形象造人。」

「對，然後從亞當身上取出肋骨，造了一個女人……」

「沒錯。我們絕對可以用男人肋骨來製造女人，這是一定可以辦到的。依我看來，這並非難事。你如果取一個骨細胞，吸出它的細胞核之後，再注入另一個細胞核——」

「霍佩醫生，我只是在開玩笑。你想到哪裡去了？」

「……」

「霍佩醫生？」

「複製。」

「複製？」

「複製。製造一個基因相同的複製——」

「我知道『複製』的意思，但你想複製什麼？」

「小鼠，比方說。」

「這是不可能的。從生物學的觀點來看，我們不可能複製哺乳動物。」

「這只是技術的問題。如果有適當的設備，這一定可以辦到。原則上，這應該比我上次的實驗還簡單。」

「我不知道該怎麼辦。你突然跟我講了這些我沒想過的事情，我們得另外找個時間來討論。我們定個日期，好嗎？那麼——」

「明天。我明天去找你。」

「好吧。十點鐘，你方便嗎？」

「十點見。」

＊＊＊

約翰娜．霍佩有一天開始不願意起床，除了上廁所以外，她就躺在床上，不願進食。天天如此。她的丈夫勸了她好幾次，但每次都被她拒絕，他最後只好放棄。第三天，她有兩位朋友來看過她之後，也嘖嘖不已地離去。她一開始還會常常發出一陣陣的抽泣，但這也隨著她那逐漸黯淡的眼神消失。只有一次，她突然爆發最後的一點活力：她驟然發怒，對自己的頭猛力搗一陣拳頭，然後就倒下不再起來。她的臉上不再有一絲表情，除了心跳以外，全身沒有一處在動。

沃爾夫漢姆村子裡沒有人對這個情況感到特別驚訝。

「她沒有忘記那件事。」

「她也受到那孩子精神失常的感染。」

「那孩子出世以後，她就再也沒讓霍佩醫生碰過一次。」

「她一天洗五次澡。」

「那房間裡整夜都燈火通明。」

「魔鬼注定要找上她。」

「我們祈禱吧！」

醫生親自照顧他的妻子，沒有將她送到療養院，村子裡的人也並未感到吃驚。畢竟，他是最有資格判斷她的病情和幫她開藥的人，必要的時候，他也能夠為她輸血。

「這對她來說，是最好的辦法。」他一遍又一遍地解釋，就像他總是和別人說把他兒子送到修女院的療養院，對他來說是最好的辦法一樣。

所以，村裡許多人發現醫生把孩子帶回家之後，都感到十分詫異。

「難道照顧他老婆還不夠他忙？」

「無論如何，她是絕對不會贊成。」

但他並沒有試著把兒子藏起來不讓村民看到。他會帶兒子去買東西，出門看診時，讓他坐在車子裡等，偶爾還會帶他到村子裡散步，若無其事地向遇到的人點頭。

當然，村裡的人馬上就注意到他們父子倆相貌出奇地相似——從頭髮、嘴巴到眼睛，像是一個模子裡印出來的一樣——大夥兒不得不懷疑這孩子是否遺傳了任何母親的特徵。但他們更注意的是，這孩子很顯然有些問題。

「他不講話。」

「他不會笑。」

「他是個傻子。」

大多數的人也不懂醫生為什麼要把他從療養院帶出來，特別是凱薩格魯伯神父跟大夥兒透露，那孩子身上還附著惡魔。那一年剛被升為沃爾夫漢姆堂區主任的他，是從修女院院長口中得知的。但每當有人謹慎地問醫生這個問題時，他總是回答：「這是一個錯誤。維克多不應該被送到那裡。」

村子裡的人會在他面前點頭表示同情，但沒有人真的相信他，而且這孩子在公共場合出現得越頻繁，大夥兒就越相信他所帶有的邪惡的確多於善良。

卡爾．霍佩知道村裡的人在講閒話，所以很想讓他們知道他兒子其實沒什麼問題。但很可惜，他沒什麼東西可以給他們看。維克多不但不講一句話，也很少表露任何情緒。但儘管如此，他不論去哪裡，還是把這孩子帶在身邊，希望他與一般人的接觸能夠啟開他那扇封閉的心門。他最後的結論是，維克多必須重生。這是他那時的想法。

維克多還是沒有顯露出任何瑪爾大修女告訴他父親的閱讀能力，他只會匆匆翻閱一些父親給他的圖畫書而已。每次問他一個問題的時候，他不是聳聳肩，就是毫無反應。

卡爾仍然堅信他終有一天會看到一些轉變。他不斷地告訴自己，一切都需要靠信任，這是瑪爾大修女曾經敦促他記得的事。而且，他怎麼可能在自己對這孩子做了這種事將近五年的以後，期望他立刻原諒自己呢？這也是他好像若無其事地不斷和兒子談話的另一個原因。就像他在妻子陷入長期性的精神分裂狀態之後，還繼續和她講話一樣。儘管他從未得到任何回應，他在過去幾個月裡跟她說的話，比過去許多年的話還多。

但他並沒有告訴她，他把維克多帶回家了。他沒有說謊，只是沒有提起。他怕如果她知道了以後，永遠都會詛咒他。對他來說，這是維克多不出聲唯一的好處。

有一天，他看到了一個好轉的跡象。他為病人看診時，把維克多留在妻子以前的縫紉房裡，在他面前放了一幅尚未完成的拼圖，這是她臥病不起的前幾天開始拼的。

「你何不試試看完成這個拼圖？」他對維克多說，然後拼湊了兩、三片給他看。

這幅巴別塔的拼圖有兩千片，所以他並沒有抱太多的期望。但家裡這時只有這個拼圖可以激發他兒子的頭腦，他在拉沙佩勒偶爾會看到病患玩拼圖。米勒格塔修女說，這很有療效，可以為他們腐壞的頭腦建立一些結構。約翰娜六個月前突然把這個拼圖拿回家，讓他十分意外。她是想要回到童年，還是想要藉這個方式喚醒她內心早已沉睡的童心呢？他的一位同事說，約翰娜可能想要藉著拼圖一塊一塊地填補一些空虛。雖然他認為這不太可能，但還是覺得拼圖具有很好的療效，因為它對他的妻子起了一種鎮靜的作用，但他後來才發現，這作用或許太大了。

看診時間結束之後，他走回縫紉房，站在門口看著他兒子。這孩子很專心地在散亂的碎片中搜尋，挑選一小片，試也沒試一下，就能夠很有自信地將它放在正確的位置。他走到桌旁才愕然發現，維克多已經拼好了超過四分之三的拼圖。

他很興奮地想，他果真不是弱智。

但沒一會兒後，他就必須改變這個想法。他觀察了維克多大約一刻鐘，發覺他一直執著地拼著拼圖。很執著——這就是特別引起他注意的地方。這孩子的動作帶有某種機械性，他的眼睛先掠過拼圖碎片，抓起其中一片，將它插入正確的地方。接著，他又用相同的方式搜尋、選取，放上去，一遍又一遍地重複這一連串的動作。但維克多的臉上始終沒有表情。

他的腦子裡突然閃過「強迫行為」這個概念，這個憂慮在他從維克多手裡搶過一片圖片時，得到了證實。維克多甚至沒有試圖反抗，他也沒有任何惱怒、困惑或生氣的跡象。

拜託你，說點什麼吧！給點反應，老天啊！他想對這孩子大吼，但還是壓抑住了心中的怒火。他搖搖頭，看著兒子。這孩子的動作似乎凍結了，一隻手懸在半空中，拇指和食指好像依然捏在一起，像是依然拿著一片拼圖似的。他在這種僵硬的姿態停滯了許久，一直到他父親把那小片拼圖放回他的手裡為止。這孩子把那片拼圖放到該放的地方之後，又執著地去找下一個圖片。

強迫性。這個詞在醫生的心裡縈繞著，並且不斷困擾著他，讓他不禁想起那個他把維克多救出來的地方。

他發現自從自己把兒子帶回來以後，村裡的人就開始不來他家了。他最先注意到與他們保持距離的是凱薩格魯伯神父，因為他過去幾乎每個星期都會來為約翰娜讀聖經。霍佩醫生後來自己接下了這個任務，但這只是因為他覺得約翰娜可能希望他這麼做。他自己絕對不會開始讀聖經，因為他不像他妻子那麼虔誠，不像她那麼狂熱。他有時會如此暗想，卻從未跟任何人說過。

他後來發覺自己的病人也開始不來了。候診室以往擠滿了人，但維克多回來以後，就不再如此。一週接著一週，看病的人數不斷地減少，到最後居然一個人影也沒有了。

這讓他想起差不多十年以前，他到沃爾夫漢姆村的頭幾個月。那時，他才取得醫生資格不久，並和妻子從附近的普隆比埃村搬過來，因為普隆比埃已經有兩位家庭醫生。雖然沃爾夫漢姆多年來一個醫生都沒有，村裡的人一開始還是不願意來他的診所。他們非常不信任外來的人，而且過了好幾個月才接納他和他的妻子。他從來沒有想過一開始病人稀少，可能與自己的相貌有關聯，但他知道村裡的人改變心意，不是因為他的醫術，而是主要與約翰娜的虔誠和她對教堂無私的奉獻有關。

這次沒有妻子的協助，他不知道要如何力挽狂瀾。其實，他知道——而且真的很簡單——但他已經矢志不移，絕對不會把維克多送回療養院。他必須跟村子裡的人解釋清楚，還有凱薩格魯伯神父，讓他們知道維克多沒有什麼邪惡或愚蠢；他們緊抓不放的迷信和愚昧才會造成傷害。作為醫生的他，雖然以前經常必須面對這些迷信，但他深信這次是一場不同的搏鬥——而且是一場更艱難的搏鬥。

雖然他父親已經盡了很大的努力，維克多還是經常會想起療養院的種種。這個家裡實在有太多的東西讓他想起那個地方：每個房間牆上掛著的十字架、屋子前廳裡盛著聖水的洗禮盆、聖母瑪利亞的小雕像和壁爐架上的乾棕櫚葉。家裡到處掛著裱框的警語：「上帝在看著你」或者「這裡的人口不出穢言」之類。診所和候診室裡的氣味也喚起他的記憶，他不是聞到乙醚和消毒水，就是聞到汗臭味或是好幾天沒洗澡的身體發出難聞的氣味。

但真正喚起他療養院記憶的，是他每天晚上躺在床上時聽到的聲音。他的父親在隔壁房間裡念聖經的聲音。雖然維克多只能隱約地聽到他念的字句，但因為他把聖經記得很熟，所以不難聽懂他父親在念什麼。這也經常讓他想起瑪爾大修女。

隔壁的房間裡住著一位病患。他的父親這麼跟他說，他還說他不可以進去——這是被禁止的。但是他不懂，只有修女的房間才不能進去。她們以前是這麼教他的，病患不能進修女的房間，但病患可以相互走動，這是一直被允許的。

所以，他還是悄悄地去這位病患的房間，一次，又一次，然後許多次。但每次都是在他聽到父親睡著了以後，才會溜進去。他父親睡覺時，總會發出呼嚕呼嚕的聲音，以前療養院裡的病患也會發出這種聲音。

他第一次去看這病人的時候，從遠處就注意到她的雙手像是在祈禱般地握著，上面繞著一串念珠：

他認得出來，修女們也有這種念珠。由此看來，這病人可能是位修女，他心想，這就是為什麼自己不能去她的房間。

他又輕輕地走近了一點，從那總是點燃的燭光下凝視著她的容貌。她的臉與修女們長得很像，只是沒有戴上帽子或是頭巾。那麼，她終究還是病人——一位十分安靜的病人。她一點也不像埃貢·懷茲那樣，比較像迪特爾·利伯特，他總是躺在床上不動，只有胸脯會上下起伏。馬克·弗朗索瓦曾經告訴他利伯特是個植物人，但維克多不相信他的話。

維克多每次到這房間裡，就會坐在這位病人的身旁，看著她的胸脯上下起伏。有時候，他會拿起床邊小茶几上的聖經閱讀。通常他會待到聽不見父親打呼聲為止，他的鼾聲一停，維克多就會偷偷地跑回自己的房間。

但是，這病人突然死了。他馬上就可以看出來，因為她的胸脯不再起伏。他也可以聞得出來，他知道那種氣味，聞起來像是有人在褲襠裡拉屎。他還聞到另一種味道，卻記不起來是什麼。

別人離世的時候，我們必須為他祝禱。這是我們應該做的事。為死者的靈魂祈禱，希望他能夠得到安息，修女們以前常這麼說。於是，他握著雙手，開始背誦〈聖神〉禱文，他大聲地背誦，因為修女們總是要求病人們祈禱的音量要大到她們可以聽見才行。

卡爾·霍佩起先以為自己是在作夢。然後，他以為有人闖進他家裡。但他一聽出那是孩子的聲音，想起了維克多，就從床上跳下來。

他往兒子的房間直衝，但為了不驚嚇到孩子，他到門口便放慢了腳步。

「仁慈和憐憫的神。您在我們脆弱時，賜予我們援助，肯定我們是上帝的孩子……」

他沒有留心聽這話的內容，而是在聽它如何被誦讀出來。他聽到了鼻音，也注意到話中幾乎沒有「p」和「b」的發音。這語言障礙的聲音一定是維克多的沒錯。他真的會說話！他感到十分驚喜，但他發現這聲音是從約翰娜的房裡傳出來的時候，這驚喜就立即消逝。

他打了一陣寒顫，連忙跨了兩大步，到隔壁的房間，看到兒子坐在妻子的床邊。維克多火紅的頭髮被燭光照得閃閃發亮，他握著雙手，垂著頭坐在那兒，向約翰娜發出低沉單調的聲音。

「……引導我們走上正道。至高無上的神，給我們生命，讓我們茁壯……」

卡爾．霍佩心想，這絕對不能讓她知道，一個箭步慌忙地向前，抓住兒子手肘上方，粗魯地把他從椅子上拽起來。這孩子發出一聲尖叫，就在他尖叫之際，霍佩醫生朝妻子瞥了一眼。瞬間，她的面色和張著嘴的樣子讓他明白她已經死了。他放開了兒子，將食指和中指按在妻子頸部的動脈，發覺她的身體已經冰冷，心臟也不再跳動了。於是，儘管他知道這已經無濟於事，還是開始一遍又一遍地呼喚她的名字。

他看了看這個回來三個月都沒說話，這時卻突然開口的兒子。接著，又看了看死去的妻子。說話和死亡——突然間，他深信兒子的開口與妻子的死亡，一定有什麼關聯，肯定是一種前因後果的關係。雖然他從未相信過他兒子有惡魔附身的說法，這一剎那，他看著燭光在牆上投射出細長的陰影，相信了這個說法。這個令他痛苦的念頭讓他頓時崩潰。他感到一扇封閉已久的門突然被大打開來，那積壓了多年的憤怒、悲痛和失望，一下子如洪水般地發洩出來。但他沒有咒罵，也沒有流淚，而是右手猛地一揮，啪地給了兒子一巴掌。

卡爾．霍佩常常告誡自己，絕對不要做出自己剛才做的事。他從青少年時期開始，就下了決定，萬一自己將來有了孩子，絕對不會依循父親的方式對待自己的孩子。但他給維克多的那一巴掌，讓他愕然明白自己還是保有一些他總是痛恨父親所具有的特徵：暴力的本性。

是他自己無法抑制那股衝動。是他自己，卡爾．霍佩，在摑維克多一記耳光的那一刻被魔鬼附身。他真的很後悔，但他無法改變已發生的事實。所以，後悔有什麼用？他父親每次在他還感受到疼痛時所表示的悔意，對他來說並沒有什麼用處。因為他了解，不論他父親那時有多麼的後悔，以後還是會對他動手。

不行，他情願想另一個方法來彌補維克多。他要怎麼做才能讓維克多原諒他呢？從此以後，他要怎麼做才能夠贏得他的信任呢？

一些新的拼圖似乎是一個好辦法。霍佩醫生在接聽弔唁電話之餘——村裡的人似乎突然想起來他住在這裡——跑到高米街的玩具店，把店裡僅剩的三盒拼圖全都買了回來。他一直怕維克多此後可能不願再接受他的東西，但這孩子毫不猶豫地撕開了包裝紙，馬上就避開了川流不息的訪客，在縫紉房裡開始拼著其中的一幅拼圖。

到了傍晚，他已經把三幅圖都拼出來了。醫生原本希望這三盒拼圖可以讓他一直玩到葬禮那一天。但維克多不願意把拼好的拼圖打散，從頭再拼一遍。

卡爾．霍佩必須想個辦法。「拿去吧，」他說，「我想她會希望你有這個。」

他說的「她」指的是妻子，但他把聖經遞給維克多時，也想到瑪爾大修女。他們在修女院簡短的談話時，她曾經告訴他維克多喜歡讀聖經。但他為了想讓維克多盡快忘記他在療養院的歲月，故意不讓他碰聖經。然而，自從他發現維克多為約翰娜祈禱之後，就一直在重新考慮這個決定。這可能是一個贏得他信任的辦法。這麼做，不僅是為了維克多，也是為了他的妻子，正如他自己對維克多說的，他知道她會希望他這麼做。最後——雖然他不願意對自己承認——這麼做也是為了他自己，讓他感到心安，好像自己終於能夠償還虧欠已久的債務。

他並沒有抱很大的期望，所以看到維克多一拿到聖經就開始讀，不免大吃一驚。即使維克多沒有念出聲，醫生還是可以從維克多的手指在書頁上每個字下面移動的動作，看得出來他在做什麼。

第一節。第二節。第三節。第四節。第五節。

「你何不大聲念出來，維克多？」醫生問，有點懷疑自己是否對他期望太高。

但維克多真的大聲地念了出來：「有晚上，有早晨，這是頭一日。」

醫生感到十分驚喜。他心想，看吧！我早就知道。

「繼續，繼續念，維克多。」

「神說：諸水之間要有空氣，將水分為上下……」

他並沒有很專心地聽，心裡在想，要是妻子看到這景象會怎麼想。

他又再試一次，集中精神聽著維克多口中念些什麼。

「神說：天下的水要寄—意在一處——」

「聚在一處，」他不假思索地改正他，但馬上就後悔了，他又發覺自己效仿了父親的舉動。不對，這其實更糟糕，他像是聽到了自己父親的聲音。

「你必須從自己的錯誤中學習，」他父親曾經不斷地跟他說，這表示他只注意到他犯的錯誤。父親從未稱讚過他做對的事，因為他認為這些是「他應該做到的」事。他父親就是這麼說的。

「寄，」維克多說。

「聚，維克多，聚。」他說，雖然他原本想說的是，這樣其實也可以。

約翰娜葬禮幾天後，卡爾．霍佩去看凱薩格魯伯神父。醫生來付殯葬彌撒的費用，他在臨走前，直截了當地問神父：「你是不是認為我兒子還是應該住在療養院？」

「我是覺得這樣最好。」他坦白地說。

「但他並沒有智障。」

這並不是唯一的原因，神父心裡想。

「我可以證明他沒有智障，」醫生繼續說，「維克多能夠證明這一點。」

「嗯，這我倒要看看。」神父說，雖然他並非真有這個打算。

「現在還不行，他還在練習。但很快，到時候你一定會大吃一驚。」

凱薩格魯伯神父這時候就已經猜測卡爾．霍佩很焦急。幾個星期以後，他在這位醫生家裡證實自己猜得沒錯。他曾經試著找了許多藉口來婉拒醫生的邀請，但都沒有成功。

醫生先把他帶到一個小房間，桌上和地上擺著幾幅拼好的拼圖。「這全都是維克多拼的，他自己拼的，沒有靠別人幫助他。」他驕傲地說。

神父點點頭，不知道自己是否只是來看這個。

接著，醫生請他跟他一起到客廳，維克多坐在一張長長的餐桌前。神父聽著醫生的指示，在桌前坐下，但還是與那孩子之間隔了一個位子。

他上次是在療養院看到這孩子，就在霍佩醫生帶他回家的前幾天。後來，米勒格塔修女告訴他醫生鬧得很兇，還說了一些詆毀療養院的話。身為沃爾夫漢姆堂區主任的他覺得自己不得不替醫生找藉口，於是他跟米勒格塔修女說醫生的妻子病得不輕，醫生一定承受了很大的壓力。

「那他自己應該去看醫生！」米勒格塔修女憤怒地吼道。

院長接著問他，是否同意現在暫時對醫生冷淡一點。她說，這並不是為了要懲罰他，而是要給他一點時間思考。她這問題當然不需要他回答。

神父已經有四個月沒有看到維克多，但這孩子的長相沒有一點改變。他一下子就看出來了，他的舉止、外貌或是目光都和以往一樣。好像房間裡只有裝潢改變，維克多卻還坐在同樣的位置一樣。這孩子面前的桌上打開著一本很厚的書，神父推測那是一本聖經。

霍佩醫生證實了這一點，他在他對面坐下來。「維克多會讀聖經。」他說。

這孩子依然面無表情，但他父親顯得十分緊張。他不停地搓著雙手，神父注視他的時候，他就慌忙地別過視線。

「嗯，那很好啊！」神父說。他瞥了維克多一眼，他的眼睛正盯著聖經上，但看起來像是他父親讓他這樣坐著，並警告他不要動。他想，這孩子現在不知道到底幾歲了，有沒有快六歲了？

「但他也會做其他的事情，」醫生說，強調「其他」這個詞。「對不對，維克多？」

這孩子還是沒有反應。神父不知道他們兩個人，到底哪一個比較需要同情。

「神父，跟我們說〈創世紀〉的一個章節。」

「你這是什麼意思？」

「給我們兩個數字。比方說，第十二章，第七節。」

神父聳了聳肩。「好吧，第七章，第六節。」

神父自己必須先想一下那章節的內容，但就在他能夠記得以前，醫生向他點頭示意，表示他應該向維克多說這話。於是，他看著這孩子，又說了一遍：「第七章，第六節。」

這時，他記起來了：當洪水氾濫在地上的時候，諾亞整六百歲。

房間裡一片寂靜，只有壁爐架上的時鐘發出滴答的聲音。神父的眼神四處游移，時鐘旁邊的玻璃罩裡有一座瑪利亞的小雕像，雕像上方的牆壁上掛著去年留下來的棕櫚葉。

「維克多，第七章，第六節。」他聽到醫生說。

神父用眼角掃了那孩子一眼。

醫生又催促他的兒子：「維克多，凱薩格魯伯神父請你念點什麼給他聽。」

神父想，自己必須停止這令人難以忍受的場面。

「你何不讓他自己從聖經裡選一段來念。」他提議，「我相信——」

「噢，不行，他做得到！他已經做過上百次了。他現在只是不願意！第七章，第六節，維克多！」

神父想，醫生一定很想念他的妻子。她絕對不會允許這種事情發生。

「醫生——」他開始說。

「你不相信我，對不對？」醫生突然打斷了他的話，「你以為我捏造整個事情，你覺得維克多是智障，難道不是嗎？」

「醫生，這沒有什麼不對。你的兒子有智障，你不需要——」

「給他看，維克多！讓他知道他錯了！」

「你不需要——」

「安靜！」

神父十分愕然，這讓醫生突然意識到自己在無理取鬧。

「維克多必須說話，」他用比較鎮定的聲音說。這聲音隱藏了他的憤怒，卻無法掩飾他的絕望。

但維克多不願意說話，神父從醫生漲紅的臉看得出來，他在努力控制自己。他很想向醫生表示拉沙佩勒的療養院可能還是願意收留維克多，雖然他自己不是十分確定。但他覺得自己這時最好還是不要提。

他把椅子推開，站了起來：「我必須離開了。醫生，真的很抱歉。」

霍佩醫生甚至沒有起身說再見，他只是點頭，不斷地點頭。

凱薩格魯伯神父不知道自己是否應該再說些什麼，他又看了維克多最後一眼，並想，我曾經設法解救過他，我已經盡力而為了。

「阿門。」

病人們從凱薩格魯伯神父手中得到東西以後，都必須這麼說。馬克．弗朗索瓦有時候說：「阿門，完畢。」但這麼說不對，米勒格塔修女就會處罰他。但其他人從神父手中拿到聖餅以後，都會說：「阿門」；但沒有拿到任何東西的人，就不能開口說話，這是米勒格塔修女說的。

維克多心裡想，父親難道不知道嗎？難道米勒格塔修女沒有告訴過他？

在這之前，卡爾．霍佩以為一切都有很好的進展。他把聖經遞給兒子的那一刻開始，這孩子似乎有所轉變——打開聖經彷彿也讓維克多打開了心門似的。

有時候他覺得是那一巴掌造成的，這一打就把卡在這孩子內心裡的東西給釋放了出來。但他比較不願意這麼想。不，是因為聖經。他是因為給了兒子聖經，才得到了他的信任。

這並不表示維克多和他在那之後就能夠真正的聊天，他們只能做簡短的交談。他會問個什麼問題，維克多則會回答「是」、「不是」或是「不知道」。他很難猜測這孩子心裡到底在想什麼，即使他跟維克多說一些重要的事情，他還是沒有任何反應。

「你知道以前一直躺在樓上床上的那位女士？」他有一天問。

維克多點點頭。

「她是你的母親。」維克多連頭也沒抬起來，好像醫生在談天氣一樣。但他還是繼續說：「她生了病。」

他只有向他描述這麼多有關她的事。維克多也沒有問他更多有關她的事。他的問題和回答一樣少。只有一次，維克多問他：「我要怎麼做才能成為一位醫生？」

「努力念書，多多閱讀。」

「就這樣？」

「你還得對人好，做好事。」

「對人好，做好事。」維克多跟著他說。

這不是一個很好的答案，但對維克多來說顯然足夠了，因為他點了點頭，就回去繼續做自己原先在做的事，也就是他平常喜愛的念書，而且他念的幾乎只有聖經。

維克多在念，他父親就會在旁邊改正他的錯誤。一旦維克多念得完美無瑕，他就會讓凱薩格魯伯神父來看：醫生在妻子葬禮沒多久後，做了這個決定，這也就是他讓神父看到維克多之前，故意激起神父好奇的原因。這一切對他來說都是一種挑戰。

有一天他發現維克多不但能夠念聖經，還可以背誦很長的段落，他對他提高了要求。凱薩格魯伯神父一定會大吃一驚。

維克多似乎不覺得這些很難，他或許將這看成是一種遊戲，雖然他從未顯示自己或許真的喜歡做這些練習。事實上，他從來沒有對任何事情流露出喜惡。他在這方面沒有一點改變，這一直讓霍佩醫生感到惱怒。但能夠向神父炫耀維克多有多麼聰穎，就足以讓他對維克多刮目相看了。

但原本應該有的勝利，變成了一場恥辱的敗仗。神父走了之後，醫生便開始強迫維克多一字一字地牢記那段章節——當—洪—水—氾—濫—在—地—上—的—時—候—諾—亞—整—六—百—歲—維克多要是能夠哭出來，要是他能夠嚎啕大哭，他父親或許會及時恢復理智。但維克多只是無可奈何地接受他的每一擊，一直到最後一個字。

***

雷克斯．克里默在一九七九年四月與維克多．霍佩聯繫的時候，維克多之前的一些教授還在大學裡授課。自一九七五年才接任院長一職的雷克斯就在聯繫之前，事先邀請了幾位同事，請他們說一下對於維克多．霍佩的看法。有一些教授記得很少在課堂上看到他，尤其是那些教授如社會科學、政策和倫理這些純粹理論性科目的教授——每次他來上課時，他的長相都會令他顯得特別突出——但他們都說他的考試成績都證明了他透徹理解這些學科。然而，那些在實驗室裡指導他的教授，對於學生時代的維克多記憶猶新。他們都一致同意，他的外貌和他的聲音的確讓人對他難以忘懷，但他們對他的印象主要還是來自於他的熱誠，但也可能是他的痴迷，這是一位教授對他的描述。他能夠在一個實驗上一連花幾個小時，也不會顯示任何不耐或是厭煩，這種認真的態度經常讓他得到一些卓越的研究結果。

「他是我遇過最有天賦的學生之一。」是他們一致的看法。有些教授也補充說，這只限於他在知識方面的天賦，而不是他在社交或溝通的方式。

「一個孤僻的人。」一位教授說，「我覺得他與其他學生沒有太多接觸。」維克多的前任指導教授，但後來退休的伯格曼博士表示，維克多具備十分驚人的理論知識，這讓他可以針對一些概念進行研究，由於這些概念過於創新，所以無法在實際的環境中實現，至少在這個世紀。

在決定是否授予維克多．霍佩職位的會議上，他的另一位教授馬瑟拉斯博士說：「有時候，他讓我想起來在人類發明燃料引擎之前，就已經寫出關於火箭的故事的儒勒．凡爾納。」

「但這之間有一個差別，」維克多之前的遺傳學教授，熱內博士敏銳地說：「儒勒．凡爾納約束自己只從事寫作，從未想要實踐他的想法。」

後來雷克斯．克里默告訴熱內博士維克多想要嘗試複製小鼠時，他又強調了這一點。

「你看，這就是我的意思！」熱內博士喊道，「我們才學會站起來，他就已經想要跑！」

「這確實將門檻提得很高，」馬瑟拉斯博士說，「但我不知道這是否是一件不好的事。」

「他在電話中就是這麼說的，」克里默同意地說，「他說我們這些科學家會自我設限，我們其中許多人都會犯這種錯誤。」

熱內博士的反應猶如他受到了人身的攻擊。「但實事求是也是我們的工作！到目前為止，他有的全都是荒唐的念頭！你也應該知道！」

「荒唐的念頭也是許多新發現的泉源。」馬瑟拉斯博士輕鬆地說，但他看到熱內博士很不滿地把臉轉開，就趕緊說目前進行這種實驗的確太早。

「你們就是這樣，還沒有給他一個解釋的機會，就對他下了斷語，」克里默有點被惹惱了，「他的研究可能已經遠超過我們的想像，他上次的實驗不也讓大家吃驚嗎？而且，這就是我們請他來的原因。難道，你們真的想告訴他不要那麼積極嗎？」

「我很驚訝他願意接受這個研究的職位，」馬瑟拉斯博士平靜地說，「我們曾經在他得到博士學位之後，向他提供了一個教書的職位，但被他拒絕了。」

「波昂的一家生殖中心向他提出了一份收入優渥的工作，」熱內博士說，「他們給了他自由的空間來進行獨立的研究。」

「他真正想做的是將理論付諸於實踐，」馬瑟拉斯博士接著說，「他是怎麼說的？」

「我要製造生命，」熱內博士說，「我們都覺得這很好笑，尤其是他說的方式，絲毫沒有諷刺的意味。現在他還想在這方面做更進一步的研究，我不知道這——」

「讓我們等著看他明天會怎麼說。」雷克斯打斷了他的話。

「我迫不及待，」熱內博士說，「真的迫不及待。」

維克多‧霍佩已經連續講了三個小時，中間毫無間斷，這讓他覺得自己好像又在接受面試一般。在座總共有五位生物學家，其中包括他以前的兩位教授。他雖然不是故意的，但在回答一個問題的時候，不小心將他們的名字搞混了兩次。

雷克斯‧克里默也是其中的一位，他這天很和善，沒有給人壓迫感也不拘謹，但也不會太奉承。

另外兩位維克多以前沒有見過的教授，禮貌地與他握了一下手。他們沒有問任何問題，只是入迷地聽著。

他以前的兩位教授卻是十分審慎，但這沒有讓他感到絲毫不自在。他能夠仔細地回答每一個問題，並且詳細解釋自己打算如何複製小鼠——在一年之內，他大膽地宣稱。他表示在他看來，目前用仙台病毒混合細胞的方式已經不適用了，他所採用的微量吸管方式，成功的機會比較大。他強調，這只是技術上的問題。

他解說完了以後，以前的一位教授提出了最後的一個問題，這也是維克多一直在等候的問題。將來要是有可能的話，他有沒有這種意圖……嗯……有沒有考慮過——複製人類？

他心裡早就準備好了答覆，但這些生物學家卻聽得一頭霧水。「**起來，為我們做神像，可以在我們前面引路。**」維克多說，他一直覺得這句話很動人。

然後，他就起身離去。

維克多·霍佩的研究計畫以三票對兩票獲得通過，他在一九七九年九月一日開始在亞琛大學工作。大學不但給了他一間專屬的實驗室，還給他大量的經費來採購科技設備。另外還有一個房間給他使用，房間裡有一張書桌和一張沙發床，如此一來，他就不需要每天從波昂通勤到亞琛。他必須每週向院長做一次報告，並且每隔一個月與其他生物學家進行一次會議，向他們解說實驗的進展。

他在頭幾個月裡，沒有什麼消息可以報告。他跟他們說自己還在演練操作的技術。微量吸管還是經常讓那些卵細胞嚴重受損，得到了不良的結果。他們問他指的是什麼樣的結果，他便解釋，卵細胞被刺破的口可能會被撕得更大，這可能導致該細胞分裂成兩個沒有完全分離的實體。

一位生物學家說：「連體嬰？」

沒錯。維克多·霍佩回答。

到了年底，維克多·霍佩的研究還是沒有任何具體的結果。熱內博士覺得這更證明了大學應該把經費用於一些其他計畫。

三個月後，雷克斯．克里默的研究成果對於維克多的實驗帶來了很大的貢獻。雷克斯從黴菌裡成功培養出細胞鬆弛素B，這種黴菌毒素對細胞骨架產生作用，阻止其蛋白質分子的繁殖，這讓包圍著細胞核的細胞質能夠保持其柔軟性。如此，卵細胞接受微量吸管刺穿時比較不會受損，進而增加了它們的存活率。

維克多在這之後的會議中宣布，克里默博士發現的抑制劑對他的研究的確具有重大的影響，而且不久後，研究就會有所突破。儘管如此，維克多還是花了將近八個月才複製出第一個生命，因為他沒有考慮到另一個因素，這個研究成功的機會或許增加了不少，但還是十分微小，所以運氣依然是一個重要的因素。

最後，他得到的結果是：

五百四十二個細胞以顯微手術植入供體細胞核。

兩百五十三個細胞在這過程後存活下來。

四十八個細胞與新的細胞核融合。

十六個細胞發育成微小的胚胎。

三個胚胎長成了複製小鼠。

***

一九五一年八月三十一日，卡爾．霍佩醫生開車到沃爾夫漢姆東南方大約二十多公里外的奧伊彭，他把他兒子送到這裡一個基督教兄弟學校的寄宿部。

「這樣對你最好。」卡爾與維克多在修道院的木門外等候時，這麼對他說。

他已經完全不考慮這樣做或許對他自己最好。他一旦做了這個決定以後，就說服自己這一切都是為了維克多好。而且，約翰娜一定會堅持這麼做的，他不止一次這樣提醒自己，從而淡化了他自己在這決定中所扮演的角色。所以，送維克多到寄宿學校的時辰到的時候，他一點內疚的感覺也沒有。其實，他們站在大門口時，他什麼感覺也沒有，倒是像在送一件包裹一般。

他並沒有事先跟維克多說，他似乎認為這樣也是最好的辦法。他只跟這孩子說他要送他去上學，一直到他們在開往修道院途中，他才告訴維克多他將在學校寄宿一陣子。

這一陣子結果是十年。維克多只有在聖誕節、復活節和暑假才回家。

「我會寫信給你。」卡爾．霍佩在兒子通過大門後離去以前，說的最後一句話。

他從來都沒有寫，連一封也沒有。

結果，寄宿學校對維克多來說，真的是再好不過的事了。大多數的男孩子把住校看成了如地獄般的生活，對於與父親同住了一年半的維克多來說，卻像是一股新鮮空氣。嚴格的校規和硬性的時間表給了他家中沒有的規律，這對他的生活來說非常重要。讚美詩和禱文、身穿會衣的修道士、傳著回聲的迴廊、龐大的宿舍以及睡在維克多旁邊那個每晚因為想家而哭泣的小男孩——這一切都是維克多所熟悉的。

這好像是在他穿了一年如同麻袋半掛在身上的衣服後，為他穿上一套量身訂製的西裝。事實上，他在開學第一天把家裡穿的舊衣服換上制服時，就有這種體驗。其他的一年級新生也在試穿制服，他們對這些僵硬的新質料一會兒嗅這，一會兒扯那的，感覺很不舒適，維克多卻只是平靜地坐在那裡，覺得自己像是又回了家似的。他每隔一會就會往大廳的門瞄一眼，期待瑪爾大修女隨時都會出現。

維克多很幸運被分在羅姆伯特修士的班上，這位年輕的修士前一年才接任盧卡斯修士所教的一、二年級。盧卡斯修士把學生們看成黏土，必須用力揉塑成他覺得他們應該變成的形狀。羅姆伯特修士則比較喜歡依照各個孩童的天分作為起點，然後藉由刺激這些天分來幫助他們成長。

這位年輕的修士相貌清秀，長長的睫毛和細秀的眉毛讓他散發著一種比較女性化的氣質。另外，他的聲音也十分悅耳，那些男孩是在開學第一天早上聽他背誦〈主禱文〉和講一個聖經的故事時發現的。羅姆伯特修士的長相和聲音，以及禱文和聖經裡的故事，這一切都讓維克多非常高興。所以，當這位修士問他們其中誰會閱讀的時候，維克多四周有許多孩子都舉起了手。維克多遲疑了片刻後，也舉起了自己的手。一切就是這樣開始的。

除了羅姆伯特修士的相貌和個性以外，對於維克多．霍佩的發展影響最大的就是他的教學方法。這時正在學習成為一名教師的他研發了一套教學系統，並且用自己的學生試驗這套系統。這種創新的系統後來被許多教師採用，它主要針對數學和自然科學，並以漸進的方式，從具體到概念，然後到抽象的觀念。這個方法模擬了幼兒頭腦處理訊息的方式，而且完全適合維克多頭腦的運作方式。羅姆伯特修士認為維克多證明了他的方法是正確的，但實際上，這或許可以反過來看：維克多是他教學方法的正確人選。

羅姆伯特修士在一九五一到一九五二這個學年負責教導一、二年級，這一班都是六到八歲的男孩。他把每一個班級作為一個兩年為期的階段，這不但讓他能夠將自己的教學方法逐漸用於下一個年齡組，也能讓他將理論付諸實踐。在每個學年的一開始，他都會將班上最好的學生升到下一個階段。維克多・霍佩是那年同班同學中唯一在三年之內就升到七年級的學生，這也是該校最高的年級。儘管維克多和班上其他學生的年齡差距越來越大，羅姆伯特修士每學年都會將維克多提升一個階段。三年後，七年級的維克多只有九歲，他班上年齡最大的學生是十三歲。

一年後，一九五五年六月三十日，維克多自小學畢業，他總共只花了四年時間。

那些記載於奧伊彭基督教兄弟學校年鑑裡的事實，證明了一生下來就被認定為弱智的維克多是聰明的。但那些記載沒有顯示，維克多對於上帝的態度是如何在這所學校發展成形——或者可以說是變形。然而，從羅姆伯特修士那優雅的字體針對維克多所寫的成績單中，還是可以對這方面窺知一二。每一年，維克多的每一個學科都得十分或九分，很少得到八分，但除了宗教這個科目。他在頭一年還得了十分，這是可以預料的，那時他的聖經知識令許多修士感到驚訝和欣喜，但這只不過是一種表面的知識，他一點也不理解自己閱讀和背誦的內容。到了第二年，他在宗教學科得了八分，下一年則只有七分。到了最後一年，羅姆伯特修士給了他四分，這是他唯一不及格的一次。羅姆伯特修士的評語寫著：「維克多永遠不可能成為一名神父。」這也許只是譏諷的話，但他要是知道維克多頭腦裡到底是怎麼想的，就絕對不會這麼輕率地寫了。

紀律來自於畏懼。那時就是這麼回事，不僅在奧伊彭的這所修道院學校是這樣，許多其他的天主教學校也是如此。他們除了靠體罰的威脅來製造這種畏懼以外，也透過將上帝描繪成審判所有罪人的至上之神來達到這個作用。

憤怒，是他們經常引用的詞。耶和華的憤怒必降於罪人。

這裡的學生都被視為罪人，大多數的修士都表現得好像自己是上帝，至少是上帝在地上的使者。

羅姆伯特修士不會如此，但他也讓維克多對上帝產生反感，雖然只是以間接和不自覺的方式。每週五次，班上其他的學生都可以藉由簡單的故事和插圖來了解聖經時，維克多則得到特許，一個人坐在教室後面閱讀大人的聖經（羅姆伯特修士這麼叫它）。他的教學方法將這個稱為差異化：按照各個學生不同的程度來調整分派的作業。

維克多當然會認真的閱讀。他把自己埋在書堆裡，整個人陷了進去，完全消失於這個正規語言的世界，後來隨著他的成長，他也開始理解自己閱讀的內容。他越理解這些內容，就越了解大多數的修士描繪的上帝與聖經中描述的幾乎一致，說得委婉一點，都不是正面的形象。

一般的兒童大約在四歲以前，通常不是把他人看成絕對的好人，就是絕對的壞人。維克多也不例外——但問題是，他的這種理解從來都沒有改變。其他的兒童會逐漸在黑白中辨別出不同深淺的灰色。他們會發現每一個人都會有一些好與壞，這好壞的比例則依照他們所在的情況不斷的改變。

維克多對於細膩的感情有些障礙。他自己不能顯示情緒，也不會分辨他人的情緒。對他來說，凡事只有黑與白。這也由不得他自己：亞斯伯格症讓他甚至不知道自己不應該是這個樣子。

但如果有人——比方說他的父親或是母親——給予維克多更多的關注，他可能會漸漸了解或是發現每個人都充滿了豐富的感情。如此一來，他自己可能也會如花朵般盛開，但這只算是一種幻想，因為總體而言，維克多一直停留在花苞階段。但他在寄宿學校裡的生活，一次又一次的肯定他對絕對好人和絕對壞人的看法。他與別人缺乏親密的友誼當然有一點關係，但學校裡的修士們對這也有一些影響。他們十分善於對彼此和學生們隱藏他們真正的感情；當然，他們必須這麼做，甚至連羅姆伯特修士也是如此。他的善良當然很明顯，但他也只會顯露這一面。他心裡到底在想什麼，在沉思或不高興些什麼，他的感覺和渴望——沒有人知道。因此，維克多怎麼可能發覺生活中不是只有善與惡呢？

維克多對生活的體驗越多，就越會依賴他人的聲音或是與他人具體接觸的感覺來判斷對方是好人或是壞人，因為他無法理解別人的表情。

首先是聲音的音量和振動，很大的音量通常會帶來很大的振動，這是不好的。

羅姆伯特修士不但說話的聲音輕柔，還有甜美的歌聲，不像許多其他修士持有那種低沉單調的聲音。對維克多來說，聽羅姆伯特修士的聲音實在是一種享受。

三、四年級的導師盧卡斯修士和一年級的導師湯瑪斯修士，他們的聲音聽起來像教堂管風琴的最低音。但他們能夠做到管風琴不能做的事：他們在拉出了所有的音栓之後，還能夠讓聲音振動。雖然他們從未衝著維克多，他們的聲音卻還是會穿過牆壁傳到他的耳朵裡。那聲音聽起來像是飄過頭頂的雷雨雲，讓維克多的腦海裡浮現出上帝向學生們投擲閃電的景象，因為這些修士在提高嗓門的時候，通常都是以上帝之名。

「耶和華的怒氣將向你們發作。」

「你們最好小心審判日的來臨，因為到時候上帝知道怎麼找到你。」

「上帝復仇時，將會毫不留情。」

諾伯特神父通常負責監督晚自習，他的嗓門也會發出很不好的聲音。維克多被他斥喝過一次，但他不懂為什麼。實際上，諾伯特神父在那之前總是會向其他的學生大吼，但從來沒有向他吼過。「看看維克多，你們應該以他為榜樣。」他經常這樣對其他的男孩吼道，但這一次他是向維克多咆哮。

「看著我，維克多·霍佩！我跟你說話的時候，你要看著我！」但維克多沒辦法，他沒有辦法抬頭看諾伯特神父。他很想這麼做，但就是辦不到，他的頭這時好像被釘死在脖子上。霎時，他感到臉上被搧了一記耳光。

「上帝會懲罰你，維克多·霍佩！」

身體的接觸也有分好壞。打人是不好的。諾伯特神父除了會鞭打學生以外，還會擰學生的耳朵，一直擰到他們痛得淚水盈眶，維克多經常看到他這麼做，所以在他的眼裡諾伯特神父不是好人。當然，用木尺打別人的手指頭也是壞事。盧卡斯和湯瑪斯修士就會這麼做，他們班上的學生會給大家看他們手指頭上青紫的瘀痕。

維克多在羅姆伯特修士的觸碰中，感到善良的一面。他會把手放在維克多的肩頭，或是輕拍他的頭，還會俯身握著維克多的手寫字，這些都是輕柔的，所以也都是善良的。

那麼上帝呢？祂在維克多心中的形象大多是湯瑪斯、盧卡斯修士和諾伯特神父塑造出來的。他們總是將上帝說得那麼可怕，祂不但會嚴厲譴責和懲罰世人，還無所不知，無所不能。這讓毫無抵禦能力的維克多在無法辨別抽象與真實的情況下，推斷上帝必定是萬惡的源頭。

維克多閱讀的聖經裡，更是強化了上帝這個恐怖的形象。羅姆伯特修士讓維克多獨自一個人安靜地閱讀，但從來不知道他到底從中學到了什麼。他學到的是：上帝不僅會發動戰爭、摧毀城市、將瘟疫降於世間，祂也會懲罰和格殺世人。

上帝賜予，上帝也取回，維克多，你要切記。

上帝賜予，沒錯，但祂取回的和賜予的一樣多，或許更多。

但是，耶穌是好人。

維克多在五、六年級的那一學年，從新約得到了啟示。他以前已經讀過聖經的這個部分，但在寄宿學校兩年多的生活，讓他再讀這部分時，有了比較深入的見解。

維克多讀到耶穌如何餵食飢餓的世人，平息風暴，祂又如何醫治病人，讓死者復活。他還發現耶穌不但不會大聲說話，也不會打人或是懲罰人。

所以，耶穌是好人。

這對維克多來說，不但是一種啟示，也是一種安慰。耶穌畢竟是上帝的兒子。父親做壞事；兒子做好事。維克多很熟悉這種情況，因此得到慰藉。他把耶穌看成了朋友，這個說法毫不為過。對他來說，耶穌也比上帝更**真實**——祂不但更具體，也比較有人性化。就這一點看來，維克多也比較容易想像耶穌的樣子。

他除了把耶穌看成朋友以外，也很快就知道耶穌也和他一樣，是一位受難者——但他並不是慢慢了悟到的，而是在讀到馬太福音結尾時，突然明白的。「**以利！以利！拉馬撒巴各大尼？就是說：我的神！我的神！為什麼離棄我？**」這句話就像閃電般地擊中他。上帝離棄了自己的兒子，祂放棄了耶穌。這對維克多來說，實在太熟悉了。他自己的父親不是也遺棄他了嗎？

維克多是否想像自己是耶穌呢？當然不是。首先，他並沒有想像力。其次，他知道自己和耶穌是不同的兩個人。更準確的說法應該是，維克多覺得自己像耶穌。他們具有相同的命運，所以他們都是好人。耶穌做的好事當然超過維克多，但維克多還有許多時間來趕上。如果成為一位醫生，他就至少能夠醫治病人。這就是他思考的方式。如果……就。

但有一點，他就是搞不明白：他的父親怎麼會成為醫生？醫生應該做好事，不是嗎？

過了一段時間，村裡的人又回到卡爾·霍佩的診所。醫生明白了自己錯在哪裡——至少村裡的人是如此理解，但他們還是很納悶，他為什麼要把兒子送到那所學校去。但至少，維克多又安全地回到上帝的懷裡，凱薩格魯伯神父是這麼說的。

但醫生的病人們注意到，他自己的情況並不是很好。除了很難與他攀談以外，也漸漸很少看他展開笑臉，而且身體越來越消瘦。但他還繼續行醫，並且做得很好，這是最重要的，不是嗎？

他看都不看我一眼——已經到了這個地步；是我自己讓情況演變成這樣。每次維克多在學校幾個月後，放假回家幾天，卡爾·霍佩就會這麼想。

另外，他也發現維克多的智力似乎正突飛猛進，他拿回家的文法和數學作業也越來越艱深。羅姆伯特修士證實了這一點，他說維克多是他班上最好的學生，遠超過其他的男孩。

每當醫生聽到這話時，都得忍著不開口，他從來沒有告訴羅姆伯特修士，維克多曾經被認定為弱智。

他想知道他的兒子在教室裡是否和在家裡一樣沉默寡言。

「是的，」修士證實了這一點，「維克多很內向，只會靜靜地聽，很少說話，」他又說，「他沒有任何朋友。」

朋友，醫生心裡想，這是另一個他與維克多永遠也不可能有的關係。

接著，他又會想起一些兒子可能會怪他的事情。有時候他心裡準備好了，想要與維克多談這些事情。他想讓維克多知道他的母親是什麼樣子，他們倆為什麼會決定把他送去療養院。他甚至考慮過把修女寫的病歷拿出來給維克多看——他一直無法把這些病歷扔掉，或許這是因為他自己還沒辦法假裝維克多從未經歷過這段日子。他也很想向維克多解釋，自己為何會揍他。他想跟他說，他無法抵抗那種比自己強大的力量。最後，他想請求維克多原諒他。

但是每次他打定了主意要和維克多談這些事情，話到了嘴邊，卻又覺得與其請求維克多的原諒，還不如讓他忘記這些事情。他自己對維克多的拳打腳踢，大概很難讓這孩子遺忘，但他在療養院的歲月，遲早會從他的記憶中消逝。畢竟，他那時候年紀那麼小，誰又會記得五歲以前發生的事情呢？

＊＊＊

一九八〇年十二月十七日，清晨。

「我做到了。」

「維克多？」

「沒錯，是我。」

「維克多，現在是清晨四點十五分！」

「我做到了。」他又說了一遍。

「你做到了什麼？」雷克斯．克里默惱怒地問。

「小鼠，複製的小鼠。」

「什麼？」

「我複製了小鼠。」

雷克斯驚訝得啞口無言。維克多平淡的口氣聽起來像是在做例行報告，與他口裡吐出那令人震驚的消息完全不相稱。

「維克多，你此話當真？」

「是的。」

「總共有幾隻？」

「三隻。」

「你在哪裡？大學嗎？」

「沒錯，我在這兒。」

「我馬上來。」

雷克斯．克里默在往大學的途中，一直在整理自己的思緒。他已經聘請維克多十五個月，這段時間，維克多從未提出任何顯著的研究成果。大學裡其他的生物學家都在催促雷克斯停止這項計畫，但他一直堅持自己的立場，支持霍佩博士。他這樣做並不是由於自己對維克多還抱有希望，而是因為他還不願意承認自己對他的估計錯誤。他被電話吵醒的這個清晨，才剛休完一個禮拜的假回來。他走之前，曾經與維克多談過話。如果維克多在電話中說的屬實，他們談話的那個時候，這些胚胎早已被植入了母鼠，而且小鼠即將出世。但維克多那時候連一個字都沒提——似乎他在持有任何具體的證據之前，不願意多說什麼。

雷克斯一到學校就直接衝到實驗室，維克多這時正弓著背，看著顯微鏡。

「牠們在哪裡，維克多？」

維克多連頭也沒抬，指著實驗室角落的一張桌子。桌上放著一個裝了半箱碎紙的壓克力箱子，雷克斯俯身數著，箱子裡有七隻剛出生不久的小鼠和一隻白母鼠。他馬上就看出來那些剛長毛的小鼠已經出生幾天了，他原本還以為牠們才剛生下來。看來，維克多這個祕密，保守得比他想像的還久。

「牠們有多大了？」他問。

維克多在頭頂上晃了晃四隻手指。

「那你為什麼等到現在才打電話給我？」

「因為我必須等到能夠辨別牠們顏色以後，才能夠確定，」維克多回答，他將另一個培養皿放在顯微鏡下，「我必須等牠們的毛長出來。」

雷克斯把身子傾向那箱子，這才注意到那些幾乎察覺不到的顏色差別。

「白色和褐色的小鼠。」

「有褐色毛的是複製小鼠，」維克多跟他解釋，「有白毛的是正常的小鼠。那些複製的小鼠來自於一隻黑色母鼠的卵子；這些卵子的細胞核被另一隻褐色母鼠的五日大胚胎的細胞核給取代，代孕的則是一隻白色的母鼠。」

雷克斯花了一點時間才搞懂維克多的話，他在心裡努力重複維克多的解釋。所以，維克多取出了一隻黑色母鼠卵細胞的細胞核，然後在這個卵細胞中植入一隻褐色母鼠的胚胎的細胞核。所以，這玻璃箱裡的三隻褐色小鼠一定是從那褐色胚胎複製出來的；牠們不是正常細胞分裂的產物。於是，維克多完成了人類在科學歷史中第一次複製哺乳類動物的任務。雷克斯這下子感到十分驚愕。

「天啊！你做到了！」他高喊。

但維克多沒有什麼反應。他的左手正在調整顯微鏡，右手則在一張紙上潦草地記下一些東西。

雷克斯轉頭看著那幾隻小鼠。「維克多，這是全世界史無前例的事，」他斷然地說，「你知道嗎？」

「全世界很快就會知道了。」維克多平靜地回答。

「你這是什麼意思？」

「我已經把寫好的報告寄給了《細胞》期刊的主編。」

「但你不能這麼做！你不應該。我的意思是……你應該先給我們看，或者，至少先給我看。這不是我們這裡做事的方式，何況這件事——」

「我必須盡快發表。」維克多說。

雷克斯深吸了一口氣，雙眼盯著維克多的背脊。

「但為什麼是《細胞》？」他問，「你上次是把文章寄給了《科學》發表，這份期刊不是比較有影響力嗎？」

「他們問的問題太多了。」

「但他們必須這麼做！這也是為什麼他們——」

「有的時候人們只須接受事實。」

「維克多，你是一位十分傑出的人，但這並不表示你不用解釋你是怎麼辦到的。」

「我不需要向任何人解釋。」維克多一臉不悅地回答。他把椅凳往後推開，站起來之後就大步走到那張桌子旁，從箱子裡拿起一隻複製小鼠，放在自己的手掌上，然後捧到這位院長的面前。

「這就是我的答案。」他說。

雷克斯愣然地瞪著維克多。令他吃驚的倒不是他的話或是他的惱怒，而是他那改變了的外表。維克多現在留著一臉紅色的鬍鬚，這是雷克斯從未看過的。他的眼睛下面垂著青紫的眼袋，讓他額頭和臉頰上的皮膚顯得格外蒼白。他看起來至少有一個禮拜沒有刮鬍子，也沒有睡多少。

「維克多，你這樣工作有多久了？」

維克多瞄了一眼手錶，又往別處看去，好像在努力數著自己已經有幾個小時沒睡覺了。他搖了搖頭說：「我不知道。」

「維克多……」

維克多恍惚地撫摸著自己的鬍子。

「維克多，」雷克斯又叫他一次，「或許你應該去休息幾個小時，我可以在這裡幫你留守。」

維克多注視著他手上的小鼠，點了點頭，然後用手指小心翼翼地在小鼠的背脊上輕撫了幾下，好像想要在自己走之前安撫牠一樣。接著，他把這小鼠放回箱子裡，便轉身走到門口。

「維克多，你的報告在哪裡？」雷克斯問，「我想看一下。」

「在傳真機旁邊。」他回答，舉起左手晃了晃。

雷克斯．克里默搞不懂這些人還在挑剔什麼，在他看來，這篇文章寫得格外清晰。維克多將他使用方法的每個步驟描述得十分詳細，而且，每個步驟結束後，還會評估結果。甚至在文章結尾，他像是想邀請其他的科學家一起來探求答案一樣，提出了一些關鍵性的問題。此外，他也強調了克里默已經發表的細胞鬆弛素B對他實驗的重要性。最後，他能夠用在這之前無法想像的數據來支持他所有的結果。

院長雷克斯．克里默把這消息告訴學校的其他生物學家時，他們先是感到氣憤，但讀了他的報告之後，他們也必須承認維克多描述的實驗方法的確具有革命性——而且，他們稍微閱讀了之後，覺得這麼簡單的道理，為何以前沒有人想過。於是，他們期待著科學界在這文章發表之後的反應。

這篇文章終於在一九八一年一月十日發表。《細胞》將一張複製小鼠的照片登在期刊的封面，維克多．霍佩的報告則是這一期的主要文章。科學界的反應十分熱烈，世界各地所有著名的科學家都感到十分震驚，但也都不吝於讚許——「天才」這個詞被用了不止一次——國內外的報紙也都報導了這個消息。採訪維克多．霍佩的邀請源源不絕，但他不僅拒絕了每一項邀請，也不願意和他的小鼠一起拍照。經過多方的勸說之後，他終於退讓了一點，准許大學傳用他受聘時拍的護照照片，這跟他識別證上的照片一樣。這張照片是在他還沒留鬍子的時候照的，他在那之後就再也沒有刮過鬍子。

雷克斯．克里默是大學的發言人，因此他也必須面對一些媒體提出的問題。他們問他這是否意味著複製人的可能性，而霍佩博士或是其他的科學家是否會往這方面嘗試。雷克斯告訴他們，科學這時才剛開始爬行，要想像它用兩條腿走路都嫌過早。他也強調，這些複製小鼠是由胚胎製成的，用成年動物進行複製又是另一回事。因為這種實驗必須用到成熟細胞的細胞核，但這些細胞已經具有一些特別的功能。在這個世紀我們絕對不會看到這種情形，他這麼宣布，也這麼相信。

嚴格來說，維克多必須重複他的實驗，即使一次也行，因為再現性是科學研究的主要原則。但是他的頭腦並不是如此運作的，他必須繼續走到下一個步驟。他如果達到了一個目標，就必須著手開始下一個目標。如果……就。這是他的思考方式，不是如果……如果。但已經規勸維克多重複他的實驗的雷克斯．克里默並不知道這一點。

「維克多，你必須重複那個實驗。你不能就這樣假設第二次的實驗也會成功。而且，這裡面還有一些問題有待答覆。這些複製小鼠是否和其他小鼠的壽命一樣長？牠們是否有生育能力？牠們的後代是否能夠生育？這些都是其他科學家已經提出來的問題，維克多，我自己沒辦法給他們任何答案。」

「時間會證明一切。」維克多說。

「即使如此，你還是必須證明你的實驗不是僥倖成功，」雷克斯提高了嗓門說，「這是無法避免的。」

「只有馬戲團的動物才會一遍又一遍地重複牠們的把戲。」

「好吧，那你想怎麼做，維克多？」

「我要複製成年的哺乳類動物。」

這位院長大嘆了一口氣。

「我如果成功了，」維克多繼續說，「就足以證明我的做法是可行的。這不就是他們想要的嗎？」

「但是他們等不了那麼久，這需要很多年的時間。」

「我不需要很多年。」

「維克多，講理一點，就這麼一次。我知道你的能力，但——」

「這是可行的。如果供體細胞能夠恢復原態，」維克多打斷他的話，「我們如果能夠將這些細胞回復到早期階段，也就是G0期。另一個可能性是改變接受細胞核的卵細胞的狀態，這可以利用電刺激的方法。總之，在融合的時刻，細胞週期必須同步，不然就會產生異常的染色體。」

雷克斯有片刻真希望自己能夠告訴維克多他錯了，但他無法這麼做。維克多說的完全有道理，而且他描繪的方式讓這道理聽起來是那麼的簡單，幾乎好像他只需要將一些溶液倒入一個瓶子裡，然後搖一搖就行了。

「維克多，系上是絕對不會批准——」

「我還是會做。」

「這不是我們這裡做事的方式，我已經告訴——」

「如果我不能在這裡做，就——」

「真可惡，維克多，你真的讓我很頭痛！你很幸運，有我一直在支持你，我希望你了解這一點！」

「我從未要求過你這麼做。」

「這倒是沒錯。」雷克斯不得不承認，並嘆了一口氣。他發覺自己實在是進退兩難，他如果強迫維克多按規定行事，他就會離開。這對他的學院來說當然是一大損失，他們剛得到大學撥下的一筆巨款來繼續這方面的研究。但他如果讓維克多按他自己的方式處理，其他確實依照規定證明自己實驗並非僥倖的生物學家一定會爭吵。如果維克多平時對同事付出多一點團隊精神或者與他們有一些互動，這或許還可以行得通，但他絕對不是一個具有團隊精神的人，他不會聽上司的話，也不會考慮到他人，更不會感激任何事物或任何人。他的天分確實可以對這方面做一些彌補，但這又可以維持多久呢？

「維克多，給我一些時間思考一下。」

「我沒有時間了。」

「才幾天，會有什麼差別？」

「上帝只花了幾天就創造了世界。」

「維克多，你快把我逼瘋了！你給我聽……」

雷克斯突然停了下來。維克多又提到了上帝，這讓雷克斯豁然了悟一些事情。他以前總是以為維克多把提及上帝看成一種玩笑，但他頓時不再那麼肯定。在他認識維克多的十五個月以來，他從未說過一個笑話，甚至連別人說的笑話也沒讓他笑過；他十分嚴肅地看待每件事。雷克斯一直到現在才想到這個現象，維克多在講到上帝時，有可能是認真的。雷克斯自己不相信上帝，他並沒有在一個宗教環境中長大，他父母的思想都不受教條的束縛，而且一直讓他自己決定相不相信上帝。

「你不需回答這個問題，但是……」他開始說，但他心裡或許希望不要得到答案，「……你相信上帝嗎？」

「天地萬物的創造者──當然。」維克多回答，一副好像這是理所當然的事。

「那誰又創造了上帝？」

「人類。」

這位院長一時有些驚惶失措，這不僅是因為維克多認真的態度，也是由於他的答案。上帝創造了人類，人類又創造了上帝──總結如此。從一方導向另一方，又從另一方導回第一方。這實在是太簡單了，就像維克多所有的解釋一樣簡單。這讓雷克斯想到那條吞噬自己尾巴的蛇，牠不斷地吞食自我，一直到最後什麼都不剩。這在邏輯上站得住腳，但實際上是不可能的事情。雷克斯在教遺傳學的時候，經常用蛇的例子來顯示宗教和科學之間的差異。在宗教看來，證據是不重要的；在科學領域，證據是最重要的。他總是將宗教和科學視為兩個完全分離的世界，中間隔著沒有橋梁的深淵。但事實證明，對於維克多來說，這道深淵並不存在；或許它存在，但它上面有一座橋梁──維克多就站在這座橋上。如此也可以解釋他的舉止，尤其是他的心態。就像他曾經說過有時候人們只須接受事實，這話是出自於一位宗教人士的口中，而不是科學家。以這個觀點來看，維克多需要的只是一個肯定的結果；這也就是為什麼在他看來，重複實驗根本就是不必要的。

「我想，我開始了解了，維克多，但這並不表示我同意你的想法。我必須好好考慮一下。」

維克多點了點頭。

「我會盡快告訴你，」雷克斯說完了以後，又接一句：「如果世界末日沒有來臨的話。」

這回該維克多皺眉了。雷克斯微笑地站起來，把手輕按在維克多的肩頭說：「我只是開玩笑而已！」

雷克斯．克里默以為他終於找到了維克多的動機。但如果維克多的特質具有好幾層，雷克斯其實只是輕觸了表面薄薄的一層。那蛇吞食自我的例子的確很好，但僅此而已。他以為維克多具有一些自我意識，但實際上並非如此。其實，一切都比他想的還要簡單——也更有邏輯。答案其實落在那隻蛇的本身，維克多既是蛇頭又是蛇尾，他在吞食的同時也被吞食。就是如此，他別無選擇。

維克多沒有等雷克斯．克里默做出決定，就已經開始用成年哺乳類動物的細胞進行實驗。他從自己的大腿刮下了一平方公分的表皮，並且已經開始用幾種不同的培養液來培養出活的細胞。實際上，他已經用一隻成年小鼠的肝臟細胞和一隻公牛的胃臟細胞做過相同的實驗。他曾經想過是否應該告訴院長他確實的計畫，但後來又覺得這時告訴他還太早。所以，他只跟他說自己想複製成年哺乳類動物。如此而已，至少他沒有在撒謊。

雷克斯．克里默提出的解決辦法，就是由他自己來重複小鼠複製的實驗，這獲得了系上的批准。如此一來，維克多．霍佩就可以繼續進行目前的實驗。雷克斯也做了一些安排，維克多以後只需向他報告進度，然後他再向系上其他科學家做詳細的說明。雷克斯以為這麼做，他就能掌控一切。但實際上，他已經把自己套在維克多駕駛的馬車上。

***

維克多在小學最後一年的宗教課得了四分，但連這個分數都是因為羅姆伯特修士特別仁慈，因為維克多整年都對這個科目顯得毫無興趣。至少，這是羅姆伯特修士對於維克多不願意再打開聖經，考卷上也全部空白的看法。他已經做了很多的努力，想要說服自己的學生，但他的話全都沒有用。他覺得這實在太可惜了，因為他原本很想將維克多送到初級神學院，這孩子或許可以在那裡接受訓練，成為一名神父。

但是維克多想要當醫生。他過去提了好幾次，並且在自然科學方面表現很大的興趣。他背棄了天父的教條，羅姆伯特修士心裡想，並選擇了大自然這萬物之母的定律。但修士為了遵循自己的教學方法，他給了維克多這個領域的書籍和作業來鼓勵他在這方面的興趣。維克多就這樣逃過了被送到初級神學院的命運。但他也差一點無法進入基督教兄弟學校的一般中學部，這與他的智力沒有什麼關係，而是因為他在小學最後一個禮拜鬧的笑話。

真是一個不可思議的笑話——其他的學生都這麼說；他們沒辦法停止談論這件事情，而且一致認為他們從來都沒有想到，維克多這種模範學生竟會做出這種事情。

褻瀆上帝！修道院院長就是如此描述維克多．霍佩做的事情。羅姆伯特修士覺得這個措辭糟透了，因為他絕對沒有做出任何褻瀆上帝的事。但他在為維克多作辯護，不讓自己最好的學生被踢出學校時，並沒有提出這一點。他強調了維克多的聰穎，還說就因為一次的過錯就放棄維克多的聰明才智，實在很可惜。他的確用了過錯這個詞，但這只是因為他一時找不到更好的形容詞。他也想過用「過失」或是「疏忽」，但還是覺得這兩個詞好像不太合適。

「惡劣！」艾伯哈特院長這麼說。

「惡劣。」羅姆伯特修士溫順地重複了他的話。雖然他非常不贊同院長的用詞，但還是得對他卑躬屈膝，敷衍一下。

到最後，院長懲罰維克多寫一大堆作業，並給他最後一次機會。他要是再犯一次這種惡劣的過錯，就會立刻被開除。

羅姆伯特修士終於鬆了一口氣。他事後回憶起來，還是同意其他學生說的，維克多做的事或許真的可以說是荒唐可笑。他跟他們一樣，從未想過維克多竟會鬧出這種事情。

事情發生在一九五五年六月的最後一個禮拜。按照學校的傳統，考試結束以後，高年級的學生（這一年是羅姆伯特修士的班）要去拉沙佩勒的各各他山。修士們把這稱作郊遊，學生們則把它叫做朝拜，而且說到這個詞，彷彿是在吐出令人作嘔的東西似的。

除了羅姆伯特修士以外，還有諾伯特神父陪同這十七名七年級學生上山，並且由神父負責帶他們到十字苦路上。位於阿爾滕貝格山上這條通往各各他之路，是拉沙佩勒的克萊爾修女會在一八九八年為了表示「她們對十字架的崇拜」建造的。克萊爾修女院，也就是維克多住了五年的療養院，則位於阿爾滕貝格山的山腳下，從這裡就可以順著那條狹窄的石梯爬上各各他山。院裡的病患不能擅自走出修女院的圍牆，所以維克多住在這裡的時候，從來沒有來過這裡。當然，他也不知道自己這一天與以前住過的居所是那麼的接近。他這天心裡想的是其他的事情。

整件事情或許是從嘲弄開始的。他從聖史路加的描述中學到了嘲弄：「他們要戲弄他、凌辱他。」維克多不會騎腳踏車。

這一天，修士、神父和十七名學生要從奧伊彭騎腳踏車到拉沙佩勒，這是一段大約十五公里的路。大部分的學生都有自己的腳踏車；住校生就會向低年級的學生借，維克多借到了一名四年級男孩的腳踏車。

他們出發的時候，羅姆伯特修士在前面領頭，諾伯特神父在最後面。維克多．霍佩就站在原地，他緊抓著車把，兩條腿分別跨在車子的兩邊站著。

「快點，維克多．霍佩。」諾伯特神父扣起了兩根手指，朝他的後腦勺敲下。

但維克多一動也不動，垂著頭。

「維克多，你要是以為上帝會幫你騎，你就大錯特錯了！」

諾伯特神父原本心情還不錯。但是看到維克多還是不動，他就朝羅姆伯特修士大喊了一聲，要他停下來等，然後一手揪起這不聽話的學生的耳朵。

其他的學生開始笑了。一開始只是竊笑，因為他們很高興這次被揪的不是自己。

神父這時候可能發現有什麼地方不對勁，因為不論他把維克多的耳朵揪得多用力，他還是沒動。他也可能想刺激維克多，讓他趕緊動身。但不管出於什麼原因，他用一種輕蔑的語氣大聲地說：「我猜維克多．霍佩不知道怎麼騎腳踏車。」

學生們笑得更大聲了。神父更是笑得咧開了嘴。

祭司長和長老們這時挑唆群眾。

羅姆伯特修士跳下了自己的腳踏車，回頭往維克多這個方向走來。諾伯特神父繼續大聲喊道：「那麼，要是維克多．霍佩不會騎腳踏車，他就只好自己想辦法去各各他山！」

有一些男生也開始嘲笑他。

他們卻越發喊著。

羅姆伯特修士板著臉叫學生們安靜下來。諾伯特神父這時才鬆開揪著維克多耳朵的手，走回自己腳踏車旁。

羅姆伯特修士向維克多傾著身子，一隻手放在他的肩上，輕聲問：「維克多，你有沒有騎過腳踏車？」

維克多搖搖頭。學生們又哄然大笑，但羅姆伯特修士狠狠地瞪了他們一眼，笑聲就突然停止。

「噢，我們乾脆把他留在這裡好了。」諾伯特神父粗魯地說。

羅姆伯特修士搖了搖頭，說：「他可以坐在我的腳踏車後面。」

其他學生都看到神父揚起了眉毛，但羅姆伯特修士沒理他。「把你的腳踏車推回車架上，維克多。然後，你跟我一道去。」

他們終於向拉沙佩勒出發。羅姆伯特修士在前頭領著隊伍，坐在他身後的維克多緊緊地抓著車座不放。他的兩眼直視前方，卻仍舊知道其他學生不是朝他遞送譏笑的眼光，就是在向他做鬼臉。

戲弄他、凌辱他。

一切就是這麼開始的。

第一處：耶穌被判死刑。

雕像下面的牌子上用德文、法文及荷蘭文如此寫著。

維克多注視著雕像，認出了這個景象。

祭司長挑唆著群眾。

群眾喊著：「把他釘上十字架！」

巡撫彼拉多洗著雙手。

耶穌靜默地被綁著，接受了自己的命運。這景象是用一塊白色的砂岩雕成的，放在一塊黑色大理石做的聖壇上。聖壇和雕像都在一個洞穴裡，洞口用鐵柵欄圍著。羅姆伯特修士告訴他們，那洞穴是由艾菲爾山脈的浮石堆成的。

接著，輪到諾伯特神父了。他在開始第一段禱文之前，先提醒學生們在整條十字苦路上都不准交談，十四處都是這樣，他們只能發出祈禱的聲音。

「在這個神聖之地只能說聖潔的話。」神父說。

神聖之地，聖潔的話。這話讓維克多的腦袋裡嗡嗡作響。

神父打開了祈禱書，吟誦：「耶穌基督，我們欽崇祢，讚美祢。」

所有的學生答：「祢因此聖架，救贖普世。」

諾伯特神父背誦了苦路第一處的禱文，然後學生們背誦〈主禱文〉。

接著，他們就沿著蜿蜒的石板路走到第二處，一路上，諾伯特神父的雙手像是在捧一隻死鳥似地將祈禱書捧在胸前，口裡不停念著書中的禱文。

第二處：耶穌背十字架。

維克多目不轉睛地瞪著。那洞穴、柵欄、聖壇和牌子都令他感到不知所措，那些雕像更是令他驚惶。

那立體的浮雕是那麼的栩栩如生，讓石像看起來好像隨時都可能從那場景中走出來一樣——彷彿他們只是在人們看到他們的時候才擺出這些動作。但維克多知道這些石像不可能是真的，因為他們實在太小了，實際上甚至比他還小。

「阿門。」

但他跟著同學走向下一處時，禁不住回頭瞥看，一直到那些雕像在他視野中消失，他確定他們真的沒動為止。

於是，他跟著大夥兒一處一處地走，看到耶穌跌倒了三次，每一次他都想要幫祂站起來。但這就是為什麼會有柵欄，維克多心裡想——這樣就沒有人可以幫助祂。

「**耶穌基督，我們欽崇祢，讚美祢。**」

「**祢因此聖架，救贖普世。**」

他們到了第十一處。

耶穌被釘十字架。

「**受到祢傷口的牽引。**」維克多一邊聽著神父的禱文，一邊盯著那被舉起來要將釘子打入耶穌手腳的鐵鎚。這一次，維克多因為那雕像沒有活過來而鬆了一口氣。但這並不表示耶穌在下一處不會被釘在十字架上。維克多知道祂會，這也是他不願意背誦〈主禱文〉的原因，因為耶穌最後被釘在十字架上，都是上帝的錯。是他遺棄了自己的兒子。

「阿門。」

這一次維克多沒有回頭。他深信如果回頭就會看到那些雕像動起來。他們這次真的會動，然後那鐵鎚就會猛擊下來，他不想看到這個景象。

維克多落在隊伍的後頭，因為他也不願意看到耶穌被釘在十字架上的情景。但羅姆伯特修士將手放在他肩上，輕輕地推他向前走。

路徑急轉了一個彎之後，他們來到第十二處前的一大片空地。維克多頓時驚得張口結舌。跟真人一般大小的耶穌被釘在十字架上。祂沒有被關在洞穴裡，而是被放在它上頭，祂也不是一個浮雕的一部分，而是獨自被釘在那裡，祂好像真的被人從雕塑的場景中拖出來，釘在十字架上，才在那山頭上死去不久。

耶穌兩邊還有兩個十字架，上面分別釘著兩個如真人一般大小的男人。耶穌十字架下面也站著四個和他們一樣大也一樣逼真的塑像，如果維克多注意看，也會認出這些人。

但是，他的眼裡只有被釘在十字架上的耶穌——高大的祂一身灰色，猶如灰塵從天國飄下來，落在祂身上。他之前被嘲笑時，心裡迴盪的句子，現在盪得更強烈。一句接著一句。

你這拆毀聖殿，三日又建造起來的，可以救自己罷。你如果是神的兒子，就從十字架上下來罷。祭司長和文士並長老也是這樣戲弄他。

一連串的字句在他腦海中浮現出來。

他們說：他救了別人，不能救自己。他是以色列的王，現在可以從十字架上下來，我們就信他。

維克多脫離了隊伍，羅姆伯特修士和諾伯特神父都沒有發覺，因為他們這時正閉著眼背誦〈主禱文〉。只有少數幾個瞇著眼的學生看到維克多離開。

他倚靠神，神若喜悅他，現在可以救他：因為他曾說，我是神的兒子。

他進入洞穴兩旁的松樹林。學生們開始相互用手肘輕推著。

那和他同釘的強盜，也是這樣譏誚他。

維克多從小山坡的一旁出現，就像從舞台的一邊進場一般。他衝過了殺人犯的十字架下方，經過了瑪麗・德蓮和羅馬士兵，在耶穌的腳邊停了下來。他把背脊靠在十字架上，頭頂到耶穌肚臍那麼高。

從午正到申初，遍地都黑暗了。約在申初，耶穌大聲喊著。

然後維克多像他上方的耶穌一樣，將雙臂伸展開來，張開嘴大喊：**「以利、以利，拉馬撒巴各大尼！」**

他那刺耳的尖叫聲穿過了雲霄，每個人都抬起頭，看著維克多的頭漸漸地垂下來。

***

維克多・霍佩的文章在《細胞》期刊發表了幾個禮拜以後，一陣變幻莫測的風自西方橫過了大西洋吹過來。美國費城威斯塔解剖學與生物學研究所的兩位生物學家大衛・索勒和詹姆士・加雷斯一邊搖頭一邊細讀這篇文章。這兩位科學家已經在細胞核移植方面從事多年的研究，在這領域中建立了具有權威而且不可侵犯的聲譽。維克多・霍佩在文章中的敘述即刻讓他們在心底產生許多問題。毫無疑問的，同行相忌也是一個關係，但從來沒有人提到過這個問題。重要的是，他們對此有疑問。這也就是為什麼他們做了維克多一直拒絕做的事：重複這個實驗。

他們沒有採取任何捷徑。這個實驗讓他們花了整整三年的時間——他們這三年來宛如展翼的禿鷹御風而行，一直盤旋在同一個定點。

要是有人問起，誰可以感覺到這陣風的來臨，那肯定是雷克斯・克里默。他也在這三年裡不斷地努力，試著複製維克多・霍佩的實驗，但沒有一次成功。實驗總是會出一些問題，有時候胚胎還在培養液中就死了，還有些時候沒有附著在子宮壁上。實驗好不容易到了小鼠出生的步驟時，小鼠不是死產，就是具有嚴重的先天缺陷。維克多堅持地說，你必須不斷地嘗試，但他從來沒有讓雷克斯看他怎麼做，也沒有幫過他一點忙。

儘管維克多原本的預測很樂觀，他這三年也沒有複製出一隻成年小鼠。雷克斯開始懷疑他的技術是否可行。維克多堅稱這不是他的技術問題，而是他在讓細胞恢復原態這方面的運氣一直不好。他承認這個步驟比他預估的困難——這可是他頭一回承認這種事——在他終於突破這個階段的那一天，他更是強調運氣真的有很大的關係。他解釋自己放棄了一個實驗之後，把一些在培養皿裡用過的細胞給忘了。在一般的情況下，他會在培養液中加一些補充性的血清，讓細胞繼續活著。但他這次沒有這麼做，所以那些細胞基本上來說，都處於飢餓狀態。幾天後他偶然又看到這個培養皿，於是基於好奇才觀察一下那些細胞。有一些細胞已經死了，但有一些還活著，但由於它們虛弱不堪，便失掉了它們的特別功能。因此，這些細胞就回到了初期的狀態，彷彿它們的分裂沒有超過一兩次——這正是維克多將近兩年來一直嘗試達到的階段。剩下來的即是推斷出需要多少血清來確保這些細胞不會有太多的營養來繁殖，但足以存活在G0期。

維克多的敘述讓雷克斯感到越來越震驚，等他說完後，雷克斯告訴他所有的科學發現都要靠這種僥倖：這種隨機的巧合必須轉變成可證實的事實。

「我現在已經抓到竅門了，要不了多久了。」

「多久，維克多？」

「一個確切的日期可以幫這院長安撫系上其他的教授，他們已經快沒有耐心了。

「年底之前。」

這時是一九八三年的七月。

「離現在只有六個月。」

「離現在六個月。」維克多重複他的話，但從他的語氣裡一點也聽不出來他覺得時間是否足夠。

維克多在這段期間裡又開始與那兩位女子聯繫。他在打電話給她們以前，就把想要說的話先寫在一張紙上，差不多每個字都寫了下來。他甚至把這些句子大聲念給自己聽，努力讓它們聽起來流利自然。

他想邀請她們來亞琛，只是來談一談，他不願意在電話裡多說。她們一定會問他想談什麼。有關過去的事，他會這麼回答。但也有關未來，他會跟她們說科學在過去幾年已經取得了很大的進步。他不會讓她們知道自己在這當中所扮演的角色。他還會告訴她們，曾經被視為不可能的事，現在變成了只是困難而已。以前讓人覺得困難的事，現在已經簡單多了。他自己認為這聽起來滿不錯的。

其中的一位女子接了電話。他跟她說了自己的名字，並問候她和她的女友近來是否一切安好。這些話全都寫在電話旁邊的一張紙上。但是她並沒有按照他的劇本答覆。她的女友沒多久以前跟別人跑了，這不過是一、兩個月之前的事情。

他不曉得應該說什麼，腦子裡一下子想不出任何適當的話，幸好她馬上就開始向他訴苦，絮絮叨叨地講了好一會兒，他就只需發出一些表示同情的聲音。

最後，她把一句話說到一半就停了下來，向醫生道歉——說她不應該跟他講這些。然後問醫生她可以為他做什麼。她可能只是想知道他打電話的原因。但維克多．霍佩並沒有這麼想，他把這話當真了。原來她想要幫他做點什麼，這恰好是他當初打電話的目的。

「我要妳來這裡一趟。」他說。這聽起來比較像是要求，而不是一個問題。

她表示自己這時生活有些拮据，負擔不起旅費，更別說是住旅館了。他跟她說他會負責所有的費用，錢不是問題。

接著，她問他想要跟她談些什麼，這終於給了他可以看自己小抄的機會。他毫不費力就說服了她。她那受損的自我形象、她的嫉妒和孤獨，在過去兩個月裡一直讓她身心受著煎熬。他的提議來得正是時候。一個嬰兒不但可以為她重拾女性的本質，還可以刺激她的前女友，讓她不再感到孤獨。更重要的是，這將是一個女孩——一個長得像她的女孩。

三年前在費城忽然吹起的風，隨著時間逐漸增強到颶風，並在一九八四年二月底颳到了歐洲。那時在《科學》期刊發表了一篇標題為〈小鼠卵裂球核心移植到去核受精卵在體外發育的不穩定〉的文章，作者大衛．索勒和詹姆士．加雷斯在這篇文章中對維克多．霍佩博士的研究結果提出質疑。索勒和加雷斯博士遵照他複製小鼠胚胎方法的每一個步驟，但從來沒有成功培養出一個存活下來的胚胎。他們對他的報告展開了尖銳的批評，他所提出的每一點幾乎都受到了毫不留情地抨擊。他們的結論簡單又明確：「從科學的觀點來看，將細胞核移植到卵細胞來複製哺乳類動物是不可行的。」

但在這文章字裡行間透露的意思更為重要，他們在其中暗示維克多．霍佩的工作毫無價值，更嚴重的是說他犯了欺詐的行為。

雷克斯．克里默連門都沒敲就闖進了實驗室，並向坐在遠處一辦公桌前的維克多揮著手中拿著的《科學》期刊。

「你讀過了嗎？」

「他們都是無能的蠢蛋。」維克多很快地說。
「他們正是這麼說你的。」
「哼，誰在乎他們說什麼？」
「他們是有聲譽的人，維克多！而且他們是這個領域的領導人物。」
「這並不代表什麼。」
「這代表了一切，別人都把他們的話當成真理。」
「儘管如此，他們還是蠢蛋。」
「我也沒辦法重複你的實驗，」雷克斯冷冷地說，「三年裡一次也沒有。」
維克多這次沒有反應，他連頭也沒有抬起。
「我以往一直支持你，」雷克斯又開始平靜地說，「這次我也很想幫你，但你必須合作。整個系裡的教授都很生氣。」
「這跟他們沒有關係。」維克多被鬍子遮住的嘴含糊不清地說。
「這當然跟他們有關係，整個系都受到了影響，甚至連副校長都得回答一些不客氣的問題。我們必須盡快想辦法回應。」
「我不會對誹謗回應。」
「這不是誹謗！你難道不能想通這一點嗎？這是兩位備受尊崇的科學家多年來研究的結果。你要是不為自己辯護，那就完了。」
「什麼完了？」
「一切。整個實驗。補助經費會耗盡，整個系的經費會被削減，甚至被刪除。」

維克多依然沒有抬頭，他沉重地呼吸著。「還有更多。」他終於說。

「你說什麼？」

「事實上還有更多。」

「你這是什麼意思？」

「我能夠證明他們錯了。」

「那你就應該趕快證明。」

「現在還太早。」

「你答應過六個月就有結果，現在都已經七個月了。我本來抱著很大的希望，以為你能夠得到什麼結果，維克多。」

雷克斯嘆了一口氣。他知道自己對於維克多過於信任，這下必須為自己的天真付出代價。

坐在辦公桌前的維克多將十指交叉，抬起頭來。「我已經完成了，」他說，「但是現在我必須等待。」

「你這是什麼意思，維克多？你不要跟我打啞謎了。現在真的不是時候。」

「我給你看。」

維克多站起來，走到另一張桌子旁，桌子上擺著一個進行細胞注射過程用的雙目顯微鏡，周圍還有一大堆紙張、期刊以及好幾架的空試管。雷克斯很快地掃視一眼，就注意到實驗室裡到處都是便條紙，但除此以外，沒有看到任何維克多工作的證據。整個實驗室裡看不到實驗設備和培養皿，也沒有一個小鼠籠子。看起來真像是維克多說的，他的實驗已經結束了，現在只是看雜誌消磨時間，如同一名夜班的守衛。

維克多拿了一疊卡片回到書桌前，並且開始翻著這些卡片。他像是準備要玩一場撲克牌似的，從中拿出五張卡片，放在雷克斯面前的辦公桌上。這五張照片完全相同，每一張上面寫著相同的日期和不同的三位數數字。這些是顯微鏡載玻片的照片。維克多沒有任何解釋，又在桌上放下五張照片。這些照片也看起來一模一樣，與前五張沒有什麼差別。每一張照片都顯示一個微量吸管的尖端正刺著一個細胞壁。維克多又在這一排十張照片上方擺出五張照片，每張照片都顯示一個第一次分裂後的細胞——日期只比前面的十張照片晚一天。維克多不說一句話，繼續排出第四組，然後第五組照片，各組都顯示一個胚胎發育過程的下一個階段。

到目前為止，雷克斯並不覺得這些有什麼特別的。維克多的照片跟他自己照的沒有什麼太大的差別。下一組也是一樣，一個分裂成八個細胞的胚胎——胚胎在這個階段就準備要被植入子宮——這並不新奇。

「你想要——」他開始。

「等一下，」維克多說，他又擺出兩、三組照片，每一次都用拇指用力按一下照片，好像在強調它有多重要。這時，雷克斯順著每一組照片看下來，可以看到胚胎在發育，從八個細胞分裂成十六個，然後三十二個細胞。據他所知，從來沒有人能夠以人工方式做到這個階段時沒有得到各種異常的現象。到了下一組照片，光靠肉眼已經數不清了，但這一定有六十四個細胞。維克多排出最後一組照片時，整個桌上都鋪滿了照片。雷克斯知道這組照片裡的胚胎已經分裂成一百二十八個細胞。

「你是怎麼辦到的？」他興奮地問，「為什麼讓它們發育到這個階段？」

「當受精卵以正常方式從輸卵管到達子宮時，」維克多解釋，「它會發育成這張照片裡的大小，也就是受精後的五或六天。」

維克多用手指輕敲最後一組照片其中的一張，繼續說：「人工受精卵如果在這個比以前晚得多的階段移植，它附著子宮的機率也會大幅提高。」

「但以前從來沒有人能夠將胚胎培養到這個地步。」

「有時候看起來不可能的事情，其實只是困難而已。」

「但你是怎麼做到的，維克多？」

「只不過是找到正確的方程式而已，這只是化學罷了。我會把整個過程寫下來給你看。」

「那，你最好趕快寫，」雷克斯說，他心裡又燃起一線希望。雷克斯拿起最後一組照片其中的一張看了一下，上面的日期寫著：一九八四年二月十日。雷克斯屈指算了一算，說：「已經快三個星期了，那麼小鼠應該隨時都會出生了吧。」

他看到維克多在搖頭。

「有什麼問題嗎？」他問，「牠們是不是都沒有活下來？」

維克多又搖了搖頭。

「那到底是什麼，維克多？」雷克斯不耐煩地嚷道。

「這大概需要九個月。」維克多出神似地說。

大概九個月。這話在雷克斯的腦海裡縈繞了一會兒。九個月。他愣了一下，希望自己頭腦裡剛冒出的想法是錯誤的。他突然感到渾身不舒服，轉頭看著自己手上的照片，雖然他知道這大概沒有什麼用，大多數哺乳類動物的胚胎在這個階段看起來幾乎都一樣。

「他們是……」他開了口，但是無法說出那幾個字。

「人類胚胎。」維克多斷然地說。

雷克斯用雙手摀著臉。

在整個事件中，如果有任何人如控訴中所述，犯下欺詐行為，那就應該是發現維克多在進行複製人的雷克斯．克里默。他當然知道自己在做什麼，但他覺得自己毫無選擇，並且認為只剩下這個途徑可以改變情況。他這麼決定有可能是因為短見，也可能是為了自身利益的著想，或是純粹出於驚慌。但無論是什麼原因，這一切都是他自己的決定。維克多的確給了他一個既成的事實，但事情在這之後的進展，都是由雷克斯策劃的。他說服了維克多加入，而且他的確使出了計謀才讓維克多願意參與。首先，他要維克多盡快複製一些成年的小鼠，因為他原本應該進行的就是這個實驗。維克多或許覺得這一步有點走錯方向，但如此一來，他至少能夠駁回索勒和加雷斯博士的批評，然而，更重要的是——雷克斯特別強調地說——他也能夠讓其他的不信者改信。此外，維克多也可藉此讓世人做好準備，接受複製人的消息，要不然這會像晴天霹靂般地擊潰人類。

讓其他的不信者改信。**讓世人做好準備**。**擊潰人類**。**晴天霹靂**。雷克斯．克里默故意用這些話，對維克多的確起了作用。雷克斯還建議他們把他剛才看到的人類胚胎照片當作是小鼠胚胎的照片。

「我必須給其他的人看**一些東西**，」他解釋，「現在這是唯一讓他們信服的辦法。」

「信服什麼？」維克多問。

「你的工作的正當性。」

這又是他故意挑的字眼，但他也是認真的。他確信維克多達到了他自己聲稱的成果，雖然他對實驗最後的結果還是抱著半信半疑的態度——實際上，這比實驗本身還令他感到懷疑——至少目前如此。他在心裡暗自期盼那些胚胎不會附著在那女人的子宮裡，或者被她的身體排斥。這麼一來，就不會讓他以後感到內疚，但這並不是他目前最擔憂的事。

「萬一他們想要知道胚胎在哪裡，怎麼辦？」維克多問。

「那我們就跟他們說牠們全都流產了。我可以給他們看我的研究中一些異常胚胎的照片。」

「我們？你是說『我們』會告訴他們……」

「沒錯，維克多，就是這樣：你跟我。我們要先溝通好怎麼說。等到時機成熟以後，我們再告訴他們實情，這樣他們就會了解。現在，我們只是在拖時間。我們必須讓世人做好準備，來接受這個事實。」

維克多點了點頭。雷克斯認為自己已經說服了維克多，他確信自己只要用對一些字眼，就可以左右維克多，用一些修飾性的詞藻就可以影響他。他似乎把一些詞彙看得比知識還重要，或許他覺得詞彙是知識的結晶——雷克斯不能確定哪一個才正確，但這並不太重要。這兩者其中任何一種情況都足以解釋為什麼維克多不太重視科學報告，因為這些報告都是跟數據有關，不太在意文字，更忌諱使用誇大其詞的詞藻。他們重視的是內容，不是美學。

過了一會兒，雷克斯問了維克多一個問題來確認自己的推測沒錯。他深信自己已經掌握了維克多的思路，所以已經知道維克多會怎麼回答。

雷克斯問的是，維克多為什麼選擇複製自己。他確定維克多又會說一些有關上帝照自己的形象創造人之類的話。

但維克多的答覆與他想的截然不同。維克多先是指著自己的嘴唇——他指的是上唇被小鬍子遮擋了一半的疤痕。「因為這個緣故。」他說。沒有令人費解的詞彙，也沒什麼修飾性的辭藻。

「你這是什麼意思？」雷克斯聲音稍微有些顫抖地問。

「這可以當作證據。就像小鼠的毛的顏色一樣。」

雷克斯頓時明白了他的意思。忽然間，他又重視科學了，想到的是證實他的實驗方面的問題。證據。那麼，那些詞彙呢？

「所以，你的意思是，」他稍微猶豫了一下，「如果這個嬰兒，出生的時候也有……」——他很尷尬地指著自己的上唇——「那就具體證明了這嬰兒是你的複製。」

維克多點點頭。

「但這也可能是家族遺傳，從父親傳給兒子，對不對？」雷克斯不知道自己的話是多麼接近真相。「這也可以遺傳，是一種遺傳缺陷，對不對？」

維克多又點點頭，但他早已準備好了答案。「每一個顎裂都是獨特的，」他用專業的語氣說，「它們的位置、形狀、深度和長度都不一樣。所以，如果我能夠證明這孩子的顎裂跟我的完全相同……」

「但你要怎麼證明？」雷克斯打斷他的話，「你的已經……」

他沒有辦法想到適當的詞，所以又用了一個笨拙的手勢。

維克多將一個文件夾推到他面前。「用這個。」他說。

雷克斯打開了文件夾，張口結舌地看著夾中的照片。它們全都是黑白照片，而且十分清晰，因此每一張照片都將多年來隱藏在傷疤下的一切顯露得一清二楚。他無法將目光從照片上移開，那裂開的組織和下面的骨頭。他越看那些照片越覺得自己的體內彷彿也有什麼被撕裂一般——好像他看到的景象也具有傳染性似的。

「還有那個女的，維克多？」他好不容易開口，「那個女的。她知道嗎？」

維克多沒有回答，雷克斯也懂這個意思。

維克多沒有告訴她實情。他曾經試過，但沒有辦法做到。他原本已經開始跟她說，一開始都很順利，一如他預先計畫好的。他說那嬰兒來自於她自己的卵細胞，裡面沒有精子。這些都是真實的，所以他在說的時候，內心沒有什麼不安。

她興奮地重複他的話。自己的卵細胞，沒有精子。維克多頓時意識到她誤解了他的話，有了一些他沒有預料到的想法。

她喊道：「那孩子就會長得跟我一模一樣！」

他本來要告訴她，那孩子長得不會像她——一點都不會像她。他原本還想告訴她，下一次他會幫她再做一個長得像她的孩子。他本來要說，但她說了那句話。

她說：「一個長得完全像我的孩子，這可真是上帝的恩賜啊！」

她的話刺到了他的痛處。

＊＊＊

維克多在基督教兄弟學校的一般中學念書時，得到許多嘲笑他長相的綽號。就連這裡的教師，不論是修士或是一般信徒都會如此，有時會把他稱作「2B班的紅髮小子」或是「4A班的兔唇」。維克多什麼都聽過，尤其是學生會在他背後大喊各種難聽的話，但這些話並沒有影響到他。其實，很少事情影響到他。幸虧如此，因為在這些年裡，沒有人會像他讀小學時候的羅姆伯特修士那樣維護他。

師生們看到他那不理不睬的態度，就說維克多砌了一道高牆，以防自己受到任何擲過來的東西的侵犯——這個形容有時跟實際的情況差不多，他們會拿紙團或是拿球來砸他，但有時，在他們嘲笑他或用難聽的話罵他時，這又成了一種比喻。

由於他從來都沒有反應，這些捉弄也就沒有持續太久。每年一開學，班上又有新生加入時，他的同學必須重新表現一下自己的能力，就會百般折磨維克多，但幾個禮拜後，他們就不再理他。

他在宿舍裡也沒有引起太多的注意，尤其是他總是一頭鑽進書裡。維克多不論何時何地都在看書，他看教科書、百科全書、期刊和參考書。

他從圖書館借的書，數量十分可觀，但也有一些限制，因為維克多只對有關自然科學的書感興趣。他從來沒有借過其他類別的書籍，或者純粹為了娛樂來讀一本書。

維克多的這種執著讓他與周遭的人更為疏離。因為他講的不是有關人體的奧祕，就是X光檢查儀器的運作，要不就是一些抵抗外來疾病藥物的新發明。而且，他一旦開口，就會像個老學究般地滔滔不絕，沒有多少人能夠忍受，甚至想要聽他在講什麼。他自己並沒有留意到這一點，因為他似乎不太懂別人心裡到底在想什麼。他每次都要等到老師大聲叫他結束他的長篇大論，才會住嘴。

維克多也是在中學這段時期變得越來越「不認真」。至少這是老師們對他沒有如期完成作業的習慣所具有的看法，有一些老師甚至認為他懶惰，其實這可能比較接近真相。維克多根本就懶得做許多作業，因為他覺得重複自己已經了解的事情，或是將已經深記在頭腦裡的東西寫在紙上，沒有什麼意義。

維克多那所謂的不認真和範圍有限的興趣，讓他在中學只是個中等學生。他在物理、化學和生物三科的分數都很優異，拉丁文和其他語言的成績平平，但地理、歷史和數學都是低空飛過，他的宗教、音樂和美術每次幾乎都不及格，但還沒有差到讓他留級的地步。維克多這有些欠理想的成績讓他無法像在小學的時候跳級，所以他也和其他大部分的學生一樣，花了六年上完中學。但由於他原本上中學時，年紀就比較小，所以他在一九六一年六月三十日畢業的時候，十六歲的他還是班上最小的學生。畢業之後，他就直接進了大學。

他在這六年裡再也沒有爆發過任何事件，也沒有鬧過笑話。維克多似乎在他自己的一套信仰中找到了寧靜——他因為不再受到任何新的見解的干擾，而得到寧靜。上帝做壞的、邪惡的事，耶穌則只做好事。

耶穌最後也受到了懲罰，這是維克多親眼看到的。做好事，就會被懲罰。那一次在各各他山上發生的事情就證實了這一點，那時諾伯特神父把他從十字架前拖走，然後抽了他幾個巴掌，維克多當時覺得頭頂上好像有暴風雨襲擊似的。

「這事一定會讓你受到上帝的處罰，維克多．霍佩！」

邪惡總是會試著擊敗善良。而且會一次又一次，永不停息。

維克多雖然必須面對這一切，他還是決心要繼續做好事。成為一位醫生依然是他人生的目標，並且會堅決地朝這個目標努力不懈。

但他還是必須對邪惡提高警覺，它總是埋伏著準備襲擊。他從自己的父親身上就可以看到這一點。行醫的他做的是好事，但身為父親的他卻做了許多壞事，而這些壞事也變得越來越糟。維克多雖然很少在家，但只要他在家，父親就是會找到一些理由對他發脾氣，對他咆哮的聲音會越來越大，有時甚至會揍他一頓。

「天啊！我到底作了什麼孽才遭到這種報應！」他經常這麼喊著。維克多知道父親指的是他自己被惡魔給掌控。

甚至連村子裡的人都這麼說。有一天，他父親出門看診還沒回來，有些人在大門口等他。維克多在他自己的房間裡可以聽到他們在窗外的談話。

「醫生最近的情況不太好，對不對？」

「越來越糟了。」

他們就是這麼說的，這對維克多來說，已經夠明白了。

十五歲那一年，維克多發現他小時候住的療養院在拉沙佩勒這個村子裡。他在學校的時候很少回憶起療養院的歲月。這並不表示他已經忘記了那段時光，而是因為已經很久都沒有什麼事情會啟動他頭腦裡對於那段記憶的齒輪。以前能發揮功用的事情已經失去了效力。每個星期的彌撒和每日的祈禱對他已經全然不起作用，他曾經認真研讀的聖經也被他收了起來，就跟他每學年結束時將教科書收起來一樣。他在中學這段期間，再也沒遇到一位像羅姆伯特修士的老師，他那溫和的態度和悅耳的聲音曾經常常喚起維克多對於瑪爾大修女的記憶。而且，自從維克多搬到新宿舍以後，連諾伯特神父也看不到了，他那洪亮的聲音有時會讓維克多想起米勒格塔修女。

總而言之，維克多除了在自己的一套信仰中找到了一些寧靜以外，其實學校也給他帶來了一些安寧。但後來發生的一件事情，勾起了他的記憶，但這並不是突如其來，而是一點一點挑起來的——猶如有人開始在他的腦子裡撥著弦一樣，一連串的音調組成了他認得出來的旋律。

這事情跟上次一樣，是在學校年度出遊的時候發生的。五年級的拉丁文班每年都會到三國交界點，然後從那裡爬上拉沙佩勒的各各他山。維克多從未到過三國交界點，但對於各各他山再熟悉也不過了。但當老師問到誰上過十字苦路時，維克多沒有舉手。他對這次的出遊一點也不期待，他對三國交界點不感興趣，至於上各各他山的苦路，他覺得自己根本就不需要再一次去面對它。

學生們這次是坐遊覽車去的。車上總共有二十四名學生，沒有一個學生願意坐在維克多的身邊，但他一點也沒注意到。他的前面和後面都坐著學生，十七歲身材瘦長的尼克．法蘭克也坐在其中。他在車子就要出發時，拍了拍維克多的肩膀。

「維克多，你知道我們去的地方就在療養院旁邊。」坐在尼克旁邊的一個男生馬上接口說：「對呀，你最好小心別讓那些修女看見你，不然她們就會來抓你。」

「然後她們就會把你帶回去，跟那些白痴一起關在那個屬於你的地方。」尼克說。

接下來的笑聲並沒有影響到維克多，真正讓他動搖的是那幾個詞：**療養院**、**修女**、**白痴**。他的腦子裡三根記憶的弦被撥動了。

維克多呆呆地望著窗外，一點兒也沒注意看飛逝的景色，連車子經過他自己家的門前，也沒發覺。

「這是維克多的家，他放假就會回來。他父親是當地的醫生。」維克多的拉丁文老師，湯瑪斯修士說。

「我以為他住在精神病院裡！」尼克．法蘭克一邊嘲笑維克多，一邊跳起來拍著他的頭。

「法蘭克，你給我坐下來，守規矩！」湯瑪斯修士厲聲喝道。

學生們又笑了一陣子。

精神病院。這個弦又被撥動了一下。那旋律開始跳動起來。

遊覽車抵達瓦爾斯堡山頂之後，每個人都下了車，維克多是最後一個下車的人。地理老師勞勃先生在解釋他們到此處要探訪什麼時，維克多四處張望。這時人不少，幾十名遊客在山頂四處遊逛，那裡有一個販賣處和幾張椅凳。

「他們要在這裡建一座新塔，它會比朱萊那塔還高。」勞勃先生說，「舊的塔在那裡——在荷蘭。你們其中有人去過荷蘭嗎？」

維克多沒有聽到問題。他在想療養院、修女和白痴。

低能。**智障**。這兩個詞自然地蹦進了他腦子裡。

「維克多，趕快走！」

學生的隊伍早已向三國交界點的方向出發，維克多快步追了上去。

一根水泥柱子，如此而已。

「比利時、荷蘭和德國。」勞勃先生說，他一邊繞著柱子踱步，一邊伸出雙手，與地面平行。

維克多不太能夠理解這老師想要讓他們看什麼，這一切對他來說實在太抽象了。羅姆伯特修士一定會讓他比較容易懂；他一定會拿一枝粉筆在地上畫一些線，然後維克多可能就會看懂了。反正，他已經沒有把這些放在心上，而湯瑪斯修士接著說的一些話，不但沒有讓他回神，反而牽動了維克多腦子裡其他的東西。

「這是地理學家的『金牛』，」修士說，他一隻手放在水泥柱上，另一隻手搭在他同事的肩上。「用具體的事物來呈現實際上無形的東西，換句話說，就像上帝。」

維克多沒有聽懂這修士諷刺的語氣，他只聽到「金牛」和「上帝」這些詞。這突然讓他記起了另一個聲音：「摩——西，維克多。西，就像西紅花的——西。」

他的身體不由得一陣顫抖，然後整個人就開始恍惚起來。他沒有看到班上的男生伸長了手、腿，在三個交界跨來跨去，也沒有聽到他的地理老師問他是否想和其他的男生一樣「出國」一下，他更沒有聽到湯瑪斯修士說：「維克多在夢想去更遠的地方，他想去環遊世界。」

全班走到了那位於荷蘭最高點的石碑。湯瑪斯修士表示，那三個界碑代表著人們在生活中想要找些東西來拴住自己的渴望。這之後，全班又回到了遊覽車上。

「現在，我們要往拉沙佩勒出發，」勞勃先生說，「到各各他山。湯瑪斯修士會跟我們講解一下它的歷史。」

「在十八世紀末期，」修士開始說，「有一個名叫彼得．阿諾德的男孩住在這裡。彼得患有癲癇，有一天他從市場買了一個瑪利亞的小雕像，然後把它掛在一棵老橡樹上……」

「維克多，你有沒有在專心聽？」坐在維克多身旁的勞勃先生用手肘輕推了他一下。

「把它掛在一棵老橡樹上。」維克托僵硬地說。

地理老師點點頭，又繼續聽。

「……治癒了他的癲癇。這也是為什麼克萊爾修女會在那棵老橡樹旁邊建了一座小教堂。幾年以後，又發生了一個奇蹟。有一個年紀和你們一樣大的男孩叫弗雷德里克．佩爾澤，原本患有精神病的他，在他父母去小教堂為他祈禱之後，突然痊癒了。所以修女們才會決定在教堂旁邊建一座修女院和一間療養院，來解救更多不幸的人。」

不幸的人。他說的話維克多大多沒有聽進去，但這個詞卻像魚鉤一般地鉤住他。自從他離開療養院以後就再也沒聽過這個詞。

讓我們為那些不幸的人祈禱。每次他們被帶到小教堂的時候，米勒格塔修女就會用這句話作為祈禱開頭。不幸的人——就是他們，病患。

他大腦裡的齒輪開始轉動，發出了一連串的節奏。

馬克・弗朗索瓦、

費邊・納德勒、

尚・祖爾蒙、

每一個名字都喚起了一張臉。

尼科・包姆嘉登、

安傑洛・文圖里尼、

埃貢・懷茲、

他看到安傑洛・文圖里尼將一個枕頭壓在埃貢・懷茲的臉上。

讓我們為埃貢・懷茲祈禱，他將時間與永恆交換。

如此，他的靈魂可以得到寧靜。

你在為埃貢祈禱嗎？很好。那他一定會找到寧靜的。

上帝賜予，上帝也取回，維克多。

他看到瑪爾大修女轉身離去，走起路來，如同背負著一個沉重的十字架。

維克多是在修女院周圍的教堂墓地被發現的。他那時正緊握雙手，跪在一個墓碑前。

勞勃先生是在苦路的第六處才忽然發現維克多不在學生的隊伍裡。沒有人知道他脫隊了多久，因為沒有人發覺他不見了。

湯瑪斯修士和米勒格塔修女找到了維克多。這位修女院院長看到他時，立刻捂住了自己的嘴。

「妳認識他嗎？」修士問她。

她搖了搖頭。

「不，我不認識他，」她回答，「我從來沒有看過他。他一定是走失了。」

湯瑪斯修士拉著維克多的胳臂，帶著他離開。維克多溫順地跟著他走了。

他沒有走失，他只是停在他們找到他的地方，沒有向前走。

卡爾．霍佩醫生的兒子走進廚房時，他剛吃完早餐，正在看報紙。這男孩自己倒了一杯牛奶後，就在洗碗槽前躊躇。

「你是什麼時候把我從拉沙佩勒的療養院帶出來的？」

這讓他極為驚愕：除了維克多突然問他一個問題以外，這問題本身也讓他震驚。

「你說什麼？」他問，一副若無其事的樣子。他將報紙翻了一頁，心裡希望維克多沒有勇氣再問一遍。

但是他問了。

「療養院？」醫生聽到自己說，「你怎麼會有這種想法？你根本從來沒有進過療養院。」他連頭都沒有抬起來。

「但是，我不是……」維克多說，「那些修女……」

「不是，維克多，你不是！」醫生提高了嗓門說。他將報紙啪的一聲放在桌上，猛然地抬起頭來。

「如果我說你不是，你就不是！這事情應該只有我最清楚！」

他的兒子又磨蹭了一會兒，很明顯是在仔細考慮一些事情，然後他轉了身，轉身時，手一鬆就讓那杯牛奶掉到地上。他沒有把它擲到地上；只是轉過身，鬆手讓杯子落到地上，然後離去。

卡爾・霍佩坐在那兒愣一會兒，像是被釘在椅子上似的。然後他突然跳起來，向他兒子追出去。

過了幾天，維克多回到寄宿學校，打開他的手提箱後，發現一個上面寫著他的名字的文件夾。文件封面的右上角印著「聖克萊爾修女院附設療養院」，後面還有一個位於拉沙佩勒的地址。裡面沒有任何信件，只有一張寫著一些日期的索引卡和幾張黑白照片。

維克多冷靜地看著那些照片，就像透過了一雙已經看過它們很多遍的醫生的眼睛看著。

接著，他看著那張卡片。每個日期後面都寫著一些字。有一、兩個地方寫著「弱智」。接下來寫著「能夠說話，但可惜他人無法聽懂。」然後，他看到最後一行「出院」，前面寫的日期是：一九五〇年一月二十三日。

看見這個日期，卻讓他怔了一下。

＊＊＊

雷克斯・克里默很快就感覺到事情有點不對勁。系上的同事在會議以前就開始迴避他，每次他試著跟他們其中任何人談話，所得到的不是簡短的回應，就是沒有反應。他心想，他們的態度改變得可真夠快。

副校長宣布會議開始後，雷克斯就坐到了主席位子，然後把那些六天大的胚胎照片遞給與會者們傳閱。他對自己把牠們說成是小鼠胚胎，感到有一點不自在，而且隨著大夥兒的沉默，他覺得越來越難受。他注意到一些教授正看著副校長。副校長清了清喉嚨說：「我們不能夠再對任何事情採取輕信的態度。我們知道你想支持霍佩博士，但讓事情這樣繼續演變下去，風險實在太大。」

「但是……這些照片就是很好的證明，不是嗎？」雷克斯說，他從自己的聲音裡聽到維克多的話。

「這不是關於那些照片的事，」副校長說，「那並不是最重要的事。」

雷克斯嚥了一下口水。他懷疑副校長是否知道他在隱瞞有關這些照片的實情。想到這裡，讓他打了個冷顫，才開始明白自己犯下了一個嚴重的錯誤。過去幾天發生的事情，把他搞得驚慌失措，所以才會做出一些他從未做過的事情，那些都是他從來沒想過的事情。

副校長趁著雷克斯沉默的時候開口。「我們將會展開一項調查，目前已經成立了一個國際科學委員會，該委員會將調查霍佩博士是否……」——副校長猶豫了片刻——「霍佩博士是否造假。」

造假。對於一位科學來說，這是最糟的指控之一。在雷克斯不知情的情況下成立一個調查委員會，即表示他們也對他有所質疑。這讓他心中一片混亂。有沒有可能，這真的全是捏造的，但由於他自己沒有想過維克多能夠做出這種事情，所以沒有發覺？莫非維克多利用了自己對他的信任？雷克斯試著在頭腦裡想清楚這些問題，但副校長像是在讀一份聲明似地講個不停。

「這項調查最主要是針對索勒博士及加雷斯博士提出質疑的複製小鼠實驗。霍佩博士必須示範他的方法，委員會將審查他的實際研究數據是否能夠證明他在《細胞》期刊裡的宣稱。」

那些研究數據像座雜亂的迷宮，只有維克多自己知道怎麼走——雷克斯知道。維克多也會拒絕示範他的方法，因為他一定會覺得整個調查都是浪費時間。雷克斯也知道這一點。但他在瞬間決定什麼都不要說。如此一來，委員會就必須自己了解與維克多．霍佩共事有多麼困難。如此，他們就會知道就連身為院長的他，對整件事情都無法介入。如果委員會認為整個事情的確是個騙局，這或許對他有利。因為他就可以讓他們明白他跟整個事情都沒有關係——這一切都是由維克多自己作主、進行的。

「你有什麼看法，克里默博士？」副校長問。

克里默院長還盯著那些照片，心裡在想他怎麼會讓自己這樣被牽著鼻子走。他記得自己在維克多給他看那些照片時的興奮，但在知道那是人類胚胎時有多麼震驚。但他什麼也沒做——沒有任何行動。甚至連維克多讓他知道那孩子誕生時的長相如何，他也沒有採取任何行動。

「克里默博士？」副校長的聲音將他從沉思中驚醒。

雷克斯抬起頭，用手托住下巴，說：「是的，我的確認為找出有沒有任何扭曲的事實，對我們來說十分重要。」

維克多知道他的研究活動必須接受調查後，立刻就向副校長遞出了辭呈。副校長告訴他這麼做就會讓外界的人誤解他承認自己做錯了什麼事，他還說維克多如果自信沒有做錯事，最好就是等待調查結果。對於維克多來說，對他進行調查就已經算是對他缺乏信任，但副校長向他保證這個調查主要不是為了揭發謊言，而是為了呈現真相，因此可以反駁索勒和加雷斯的批評。維克多仔細考慮以後，決定自己可以忍受這種情況，就不再提辭職的事了。

但是他堅持在調查進行的這段期間暫時離開學校，因為他無法忍受看到一些不相識的人亂翻他畢生的研究工作。副校長問他是否願意只示範一次他的實驗方法，他說這全都記載在他的文章裡，剩下的只是技術問題，這只是練習、練習，再練習。因此，他覺得自己有權利保留自己的技術，以免別人搶走他的成就。副校長不贊成他的想法，並說他這種態度對委員會的任務沒有任何幫助。但維克多巧妙地反駁說，這剛好給他們一個機會來展示自己的能力。

雷克斯·克里默在與委員會成員的談話中，極力降低自己在整個事件中的作用。他承認身為一位院長，他應該給予更多的控制，但他為自己辯解的是，霍佩博士被聘用時，就堅持要完全獨立。他自己有好幾次想要對霍佩博士的研究方法有更進一步的了解，但他一直拒絕透露細節。委員會想要知道，如果這是實情，為什麼克里默沒有提出更多的問題？他告訴他們霍佩博士每次都用那只是技術問題的說法來敷衍他。有一名委員問他現在是否仍然相信這是實話。「不。」他說，並且重申了好幾次。

調查進行了一個月以後，克里默在家接到維克多的電話，他在這段時間暫時離開大學，回到了波昂。雷克斯並沒有對這一通突如其來的電話感到驚訝，他預計維克多會想知道委員會調查的進展如何。

「維克多！好久不見。」他用一種中立的口吻，他已經下定了決心要與維克多保持距離。

「我需要你幫忙。」維克多坦率地說。

「維克多，委員會還在進行調查。我不能跟你說什麼。我什麼都不知道。他們只是在盡自己的職責而已，而——」

「這不是關於委員會，」維克多堅定地說，「那無所謂。」

雷克斯有些詫異，但也十分謹慎。他不能讓自己再被說服陷入任何事情。「那是什麼事？」他儘量讓自己的語氣放輕鬆地問。

「是那些胚胎。」維克多說。

雷克斯嘆了一口氣。「好，胚胎有什麼問題？」他問，但又突然想起。「哪些胚胎？」

「複製的胚胎，我的胚胎。」

「維克多，我不知道我是否能夠——」

「雷克斯，我需要你幫忙！」他迫切地呼求。

雷克斯大吃一驚。他從來都沒聽過維克多這樣說話。他總是那麼有自信，從來都不會問別人的意見，更別說是幫忙。

「那到底怎麼回事？」

「有四個……總共會有四個……」維克多脫口而出。他講得是那麼的急促，讓人比平常更難聽懂他的話。「四個，你懂嗎？實在太多了！這不是我——」

「冷靜一點，維克多！」雷克斯吼道，但立刻對自己的口氣感到震驚。他深呼吸了一口氣，說：「我在試著搞懂你的意思。」

他很清楚維克多的意思，但不知道自己要怎麼看待這件事情，也不曉得自己是否應該相信他的話。六個星期以前，維克多在他看這五個胚胎的照片時表示，他已經將五個胚胎全都植入到那位女子的子宮裡，希望至少有一個可以附著在子宮壁上。雷克斯那時覺得這個數目多了一點——一般的情況都是用兩個到四個胚胎，至少體外人工受精是如此。目前看起來只有一個胚胎受到排斥，其他四個都附著在子宮壁上，並且開始發育。如果這都屬實，而且一切都按自然進程發展，到時候將會有四胞胎出世。如果這是真的，一口氣就會有四個複製人。但是他不相信。而且，最重要的是，他不想跟這件事扯上任何關係。

「我不覺得有什麼問題，維克多，」他輕蔑地說，「五個胚胎有四個移植成功，就我看來，算是成功了。」

「實在太多了。」

「你難道沒有事先想到嗎？或者你太低估自己了？」

他故意用一種譏諷的口氣，並懷疑維克多是否會注意到。

「我想要確保沒問題。」維克多說。

「那，你現在有保證了。」

「但總共有四個，我不知道她會不會想要他們，也不知道她會不會想養——」

「那又有什麼問題？要是這樣的話，你可以自己扶養兩、三個。」

「我不行。我不知道怎麼——」

「嗯，那你就必須面對你的責任，」雷克斯用了一種比較像父親般的語氣。「這不用說，你就應該知道，你如果決定把孩子帶到這世上，你就有照顧他們的義務。」

雷克斯帶著消遣的心情，等待維克多的回應，但電話另一端一直沒有聲音。

「維克多？」

但電話早就被掛斷了。

委員會在兩個月內完成了調查。他們在一九八四年五月三十日遞給副校長的報告中，沒有提到任何有關欺詐、欺騙或是捏造的數據的字眼。這些獨立的調查員並沒有找到任何有關這些方面的證據。但這並不表示他們認同維克多．霍佩的實驗，或暗示他的實驗結果是正確的。剛好相反，委員會認為維克多的筆記「到處都是刪改、潦草的字跡、含糊的陳述以及矛盾的數據」。因此，委員會的結論是「他連最基本的科學指導方針都沒有遵循」。據此，委員會最後做出的判決是「維克多．霍佩整個研究的價值應該受到質疑」。

***

我以你為榮，維克多。我真的因為你而感到驕傲。

維克多在電話中告訴他這消息時，他父親原本想要這麼說。他已經準備好了要這麼說。但是他兒子將他得到醫學學位的消息告訴他的語氣，攔下了他要說的這些話。那是一種完全漠不關心的語氣，就跟往常一樣。他心裡想著：「你難道就不能為自己感到驕傲一次，維克多？大聲喊出來呀，老天啊！」

但他沒有說出這些話，只說：「那很好。維克多。非常好。」好像在回答某道菜好不好吃似的。他掛了電話以後，就詛咒自己。這也跟往常一樣。

他最先用「親愛的維克多」作為這封信的開頭，但立刻就把它畫掉了。接著，他又用了「我的兒子」和「兒子」，最後還是決定只用「維克多」。

一九六六年六月二十七日下午，亞琛大學副校長請維克多．霍佩到他的辦公室。他看了這年輕人一眼，就在想他們以前是否見過面。大概沒有，不然，自己一定會記得他。

生物醫學研究院院長伯格曼博士告訴副校長，維克多在前一天才以優異成績畢業，並且說他一直是一名安靜、努力的學生，他與生俱來的天賦因為努力不懈而增長——他沉默寡言，但提出豐碩的研究成果，是一位有前途的年輕人。伯格曼博士希望維克多．霍佩能夠留在他學院裡的一個系中繼續攻讀博士學位。

「他會不會很情緒化？這消息會……」副校長在談話快結束的時候問。

但這院長無法確定。

這年輕人有點僵硬地坐在那裡。他的頭稍微低垂，手和腿都交叉著。副校長知道這是一種防衛性的姿勢，表示害羞、畏懼和含蓄。

「維克多。」副校長在辦公桌前面坐了下來以後說。

維克多在座位上移動了一下，但沒有抬頭。

「維克多，讓我先恭賀你取得了學位。你的教授都很稱讚你。」

「謝謝你。」維克多禮貌地回答。

他那帶著鼻音的聲音讓副校長愣了一下。他費了一些力氣才記起來自己本來要說什麼。恭賀和致哀，他原本要表達的話。

「但我也十分遺憾，必須向你表示哀悼。」副校長說。

維克多．霍佩沒有抬頭。

「你的父親去世了。」副校長繼續說，試著讓自己的聲音表露出一些同情。

他的話似乎沒有讓這年輕人感到驚訝。他只是點點頭。他可能已經有預感，或者，他父親早就讓他知道自己會這麼做，還是，他之前就已經試過。副校長不知道他是否還是應該告訴他。

「你不覺得驚訝？」他試探地問。

維克多聳了聳肩。

「那麼，你已經有預感。」副校長推斷。

維克多搖了搖頭。

「我應該對什麼有預感？」

副校長十指交叉，嘆口氣說。「你父親自己決定了，」他慢慢地說，「死亡的事，他結束了自己的生命。」

起先這並沒有激起任何情緒。

「他怎麼死的？」維克多終於問，「你知道他是怎麼死的嗎？」

他知道他是怎麼死的，但他應該告訴他嗎？這是他的職責嗎？如果這年輕人想知道，他當然有權利，但要怎麼告訴他呢？

「從一棵樹。」他說，希望這個解釋已經夠清楚。

維克多點點頭，然後說了一句讓副校長一頭霧水的話。

「那麼，就跟猶大一樣。」

「你說什麼？」

維克多搖了搖頭，不說話。

「有沒有人會來接你？」副校長關心地問，「接你回家？我可以幫你打電話嗎？」

「沒有，副校長，謝謝你，」維克多回答。他稍微停頓了一下，將手垂到大腿上，然後問：「我必須回家嗎？真的有必要嗎？」

「我想應該是。」副校長皺眉說，「警察會需要問你一些問題。沒有什麼特別的，只是一般正常的程序，遇到像……」他無法繼續說下去，只好趕快轉換話題。

「你知道自己想要做什麼嗎？我是說接下來，你有什麼打算嗎？你畢業了之後。」

維克多聳聳肩。

「我還沒考慮過。」

「你的教授很希望你能在我們大學裡繼續攻讀博士學位。像你這樣的人才，一定會大有前途，要是浪費就太可惜了。」

副校長原本以為自己看到了什麼反應，但它是那麼的微弱，這讓他以為自己可能是想像的。他決定改天再談這件事。

「要不要我請人帶你回家？」

維克多搖了搖頭，站起來。「不用了，謝謝你，我可以自己處理。」

「我希望如此。但要是有什麼我能夠幫忙的地方，你一定要來找我。」

「我會的，副校長。謝謝你。」

「不客氣，維克多，我再次向你表示哀悼。」

警察局社會工作單位的人遞給維克多一封信。信封已經被打開過了，那人道了歉，解釋說這是為了排除謀殺的可能性。

那個人離開後，維克多就開始讀那封信。他心裡並沒有任何問題，所以也沒有真的希望從信中得到什麼答案。但儘管如此，這封信的內容依然讓他感到震驚。

維克多，每一個人的內心裡都藏著比毅力或動機還要強的一種力量。你可以藉著毅力儘量做好事，但到最後你還是要為自己所做的壞事贖罪。所以，只做好事是不夠的，你也必須擊敗邪惡，我自己就是做得太少，可惜的是，現在已經無法挽回。

你要切記，這並非你的錯。你做得很好，遠超過任何人的期望。你應該為此感到驕傲。你母親也一定會以你為榮，她是一位善良、虔誠的基督徒。你也必須記住這一點。我知道她真的很想給你她全部的愛，但她內心裡也有那個比她還要強大的力量。我希望你可以原諒她。

你不需要原諒我，這不是我應得的。我本應當接受自己的責任，但我從未做到。這種事是無法原諒的。你如果把孩子帶到這世上，你就有照顧他們的義務。不要忘記。

講到這裡：這裡所有的東西自然都歸你擁有。除了房子、家具和金錢以外，當然還包括診所。你一直想要當醫生：現在沒有任何人或事物能夠阻擋著你的路。

我誠心祝福你有一個成功、幸福的未來。你的父親。

維克多父親的話讓他徹底動搖了。不是因為他的所作所為或是他的死亡，而是他的話。這些話震動了維克多所建立的世界的基石。他一直以為做好事就足夠了，而邪惡只需要避免而已。畢竟，邪惡總是會打擊想要做好事的人。但現在看起來好像全都顛倒過來了。這對他來說是一種全新的想法。這讓他開始思考，但不僅如此：這是他這一生中第一次開始對於他所知道的、做過的，以及未來要做的事情有所疑慮。然而，凱薩格魯伯神父這天下午的探望只讓這一切變得更糟。

凱薩格魯伯神父懷著沉重的心情去找維克多．霍佩談論有關葬禮的事宜。他希望逗留的時間越短越好，所以一開始就直入正題。

「我想葬禮最好儘量保持低調，我希望你能理解。」

「不，我不理解。」維克多回答。

「這是不允許的事，真的是不允許的。」

「什麼事情不允許？」

「在教堂為你父親舉行葬禮儀式。」

「反正我不打算這麼做。」

「但他想要這麼做。」

「他想要？」

「他留給殯葬者一些指示，你難道沒看到？」

維克多搖了搖頭。

「他希望被安葬在他妻子的墓旁，也就是你母親的墓旁，他覺得這是為她好。這是不允許的事，我們只好不去管它，但這必須做得簡短、低調。沒有唱詩班，也沒有悼詞，一切從簡。」

「為什麼不被允許？」

「因為……你知道。每個人都知道，大家都可以看到他。」

「但因為什麼？」維克多追問著，這讓神父有點不悅。

「上帝不會允許。」

「上帝不會允許什麼？」

他好像孩子一樣地爭論，神父心裡想，自己的每一個回答，他都會用另一個問題頂回來。

為了避免繼續討論下去，神父決定要把它講清楚。

「自殺。」他冷漠地說。

「在哪裡這麼寫？」

「在聖經裡。」

「聖經中的哪裡？」

神父開始感到有些惱怒，很少有人會與他抗辯。最糟的事，他無法回答這個問題，他不知道聖經裡面哪裡寫著自殺是不被允許的事情。但他還是說出了一節，這是馬太福音最後的一節，關於猶大的自殺。

「馬太福音第二十七章，第十八節。」

「**巡撫原知道他們是因為嫉妒才把他解了來，**」維克多背出來，這讓神父十分驚愕，但維克多接著說：「這不在聖經裡，聖經裡完全沒有提到這個。」

神父頓時感到驚慌失措，但很快就恢復了鎮定。

「教會不允許！」他堅決地說，「生命是上帝的恩賜。這不是由我們自己作主的，生、死並不是由我們決定，應該是由祂來決定！上帝賜予，上帝也取回，只有祂，沒有別人。」

「誰給祂這個權利？」維克多提高了嗓門，「我們為什麼要服從祂的意思？祂是邪惡的，而邪惡是必須被打敗的。」

他真的被魔鬼附身，凱薩格魯伯神父心裡想：我早就知道。「你應該為自己說出這種話而感到羞恥！那個學校難道什麼都沒教你嗎？你父親太早把你帶出來了！米勒格塔修女說得沒錯：你身體裡的惡魔從未被驅逐！」他猛然地起身，向門外走去，但走了兩步之後，又止住腳步，回過身。維克多像是被上帝的手用力擊了一掌似地坐在那裡。

「你父親的葬禮定在週六，九點半。這會是一個安靜、低調的彌撒。然後他就會被安葬於你母親墳墓旁邊，如他所願。」

維克多沒有參加他父親的葬禮。他在葬禮的前幾天回到了大學宿舍，整個人似乎失去了平衡和方向。他十分茫然，腦子裡不斷響著那些聲音和話語。

你父親太早把你帶出來了！

你可以藉著毅力儘量做好事，但到最後你還是要為自己所做的壞事贖罪。

邪惡是必須被打敗的。

你身體裡的惡魔從未被擊敗。

上帝賜予，上帝也取回，只有祂，沒有別人。

他是那麼的焦慮不安，以至於不敢離開房間一步。

副校長和生物醫學研究院院長來找他。八月中的酷暑發揮最後一次威力，將氣溫推升到三十幾度，大地被烈日烤得發燙。副校長敲了門，但沒有人來開門，他和伯格曼博士卻聽到房間裡有聲音，彷彿錄音帶正以慢速播放的聲音。

「維克多！」副校長大喊。

那聲音停了下來，卻依然沒有人來開門。

副校長去找門房要到了備份鑰匙，希望維克多不會絕望到和他父親一樣做出傻事。

門一打開，一股熱浪向他撲面而來，隨著傳來一陣惡臭味——一種腐肉的臭味。他甚至在還沒注意到那些蒼蠅以前，腦海裡就已經聯想到腐爛的肉體。幾十隻閃閃發綠的蒼蠅嗡嗡作響地朝門外一湧而出。

副校長驚慌地往後退了一步，撞到身後的院長。他們倆不自覺地用手捏起了鼻子，腦子裡想著同樣的事情，卻都不願再往前走一步。

但那聲音呢？那聲音是從哪兒傳來的呢？

副校長伸手把門整個推開，往悶熱的房間裡探看。

那年輕人正坐在一張書桌前，埋頭讀著一本書。他的雙肘撐在桌上，兩隻手捂著耳朵。那張桌子在房間的角落，一扇窗戶的右側。窗台上堆滿了空的食品罐頭。窗戶左側的小檯面上有一個小瓦斯爐和一個小平底鍋，四周也亂七八糟地擺滿了鐵罐頭，平底鍋裡裡外外都爬滿了蒼蠅。

副校長氣喘吁吁地說：「維克多？維克多．霍佩？」

那年輕人沒有抬頭。一群蒼蠅在他頭頂和長滿雀斑的手臂上到處飛舞、爬行。

院長也側身走近，從副校長身後朝房間裡看。他深吸了一口氣，大步走到窗前，將窗戶推得大開。窗台上的鐵罐頭掉落到地上，發出匡啷匡啷的聲音，維克多吃驚地向四處張望。伯格曼博士幾乎認不出他來了，他的臉色比以往還要蒼白，眼睛裡充滿了血絲，下巴新長出了許多小撮的紅色毛髮，稀疏得還沒成鬍子。

「我們以為你發生了什麼事。」院長很快地說，「你還好嗎？」

「我在尋找答案。」維克多凝望著打開的窗戶，用沙啞的聲音說。

院長噘起了嘴，與副校長交換了一下眼神，說：「維克多，我們所有的人，都在找尋答案。」

「你在房間裡多久了？」副校長問。

維克多把臉轉向門口，目光在副校長的領帶上停留了片刻，然後又看著地上，搖了搖頭。

副校長又說道：「你可能會想梳洗一下，維克多。伯格曼博士和我想和你談談有關你未來的一些事。你看，我們半個小時以後在我辦公室見如何？」

維克多看也沒看他們一眼，點了點頭。副校長覺得他一定是感到窘困，想要讓他自在一點，就說：「我們非常理解你現在正面臨一些困難。這是正常的，任何人遇到你的情況，都會如此。我們會想辦法來幫助你，你絕對不要擔心。」

副校長向伯格曼博士做了一個手勢，伯格曼博士說：「待會兒見，維克多。」

「他很絕望，」副校長稍後在維克多聽不見的地方說，「他不知道要怎麼面對父親的死亡。」

「沒錯，我也是這麼想，你有沒有看到他在讀什麼？」

副校長搖了搖頭說：「沒有。」

「聖經。」

「聖經，」副校長重複他的話，「那他一定很絕望。」

伯格曼博士向維克多介紹了他攻讀博士學位可以選擇的方向，或者就院長的說法，哪一個系比較適合他的專長。

他可以選擇腫瘤學，專門從事癌症方面的研究，或者可以選擇老年醫學，進行老年人傳染性疾病預防的研究，但伯格曼博士認為他也可以在胚胎學系充分發揮，這個系由院長親自領導，不久前才開始體外受精的研究項目。

副校長在伯格曼博士講解時，仔細地觀察著維克多．霍佩。這個年輕人並沒有流露出一點熱情，他沒有問任何問題，只是有時點一點頭——看起來幾乎只是基於禮貌而已。

「這其實很簡單，維克多，」副校長插嘴說，「你如果想要繼續攻讀博士學位——我們當然希望你有這個意願——你可以選擇腫瘤學、老年醫學或是胚胎學，換句話說，也就是拯救生命、延長生命或是創造生命。」

他的食指在伯格曼博士寫的三個系的名稱上點了點，然後重複這個動作，又說了一遍：「拯救生命、延長生命和創造生命。」

「創造生命。」維克多說，但讓人聽不太出來這是不是一個問題。

「創造新的生命。」副校長解釋，很高興自己至少能夠引起維克多的注意。他記起了維克多之前在讀聖經，就接著說：「賜予生命，如同上帝一樣。」

賜予生命，如同上帝一樣。

維克多覺得自己像是接到了一紙戰書。這是一項挑戰。

上帝賜予，上帝也取回，維克多。但並非總是如此。有時候，有時候我們也得自己作主。你要切記。

他一下明白過來了。突然間，他的生命又有了新的目標。

***

雷克斯・克里默在一九八四年六月十五日開車到波昂。維克多在前一天接到副校長的一通電話，希望他能夠回學校一趟，因為委員會已經遞交了報告，但維克多回絕了。「寄給我就好了。」他甚至連內容都沒問，就這麼說。

這讓副校長十分為難，但雷克斯表示他可以去找霍佩博士，並且親自把報告交給他。這終於給他一個藉口，去找維克多談談，這離上次他們談話，已有兩個月。

他把車停在那一棟牌子上依然標寫生育專家維克多．霍佩的排房前。他沒有告訴維克多自己會造訪，所以希望他會在家，但維克多會不會讓他進門，又是另一回事。

他發現自己按門鈴的手在發抖。門裡面傳來了聲音，他看到醫生的時候，發現他留了鬍子。

維克多瞥了雷克斯一眼，然後往街上望了望，像是想知道他還有沒有帶別人一起來。

「我把委員會的報告帶來了，」雷克斯說，「副校長請我跟你一起看一下。」

維克多沒有說什麼。

「我們或許可以進屋子裡，」雷克斯說，「在這裡談好像不太好。」

「你還相信我嗎？克里默博士。」維克多突然問。

這個問題和正式的稱呼讓雷克斯有些猝不及防。他們幾乎從一開始就直呼對方的名字，但現在維克多開始稱呼他「克里默博士」，好像是在強調他們之間有了一道新的距離。

「委員會的報告並沒有表示他們不相信你，」他有些猶豫地說，「他們只是對你為自己研究所定的標準有問題。」

「我並不是指委員會，是指你。你是否還相信我？」

這麼直接的問題讓雷克斯毫無選擇。「坦白說，我的確有些疑慮。」

「你想不想看她？你看了之後，會不會相信我？」

他用的是一種生硬、單調的節奏，毫無情感，讓這話聽起來幾乎像是在背誦一首詩一樣。他講完了之後，就回到屋子裡。

雷克斯站在那，愣了一會兒。你想不想看她？他想嗎？他拿不定主意。他當然希望看到她，但他怕被捲入一些他的確應該避免的事。但是他想要澄清一些事情，這也是他來這裡的目的。於是，他決定跟著維克多到屋裡。

維克多已經在樓上的一扇門前等著他。雷克斯上樓後，他就敲門，但沒有人回應。

「她可能在睡覺，」維克多說，扭轉著門的把手，「她因懷孕而累壞了，而且已經出現一些併發症。」

昏暗的房間裡有一張舊式的鐵病床，床四周擺滿了各種裝置。雷克斯認得出超音波設備和螢幕亮著的心臟監視器。床邊一個架子上掛了點滴瓶，瓶子的管子連接著床上一位女子的手臂。她在被單下的小腹已經顯得特別鼓脹，雷克斯之前已經算出來，她現在應該有五個月左右的身孕。

維克多朝他揮揮手，指引他到床頭。他小心地拖著腳步向前，並看到了她的黑髮。然後，他看到了她那略顯豐潤的臉。她的眼睛閉著，嘴巴半張，安靜地躺在那兒呼吸。

維克多用手勢表示他們應該離開房間，雷克斯朝她的臉和小腹又看了一眼。她知不知道自己肚子裡孕育的是什麼？他故意撞到了床，讓它移動了好幾吋。那女人被驚醒了，睜開那又黑又大的雙眼。她長得和維克多完全不一樣。

維克多立刻過去安撫她。

「這位是克里默博士，」他說，「他是亞琛大學的院長。」

維克斯看到她的手不由得撫著小腹，彷彿想保護腹中的胎兒。

「妳好嗎？」他不假思索地問。

「我好累，」她帶著一點德語口音說，「但是醫生說不會有問題。」

她的回應聽起來好像經過了排練，或許她在過去這幾個月來一直這樣告訴自己，好讓自己繼續走下去。他不由自主地感到她似乎不太清楚自己到底是怎麼回事。她雖然看起來已經快三十歲，但似乎還是很天真，帶著一種孩子的稚氣。

他又注視著她的小腹，不知道自己是否應該問她一下有關這方面的問題。但他沒有問，他不想激怒維克多，目前還不想。「如果醫生說不會有問題，」他說，「那大概就沒問題。」

這之後，他們離開了房間，來到維克多的辦公室。

「她知不知道？」他直率地問。

「什麼？」

「她身體裡懷著四個嬰兒，四個男嬰。複製的。」其實他心裡想是你的複製。

「現在只剩下三個，」維克多回答，「其中一個已經死了，他還在子宮裡，但心臟已經不再跳動了。」

「她知道嗎？」

「不知道。」

「她還是以為自己懷著女嬰？」

維克多點了點頭。雷克斯心想，他瘋了，這也是他自己第一次這麼確信。

但他還是沒有說什麼。他想，自己一定要保持距離，便開始要跟維克多講一些有關報告的事情。

「我不想知道，」維克多馬上說，「反正我不想回去了。」

這恰好就是副校長想到的解決辦法。上一個學年已經結束，所以他請雷克斯說服維克多不要回大學繼續工作。這麼看來，雷克斯不需要說服他了。

既然沒有說服他的必要，雷克斯就立刻站了起來，將報告留在辦公桌上。

雷克斯在維克多的陪同下，走到了大門口，他還想知道一件事。「他們什麼時候出生？大概什麼時候？」

「九月二十九日。」維克多毫不猶豫地回答。

第三部

1

雷克斯．克里默以蝸牛爬行般的速度將車子開過了瓦爾斯堡山頂，緩慢地經過了許多到三國交界遊玩的旅客。他小時候也來過這裡，腦海裡還清晰的記得，自己那時爬上了在他眼前矗立的博杜安瞭望塔。他將身體向前傾，一直到胸脯幾乎碰到了方向盤，然後抬頭凝視上方。他看到一群孩子站在塔頂的瞭望台上，他們其中有一些正指著遠方的某處，還有一些正向塔下的家人和朋友揮手。

三十四公尺高，那座塔的高度。雷克斯也記得這個數字，他一直是一個很有數學頭腦的人。

這位前院長絲毫沒有發覺，就已經從荷蘭跨過邊界到了比利時。他在從科隆往沃爾夫漢姆的途中，經過了亞琛和瓦爾斯，正跟著路牌的指引，往三國交界的方向開。

「過了三國交界，你就順著三邊界路走，」維克多之前解釋過，「到了路底，經過一座拱橋下面，出來後你就可以看到我家。拿破崙街一號，過了教堂就到了，是一棟有庭院大門的別墅。」

雷克斯需要全神貫注地面對蜿蜒曲折的三邊界路。這讓他暫時拋開了一路上的忐忑不安。但他一看到那座橋，又開始心慌意亂，感覺比之前還糟。

一星期以前，他在法蘭克福的一場醫療設備博覽會上碰到了維克多，他們已經四年沒有聯絡了。儘管他心中還有許多沒有解開的疑問，卻一直刻意不與維克多聯繫。

雷克斯上次去波昂找維克多之後的頭幾個月，一直在仔細地留意醫學期刊和報紙，沒有看到任何維克多．霍佩撰寫的文章或是有關他的報導，讓他鬆了一口氣。於是他猜想維克多的複製實驗失敗了——如果這不是從頭到尾都是捏造的話。越來越多的科學家斷定這是不可能辦到的事；這些年來，沒有其他人能夠成功複製出哺乳類動物。但對於雷克斯來說，這依然是一個謎：這真的全是維克多虛構的嗎？而身為院長的他，竟然被維克多．霍佩愚弄了嗎？對於他那些亞琛大學的同事來說，這事情已經結束了，這也讓他很難與他們繼續共事。整個事件平息之後，他仍舊繼續擔任院長的職位，卻發覺自己已經不再受到同事們的尊敬。一年後，他接受了科隆一家生物科技公司的聘請，領導新成立的幹細胞研究和DNA科技部門。

一九八八年十月二十九日星期六，雷克斯．克里默就是以這個身分到法蘭克福的博覽會，參觀和訂購新的設備。他一進會場就看到站在遠處的維克多，頓時十分震驚。

他沒有過去找維克多，至少一開始沒有。他在會場逛了兩個小時，並且一直瞥見他，但他們的視線沒有相遇。這之後，他就開始跟著維克多，觀察他注意到了哪些設備，問了些什麼樣的問題。

他的聲音！當雷克斯離他近得能夠聽到那絕不會錯的聲音時，他突然想起了維克多以前常說的話。

這是他們犯的錯誤，為自己設限。

上帝按照自己的形象造人。

有的時候人們只須接受事實。

總共有四個，實在太多了。

他特意經過維克多，希望維克多能夠先認出他並和他打招呼，打算萬一有人看到他們倆在一起，就可以依此為藉口。但維克多沒有上前來找他，就連他們擦身而過，互相點頭致意時，他的這位老同事也似乎認不出他來了。

雷克斯終於被自己的好奇心弄得沉不住氣了，他轉身向維克多嘟囔了幾句，維克多似乎從恍惚中被喚醒過來。

「嗨！是我。亞琛大學的雷克斯．克里默。」

「你變了不少。」維克多冷淡地回答。

雷克斯倒沒有想過這一點，他原本以為自己很好認，但過去幾年來，他不但戴上了眼鏡，也留長了頭髮。

「你觀察得不錯，」他回答，不加思索地將眼鏡扶正了一下，「但是告訴我，你好嗎？」

維克多不置可否地聳了聳肩，讓人搞不清楚他只是不想回答，或者這就是他的答案。他並沒有反問雷克斯什麼，所以還是得靠雷克斯來說一點什麼。

「那你現在在做什麼？真的好久……」雷克斯特意讓問題比較含糊，他記得這位老同事多麼會閃爍其詞。

「我現在是家庭醫生。」維克多說。

「家庭醫生。」雷克斯詫異地說。他為了掩飾自己的訝異，隨即說：「在哪裡？」

「在沃爾夫漢姆。」

「沃爾夫漢姆？」

維克多只是點點頭，甚至懶得解釋沃爾夫漢姆在什麼地方。他並不是想故弄玄虛或是有所保留——不是的，他只是有些冷漠，好像眼前的這個人與他不曾相識一般。但是等到雷克斯跟他說他自己也離開了亞琛大學之後，他的態度就有了變化。這的確讓維克多感到意外，他把頭稍微抬起來一下，好像想說些什麼，但還是沒有說出口。雷克斯卻說了一句話，他知道這句話絕對會讓這位醫生開口。

「我失去了他們的信任。」

可是他的坦白引起的作用與他預期的有些不同，因為維克多連聲音也沒壓低地說：「就像我失去了你的信任一樣。」

雷克斯窘迫地朝四周看了看，他心裡想，最好不要與他計較，不然只會造成無謂的爭論。

「那個實驗最後有什麼結果？」他問。他原本期待的是一個含糊的回答，這就能夠讓他滿意，不用繼續把這事情放在心上。可是維克多的回答，只給他帶來了更多的問題。

「還沒結束。」

雷克斯打了個哆嗦。「你這是什麼意思？」

「我要重新開始。」

這個回答讓雷克斯比較放心一點。所以，那個實驗失敗了，這也表示它不是完全捏造的，只是很合邏輯的終告失敗了。真是謝天謝地。

但是，他又問了一個問題。他想要聽這醫生親口說那個實驗失敗了。維克多凝視著地面等著——然後，雷克斯問了那個問題。

他們原本約在科技博覽會的第二天見面，但是維克多因為家裡發生了一些事情，就在當天早上取消了與他的會面。雷克斯覺得他聽起來有些慌亂，他的管家出了事——好像是意外還是什麼的。維克多問他可不可以過幾天再去他家。雷克斯答應了，雖然這表示他還得耐住一會兒性子。

到目前為止，他知道些什麼？那三個男孩四年以前出生，第四個胚胎沒有發育完成就死去了。這三個孩子都是醫生自己的複製，而且都長得一模一樣。最後，他知道這三個孩子都還活著。

這全都是那天早上他在會場與維克多談話時得知的。而他，雷克斯，則聽得目瞪口呆。

「我可以看看他們嗎？」他脫口而出。

維克多答應了。

他接著又問了一個問題，維克多的回答又讓他吃了一驚，不，是震驚。他問的是孩子們的名字。

雷克斯．克里默把車子停在那棟別墅的前面。他看到院子大門上掛著一塊牌子，牌子上寫著維克多的名字和看診時間。他下車時，村子裡的鐘敲了兩下，他很準時。對街有一位婦人正掃著人行道，他向她親切地點了點頭，她卻沒怎麼理睬。維克多從屋子裡走出來，向他點點頭打了個招呼，就拉開大門。

「跟我來。」維克多說，他人已經走到了庭院小徑的半途。

雷克斯覺得自己好像只是一名來做身體檢查的病人，這種感覺在他發現自己被帶到診察室時，更是強烈。維克多在自己的辦公桌前坐了下來，並請雷克斯在他對面坐下。雷克斯立刻注意到，那張擺在桌角的鑲框照片幾乎是對著他的，而且有點像是故意的。

「這是他們嗎？」他問。

維克多點了點頭。

「我可以看看嗎？」他伸手。

維克多又點了點頭，說：「這是一張舊的照片。」

雷克斯拿起相框，卻發覺自己的手在顫抖。他不知道為什麼，卻還是希望整個事情只是維克多虛構的。雖然他只需要瞥一眼那相片，就可以看得很清楚，那三個男孩相似得驚人，但他還是無法完全相信他們是真的複製人。他們有可能是同卵三胞胎，只是繼承了維克多的特徵：他的紅髮和……

每一個顎裂都是獨特的。

雖然已經過了好幾年，他依稀記得維克多說過的這句話。他注視著照片中三個孩子的嘴，可是照片無法讓他看清楚細節。而且——這他可以看得很清楚——他們的上唇已經縫合了。不過，霍佩醫生一定保留了孩子們在手術前的照片，當然現在已經不需要這種證明了。一位英國科學家最近發現一種方法，可以解讀每個人都不同的遺傳密碼。一項DNA檢測就可以斷定這些孩子是不是維克多．霍佩的複製。

「他們現在一定改變了不少，」雷克斯盡可能不露聲色地說，「他們這張照片是在幾歲照的？大概一歲吧？」

「剛滿一歲，」醫生回答，「他們已經改變了——你說得沒錯。」

「我迫不及待想看到他們。」

他迫不及待想立刻看到孩子們，但等維克多再開口的時候，他才了解自己的耐心要受到考驗。

「我曾經試過讓它慢下來。」他這話聽起來不像是在辯解，他只是給雷克斯一個訊息而已。

「你試過讓什麼慢下來？」

「它發展得太快了。」

「是什麼……我不懂。」

「有一些染色體的端粒比一般正常的短了許多。」

「你應該知道端粒是什麼，對吧？」他問。

雷克斯摸不清頭緒地望著他，但霍佩醫生誤解了他的意思。

「我當然知道端粒是什麼，我只是不懂這跟這一切有什麼關係。」

但雷克斯才開口，就開始明白了。端粒是細胞核的每個染色體末端的序列，負責提供細胞分裂所需要的能量。由於細胞無法製造代替的端粒，每一次細胞進行分裂，就會有一些端粒消失。一個細胞分裂的次數越多，端粒就越少；簡而言之，一個人越老，端粒的序列就會越短。

「這三個男孩出生後沒多久，」維克多解釋道，「我就發現第四個和第九個染色體的端粒比其他染色體的端粒短了許多。」

雷克斯不想再聽下去。他知道的越多，就與這事牽扯得更多。但他已經猜到醫生想要跟他說什麼了，生物學家們經常討論到的問題中，有一個尚未得到解答的謎，那就是複製生物實際的年齡應該是多大。由於提供細胞核的細胞來自於一個已經成年的生物，就定義來看，複製生物的細胞應該比一般受精而成的細胞更老。就是這個問題嗎？難道是在這方面出了什麼差錯嗎？

他覺得自己更加焦慮不安。「這是不是意味——」他開始說。

「我曾經試過讓它緩慢下來，」醫生打斷他的話，他的嗓門提高了一點。他的聲音裡帶著絕望，雷克斯從來沒有看過維克多這個樣子。嗯……或許不對，以前也發生過一次，那時維克多在電話中向他求助，因為他發現有四個複製胚胎移植成功。

「但我絕對不會放棄。」他聽到維克多堅決地說，他的絕望這時一掃而空。但說完後，他又沉默下來。

「霍佩醫生，你提到第四個和第九個染色體的端粒，」他開始說，「你說它們短了很多。但到底短多少？」

維克多凝視著雷克斯還拿在手裡的照片。

「少於一半，」他神情木然地說。

「少於一半。這就是說……這對孩子們有沒有什麼影響？」

「他們老得非常快。」

雷克斯最壞的推測已經被證實了，雖然他並不確定他們實際上到底是怎麼回事。

「很明顯嗎？」他問，「我的意思是，從他們的外貌看不看得出來？」

他希望維克多這時會建議他們去看孩子們，但他只是盯著照片點了點頭。

「他們在那個階段看起來都沒有什麼問題，」他說，「但後來……」他又不吭聲了。

「後來怎麼了？」

「他們的頭髮突然全都掉光了，一切都是從這裡開始的。」

雷克斯看了一下照片。那時候男孩們的紅髮已經很稀疏了，所以不難想像頭髮全掉光的樣子。

「你難道沒有一點辦法？」他問。

「我試過了。」

「那現在呢？」

「第四個和第九個染色體的端粒都耗盡了。」

這讓雷克斯驚得坐直了身子。

維克多證實了他害怕的事情：「在那之後，那些細胞就不再分裂，剩下的細胞就開始慢慢地死亡。」

「這表示老化不可逆轉？」

維克多點點頭。「但這並不表示我完全失敗了。」維克多最後說，他挺了挺身，雙手扶著椅子的扶手，像是要站起來的樣子。

「沒有失敗？」雷克斯驚訝地問。

「那是一種突變，如此而已。我現在知道了，下一次篩選胚胎時，就會特別小心。」

雷克斯不曉得應該將目光放在哪裡。

「這畢竟是我們的任務，」維克多繼續冷淡地說，「我們必須修正祂過於草率所造成的錯誤。」

這時候，雷克斯的眼珠子瞪得都快掉出來了。

「突變只是基因裡的一個錯誤，」維克多依然用單調的口吻說，「就像這個，也是基因中的一個錯誤。」他舉起手來指著上唇，用手指劃過了那個疤痕。

雷克斯儘量不去盯著那疤痕。

「我們藉由修正這些天生的錯誤，進而修正自己，」維克多堅定地說，「這是戰勝上帝的遊戲唯一的辦法。」

維克多這些驚人的話讓雷克斯想起了往事，他想起來自己寫卡片恭賀維克多．霍佩他的文章被刊登的那一天，他們那時候甚至還沒見過面。

你的確比上帝還會玩祂的遊戲。

他想到這裡才明白，整個事情原來都是被他那句無心的話給引起的。

「要不要去看看？」維克多把自己的椅子推開，準備站起來。「你想看看孩子們，不是嗎？跟我來，他們在樓上。」他沒有等雷克斯的回答，就自己走到房間的門口。

雷克斯驚惶失措地在自己的椅子裡坐了片刻，站起來的時候，感到有些暈眩，於是眨了幾下眼後，深吸了一口氣。

「克里默博士？」他聽到走廊上傳來了聲音。

「來了。」他應著。他跟著維克多上樓時，一直努力讓頭腦專注於自己將要看到什麼東西上面，但他剛才聽到的那些話不斷地在腦海裡打轉。

我們必須修正祂過於草率而造成的錯誤。

這是不可能的事，他心裡想。他只是在刺激我。維克多．霍佩只是想惹我發火，他是在耍我。接下來，他可能會跟我說，這全是他虛構的，只是為了看看我會有什麼反應。這就是他要我來的原因，這樣他就可以捉弄我，因為別人會捉弄他。

維克多打開門的時候，雷克斯依然希望整個事情都是他精心策劃的騙局。甚至維克多踏入房間，雷克斯聽到他說：「麥可、加百列和拉斐爾，有人——」他還在這麼想。

他的話說到一半就陡然停止了。在樓梯上聽到這話的雷克斯，一腳跨過了最後的三個階梯。接著，他又走了兩步，到了樓上一個房間的門口，便朝房間裡頭探看。

他沒有立即意識到這是一間教室。他第一眼就被黑板吸引住了，維克多這時正朝著那方向大步走去，在黑板前拿起一個板擦，開始擦黑板。雷克斯只能瞥見一個如黑板一般高的畫。這是一個人的畫像——一個男人或女人。醫生一揮手，就擦掉了臉的部分，只剩下挽成了一個圓髻的頭髮。這麼看來，是一個女人。白色的圓髻四周繞著一圈黃色的光芒。這也一下子被擦掉了——髮髻和那黃色的光輝，雷克斯猜想這應該代表一個光環，因為那女人也有一對翅膀，那是在身體兩邊用橢圓形顯示的白翅膀。

這是一個孩子的畫，線條簡單，讓人一看就知道是什麼。但一下子就被擦掉了。

醫生接下來擦著黑板的另一半，這一半寫滿了潦草的字。雷克斯在醫生的手遮住之前，看到了幾個字……在天上的……這讓他推敲出黑板上原來寫了些什麼。

維克多將板擦放下，轉過身來。他的雙手相互搓揉，弄得粉筆灰四處飛揚。然後他用手擦了一把臉，手指在他的紅鬍子上留下了白色的痕跡。

剎那間，雷克斯忘了自己來的目的，但維克多的一瞥提醒了他。

他眼前站著三個孩子。三個，但就他來看，就算是兩個，或是四個，也沒有什麼不同。他看到了，這不是一場騙局。維克多．霍佩沒有捏造事實。

2

醫生院子裡的核桃樹在一九八八年秋天被砍掉時，村子裡很少人真的相信約瑟．秦摩曼的預言，他說這會為沃爾夫漢姆帶來厄運。但還不到一年，連最鐵齒的人，也必須相信這老人的話沒錯。這時，賈克．米克斯已經想出了一套自己的理論：這些災禍隨著那棵樹的樹根在地底下伸展的路線，在村子裡散布開來。只要有人對他的理論有所懷疑，他就會在特米努斯的吧台上打開一張沃爾夫漢姆和其周邊的地形圖。他在地圖上每一個災禍發生的地點畫了一個X，並且編一個號碼，然後用鋸齒線將這些標誌連到那棵核桃樹以前的位置。米克斯還在地圖邊緣的空白處記下了在每個X發生意外的細節，其中包括了受害者的姓名和日期。他甚至加進了一些微不足道的小意外來鞏固自己的主張，要是有人表示那樹根不可能一直長到拉沙佩勒，他就會反駁，說拉沙佩勒與那棵樹的直線距離，其實還不到五百公尺。

大家都認為這些災禍是從一九八八年十月二十九日夏洛特．孟浩特發生意外的那天開始的。村子裡許多人都去參加了她的葬禮，其中大多數的人大概是希望看到霍佩醫生帶著他的三個孩子出席，但霍佩醫生沒有參加彌撒，也沒有在墓旁現身。賈克伯．韋恩斯坦後來告訴大夥兒，醫生在葬禮之前就打過電話，說明了他不能出席的原因：孩子們病得很重。他原本揣測，他們當然是因為悲慟而生病。但後來在夏洛特的遺囑被公開了之後，他跟許多村民一樣，都得改變原來的看法。

凱薩格魯伯神父又從蓋默尼希的公證人羅格朗聽到了這個消息。他說夏洛特．孟浩特將所有的錢——他沒有說多少，但為數不小——都留給了兒童癌症基金會。凱薩格魯伯神父原本不覺得這個消息有什麼特別，但羅格朗接著又說，孟浩特女士在去世的兩個月前改變了遺囑。在那之前，醫生的三個孩子是她的受益人，他們原本會在十八歲得到這筆遺產。

不只如此。愛爾瑪．努斯鮑姆看到一個很大的箱子送到了醫生家，箱子上有一個很大的輻射警告標誌。第二天，有一個人從德國來拜訪他，這個人還跟愛爾瑪說孩子們的情況不怎麼好。

「他在屋子裡待了超過一個鐘頭，」愛爾瑪說，「出來的時候，像是見到了鬼似的。他進了車子之後，又立即下車。我就走過去問他發生了什麼事——是孩子們的事嗎？他用那種內疚的眼神看我，我就知道了。我問他，他們的情況不太好，是吧？他猶豫了一下，然後搖搖頭說，不，不是很好。他用的那種語氣好像有人——嗯，你知道的。然後他問我認不認識一位麻浩特女士。我說，你指的是孟浩特女士，她是醫生以前的管家。他想要知道她發生了什麼事，我就跟他說她上個星期從醫生家的樓梯上摔下來，當場死了。我問他為什麼問。他說，沒什麼，只是聽到一些有關這方面的消息。他真的是一副十分惶恐的樣子，因為他沒再說什麼話，就回去車子裡了。」

醫生沒有參加葬禮，夏洛特．孟浩特遺產的消息以及愛爾瑪．努斯鮑姆講的事情——全都指向同一個結論。

「醫生的兒子們就快死了。」

「所以，那一定是——你知道……」

「那可能是血癌，」雷昂．胡斯曼說，「這是幼兒常見的疾病，而且是不治之症。」

「這是意料之中的事。」

接下來的幾個星期，村子裡的人看到霍佩醫生的診所大多關著，就更相信這個推測。醫生家裡沒有人接電話，大門也深鎖，有幾位病人還必須去找別的醫生。有一些人不免會發一點牢騷，但大多數的人都能夠體諒醫生的處境。

「他必須照顧孩子們。」

「他們的病情一定惡化得很快，這就是為什麼再也看不到他們到屋外。」

「真可憐，先是他的太太，現在又是……」

大家都向醫生伸出援手，婦女們願意幫他負責家事，男人們則願意為他修剪草坪。霍佩醫生向他們表示感激，但回絕了他們的好意。他只接受了瑪莎．布倫的幫助，她說他可以打電話告訴她要買的雜貨，她就會幫他送到家裡。

「他當然想要有多一點的時間與孩子們在一起，這毫無疑問。」瑪莎說，她親自把雜貨送到他家時，總是會在袋子裡放一些糖果給孩子們。

有一次，她在送貨時終於忍不住了。「醫生，這是不是真的——？」她以為他知道她在說什麼，所以故意只把話說到一半。

「什麼？」他問，「怎麼回事？」

「你懂我的意思，關於孩子們的事？」她說。

她可以從他的表情看出來他有些詫異，但還在假裝他不曉得她指的是什麼。

「關於孩子們的什麼事？」

她勉為其難地說出了那個在十年前奪走她丈夫生命的病。

醫生皺起了眉頭，搖了搖頭。「癌症？不，就我所知不是這個病。」

他的回答聽起來十分勉強，所以她沒有繼續追問，她看得出來他不太想談這件事。

「他還沒準備好面對事實，」她後來在自己的店裡解釋，「他得先學習面對這個問題。我丈夫生病的那個時候，我過了三個月才能跟客人們提這件事情。」

接下來的兩星期，醫生兒子們的不幸消息成了村子裡唯一的話題。但突然間，甚至可說是霎時，另一個令人更加驚愕的慘劇，讓大夥將焦點轉移。

「這裡，你看這個X。拿破崙街上，離醫生家很近，」賈克．米克斯多年以後會在特米努斯酒吧解釋，「這就是第二個意外發生的地點。離夏洛特．孟浩特去世還不到兩個星期！出事的是古德．韋伯──你知道，就是那個耳聾的孩子。那是一九八八年十一月十一日，休戰紀念日，所以是個國定假日。」

那一天，古德．韋伯和其他五個男孩在村子的那片草地上踢足球。這是秋天裡一個風和日麗的日子，從一大早，車子和塞滿了比利時遊客的巴士就開始緩慢地經過村子，往三國交界點的方向駛去。車子很快就在通往三邊界路的那座狹窄的橋下堵了起來，到中午的時候，已經堵過了醫生的門前。車子裡坐了那麼多人，當然就會有許多的眼神在注視著他們。於是，這些男孩就像以往一樣，想要炫耀一番。十三歲的「瘦皮猴」佛列茲．米克斯幾乎有兩公尺高，他總是夢想有一天足球隊的教練會從車子裡跳出來，給他一紙合約，讓他加入一支頂尖的球隊。其他的男孩也有同樣的夢想，但他們通常都會被米克斯潑冷水。

「喂，古德，你啊──有沒有被一流的球隊給選上啊？我看哪，你連裁判的哨子都聽不到喔！」米克斯會對自己說的這句話後悔一輩子，古德．韋伯就是因為這些同伴對他不斷地取笑，才會比其他的男孩還更愛表現，因為他希望自己被看成跟他們一樣好。

古德這天跟平常一樣當守門員，因為如此一來，他只需在球門看守整個場地。朱利葉斯．羅森博姆剛把一個球踢到球門外，古德便跑去撿球。他撿了球之後，覺得那些車子裡所有的目光都集中在自己的身上，這讓他有些得意忘形。他把球夾在腋下，昂首挺胸，邁著大步走回球門前。他先把球放在地上，然後又拿起來，特別小心地重放了好幾次，接著又把球再轉一轉，才誇張地點了點頭，表示自己終於滿意了球的位置。

「古德，別那麼愛現！」瘦皮猴米克斯喊著，「好啦，我們都看到你了啦！」

很可能就是這些話刺激古德，讓他決定把這獨腳戲演得更久一點。他先輕碰一隻耳朵，假裝聽不懂，再將手舉到齊眉，瞇眼望著他想把球踢去的方向，然後將手臂高舉，朝著前後揮動。「昂——後——退，昂——後——退，」他向同伴們喊著，「我——要——嘎——球——踢——啊——很——遠！」

在其他男孩們開始後退的同時，古德自己也往後面退了幾步，好讓自己有踢球的起跑空間。快看那兒——那個男孩在做什麼？他可以感覺到身後的人們正在這樣猜想，想像他們用手肘彼此輕推著。他又往後退了兩步，特意地轉了轉他的肩頭。**他就要踢球了。那男孩一定會一腳把那球踢到天上！你看他往後退得多遠！**

他看到夥伴們向他揮手大喊的時候，離球大約有二十公尺左右。但他這時已經離他們太遠，無法讀他們嘴唇說的話。他注視著球，又往後退了一步，然後將上身慢慢地往前傾，如同一名在等候鳴跑槍響的跑者。在他心中，他可以聽到身後人們對他鼓勵地喊著：**古德！古德！**

噢！他會把球踢得多高啊！只要再往後退一步，就……

古德．韋伯躺在十二點五十九分急拐入這塊草地車站前的公車底下。這孩子當場死亡，一名醫生從那塞著不動的車隊中立刻跑到這孩子身旁，做了這個診斷。當場死亡或許是他父母僅有的安慰，但這並沒有減輕他們的痛苦，因為他們失去了唯一的孩子。

維克多．霍佩站在二樓窗前，看著人們趕到現場。他們看起來好像全都要撲向一個躺在路中間的獵物，但他們又都與牠保持了一點距離，在牠四周圍成了一圈。維克多透過窗戶玻璃望過去，只能看出他們驚恐的面孔稍微有些偏側，但又忍不住朝著躺在那兒的獵物偷瞥。有一個男人一邊喊一邊推開人群，群眾們就讓開了一條路讓他進去。維克多猜想，這個人一定是醫生，那獵物即是這意外的受害者。這時，他把剛才聽到的聲音與那靠近受害者的公車聯想到一起。

他看得懂那醫生做的手勢，那表示一個生命被奪走了。奪取生命，這很簡單，一點也不難，比創造生命簡單得多。奪取生命很簡單，即使你不是故意的也可以做到，他不久以前才學到這一點。

維克多．霍佩把雙手放在背後，十分感興趣地繼續看著。那名醫生宣布的話，造成群眾一陣騷動，有的人搖頭，有的人垂下頭，還有一些人把頭埋在手裡。一群男孩緊緊地靠在一起，哭成了一團。

有一個男孩從那群男孩中走出來，維克多．霍佩認出那是佛列茲．米克斯。這男孩一邊叫喊一邊跑向草地上堆著兩堆外套的地方，這兩堆外套相隔三公尺，男孩們原本用來當作球門。球門旁邊放著一顆球，佛列茲正跑向這顆球，他似乎在滑行，甚至有點像浮了起來，彷彿他的叫喊讓他飄浮起來。他用助跑產生的衝力猛力朝那顆球一踢，發出一聲長嚎，隨著那顆球飛上天去。佛列茲並沒有看那顆球飛去哪裡，他的長腿一軟，跪了下來，肩膀開始顫抖。然後，有一些人開始朝他走去。

維克多又轉過頭去看那被撞的人，他相信這一定是村子裡的孩子。

有人拿來了一條毯子。那名醫生把毯子蓋在受害者的身上，這樣就看不到那身體了。死亡必須盡快地消除，維克多心裡想，就像黑板上的錯誤被擦掉一樣。

他看到有些人開始離開，這場戲結束了。這些人也要回到他們的車子裡或是遊覽車裡，又變成了一般的遊客，往三國交界點開去。那不是一個真實的地方，維克多知道：那只是人們虛構出來的地方，並不真實，但是存在。他們都想親眼看見，即使那裡的確沒有什麼可看的。雖然那裡什麼都沒有，卻還是給了他們一些可信的東西。三國交界點就像上帝一樣，人們被它吸引，卻也同時被它欺矇。

忽然間，人們又從車子裡出來，他們似乎又注意到了什麼事。維克多眨了眨眼。那群圍著受害者的群眾又讓開了一條路來，這次是讓給一名往這裡跑來的婦人，那是維拉．韋伯，現在維克多知道受害者是誰了。那名醫生站了起來，想要阻止她。他一邊搖著頭，一邊抓著她的肩膀，但她甩開了他的手。

維克多吃驚地看著維拉．韋伯。她撕破了嗓門，哭天喊地。維克多伸手打開窗戶，手指停放在窗鎖上。一陣微風把那令人喪膽的聲音傳了進來。他以前聽過這種聲音，很久以前。這是一種充滿了悲慟、絕望和瘋狂的聲音。那聲音觸動了他頭腦裡的某處，讓他渾身打了個寒顫。

那婦人在毯子旁跪下來，把毯子掀開，她的聲音頓時停了下來。她在寂靜中將孩子的頭抬到她的膝上，抱在懷裡，然後用手輕撫他的頭髮，對他說話。難道她不知道他已經死了嗎？

上帝賜予，上帝也取回，維克多，你要切記。

那婦人懂得這個道理。她突然懂了，因為她不再對那男孩講話。她抬起頭，望著天，將雙手伸向空中緊抓著什麼不存在的東西，同時又開始嘶喊。

維克多關緊了窗戶，把那聲音關在外面。他剛剛聽到的聲音，對他來說很奇怪，但這不是基於聲音本身的奇怪，而是因為他對這聲音不熟悉。因為他不知道，他不知道一位母親能夠因為自己的孩子變得那麼悲痛。

霍佩醫生的拜訪讓古德的父母大吃一驚。他們兒子的遺體放在家裡一具敞開的棺木裡，好讓親朋好友和街坊鄰居能夠瞻仰他的遺容，醫生來得算是比較早。

「請接受我誠心的哀悼，」他說，「我了解你們的感受。」

他的探望和他說的話都令他們十分感動。洛薩和維拉．韋伯覺得霍佩醫生前來弔慰，需要很大的勇氣，因為他自己正處於這麼艱苦的時期，而且很快就會失去的，不只是一個孩子，而是三個孩子。這也是他們不忍心問他想不想親自與他們兒子道別的原因，他們怕這會讓他觸景傷情，但他自己要求去看那孩子。「你要不要我陪你進去？」洛薩問。

可是霍佩醫生不需要他陪同，他自己走到那遮擋著棺木的沉重深色布簾後。醫生沒有留很久，但古德的父母能夠理解。他們請他喝咖啡，但他很有禮貌地謝絕了。

「如果有什麼需要我幫忙的話，」他最後說，「請隨時來找我。你們不需要遵從上帝的旨意。」

然後他就離去了，把古德父母弄得十分迷惑。

他用手術刀很快地把陰囊割了一個大約兩公分的刀口。陰囊此時已經皺縮、僵硬，就像一個男孩被浸入冰冷的水中時，身體為了保護睪丸而產生的一種本能反應。這可以讓這裡的溫度維持久一點，這表示有一些組織可能還活著。這是一個賭博，但是一個合理的賭博。如果失敗的話，他至少還有一些精子可以用。

這兩個睪丸就像乾的白扁豆在水裡泡太久了之後，變得那麼大。霍佩醫生動作很快地剪斷了輸精管，把睪丸放進一個塞著藥棉的瓶子裡，再將小瓶子放入自己大衣胸前的口袋裡。然後，沒發出一點聲音地將男孩的褲子拉鍊拉起來。

現在，他必須搶時間。

我們必須遵從上帝的旨意。

那天早上維克多去看古德父母之前，在他信箱裡找到的卡片上，就是寫著這一句話。

他把這看成了一個新的挑戰，好像有人又向他下了一帖戰書。

這時，以前的一切，對他來說似乎都已成了過去。

3

對於雷克斯來說，第一次看到他們是一個很大的衝擊。這些男孩看上去很老，老得不得了，主要是因為他們的皮膚看起來像是曬乾的皮革。他們瘦骨嶙峋，真是一副皮包骨的樣子。雷克斯一眼就看清楚了，他試著將視線移開，但發現自己的目光還是忍不住又回到孩子們的身上。而且，他不是用科學家的態度來盯著他們，而是用一種偷窺者的心態。

維克多對這些孩子則完全抱著科學家的態度，他把他們當作研究樣本來討論，甚至他們站在他面前時，也是如此。整個過程真的糟透了，雷克斯從頭到尾都覺得很不好受。醫生將三個孩子排成了一排，指出他們在生理上相似的細節：外耳的形狀、乳牙、頭上靜脈的曲線以及畸形的鼻子和上唇。

然後，他向雷克斯指出他們之間的差異，但強調這些差異是在很久之後才出現的。他們乾燥的皮膚上有一些不太相同的皺紋，那些如枯節般的手背上，有不同大小和形狀的褐色斑點。維克多沒有解釋這一點，但雷克斯知道這一定是老人斑。

他還發現其中一個男孩的斑點比其他兩個多，他不知道這是否表示這男孩老化得比較快。這個孩子的後腦勺上也有一道傷痕，維克多說，這是他不小心跌落的時候弄到的。他背上還有一個傷痕，這是一次腎臟開刀手術留下來的——維克多承認，那是一個沒有得到任何結果的實驗。

維克多不斷地強調，在他們老化過程開始之前，沒有人能夠分辨出他們。由於他們長得太相似，他必須在他們身上做記號。就像我們幫小鼠做記號一樣，他這麼解釋的時候，沒有一絲譏諷的口氣，好像這是十分正常的事情。他掀起孩子們的上衣，給雷克斯看他們背上刺的黑點：第一個出生的麥可有一個點，加百列兩個點，拉斐爾有三個點。

「也可以把他們叫做維克多一號、維克多二號和維克多三號。」他接著說。

雷克斯的目光落在男孩們的胸前，他甚至從很遠處就能數出他們肋骨的數目；乾薄的皮膚像衣架上掛的衣服一樣，掛在他們身上。後來他才知道他們只有十三公斤，一百零五公分高，但連這個身高也在迅速地縮短，因為他們的脊椎越來越彎曲。

V1、V2和V3。相冊裡的那些拍立得照片就是用這三個記號標示的。雷克斯與維克多回到問診室以後，維克多給他看了這些照片。十二本相冊裡貼滿了照片，每張照片下面除了寫著日期以外，還有V1、V2和V3。

三個孩子的生命在相冊裡仔細地記載著。不，不對，不是孩子們的生命，因為那些照片裡沒有一張近似家庭生活的照片。這些照片都是一些拼圖塊——每一塊顯示著一個孩子身體的一部分，用來證明這三個孩子在生命的每個階段的相像之處。但雷克斯翻閱那些照片時，令他吃驚的主要不是他們的相像，而是他們的老化，彷彿這相冊記錄的不止四年，而是八十年。

其實，他很想告辭，但維克多不停地解說，並且一直重複自己說過的話。雷克斯驚訝地聽著他冷靜並且不帶絲毫感情地敘述著，維克多向他描述了男孩們的天資、語言天分和記憶力，並告訴雷克斯他在這些地方看到了自己的身影。他確定他們的天分受到了激勵，以至於他們也能用他們的知識和見識為人類服務。沒錯，他就是這麼說的：「為人類服務」，而且他也用了「他們**也能**」。

雷克斯打了個冷顫，但沒吭聲，因為醫生還沒說完。他開始講述自己接下來要採取的步驟，他在考慮用神經細胞代替皮膚細胞作為供體，來解決端粒的問題。神經細胞比其他細胞分裂的次數少得多，這應該可用以解決端粒的問題。骨細胞應該也可以用，因為它們比其他細胞長得慢。另外，還有性器官，由於它們的細胞是在比較晚的青春期才開始分裂，這表示它們的細胞比較年輕，它們的端粒因此也比較長。他的理論既簡明又合邏輯，這又提醒了雷克斯，過去就是因為如此，他才會讓維克多全權自主。維克多的思維遠超過了他所屬的時代，以前和現在都是如此。

雷克斯發現自己又被捲進去了，慢慢地，但肯定是如此。維克多的鼻音似乎讓雷克斯更願意接受他說的話。我必須離開這裡，這念頭突然鑽進他的腦海裡，我必須在陷得更深以前離開這裡。

他馬上站起來說：「我不能再多待了，我必須回去。」

他知道這聽起來像一句謊言，自己很明顯是在找一個逃離的藉口。

但維克多並沒有試著挽留他，反而起身陪他走到大門口。雷克斯還沒意識到怎麼回事，自己已經到了大門外。院子大門關了以後，坐在車子裡的他，卻沒有立刻開走。有一件事情困擾著他。不是維克多的話，而是那些孩子的話。他們說的幾個字，為他帶來的困擾，比維克多說的所有的話還要多。

「你—知—道—孟—哈—特—女—四—企—哪—裡—了—嗎？」

這是其中的一個男孩說的。雷克斯在維克多建議他們到他辦公室繼續談之後，正準備離開教室。那三個孩子在耐性接受醫生不顧顏面的戳弄後，被離棄了下來。維克多沒有再看他們一眼，甚至連一個字也沒說，就先離開了房間。雷克斯躊躇了一下，想要再看那些孩子一眼，彷彿想要說服自己所看到的一切都是真實的。這時，一個男孩說了一句話，但雷克斯一開始有些意外，所以沒聽清楚他在說什麼。

「你—知—道—孟—哈—特—女—四—企—哪—裡—了—嗎？」這孩子有著與維克多一樣的鼻音，但他的發音比較準確。

「你說什麼？」

「你—知—道—孟—哈—特—女—四—企—哪—裡—了—嗎？」那男孩又說了一遍，他盯著前方，猶如在對別人說話。

他知不知道孟哈特女士在哪裡。他不認識任何孟哈特女士。

「不，我不知道。」他回答。

「她—哉—天—堂—以—上—帝—哉—一—起。」雖然他聽到的是相同的聲音，但這不是原來那孩子說的，卻是來自另一個孩子的口中。

雷克斯原本不懂他們的意思，但等到第三個孩子開口，他就明白他們在說什麼了。

「她—死—啦—互—親—做—的。」

雖然這全都在幾秒內發生，但感覺上似乎很久。雷克斯很訝異維克多沒有衝回來叫孩子們閉嘴。等到維克多回來的時候，他並沒有感到意外或生氣。他根本沒理會他們，只是請雷克斯跟他到辦公室。

維克多叨叨絮絮講個不停的時候，孩子們說的話還一直縈繞在雷克斯的腦海裡。

她—死—啦—互—親—做—的。

他一直到上了車以後，才真正領悟那句話的意義。這讓他頓時感到反胃，只好趕緊下車，靠著車門，氣喘吁吁。一位婦人走過來問他怎麼回事，然後開始提到那些孩子們。「他們的情況不太好，是吧？」她說。他沒辦法否認；或許他不想否認。他問她認不認識一位叫孟哈特的女士。孟浩特女士，她說，孟浩特女士，是醫生的管家，她從樓梯上摔了下來，這是一個意外。

這婦人的話讓他比較放心一點，但那些孩子的話還是伴隨著他一路回到科隆。他試著將整個事情從頭到尾回憶一遍，但他越是想將整件事拼湊起來，它們看起來越不真實，他好像是在看一齣戲裡的人物在表演。到最後，他甚至開始懷疑這一切是否只是自己的幻想。

4

洛薩．韋伯背著他太太打了一通電話給霍佩醫生，她是絕對不會讓他這麼做的。

「為什麼？我又沒有生病。」他建議她去看醫生的時候，她就這麼回答。

可是，她的確是病了——這是悲慟引起的病。洛薩看著她一天又一天地虛弱下去。他注意到的都是一些小地方，她拖著身子起床，整天無精打采的樣子，咀嚼食物也比以前慢了許多，一大堆衣服沒洗、沒燙，她也不再幫他擦鞋，還有她經常沉默很長的一段時間才開口。

洛薩也受著從所未有過的痛苦，但他在鑄鐵廠還是能夠專心工作，維拉卻整天自己一個人在家。

他原本期望那痛苦會逐漸減輕，但一週一週過去，他覺得她的悲傷似乎越來越嚴重。有一天早晨她甚至連床都不想下了，他才決定打電話給霍佩醫生。聖誕節快到了，他怕這個節慶只會為她帶來更多的痛苦。工廠裡有人跟他說，有一種藥丸可以讓人比較放寬心，他想問問看醫生是否願意給他太太開一些這種藥。他在電話中沒有提，因為他覺得這麼做不太恰當，所以只是請醫生來家裡一趟。

「是維拉，」他說，「她病了。」

醫生答應當天到他家，這為洛薩燃起了一點希望，因為霍佩醫生這些日子很少出診。

如果有什麼需要我幫忙的話，請隨時來找我。他沒有忘記這句話，醫生也的確信守了他的承諾。

醫生下午三點半到達的時候，維拉還在床上，她一天都沒進食，也沒說話。霍佩醫生到她床前時，她稍微坐了起來，拉扯了一下睡衣，就瞪她先生一眼。洛薩向她做了一個無可奈何的手勢，心裡卻因為她的反應暗自鬆了一口氣，這顯示她並沒有完全放棄。「妳哪裡不舒服嗎？」醫生問。

維拉搖了搖頭。洛薩看到她的淚水在眼眶裡打轉，他覺得自己喉嚨裡好像也被什麼給哽住了。

「妳很悲傷嗎？」醫生接著問。

維拉立刻抽泣起來，她哭得那麼厲害，連肩頭也跟著顫抖起來。「我好想他！」她哭著說，「而且越來越想他！就是忘不了他！古德，我可憐的古德！」她低下頭，雙手捂著臉。

洛薩躡手躡腳地走近了一點，看到霍佩醫生沒有顯露出一點情緒。他覺得這是應該的，這也是為什麼他會請醫生來，因為他能夠保持一段距離，冷靜地判斷事情。

「妳很愛他。」霍佩醫生說，從他的聲音很難聽出來這是一個問題還是一個陳述。

洛薩皺起了眉頭，但他太太似乎沒有感到訝異。

「他是我唯一的孩子，醫生。」她哽咽地說，「他原本是我的一切，現在他卻走了。」

洛薩看著他太太，她這時又將頭埋在手裡。他在床鋪的邊緣坐下來，不知所措地用雙手搓著兩腿。他有時候覺得很慚愧，他太太看起來似乎比他悲傷得多。但她與古德原本就比較親近，她也比較知道如何面對他的先天失聰，甚至還去上了手語課。他卻把古德的缺陷看成了一種負擔，所以與他的互動總是簡短、嚴肅，現在他才感到懊悔。

「你們為何不再生一個孩子？」霍佩醫生問。

洛薩倒抽了一口氣，看到他太太放下了捂著臉的手。

「我下個月就四十歲了，醫生。」

洛薩也是這麼想，而且這麼多年來，她都沒讓他碰她——自從她得知古德有聽力障礙那一刻起，即使那些專家已經跟他們強調過，他們的下一個孩子不一定會天生失聰。現在，她已經年紀大得不能懷孕了。霍佩醫生大概以為她比較年輕吧。

「妳的年齡不是問題，」醫生搖著頭說，「如今，這只是技術的問題。」他的話說得那麼堅定，聽起來好像問題都已經解決了。

維拉搖了搖頭。「我不知道，醫生。我從來沒有考慮過。這是——」

「妳如果想要的話，可以再有一個兒子。」

「一個兒子？」維拉嚥下一口唾液問。

「一個與古德長得一模一樣的兒子。這是可行的，現在沒有什麼不可能的事。」

「但是醫生，」洛薩有些遲疑地說，「那麼，他會不會……他會不會……」他向他太太瞄了一眼，但她正迷惑地凝視著前方。「他會不會是……」他又說了一遍，小心翼翼地輕碰自己的右耳。

「不會，他不會是聾子。」霍佩醫生斷然地說，維拉滿眶的淚水如決堤般地湧出來。

洛薩大嘆一口氣，想了一會兒。「我們不需要現在就做決定，是吧？」他有些焦急地問，「是不是這樣？」

「不需要，我只是給你們一個選擇，」醫生平靜地說，「慢慢來，好好考慮一下。妳也是，韋伯女士。你們真的不需要遵從上帝的旨意。」說完，他就轉過身。

洛薩站了起來，但醫生向他做了個手勢。「陪著你的太太，韋伯先生，我會自己出去。」

洛薩點了點頭，又在床邊坐下。他望著醫生離開房間，醫生那挺著胸膛和肩背的模樣讓他看起來充滿了自信，這讓洛薩既對他羨慕又敬畏。他聽到他太太在啜泣，這才想起來他連那些藥丸都忘了問。

他嘆了口氣，轉向他太太。「維拉……」他說。

他的太太抬起了頭來，眼睛又濕又紅。她舉起了右手，又讓它落在自己的大腿上。「我們都沒問他孩子怎麼樣。」她哽咽地說。

聖誕佳節結果讓洛薩和維拉感到更悲傷，於是，他們倆在做完新年第一天的彌撒之後，去找凱薩格魯伯神父談話，希望能夠找到一些安慰。

「我們是否必須遵從上帝的旨意？」維拉問他。

神父就跟他們講約伯的故事，他在魔鬼挑戰上帝之後，接受了上帝的考驗。

「上帝剝奪了約伯的一切，其中包括他的孩子。他卻沒有詛咒上帝。他說，上帝賜予，上帝也取回。接著，上帝又讓他全身長癤。約伯就說：『難道我們願意接受上帝給我們的善，卻不願意接受祂給我們的惡嗎？』」神父說的時候，用了很多手勢。

「那麼，妳懂約伯的意思嗎？」他轉向維拉說，「妳有房子住，有好車開，洛薩又有一個好工作……妳應該不會責怪上帝賜予妳這些東西吧？」

「我情願用這一切換回古德。」維拉嘆了一口氣說。

「但這故事還沒講完呢，」凱薩格魯伯神父繼續說，「由於約伯遵從上帝的旨意，他最後獲得了祂的獎賞。你們聽……」

神父打開了聖經，大聲念道：「他得到了一萬四千隻羊，六千隻駱駝，兩千頭牛以及一千頭母驢。另外還有十四個兒子和三個女兒。」

「我們要那麼多的動物做什麼？」洛薩問道。

「你必須……」神父開始說，但他看到了洛薩的笑容才明白他在開玩笑。

「別擔心，我懂。」洛薩對神父說，他太太也不吭聲地點點頭。

那天晚上，洛薩伸手去碰她。這是在這些年來，他第一次感覺到他太太願意接受他。但她的身體依然像一塊木板一樣毫無反應，而且還不到兩分鐘她就把他推開了。

「太冒險了，」她說，「萬一……」

「我們必須遵從。」洛薩說。

「太危險了，而且我們也不能激怒上帝。」

洛薩大嘆了一口氣，感覺到自己原來挺起來的傢伙又塌軟了下來。

「那妳到底要什麼？」他問，雖然他以為自己已經知道答案。

「我們至少可以跟他談一談。」

「妳說的是醫生？」

他感到維拉輕微地動了動，像是在點頭。

「如果這樣會讓妳比較放心的話。」他把身體轉過去，背向她說。

「我想會的。」

古德．韋伯的父母來找他，古德的母親問他如果他們採取自然受孕的方式，孩子天生殘疾的可能性有多大。

「一般的方法，這是她的意思。」她的先生接著說。

他說這種方法嬰兒患有天生殘疾的風險很大，但還有其他的方法可以降低這種風險。他又向他們保證這只是技術的問題。

「但如果這有那麼大的風險，」她說，「就表示上帝不希望我們這麼做吧？那麼我們就應該遵從祂的旨意。」

這讓他停頓了一下，然後說：「那麼，妳記得撒拉的故事嗎？」

「撒拉？」

「聖經的創世紀裡，亞伯拉罕的妻子，」他流利地背出了這個段落：「他接著說：『到明年這時候，我一定會回到你這裡，你的妻子撒拉必生一個兒子。』撒拉在那人後邊的帳棚門口，也聽見了這話。亞伯拉罕和撒拉年紀老邁，撒拉已過了生育年齡。」他一字不漏，毫不費勁地背到這裡，從眼角瞥見古德的母親正在屏息傾聽，他便覺得更必須繼續背下去：「耶和華按著先前的話眷顧撒拉，便照他所說的給撒拉成就。當亞伯拉罕年老的時候，撒拉懷了孕；到神所說的日期，就給亞伯拉罕生了一個兒子。亞伯拉罕給撒拉所生的兒子起名叫以撒。」

醫生停頓了一會兒，發現自己開始流汗。這對夫婦正睜大了眼睛等他往下說。縱然他知道這麼做的話，會將時間算得很緊，卻還是說：「你們如果想的話，明年的這個時候就可以有一個兒子。」

這天是一九八九年一月二十日。

維克多的時間很緊迫，主要是因為他所取獲的細胞——這是他的說法——大多都已經死了。因此，他必須先培養剩下的那些為數甚少的活細胞，一直到它們分裂、繁殖。雖然這些細胞的分裂會造成端粒的損失，但至少這次的端粒與四年前他複製自己的時候相比，會比較多。他這次又讓這些細胞徘徊於生死之間，直到它們達到G0階段為止。這種做法有一點像是一次又一次地救起溺水的人，只是每次把他們救起來之後，再把他們丟回水中。

在這同時，他還必須解讀每個細胞核中的遺傳密碼。這比他預料中更加困難，因為他發現許多細胞的DNA並不完整，這有點像在解讀散布在碎紙屑上的片斷文字一樣。

他在古德去世兩個多月後，承諾他父母時，還沒有解讀出這些密碼。但即使他解讀出來了，卻算不上已經成功一半，接下來的步驟是找出造成那男孩耳聾的密碼中的錯誤，然後試著消除這個錯誤。他必須在這個階段完成之後，才能開始培養胚胎。然後，他才能夠讓維拉懷孕。但這都得先看維拉是否能夠排出足夠的卵子，這顯然又是另一個問題。

他給自己四個月來完成這些步驟，並且預計懷孕期只有八個月。如此算來，時間真的不多。他明白這一點，卻把這當作一種挑戰。無論如何，他覺得這還是可以辦到。這次，他格外有把握。

5

一九八九年四月一日星期六，雷克斯．克里默的電話響起。

「你是亞琛大學的克里默博士嗎？」

「我已經不在那裡工作了，女士。已經有好幾年了。」

「你知道霍佩醫生在哪兒嗎？大學的人跟我說——」

「我沒聽過這名字，女士。」

「但是在波昂，你來看過我。那是你，不是嗎？」

「我不懂妳在說什麼。」

「在霍佩醫生的診所。我懷孕的時候，你來看過我。」

「妳一定是搞錯人了。」

「我正在找那些孩子，先生！我想看他們，我想知道他們現在好不好，你必須幫助我。」

「我不知道他現在在哪裡，女士。波昂，有可能。」

「他已經離開那裡很久了。我去過，我一個月以前去過那裡。」

「我很抱歉，幫不了妳的忙。」

「你如果看到他，或是他跟你聯絡的話，請你跟他說我正在找他。告訴他我想看那些孩子，我有這個權利。」

「妳有權利？」

「我是他們的母親！我當然有權利看他們！」
「妳是他們的母親？」
「我當然是他們的母親！」
「請妳冷靜一下，女士。妳讓我有點措手不及。妳說，那些孩子。妳對那些孩子知道些什麼？」
「沒什麼，我只知道他們是男孩。三個男孩！但是我從沒見過他們！」
「從來沒有？」
「在做超音波的時候，先生，只有在做超音波的時候。他在我睡著的時候取出了他們。」
「然後呢？他怎麼……」
「他答應我一個女孩！一個女孩！但他突然告訴我是男孩。三個男孩！其實，是四個……因為一個……一個……」
「他是什麼時候跟妳說的？」
「他們出生的前一天。他讓我看！在超音波的螢幕上。我當時——實在是太震驚了！我那時不想要他們！那時真的不想要。你懂嗎？你能理解嗎？」
「我懂，女士，我真的可以理解。」
「但我現在很看想看他們。我想知道他們現在怎麼樣了，並且跟他們說我很對不起他們。我要跟他們解釋為什麼我沒有在他們身邊——他們的母親為什麼不在他們身邊。你不覺得他們一定一直在問這個問題嗎？他們說不定連我是不是活著都不知道。老天啊，你想要是——」
「女士，我不知道。我跟霍佩醫生很少來往。」
「但你見過他嗎？他有沒有和你聯絡？」

「……」

「先生？」

「我聽說他搬到比利時去了。」

「比利時？」

「就在邊界附近。一個叫沃爾夫漢姆的村子，好像是這樣吧。」

「你說是沃爾夫漢姆嗎？」

「好像是吧。」

他這麼做，像是乾脆把球踢給了別人，就是這麼簡單。雷克斯這五個月以來心裡一直感到的愧疚，這一下子好像突然全都不見了。他從沃爾夫漢姆回來的頭幾天，這個愧疚感就一直困擾著他。他曾經針對整個過程好好地思考了一下，先是像維克多．霍佩一樣，從科學家的理性觀點來看，然後從旁觀者的道德觀點來想。結果，他的罪惡感越來越嚴重。

如果以實際的觀點來看，維克多成功地複製了自己；雖然實驗中有些問題，但這還是一項相當了不起的成就。他已經證明了複製人類是可以做到的事情，因此從科學的立場來看，端粒造成的突變只是一種副作用，這確實是一種可怕的副作用，但只能算是一種副作用。

他從維克多身上得知，這個實驗只是一個起點，這是維克多證明他能夠辦到的方式。下一次，他會努力排除任何基因的異常，或者如他所述，修正任何先天的缺陷，好像他只需要拿一塊橡皮把它們擦掉就行了。從各方面來看，維克多要是沒有透露出另一件事的話，他的動機似乎是很崇高的。但他並不是出於崇高或是科學的動機：對他來說，這是一場戰爭。

父親，這是其中一個男孩用的稱呼。他說，互—親—做—的。他不是用爸爸，而是用父親。當然就像稱上帝為天父一樣，還會有別的可能嗎？維克多不是他們生物上的父親；他是他們的創造者，這就是為什麼他要他們叫他父親。如此就與另一位創造者，也就是他在這場戰爭中的對手一樣。但是，他已經在第一回合中失敗。他，維克多·霍佩失敗了。這些孩子天生就有端粒太短的問題，這個突變比原來造成他們臉部缺陷的突變還更糟。孩子們的顎裂從一開始就在他們的基因裡；這是一種天生的異常現象。但維克多不是這麼想，在他的眼裡，他的兔唇是上帝的一個錯誤，一個必須修正的錯誤，他將會修正這個錯誤。

這一定是維克多的想法。雷克斯了解了這麼多，或者可以說他以為自己了解了這麼多。但他是否應該袖手旁觀，讓這事情繼續發展下去呢？他是否應該為了科學研究，讓維克多·霍佩不受干擾地繼續他的實驗呢？或者，他是否應該阻止一位天才，因為這個天才也具有瘋狂的跡象。

這些問題一直困擾著他，雖然他已經知道答案，卻一直在迴避，不願意被捲入其中。

但後來，這女人打了這通電話。他起先以為有人在捉弄他，但很快就了解這的確是那些孩子的母親。不是生母，而是代理孕母，但他沒有告訴她這些，他告訴她能夠在哪裡找到他。這麼一來，他就把自己從困境中解救出來了。

「他們是男孩，三個男孩。」霍佩醫生在她懷孕八個月時，突然向她這麼說。她的肚子像鼓一樣的圓；一個不斷從裡面敲打的鼓。醫生正在為她進行最後一次的超音波檢查。他以往在做這檢查時，很少跟她說什麼。「妳看那裡有個灰點。」他通常會這麼說，但除了一些黑色的小斑點以外，她什麼都沒有看到。但她從來都沒有說什麼，因為她已經覺得自己夠愚蠢了，不想讓自己看起來更愚昧。每次他告訴她一切都沒問題的時候，她就很滿足了。然而，最後一次，他卻跟她說：「他們是男孩，三個男孩。」

「什麼？」

「妳肚子裡有三個男孩。」

「但是，這不可能！這是不可能的！你在跟我開玩笑！」

「妳要不要看？我可以給妳看。」

他非常詳細地指給她看。她看著、數著，越來越莫名其妙。六隻眼睛、六隻手、三個心臟——三個跳動的心臟，還有三個陰莖。沒錯，醫生就是用這字眼。

「但你答應給我一個女兒，」她好不容易說出口，「你一直告訴我那是一個女兒。」

「我從來沒有這麼說過，是妳自己這麼想的。」

她覺得自己好像無法呼吸。

「這不可能，這絕對不可能。」

「以前有四個胎兒。一開始，有四個男嬰。」

她搖了搖頭，很困惑。

「這裡。」他說，然後用他的筆在螢幕上描著什麼東西。看起來像一隻老鼠，或是倉鼠。

「這一個在五個月以前就死了。」

她感到噁心欲嘔，想把肚子裡的東西全都嘔出來，卻沒有成功。

醫生為她擦拭肚子上的凝膠時，她狠狠地捶打他。

「拿出來！」她大喊，「拿出來！把他們拿出來！把他們全都拿出來！」

「明天，明天才行。」

「現在！現在！現在！」她開始用雙拳捶擊自己的肚子。「我不要！我不要！」

他抓住她的手腕，把它們綁在床架上。

「妳必須冷靜下來，這樣對胎兒不好。」

她開始雙腿亂踢，不斷地扭動身體，不停地大聲嘶喊。

於是，他在她的點滴管裡注射了一些液體。

「妳明天不需要看到他們，」她聽到他說，「如果妳不想的話。」

無論她做了多少的嘗試，也無法忘記這些孩子，因為他們在她肚子上，從左側到右側，烙下了一個永遠都無法除去的痕跡。

這在後來變成了一個很醜陋的傷疤。傷口的某些地方受到了感染，她好久都沒去管它。主要是因為她感到羞愧，但也因為她想要懲罰自己。她一直到那疼痛猶如成千把匕首刺痛著她時，才去了醫院。那傷口的線在三個星期之前就應該拆了。

她跟醫院的人說那是一次流產造成的。她在國外旅行時，發生了緊急剖腹產手術。幫她拆線的醫生問她那手術醫生是不是一位屠夫，他從來沒看過縫得這麼可怕的傷口。她沒有說一句話，她只有這麼一次把傷疤給別人看。

這個傷疤一直是她的致命傷，即使連最輕微的觸摸也會讓它疼痛，這讓她無法穿上任何緊身的衣服。她的肚子常常會腫脹得厲害，這也是為什麼感覺上它並不像是個傷疤。她覺得好像不是有人從她肚子裡**取出**東西，而是**放進**東西。

她也沒有試圖再去尋找另一段感情。甚至連她都對自己的身體那麼厭惡，別人怎麼可能會喜歡呢？

而且只要她保持單身，就不需要向誰解釋什麼。她已經接受了單身帶來的孤獨。

她要求的金錢賠償——醫生立刻就支付了——並沒有安撫她的傷痛。她原本希望這可以讓她心安，她只是讓他利用她的身體，而不是靈魂。但後來，這卻讓她覺得自己像一個妓女，甚至比妓女還糟。

她需要那些錢來生活和還債，所以她收了錢，也花光了。但這也表示，她的良心從未安穩過。

她已經有好幾次決定要去找那些孩子，她想知道他們過得怎麼樣，是否一切安好。至少，這是唯一可以寬慰她良心的辦法。但她每次都會改變心意，隨著孩子們年齡的增長，想要看到他們的欲望也越來越強。她一直在數著日子。

每一年讓她最難過的日子就是九月二十九日。每次快到這一天的時候，她的肚子就開始痛得讓她難以忍受。孩子們滿四歲的那一天，她又決定要去找他們，這不知道已經是第幾次了。他們現在長大了，一定也開始想要知道他們的母親是誰。他們這個年齡，需要母親陪在身邊。但她還是等了幾個月才鼓起了勇氣。最後，她終於邁出了這一大步。

6

一九八九年五月十四日星期日，也就是聖靈降臨節這一天，她來到沃爾夫漢姆。前一天她先從薩爾茲堡坐火車到盧森堡，並在那裡過了一夜。第二天一大早坐火車到列日，再轉乘火車到拉沙佩勒，並在這裡找到了每隔一個小時開往沃爾夫漢姆的公車。

她請司機在公車到達村子的時候，告知她一聲。

「妳想在哪裡下車？教堂嗎？」

她很高興他會講一口流利的德語。

「拿破崙街。我要去找霍佩醫生。維克多・霍佩醫生。」

她希望他會碰巧在家。她在幾個星期以前透過國際查號台找到了他的地址和電話，卻沒有事先打電話給他。她害怕聽到他的聲音，害怕這會讓她失去找他的勇氣。即使是現在已經走了這麼遠，她還是不能確定自己到時候有沒有足夠的勇氣去按門鈴。如果有必要的話，她隨身帶夠了錢和衣服，可以在這附近待上一、兩天。

「霍佩醫生，」司機說，「這樣的話，妳就必須在教堂下車。他就住在那附近。」

她說不出話來。她沒有想到那麼快就會遇見認識他的人，這讓她一下子感到錯愕。

「你見過他嗎？」她用顫抖的聲音問。

公車司機搖了搖頭說：「不，我沒有，但我聽別人說他是一位很好的醫生。」

她原本想要問司機是否知道一些有關醫生孩子們的事情，但她如果這麼問，可能就得針對自己做一番解釋，這是她想儘量避免的。而且，她也怕他的回答會令她失望，所以她就沒再說什麼。她試著不要去想待會兒與醫生見面的情況，卻還是沒辦法不想。每次車子一停，她就以為醫生會上車，幾個月前她在波昂試著找他的時候，也有同樣的感覺。她那時期望自己或許能夠在街上或是商店裡撞見他——但現在她真的有可能撞見他，她又希望這不會發生。

公車經過了蒙參和黑根拉特之後，又離開了凱米斯。

「我們快到沃爾夫漢姆了。」司機說，他從後視鏡裡向她瞄了一眼。

她向他點了點頭。「你的德語很流利。」她希望聊天可以讓她把心思放在別的地方，「我以為比利時人只說法語和荷蘭語。」

「這裡的人大多會講德語，」司機說，「但很多人也會說法語，還有一些人會講荷蘭語。這裡的語言和邊界已經混雜了好幾百年了。妳知不知道三國交界點？」

她搖了搖頭。

「那裡離這只有幾公里，在瓦爾斯堡山上，是比利時、荷蘭和德國的交界點。妳真的應該去看看。妳如果待在車上，就可以看到。我的車子路線一直到三邊界；我會在上面迴轉。妳如果想的話，可以在回程的時候在沃爾夫漢姆下車。」

「大概下次吧，」她微笑地說，「我今天沒有時間。」

她不知道自己有多少時間，或是需要多少時間。她甚至不知道自己見到醫生時要說什麼，儘管她在漫長的火車旅途中已經練習了不知道多少次開場白。

公車突然向右轉，經過一個寫著沃爾夫漢姆的牌子。公車在鋪著鵝卵石的路顛簸而行，一座教堂的尖塔出現在他們眼前。

「這是妳的站。」司機說，他正在減慢車子的速度。

她開始扣上外套的鈕釦。

「幾個月以前，這裡發生了一件很不幸的意外。」司機開始說，「我的一位同事在這裡撞到了一個男孩。」

她感到自己的臉上失去了血色。這是她一直害怕，但儘量避免去想的事情。她深信這一定是她的一個孩子。這麼說，她已經太遲了，她渾身打了一陣寒顫，雖然司機還繼續說著，她卻一點也沒聽進去。

「自從那件意外發生之後，我的同事就一直待在家裡，不敢再開公車了。現在由我接手。」

公車突然靠右嘎地一聲停了下來。

「到了。」司機說，車門同時打了開來。「醫生家在那兒。」

他指著擋風玻璃外不遠前的一棟滿高的房子。

她怔怔地點了點頭，站起來，提起了手提箱便拖著腳步朝車門走去。

這裡剛下過一場雨，一陣微風拂過了她的臉。她把外套領子翻起來，盯著地上看，等候公車離去。她在公車引擎聲音幾乎消逝時，聽到了孩子們玩耍的叫聲。她轉身看到對街有一群小孩子正在一灘小水坑裡玩。總共有四個男孩，她猜測他們大概五歲左右，或許更小一點。大概有一分鐘之久，她一動也不動地站在那裡聽著這些孩子們的聲音，注視著他們。從他們的呼喊中，她可以聽出來有兩個孩子的名字叫做米歇爾和萊因哈特。她感到自己的心臟跳得更強烈，於是深吸了一口氣，然後從鼻子裡慢慢呼出來。然後又緩慢地提起了腳步，她身後的手提箱輪子在地上滾動，發出卡嗒卡嗒的聲響。她一直走到了孩子們的正對面。

這時，她認出了他們，雖然她從未見過他們。那兩個男孩長得一模一樣，他們的姿勢、姿態和臉型全都一樣。他們身上穿著相同的藍夾克和毛帽，讓他們看起來更像。但只有這兩個孩子，看不到第三個。她開始感到一陣暈眩，突然間，周遭的一切好像都開始旋轉。其中的一個男孩瞥了她一眼，突然間，這一切又平靜下來，好像什麼人拉了一下開關一樣。

這兩個男孩擁有她的眼睛，她一下子就看得出來了：清澈明亮、黑白分明，正是她眼睛的特徵。

她像是著了迷似地，丟下了手提箱，走到對街。

「這是我的錯！都是我的錯。」她口中好像是這麼喊的。接著，她緊抓著其中一個男孩子的手，跪了下來，她的臉與他的齊高，可以直視著這孩子的眼睛。

「我真的不應該放棄你們！」她好像是這麼說的，但又好像說的是：「我真不應該離開你們！」

但她比較確定自己接下來說的話：「抱歉！我真的很抱歉！」

但她不記得自己是什麼時候說的。可能是那男孩試圖掙脫她，開始尖聲喊叫的時候，也可能是她對那婦人道歉的時候。

「放開他！」第一個跑來的婦人這麼喊著，「放開他！」

「我是他們的母親！」

「妳瘋了！」

另一個婦人這時也到了她們身邊，「放開我的兒子！以上帝之名，放開我的兒子！」

第二個婦人推了她一把，她向後摔進了小水坑，放開了那孩子。

「米歇爾，馬賽爾，進屋去。把歐拉夫和萊因哈特一起帶進去！」

她伸開了雙臂，但孩子們都跑開了。她坐在水坑中哭了起來，這下子才明白自己一定是搞錯了。

「抱歉！我真的很抱歉！」

接著，她說了一大堆話。她試著解釋，但最後爬了起來。「我必須去醫生家。」這是她最後說的話。

她按了三次門鈴，醫生才打開前門走出來。他的外貌立即引起她的厭惡，一想到他的手指曾經裡裡外外地戳弄過她的身體，就讓她打了個冷顫。

她決定不要馬上就提到那些孩子，她對自己發誓這次一定要比較小心。

醫生看了她一眼，但臉上沒有顯露一點反應。他大概沒有認出來她是誰。

「醫生，」她聽到自己的聲音，才了解自己原來有多緊張。她原本想讓自己聽起來很堅決，但話一說出口，聽起來卻像是一個前來乞求的孩子。

「醫生，」她又叫了一次，這次比較有力量，「我有話跟你說……我必須和你談一談。」她突然想到她還沒有自我介紹。

「我現在暫時不看病，女士。」

他的聲音聽起來很像指甲刮黑板的聲音。她臉上的肌肉痛苦地扭動了一下，側開了臉。然後她搖了搖頭，又抬頭望著他。

「這很緊急，」她說，「我不能等。」她正在發抖，卻沒有對醫生掩飾。

「那妳最好進來。」他說。

她跟隨著他走在庭院的小徑上，心裡的怒火開始燃燒。她曾經在他家裡躺了好幾個月，他現在居然不認得她！更何況她這幾年來都沒有一點改變。她那沒有一絲皺紋的面容和短髮，甚至她的體重——自從她生產以來，全都沒變；到目前為止，她一直無法減去那時增加的十九公斤。

她突然了解，他是假裝的，他想要她以為他們從來都沒見過。他會說她患有幻想症，這樣他就可以把孩子們留下來。他一定是這麼想的，但他辦不到，她這一次絕對不會讓他得逞。

「你為什麼假裝不認識我？」她在他一關上她身後的前門，就開口問。

他大吃了一驚，但沒有吭聲。

「你知道我來的目的，」她接著說，「所以你才故意這麼做。」

她看到他一副被逼到死角的樣子，就決定繼續說下去。「我是孩子們的母親，我有權利看到他們。」

「妳不是他們的母親。」他說。

她的直覺是正確的。他想要讓她相信這一切都是她幻想的。「你怎麼敢這麼做？」她提高了嗓門說，「你讓我受了那麼多的苦，居然還敢騙我？」

「我沒有騙妳，女士。」他平靜地說，這讓她更加憤怒。「他們沒有母親。」

「你在說謊！你就只會說謊！你甚至假裝我不存在！你只想讓自己擁有這些孩子！」她故意講得大聲一點，好讓孩子們聽到了以後，能夠從什麼地方跑出來。「你從第一天開始就一直在騙我！我再也不相信你說的任何話！我要看我的孩子。現在！你聽到了沒有？我現在就要看到我的孩子！」

她發現醫生儘量不去看她，這更是證明了他在撒謊。

但他突然讓了步。「妳想看他們？好，妳可以看他們。妳如果真的想看到他們，那妳就看吧。」

她不說話了，一下子不知道要說什麼，她沒有想到他那麼快就會讓步。她好不容易鼓起來的勇氣，霎時全都消失了。

醫生走上前，擠過她身旁。「跟我來。」他說，然後開始往樓梯上走。

「妳可以看他們，」她聽到他好像在自言自語地嘀咕著，「但妳不是他們的母親。」

醫生答應了她的要求，帶她去看孩子們。他把鎖上的門打開，跟她說她可以進去。

她伸出手來，說：「鑰匙，給我鑰匙。我不要被你關在裡面。」

他不懂她為什麼會這麼想。儘管如此，他還是把鑰匙交給了她，但她幾乎一進門，就把手中的鑰匙掉在地上，他只好把它再撿起來。他看到她急促地喘著氣，就一直等到她呼吸平穩下來。接著，她問他孩子們怎麼了——是不是生病了。

「差不多是這樣。」他回答。

她的手顫抖地指著那張沒有鋪床單的床。

「那個在……」

「麥可嗎？」

「這不可能，不可能。你在撒謊。」

這就是她的意思。他跟她說了真相，但她不願意相信這個事實。

他沒有撒謊。他自己心裡明白。

「什麼時候？什麼時候！」她問。

他沒有辦法告訴她確定的時間，但可以說出大致上的時間。所以，他沒有撒謊。

「大約在幾天以前。」

「你在說謊！你在說謊！」她開始這樣嘶喊著，聲音越來越大，但他不明白她為什麼這麼做。於是，他覺得自己應該解釋得比較清楚一點。

「我沒有在說謊，女士，而且他們，」他指著那兩個男孩，「他們也要死了。」

她相信了他的話，因為她問他們還剩下多少日子。

「幾天，或許一個星期。」

「這不是真的，」她哭泣地說，「告訴我這不是真的。」

但這是真的。

她開始悲泣，醫生注視著她的肩頭，不懂她為什麼哭得那麼傷心，她根本就不是他們的母親。

「你可以讓我跟他們獨處一會兒嗎？」

醫生聳了聳肩，點點頭，然後轉身離開了房間。他把門關上，但沒有鎖。即使他鎖了，她也無所謂。她覺得自己或許應該被鎖起來，作為她放棄孩子的懲罰，但這懲罰可能還算太輕了。

她閉上了眼睛，慢慢地深呼吸。她意識到自己一直像個瘋子般地大吼大叫，連在這些孩子面前也是如此。她必須向他們認錯，為了這件事，也為了所有的事情，她甚至不知道要從哪裡開始。

她又張開了眼睛。她沒有片刻想過這或許只是個夢境。那惡臭的味道實在是太刺鼻了，就連她眼睛閉起來的時候，也可以聞到。霍佩醫生打開門的時候，她還站在走廊上就可以聞到，那氣味熏得令人無法呼吸。

那兩個男孩穿著短袖圓領衫，肩並肩地坐在中間那張床上。左邊那張床的床單被拉起，顯然有人在用；右邊那張床沒有鋪床單，床墊中間有一灘黃色污漬。

她必須強迫自己去看那兩個男孩，剛才在她腦海浮現的字眼再次出現：混凝紙漿。他們的頭顱似乎是由混凝紙漿做的。他們只有那雙直視的目光透露出一點生命的跡象，她沒有在那目光中看到一絲與自己相似的地方。他們的鼻子、嘴巴、耳朵、下巴和下顎——全都和她以前在鏡子中看到的身影不同。男孩們也沒有遺傳到她那光滑剔透的肌膚。病魔已經把他們摧殘得變了形，一定是這個原因。

她覺得自己應該說些什麼。這兩個孩子僵硬地坐在那兒，好像是在怕她。於是，她走上前一步，說：「真對不起，我剛才叫得那麼大聲。」

她很快地用鼻子吸了一口氣，這又讓她聞到那可怕的惡臭，於是她迅速轉頭尋找那臭味的出處。這時，她發現這房間裡的壁紙幾乎全沒了，只剩下零碎的紙片，或許只是一些襯紙，顯然那些壁紙並沒有經過浸濕或是蒸氣的處理，就被撕下來了。在那些殘餘的紙上依稀可以看見一些黑色的線條和模糊的字跡，彷彿是什麼人的一些塗寫。

她走向孩子們肩並肩、筆直坐著的床尾。他們臉上沒有一絲表情，彷彿等候公車的旅客。她甚至不需要特別去嗅，就可以聞到從床鋪、床單、被子和孩子們身上散發出來的惡臭。

她感到一陣噁心，並且知道她要是繼續聞那腐臭的氣味，就一定會昏倒。可是她也知道自己要是現在走了出去，就全都完了，任何能夠為他們和自己做一點事情的機會就沒了。

她看著這兩個孩子，她的孩子。然後她憋住氣，想也不想，很快地採取了行動。她上前兩步，走到床邊，猛一下扯掉了又濕又重的被子和床單，這才發現兩個孩子的下身骨瘦如柴，沒有穿任何衣物，上面覆蓋著一層結成厚塊的褐色糞便。

她抱起其中一個男孩，卻像是只抱到空氣一樣，這也讓她感到驚愕，但並沒有讓她退縮，現在什麼都無法阻擋她了。她把另一隻手從另一個男孩的背後穿過他的腋下，將他抱起來，黏在他身上的床單在同時發出了撕裂的聲音。

她手裡抱著兩個孩子，衝出了房間。她甚至沒有去看醫生在哪裡，即使他在的話，她也會一句話不說地經過他身旁，因為這時正在一一打開走廊上每一扇門的她，把所有的罪過都攬到了自己身上。要是她沒有放棄他們，這一切都不會發生。她深信這都是她的錯，一切都是她的錯。

她一進浴室就衝向澡盆，把孩子們放在裡面，用力拉掉他們的上衣，抓起了蓮蓬頭，把水龍頭開到最大，讓水又急又猛地噴出來。她把手放在流水下，感覺自己又逐漸可以呼吸，疲倦這時卻悄悄地向她襲來。

「對不起，我真的很對不起。」她開始嘀咕著。

剛出生的雛鳥——這是她在為兩個孩子擦乾身體的時候，他們讓她聯想到的。這不單是由於他們看起來那麼的嬌嫩、脆弱和無助，還加上他們的光頭和呈粉紅色且皺起來的皮膚。那一雙又大又鼓的眼睛，幾乎占據整張臉蛋。他們的嘴巴像小鳥的嘴一般，一開一閉地喘息著，而且喘得是那麼地貪婪，好像他們這一段時間一直因為那惡臭味，儘量很少呼吸。

他們毫無反應地讓她為他們洗澡，既沒哭喊也沒吵鬧。但她開始擦乾他們的時候，他們就逐漸有了生氣，幾乎像是活了過來似的。她像是捧起掉出鳥巢的雛鳥一樣，小心謹慎地將他們一一抱出了洗澡盆，擱置在一張小板凳上，因為他們不能站立。她又用指尖拿著乾毛巾，小心翼翼地輕擦他們脆弱的身體。她每碰觸到他們身體，就可以感覺到他們的骨頭。

幾天，或許一個星期。醫生的聲音一直在她腦中迴盪。

「一切都會沒事的，」她告訴他們，並試著擺脫腦中的聲音，「一切都會沒事的，現在有我在這裡。」

他們開始呼吸，像是快要溺斃的靈魂又再次復活。然後，一個男孩開口說：「麥—卡—司—不—司—在—天—含？」他發出如同玻璃碎裂的聲音。

「麥可是不是在天堂？」她重複他的話，給自己一點時間來回答這個問題。這些孩子知不知道他們的兄弟已經死了？他們有沒有親眼看到他死去？還是醫生在他死去之前就先將他帶走了？

她決定告訴他們真相。這樣做，或許可以讓這些孩子對於自己即將死亡，不會感到那麼悲傷。這也就是為什麼她會在話裡面多加了一句：「是的，麥可在天堂。他在那裡等著你們。」

她從他們的眼神裡看不到一絲悲傷或恐懼。他們只是點點頭，她卻很難控制自己的情緒，為了讓自己想點別的事情，她問他們叫什麼名字。

「加—百—略。」

「拉—法—爾。」

對她來說，他們的名字很奇怪，就像麥可的一樣。她自己絕對不會為他們取這種名字，她這些年來都在想他們的名字，最後決定將他們取克勞斯、湯瑪斯和海因里希。克勞斯、湯瑪斯和海因里希・菲舍爾，他們當然是要冠她的姓。

「我叫蕾貝卡，」她說，「蕾貝卡・菲舍爾。」

她很想告訴他們自己是他們的母親，卻沒有說出口，因為她不想讓他們的情緒更加煩亂。她決定等他們比較熟悉她以後，再跟他們說。她必須先讓他們了解，她不會像醫生一樣放棄他們。

他怎麼能夠這麼做？

她在房間裡為孩子們找乾淨的睡衣時，突然有了答案。他不愛他們，一定是這樣子，沒錯。他不愛他們，因為他們不是他的孩子，他們是她的孩子，這就是為什麼他不願意照顧他們。這個想法更讓她明白，自己當初實在不應該放棄他們。這是她這一生犯的最大錯誤，而且再也無法挽回。現在，她唯一可以做的，就是一定要在他們身邊，照顧這兩個還活著的孩子。

她幫這兩個孩子一件一件地穿上內褲、內衣和睡衣，就像她小時候為洋娃娃穿衣服的時候一樣細心、溫柔。她希望自己可以帶他們離開這裡，但要去哪裡她毫無頭緒。回家？實在太遠了，孩子們也太虛弱。醫院？這麼做的話，她很可能會立刻失去他們，再也要不回來了。而且，別人怎麼會相信她是他們的母親呢？要是連這些孩子都從來沒有看過她或是有她的消息，她才會被指責沒有照顧到孩子，不是醫生。

「我留下來，你們覺得好不好？」她問他們，只想確定一下。

他們聳了聳肩。她原本以為他們會感激她，所以心中感到一陣失望。

但是，她還是決定要留下來。

她後來就是這麼跟醫生說的。她先把孩子們安頓在另一個房間的床上，因為他們幾乎在她肩膀上睡著了。然後，她就下樓去找一些東西給他們吃。醫生那時正坐在廚房裡喝一碗湯，鐵罐頭裡的湯。廚房的檯面上和垃圾桶裡裡外外全都堆滿了這些空罐頭。她接著注意到了那些蒼蠅，整個廚房裡爬滿了蒼蠅，甚至連醫生的身上也不放過，但他卻連揮也懶得把牠們揮走。

「我要你告訴我，到底是怎麼回事。」她說，暫且不去管那些垃圾和蒼蠅。

「妳想要知道什麼？」

他的平靜讓她心中的怒火燃得更旺。「他們的病。他們到底怎麼了？」

「那些端粒太短了。」

「用一般人能懂的話，醫生，用一般人的話！」

於是，他跟她做了許多解釋，但她只聽得懂這些孩子老得太快，他們生命中的每一年大概等於一般人的十年到十五年。她不知道為什麼，但腦中這時突然浮現一個蘋果在水果盤裡腐爛了好幾個禮拜的景象。這或許是因為廚房裡瀰漫的氣味。

醫生堅信這個現象是無法逆轉的。

「誰說的？專家嗎？」她問。

「妳不相信我嗎？」他聽起來像是受到了冒犯。

「你竟敢問我這種問題？」她憤怒地喊道，「在你對我做了這一切以後？」

他沒有回應。她也沒有期待他的回應。

「我要留在這裡，」她說，「你聽到了嗎？我要留下來！我再也不會離開他們！」他還是沒說什麼，她就接著說：「而且我不准你接近他們，你聽到了嗎？我不准！你對他們造成的傷害已經夠大了！」

她終於說了這些話，而且有膽子說這些話，她感覺肩上好像卸下了沉重的負擔，即使她還不太清楚自己要如何照顧這兩個孩子。她從他的表情可以看出來，自己的話讓他驚得無話可說，這表示他終於了解她這次不會讓他任意擺布。

他一直在問自己，她為什麼責怪他傷害這些孩子。他難道不是一直在努力做好事嗎？他當然認真考慮過很久，但最後他只能按上帝的旨意去做。他停止餵食這些孩子，即是將他們的命運交給上帝。因為很明顯，上帝從一開始就在召喚他們，而且不論他這幾年做了多少的努力，還是無法延長他們的生命。

既然他最後把孩子們交給了上帝，就應該是由上帝來決定何時帶他們走。祂的動作是那麼地緩慢，而且不願意一次把三個人都帶走——這是上帝的決定。所以這些惡行——是上帝做的。維克多顯然沒有辦法做什麼，不是嗎？那麼，那女人為什麼要責怪他？或者，有沒有可能是她在行惡？

醫生一離開廚房，她就開始清理那些空罐頭，把它們全都塞進垃圾袋裡，然後拿到前門外面堆著。這之後，她到處翻找，希望能找到一些新鮮的食物，但最後只能找到更多的鐵罐頭、一些乾硬的麵包和幾瓶牛奶。

她加熱了一些蔬菜湯，帶上樓給孩子們。他們看到她時，有一點驚訝，好像已經忘記她在一個小時以前才將他們從可怕的處境中救出來。他們睜大了眼睛望著她一匙又一匙，一口又一口地餵食著他們。孩子們吞嚥很困難，但他們餓得一口也沒有拒絕。

「吃吧，多吃，這會讓你們長得又大又壯。」她說。

雖然她心中還有許多問題，她還是在他們吃完了以後，讓他們躺下來。孩子們一睡著，她就朝一個房間走去，這是之前她在為他們找床時發現的。

那是一間教室，裡面除了有書桌和講台以外，牆上還掛著一面黑板和歐洲地圖。她驚訝地環顧著，並且開始惴惴不安地翻來翻去，她在教師書桌的最上層抽屜裡找到了一些練習簿，簿子上寫著孩子們的名字。她拿起了幾本翻閱，雖然裡面的字很潦草，她能夠看得懂的字已經足以讓她大吃一驚。這些孩子似乎已經會寫字和做算術了。她看到一些有兩個、三個和更多音節的詞彙。有一些句子甚至有一行那麼長，而且他們寫的不只有德文，還有另外一種她看不懂的語言。不但如此，他們還懂得做數學的加法和減法。

她覺得這有一點奇怪，但也令她驚嘆。她不禁自問，自己連高中都沒有畢業，怎麼會生出這麼聰穎的孩子。但沒一會兒，這個事實——她自己能夠生出這麼聰明的孩子——讓她感到非常驕傲。

不過，這也帶來了更多的疑問。是誰在教她的孩子呢？她從沒想過可能是醫生自己教的。但她接著想，醫生讓這些孩子學習是完全不合道理的。他既然那麼不在乎這些孩子，又為什麼要特別付錢找人來教導他們呢？

她在一本兒童聖經裡找到了一個可能是第一個問題的答案，這本聖經原來放在教師書桌最底層抽屜裡。她已經有很多年看都沒看一眼聖經，但她依然記得在學校讀過的幾個故事，比方說，諾亞方舟，或是耶穌和稅吏的故事。她還算滿虔誠的，但只是隨她心意，斷斷續續的。她在第一次懷孕的時候，感謝了上帝，但在第一次流產時，詛咒著祂。但在那時，當流產的胎兒隨著那股惡臭和痛楚離開她身體時，她也乞求祂的救助。

她第二次懷孕的時候也是如此。她一開始感謝祂賜予的奇蹟，但後來在這些孩子們出生後，她否定了上帝，因為祂放棄了她。在這之後，她上了一、兩次教堂，去點蠟燭，但不是為了她自己，而是為了她離棄的孩子們。但她現在才知道這並沒有什麼作用。祂是什麼樣的上帝，竟然允許小孩子受到這種痛苦？她在翻閱兒童聖經，瀏覽書中插畫時，這個想法在她的腦中閃現。接著，她發現了那個名字——在聖經的封底襯頁，一個優雅、流利的筆跡。她把那名字大聲地念了幾遍。是她負責教導孩子們的嗎？如果是這樣的話，她就想見她一面，而且越快越好。

男孩們醒來的時候，她就向他們問起了這件事，但是她沒有立刻問，因為他們又需要換洗。

「沒有關係。」她說，她看得出來這次他們因為自己沒有辦法控制，感到很難為情。於是，乾淨的床單、衣服——全都再換了一次。但這次的氣味沒有像上次那麼難聞。

「你們知道夏洛特．孟浩特是誰嗎？」

兩個男孩點了點頭。

「她是你們的老師嗎？」

他們又點了點頭。

「她在哪兒？她住在哪兒？」

「在……天堂……堂。」加百列吃力地說。

這回答讓她十分震驚。

「你是說她已經死了？」

她的話一說出口，才想到這可能會讓他們感到十分痛苦。

「她……是……一……個……天……使。」加百列回答。

「麥——嘎也是！麥——嘎也是！」拉斐爾突然大聲說。這孩子抬起頭，瞪大了眼，彷彿看到自己死去的兄弟似的。緊接著，好像有什麼東西卡在他喉嚨，他開始像一條旱地上的魚一樣，拚命地呼吸。

「拉斐爾！」她惶恐地喊道。她想將他抱在懷裡，卻又不敢。「拉斐爾！拉斐爾！」

她趕緊衝出房間。

「醫生！醫生！」她往樓下跑，「醫生！」

她跑到樓下時，辦公室的門才打開。

「拉斐爾！」她哭喊，「他沒辦法呼吸！他要死了！」

醫生點點頭。

「你趕快想辦法做點什麼！」她大喊，「救救他！你為什麼不去救他！」

他又點了點頭才動身，但很慢，非常緩慢。她又衝上了樓，希望這樣能夠讓他動作快一點。她在房間門口停了下來，醫生正一步又一步地爬著樓梯。她往房間裡探看，看到拉斐爾在床上直挺挺地仰臥著。醫生一到樓上，她就趕緊站開，讓他經過。

他彎下身子察看拉斐爾的脈搏。她緊張地用手捂住嘴，片刻後才將手放下來。他轉向她說：「還沒到時候。上帝還想再折磨他一會兒。」

那天晚上和第二天整天，她幾乎沒有離開拉斐爾和加百列一步，一直坐在他們的床邊守著。他們兩兄弟差不多所有的時間都在睡覺，並且睡得很不安穩。他們的手不斷地亂動，像是在想要爬什麼似地。他們的呼吸也很沉重——那麼的沉重，以至於每次他們其中一個人一沒有聲音，她就害怕他已經停止呼吸。有時，她會為他們擦拭嘴角和下巴上的口水，或是額頭上的汗水。有時，她只伸手摸摸他們。

她邊守著他們邊試著讀一點聖經，但她無法專心。她老是停下來望著拉斐爾和加百列，儘管這只會讓她悲痛欲絕。

他們倆醒來過幾次。每次她都會幫他們換乾淨的衣服，給他們吃一點東西。他們會啜一小口牛奶，喝一口湯，或是咬一口她事先浸過湯的麵包。但他們吃得非常少，只有一點麵包、一湯匙牛奶或是熱湯。

「快點，吃點東西，快吃一點。」她說，但她勸也沒有用。吞嚥的動作似乎讓他們疼痛，坐起來也是如此。她甚至覺得他們連張眼都感到費力。

他們身體的惡化，比她想像的快得太多了。

幾天，或許一個星期。

她越來越絕望，這絕望讓她感到小腹在痛。她有一種以前也出現過的衝動，想捶擊自己的肚子，好像這麼做會讓一切都好轉。她甚至一度希望能把這兩個躺在那兒的男孩抱起來，塞回自己的肚子裡，這樣她或許可以再生他們一次，給他們一個新的生命。

她一直在等候，希望找到一個恰當的時機來告訴他們她是他們的母親。她覺得自己必須告訴他們。但每次機會一來，她又猶豫起來。或許他們不想知道，或許他們心裡一直保有一個他們想像出來的母親的形象，就像她自己以前對他們一直持有一個想像出來的形象，後來卻發現他們與想像中的差別很大。但她並沒有感到失望，所以他們大概也不會如此。

她在第二天稍微晚一點的時候告訴了他們。這天是星期一，她一天都沒有看到醫生，因為他整天都待在樓下，大部分的時間都在辦公室或在隔壁的房間裡。下午五點鐘的時候，有人來找他：一個男的和一個婦女。她聽到了他們說話的聲音，卻無法聽清楚他們談話的內容。

他們離開以後，孩子們醒了過來。她給他們一些水喝，然後用一條手巾把他們的臉擦乾淨。兩個孩子都渾身發燙。

「我必須告訴你們一件事情。」

她不知道他們有沒有在注意聽她說話。他們睜著眼睛，但似乎並沒有在看任何東西。

「我是你們的母親。」她這麼說的時候，突然有一陣寬慰的感覺。好像在這一刻之前，她一直不是他們真正的母親。她注視著自己的孩子，不由得撫摸著自己的小腹。

她並沒有期待他們會有很大的反應，但哪怕是一點兒什麼也好。就算點一個頭或是淡淡的一笑也好。她只需要這麼一點點。

「你們的母親。」她又說了一遍。

她只要知道他們明白這件事，她就心滿意足了。

或許他們不相信她的話，也許醫生曾經跟他們說過他們沒有母親，就像他跟她說的一樣。或者他們根本無法再聽懂什麼話，這可能更糟。

她剛才的寬慰這時被失望給替代。她不是他們的母親，她從未當過他們的母親，因為她一直都沒有在他們身邊。

她又看了孩子們一眼。她想要與孩子們再單獨相處一夜。這個要求應該不會太多吧？就再多這麼一個晚上。這之後，她就會去求助，永遠放棄他們，並接受她自己應得的懲罰。

7

她們原本以為醫生在兩秒鐘之內就會把那女的給踢出來。其實，他會讓她進門都已經讓她們感到詫異。「我們得警告他要對她提防一點。」瑪麗亞．莫理斯尼特說，只要那個女人還在附近，她就不會讓自己的兒子在街上玩。

「噢，他一下子就會看出來那女的有點不對勁，」蘿賽塔．拜耳向她保證，「我們等著看吧。」

兩個小時以後，她們又看到她遽然在門口出現。

「妳看那裡，妳看。她在那裡。」

她把幾袋垃圾放在門外，就回到屋子裡。蘿賽塔和瑪麗亞兩人看得目瞪口呆。

一個小時過後，她們決定打電話給醫生。瑪麗亞打過去以後，他接了電話。這算是幸運的，因為村子裡最近有幾個人打過電話找他，但他都沒接。

她直截了當地說：「醫生，你要小心那個在你家的女人，她會胡言亂語。她講……一些亂七八糟的話。她還惹了我的兒子。」

「真的嗎？」

「她以為我的孩子是你的孩子，還說她是他們的母親。但這不是真的吧？」

「沒錯，不是真的。她不是他們的母親。」

「我就是這麼想的。但這樣的話，你可不能讓她靠近你的孩子們。」

「她現在就跟他們在一起，而且她要留下來，這是她跟我說的。」

「你要小心一點。她對你有害無益。」

電話另一端沒有出聲。

「我會記得的。」醫生終於說，然後就掛了電話。

接下來幾個小時，特米努斯酒吧裡的人都在談論那個「不知從哪裡跑來的女人」——這是瑪麗亞的說法。他們很快就斷定霍佩醫生一定認識這女人，要不然他不會讓她看那些孩子。但不論她怎麼說，她絕對不是他們的母親。

「我猜她自己沒有辦法生小孩，才會胡思亂想。」雷昂．胡斯曼說，他曾經讀過，生孩子的渴望能夠把沒孩子的女人搞瘋。

「女人真的沒有辦法，」瑪麗亞說，「這都是那個……那個叫什麼……？」

「賀爾蒙。她們的賀爾蒙。」雷昂．胡斯曼說。

「這就是我的意思。我看，她的賀爾蒙大概都已經失控了。她甚至還跟我們說，她不需要男人就懷孕了，真是完全瘋了。但話說回來——想想看，這不是很妙嗎？如果女人不需要男人來生孩子？那我們就可以隨心所欲了。」

「妳一天都不能沒有男人的啦，瑪麗亞！」賈克．米克斯向她喊道。

「哦，我當然可以，賈克，太容易了！」

「我想這在未來是有可能的，」雷昂．胡斯曼說，「女人不需要男人就能夠有小孩。在美國都已經差不多是這樣了。」

「在美國，他們什麼都辦得到。」勒內．莫理斯尼特說。

「啊，所以那裡的女人都跟聖母瑪利亞一樣無玷始胎！」賈克．米克斯大聲說了之後，就噗哧大笑。

「米克斯，規矩一點！」瑪麗亞說，但她也忍不住大笑起來。

大夥兒聽到了酒吧門的開關聲，都抬起頭來。洛薩．韋伯一聲都沒吭就起身走了。勒內．莫理斯尼特向窗外望去，看到他低著頭過了馬路。

「我們剛才不應該這樣講話的，」酒吧的老闆勒內說，「要是你有一天突然失去了孩子，然後周圍的人一直講生孩子的事，你會有什麼感受？」

「我以為他已經好多了。」賈克．米克斯說，「他又開始會偶爾微笑一下。」

「這種事情會讓人越來越痛苦，賈克，就像他的太太。」

賈克．米克斯點了點頭，沒說什麼。維拉．韋伯過去幾個月以來，幾乎每週都會去看醫生。村子裡每個人都知道她患了憂鬱症，但沒有人敢說出口，頂多也只會說她心情不好。

洛薩．韋伯打一開始就不喜歡這個主意。「整個過程，你可以在場，」霍佩醫生說，「但我們不需要你的精子。」

他不僅是不喜歡，也搞不懂。如果沒有他的參與，醫生怎麼能夠讓他有一個兒子？他後來見到醫生的時候又問了一次，只是為了確保無誤，但這並沒有讓他比較放心。

「這只是技術的問題。原則上，連你太太的卵子也不需要，用捐獻者的卵子細胞也可以，但我們還是可以先用你太太的卵子來試試看。」

「但是怎麼會，醫生？怎麼會呢？」

「她現在接受的賀爾蒙會讓卵子細胞成熟……」

「我是指，你要怎麼造一個嬰兒出來？用什麼？不可能是泥土吧？」

「用基因物質。DNA。」

「DNA？」

「脫氧核醣核酸。」

洛薩雖然聽不懂，還是點點頭。他太太已經踢了他的脛部——兩次。她已經吃了秤砣鐵了心，決定接受醫生的計畫。洛薩想，這一定是那賀爾蒙搞的鬼，因為她一開始比他還猶豫。但醫生幫她打了一針以後，她馬上就改變了心意。另外，她也變得十分喜怒無常，動不動就會因為一些雞皮蒜毛小事把他罵得狗血淋頭，但這大概也只是賀爾蒙的關係。

這些賀爾蒙也害她體重大幅上升，她四個月裡增加了十四公斤。看起來好像懷孕了一樣。這是有一天她自己這麼說的，而且她在說的時候，他看見她眼睛裡閃過了一絲慧黠的光芒。

他卻依然不能確定——一直到他在特米努斯的那天下午。雷昂．胡斯曼說的話讓他大吃一驚。他趕緊跑回家跟他太太說。

「他們在美國已經做了一段時間了。」

「什麼？」

「醫生用的辦法。不需要男人或是其他什麼東西。」

「你可沒告訴任何人吧？」她驚慌地問。她不想讓任何人知道自己正在進行這個治療。

「沒有，沒有，是他們開始談的。都是因為有一個女人在醫生家，她——」

「她說自己是他那些孩子的母親，我聽說了，海爾格．巴納德打電話跟我說了。她還沒走？還賴在醫生家裡？」

「沒錯，她還在。」

「我希望明天她就不在了。」

「大概吧。」

這不是他造成的問題，維克多很確定這一點。他受到了阻撓，上帝不會那麼輕意就放棄。這至少可以證實他——維克多．霍佩——沒有走錯路，不然上帝絕對不會與他如此地作對。這一切都從古德．韋伯細胞活力的問題開始。他一開始把這當作是一種預兆，但後來他又把這看成一種額外的挑戰。由於他最後克服了這個困難，他就以為最困難的部分已經解決。這也就是為什麼他會跟古德的父母保證他們一年之內就可以有一個嬰兒，而且除了古德的聽障以外，其他的地方都會跟他一模一樣。

他有一點過於自信，雖然他自己並不這麼看，或者他不想這麼看，也許他根本就看不到。但無論如何，到了一九八九年五月十五日的這個星期一，也就是他預定的四個月結束的前一週，他還沒有解讀出那些DNA的密碼，所以也沒有辦法找出導致耳聾突變的基因。

他遠本可以委託別人來進行這個階段——比方說，雷克斯．克里默。他在科隆不但有比較優良的設備，而且在這方面也有比較好的經驗和技術——但維克多想要全都由自己動手。要是他多給自己一點時間，也許可以辦得到。這一次，他把門檻定得太高了。

他從來沒有想過自己可能也會有極限，或是自己有時候也可能會失敗，或者偶爾運氣不佳。不，他絕對不會這麼想，在他的眼裡，這是一個障礙，就那麼簡單。上帝不可能不跟他搏鬥一番，就把生命的密碼讓給他。維克多很了解這一點。畢竟，他自己也絕對不願意把自己知道的一切與別人分享。

但上帝如此頑強的抵抗，讓他最後不得不做一個決定。他只剩下一週來將一個至少五日大的胚胎移植到母親的子宮裡，這表示他只剩下兩天來解碼並找到錯誤，時間實在不夠。

因此，他決定不要再找了。但他並不認為這是失敗——不，他只是退一步，以待重新出發。好像上帝想要打擊他，但祂的劍只擦傷到他一點。這並不是致命傷，只像是在手臂或是胸部被刺了一刀。但他沒有戰敗，只是受傷。他就是這麼想的。既然他只是受傷，就還可以還擊。他這次或許不會贏，但至少可以揮祂一拳。他如果讓古德・韋伯復活，把上帝奪走的生命還給這男孩，就能夠跟上帝打成平手。如此一來，這男孩一定會有一個完整的生命。他會有耳聾，但不會那麼早就變老。這一次不會！他將會有一個突變，但不會有另一個突變。這就是他最後的決定：耳聾，但具有正常的端粒。他不能避免第一個突變，卻可以避免第二個。這算是一種挑戰，但並不難，因為他實際上已經十分有把握了。

五月十五日，星期一，洛薩陪著他太太去看霍佩醫生。這一天是聖靈降臨節，但他已經了解月經週期是不會考慮到星期日或假日。洛薩情願待在家裡——既然自己在整個過程中沒有任何作用——但他的太太堅持要他陪，因為她會害怕，她是這麼跟他說的。醫生將要對她身體裡的許多地方進行觸診，她希望自己的先生陪在身旁，以防萬一有什麼差錯。

「只要我不需要看。」他低聲說。

他們和醫生約在五點，這在好幾週前就約定好了。維拉在第一個月內必須在月曆上記錄她的月經週期，這個月過後，醫生規畫了一個精確的時間表。如果一切按計畫進行，他們下一次見面會在五、六天以後。那時候，醫生會將一個或兩個胚胎植入她的子宮裡。男性胚胎，他們會長得跟古德一樣。這原本是他們倆最大的希望，但現在這個重大的日子即將來臨，這又似乎不再那麼重要了。只要孩子身體健康——這畢竟是最重要的事情。

有一次，維拉跟醫生提過這件事，她只想減輕他的壓力。「這孩子不需要是男孩，也不需要長得像古德。」

「一定得這樣，而且也一定會這樣。」醫生斷然地說。

那之後，她就不再提這事兒了。她不但擔心這樣會顯得自己不感激他，或是對他沒有信心，而且大聲說出自己死去的兒子的名字，也讓她忽然覺得他似乎就在眼前。她突然非常想念他，想要把他抱在懷裡的渴望是那麼的難以抗拒，她立刻就後悔自己跟醫生說嬰兒不需要長得像古德的話。

然而，她最想要的還是一個健康的孩子。沒有缺陷；沒有殘疾；當然也沒有聽障問題。

洛薩和維拉五點整到達醫生家。洛薩覺得有點侷促不安，好像將要接受檢查的是他，不是他的太太。現在，就在快要開始檢查之前，他才自問他們是不是應該先嘗試自然受孕的方式。現在仔細想一下，過去四個月裡，他們倆甚至提都沒提過這事兒，他也不曾在床上主動向她示好，或許這也是另一個讓他有點不自在的原因：想到醫生將會對他的太太進行觸診——他還得坐在那裡——而他自己已經好久沒有碰她，就讓他覺得不太好受。

霍佩醫生已經在診察室裡把所有需要的東西都準備好了。洛薩坐在辦公桌旁，側背對著他太太待會兒要躺的檢診檯，他只瞥了那腳蹬一眼就已經夠受了。

「只要放鬆，韋伯女士。」他聽到霍佩醫生跟她說。

醫生剛剛概述完他接下來要進行的步驟，洛薩卻根本沒有聽進去多少，他心裡只想著盡快結束就好了。

村子裡的人都以為他太太去找醫生，是為了治療憂鬱症。他從來沒有反駁，因為他知道維拉不希望他這麼做，她情願他們誤以為她是去看憂鬱症，而不知道真相，他自己也有同感。他們倆還是十分悲傷，但現在有了一個目標和希望之後，就比較能夠忍受這個悲傷。那空虛的感覺似乎少了一點，好像是這樣。

他聽到身後傳來金屬器具被投入鐵盤裡的聲音，但他還聽到別的聲音。還有有別人在屋子裡走動，這會是醫生的孩子們嗎？或者是那個女人？沒有人看見她離開這屋子。

「你得問問他有關她的事，」維拉在來醫生家的途中，這麼跟他說過，「用比較委婉的方式問。」他是不是應該現在問醫生有關那女人的事情呢？他瞄了太太一眼。她的上半身和下半身之間被一塊深綠色的布隔著，閉著眼睛，平穩地呼吸著。醫生給了她少許的鎮定劑，並且說她幾乎不會有什麼感覺。她的側面讓洛薩想起他的兒子，他們倆都有短翹的鼻子和很高的前額，他以前很高興古德沒有遺傳到自己寬大的鼻子。想到自己的兒子讓他顫抖，於是他深吸了一口氣。

他聽到屋子裡有人在砰砰走動。這是醫生的兒子們嗎？他想知道他們現在情況如何。他們患了癌症──謠言是這麼傳的，但醫生從來都沒有證實這事。哪個情況比較糟？失去一個久病不癒的孩子，還是因為意外而失去孩子？他希望自己還有一些機會來告訴古德一些事情。但醫生一定也很痛苦。孩子們不應該死去，不管是由於意外或是生病。

「上帝為什麼不讓我代替他去？我已經活過了人生的大好年華，他的一生卻才開始。」他太太在古德剛去世的那一陣子不時地這麼嘆息。就醫生家的情況來看，上帝的確先取回了母親的生命，但這個犧牲似乎還不夠，祂現在還要把孩子們也帶走。

你們不需要遵從上帝的旨意。洛薩還記得霍佩醫生說的這句話。但現在連醫生自己都必須遵從上帝的旨意了。或者是，這些孩子的身體不像大夥兒想的那麼糟？沒錯，自從夏洛特．孟浩特發生意外之後，就沒有人看過他們了，但這就足以表示他們快要死了嗎？

「七個，韋伯女士，」他聽到醫生宣布，「我採集到了七個成熟的卵子，這個結果實在是好極了。」

洛薩聽到他的太太鬆了一口氣。她把臉轉向他，兩眼有些濕潤，但嘴角上帶著一絲微笑，好像雨過天晴一般。

「妳可以穿好衣服了，」醫生說，他開始拿開那塊綠布，「都做完了。」

洛薩覺得現在問醫生有關他孩子的事，可能是最恰當的時候。原來的緊張情緒這時都已經消散了，他們三人顯然都鬆了一口氣，醫生說不定還會告訴他們有關昨天到他家的那個女人的事。洛薩清了清喉嚨，用眼角看到了他太太這時正坐了起來，醫生正在脫他的手套。

「你的孩子們還好嗎，醫生？加百列和……」他一下子記不起來另外兩個孩子的名字，但醫生在他想起來以前，就先開口了。

「他們的命運現在已經掌握在上帝的手裡，上帝會決定他們的未來。」

洛薩感到自己彷彿被雷電擊到似的。

「我——我不知道……這一定……」他無助地看著他太太，她的臉色已經變得慘白，眼裡噙著淚水。

洛薩移開了自己的目光，醫生這時背對著他。他不願意在他們的面前表露自己的感覺，是很自然的事。洛薩不知道自己是否應該向醫生表示自己為他感到難過，但他知道如果他這麼做，自己也一定會哭出來。

「星期五或是星期六，我會打電話給你，」醫生說，「等到胚胎可以移植的時候。」他轉過了身，但避開了他們的眼光。

洛薩點點頭。「我們會在電話旁守著的，醫生。」

上帝卻暗藏了另一個詭計。這對維克多的打擊比被閃電擊到或是其他任何事情還要來得嚴重。他當天晚上發現，自己採集到的七個成熟的卵子，沒有一個存活下來。他感到一陣暈眩，頹然地倒在一張椅子裡。他原來很有把握，那些卵子都已經成熟到可以採集的階段，超音波也是如此顯示。但是，它們一離開那婦人的身體，立刻死在培養皿中。他以前也遇過這種情況。當然卵子在這個階段還沒有真正成為一個有活力的生命，但他還是覺得彷彿看到生命在自己的眼前被奪走了，好像氣球一個接著一個被刺破一般。

他看著這一切發生，心裡明白：這都是上帝一手操縱的。上帝不願意讓他做他想做的事，祂那全視之眼一直在緊盯維克多。上帝無法容忍任何人與祂競爭。

但是他，維克多．霍佩，絕對不會投降，上帝應該知道這一點。

於是，他第二天早上就開始打電話。他打到大學和醫院，語氣像是在訂麵包一樣。

「卵細胞，成熟的人類卵細胞。我就是這麼說的，沒錯。」

幾乎他打過的每一個地方都掛了他的電話，有幾個地方叫他晚一點再打回去。有一個地方告訴他，他們無法找到任何有關他的可靠資料。

沒有可靠資料！

這是一個陰謀，現在他完全相信這個事實。上帝已經極盡所能來醞釀一個陰謀！祂已經邀集了一夥人！這全都是為了要讓維克多屈服！

然後，那女人突然在他面前出現。電話的聽筒這時還貼在他的耳邊，電話另一端的人似乎聽不懂他在問什麼。他們是故意不想聽懂。

「成熟的卵細胞。很緊急。」他說。

那女人開始大聲叫嚷：「你還在搞這事兒？你難道不知道什麼時候停止！你造成的傷害難道還不夠嗎？你還想造什麼孽？天啊，你到底怎麼樣才肯罷手？你有沒有聽到我的話？你給我現在就住手！你簡直是瘋了！瘋了！」

看在上帝的份上——她就是這麼說的。她這樣就露出了馬腳，但他早就知道了。是上帝派她來的，就是這麼簡單。否則，她為什麼恰好就在這個時間來這裡？就在他終於要與上帝決鬥的這個時候？她說她是為了孩子們來的，但她與孩子們沒有一點關係。她不是他們的母親，他們對她沒有任何感情。她對你有害無益。別人也是這麼講她的。所以，並不是只有他這麼想。大家都這麼想。

他走上樓，發現她在浴室裡。

「我知道妳為什麼來這裡，」他對她說，「妳不是為了孩子來的，妳是衝著我來的。妳是被派來的，被派來阻止我。但妳是不會成功的，祂不會成功。無論如何，我一定會達到目的。」

接著，他就轉身去看那兩個孩子，他們還待在那個房間裡。他還記得那個房間和那張床，許多年前上帝就是在那個房間裡帶走另一個生命的。他那時曾經向上帝祈禱，那是修女教導他的方法。但他那時候不知道上帝是邪惡的，她們沒有告訴他。

他俯身摸了摸兩個孩子的脈搏，看來不需要多久了。

8

「雷克斯．克里默。」

「克里默先生，你必須幫助我！他現在還在做。霍佩醫生——他就是不願意罷手！還有那些孩子，我的天哪，那些孩子！」

「女士，我聽不太清楚妳的話，可不可以請妳再說一遍？」

「我在霍佩醫生家，我剛才就在那裡，我從前天開始就一直待在那兒。我想看那些孩子，你記得嗎？你跟我說了他的住處。」

「噢，那麼，妳真的找到他了。」

「但是孩子們……」

「孩子們怎麼了？」

「一個已經……麥可已經……另外兩個……他們隨時都會走。我不知道要怎麼辦！你必須幫助我！」

「我不知道怎麼……」

「而且，醫生就是不願意罷手！我聽到他在找卵細胞——成熟的人類卵細胞。他就是這麼跟我說的，我一定會達到目的，他就是這麼說的！他還說我在阻止他！他已經瘋了！」

「……」

「克里默先生？」

「我正在思考，女士。我正在想我可以做什麼。」

「他什麼都做得出來！那些孩子。我找到他們的時候……他們……太可怕了！實在太可怕了！霍佩醫生已經瘋了！你一定要……」

「女士？」

「……」

「女士，妳還在嗎？女士？」

那女人原本站在特米努斯酒吧外面，一邊喊一邊敲著酒吧的窗戶。瑪莎．布倫從她的店裡就聽到那女人的聲音，於是趕緊跑到屋外。那女人驚慌地轉向她說：「我必須打一通電話！非常緊急！」

瑪莎把那女人帶到店後頭的一個小辦公室裡面，指給她看電話在哪兒，就離開了辦公室，在門外偷聽。她以為霍佩醫生的兒子去世了；或許他的電話壞了。但那女人開始大聲叫嚷，不斷地說著有關霍佩醫生的壞話。說他瘋了——那女人就是這麼喊的，而且至少喊了三次！這時，瑪莎實在聽夠了，她衝進辦公室，搶下那女人手中的電話，啪的一聲把它用力掛上。

「出去！」她向那女人大吼，「滾出去！妳才瘋了！滾，趕快滾，不然我就叫警察！」

那女人跑了出去。

賈克伯．韋恩斯坦那天早晨在教堂墓地摘枯花的時候，注意到了那個女人，他那時還不知道她是誰。她在墓地裡一邊走一邊察看每個墓碑上的名字，每次看完就搖搖頭。她正往賈克伯這個方向走過來，卻還沒有注意到他。她快靠近賈克伯的時候，他向她打了招呼：「對不起，女士，妳在特別找什麼人的墓嗎？」她盯著他看，彷彿他是從墳墓裡跑出來似的。

「我是教堂的司事，」他試著讓她安心，因為他覺得她有些慌張，「妳如果告訴我妳在找誰的墓，說不定我可以幫妳找。」

她怯懦地環顧四周。

「麥可，」她說，「麥可……」

「誰？」

「麥可。」

「妳知道姓什麼嗎？光是名字我比較沒有辦法找。」

「霍佩，好像是霍佩。」

「霍佩？跟醫生一樣？妳可能是在找他父親的墓。在這裡，妳說得沒錯。他以前也是個醫生，但是他的名字不叫麥可。我可以——」

她拚命地搖頭。「我的一個……一個孩子。那些男孩。」

「喔，妳的意思是那個麥可？麥可、加百列和拉斐爾？有大天使的名字的三個孩子？」

她似乎聽不太懂他指的是誰，說不定她根本就不是教徒。

「麥可．霍佩。」她說，「醫生的……」

他知道她說的是誰了，但她一定搞錯了。「但他還沒死啊，女士。」

現在她又猛點頭。「他死了，」她說，「他死了，一週以前就死了。」

「我看妳一定是搞錯了。他們病得很重——這我知道。但死了？而且一週以前？如果是這樣，他早就應該下葬了，但我們這裡已經四個月都沒有安葬什麼人了。我想，妳真的搞錯了。」

「沒有，醫生是這麼說的。我確定。」

突然間，這個教堂司事明白她是誰了。她就是大夥兒說的那個女人，她不但騷擾了瑪麗亞‧莫理斯尼特的小孩，還自稱是醫生那些孩子的母親。醫生讓她進了屋子裡之後，就沒有人再看見過她了。這一定是她！而且她瘋了——他們就是這麼說的。

「這裡沒有麥可‧霍佩，女士。」他斷然地說，「這是妳幻想的，他沒有死。」

「妳在撒謊！每個人都在撒謊！」她大聲喊道，發狂似地在空中揮舞著雙手。

「這是教堂的墓地，我不能夠讓……」

但她早就轉身往大門跑過去了。他緊追在後，看見她正往醫生家裡走去。她甚至有醫生家的鑰匙，她花了幾分鐘打開院子大門，但門一開，她就急忙沿著小徑走到前門，沒有回頭看一眼，就進了屋子裡。

臥室的門開著。但她記得自己離開的時候關了門。

「加百列？拉斐爾？」她發出尖細而顫抖的聲音。她覺得自己的太陽穴直跳，小腹也痛了起來。

「加百列？拉斐爾？」她探頭朝房裡望去，發現床上不是空的，這跟她預料的不一樣。

她走進房間，在床尾停下來，但只看到一個孩子。拉斐爾睡的那一邊沒有人，只留下一灘污穢。她覺得自己的肚子好像被人捅了一刀。

她恍惚地走到床的另一邊，彎下身子，小心地將加百列抱在懷裡。

「拉斐爾在哪裡？加百列，拉斐爾呢？看著我！」

加百列沒有顯示任何聽到她的跡象。他還在呼吸，感謝上帝他還在呼吸，但是他沒有張開眼睛。

她又把他放回床上。他的身體好輕，他的頭幾乎沒有讓枕頭凹陷下去。

她的呼吸是那麼的急促，她的喉嚨也像是被掐住了。她向房間環視了一下，但知道拉斐爾不在這裡。

他沒有死。

一定是醫生把他帶到了另一個房間，她心想，而且麥可也在那裡。這是她僅存的最後一線希望。

她離開房間，然後又回頭看了加百列最後一眼。

「我馬上回來，」她說，「我會把拉斐爾和麥可帶回來，我現在就去找他們。」

她不但受到希望和絕望的驅使以外，心中也有越來越多的憎恨。憎恨那個造成這一切的人，那個到現在還毫無顧忌，繼續做下去的人。

她在問診室裡找到了他。他背對著她，洗著雙手。

「他們在哪裡？」

她的聲音嘶啞，她已經有好一陣子沒有喝什麼東西，也喪失了時間的觀念，她甚至不知道自己剛才離開了多久。

醫生回頭看了一眼，但又繼續洗手。然後，關上水龍頭。

「他們在哪裡？麥可和拉斐爾在哪裡？他們沒死。我知道他們沒死。」

他拿了一條毛巾，非常仔細地擦著他的手，掌心、手背、每一根手指和指間。

她朝這個房間掃視了一下，看到了那個有腳蹬的檢診檯，她又覺得小腹像是被人用刀戳了一下。她彷彿是為了更強烈地感受到心中的怨恨，用指尖撫摸著自己小腹上腫脹的傷疤，透過了上衣的布料，那傷疤感覺像是一根帶滿了刺的樹枝。四十八根刺，她經常數著它們。

「他們在哪裡？」她堅決地問。

醫生掛起了毛巾。「他們死了，」他說，「他們兩個都死了。」他不願意看她。

「你在說謊。你一直在說謊。」

他不耐煩的哼了一聲，搖搖頭。「妳想看他們嗎？這樣，妳就會相信了嗎？」

她並沒有期望他會這麼快地讓步，但她點了點頭。「我現在就要看到他們。」她的喉嚨幾乎完全卡緊了。

「我給妳看，跟我來。」

他走到辦公桌後面的門旁，打開了門，走進那個房間裡。

她遲疑了一下，試著想像自己會看到什麼景象。兩個男孩躺在一張床上，他們的鼻子上可能罩著一個氧氣罩，手臂上插著點滴管，四周可能擺著各種設備，這都是很有可能的。她鼓足了勇氣，踏進那個房間。

他們倆被放在一起，像兄弟一般地親密。他把他們倆擺在房間中央的一個空無他物的桌子上，他自己則往後退了幾步，讓她可以看見他們。

他們在那裡浮著。兩個人都弓著背，垂著頭，眼睛閉著，雙手握成了拳頭，在水裡浮著。那是兩個充滿了液體的大玻璃瓶，瓶子裡各放著一個軀體。

她沒有辦法吸氣，只能急促地吐氣，她甚至無法將目光從桌上的瓶子移開。

她緊抓住身旁的櫃子，來支持著自己的身體。她的手不小心碰到了一個金屬盤，讓它掉在地上。這讓她大吃一驚，那聲音似乎是從別的地方來的，彷彿她在一個夢裡。但她並沒有被驚醒，因為她一直醒著，而且她聽到的聲音是那麼的真實。他發出平淡和冷漠，但非常真實的聲音：「妳看，他們死了。我沒有說謊。」他要是沒有開口，沒有說什麼話，她可能就這麼走開了。

她看到櫃子上的那把手術刀。她不可能沒看到它，也不可能不把它拿起來。這房間裡到處都是容器，每個容器裡都有手術刀、剪刀和針筒。她拿起了那把手術刀，將手舉起來，便向醫生衝去。她並沒有用力刺他，她沒有力氣。她只是拿著手裡的刀子揮掃下來，手術刀刺到了他的胸腔，輕易地割破了他的外衣，在他身上刺了一個很深的傷口。

9

凱薩格魯伯神父帶著一瓶聖油去探望了霍佩醫生兩次，但每次他家的院子大門都深鎖著。神父並不在意，因為他知道霍佩醫生也沒開門讓別人進去。其實，他一點也不在乎，他原本就不想去，只是因為幾個教徒一直要求他，他才去的。他們希望他為醫生那幾個快要死的兒子們主持臨終祈禱。他起先不願意這麼做，推說這些孩子還太小，而且他不知道他們有沒有受過洗。但是貝爾納黛特．李卜克內西向她提起了迦南婦人的故事，這婦人的虔誠讓耶穌治癒了她孩子的病。

「馬太福音第十五章。」貝爾納黛特說，她還提醒神父，霍佩醫生宣布孩子們的命運已經在上帝的手裡，這不就表示他希望自己的兒子能夠在上帝的懷抱裡得到安寧？臨終塗油禮一定會幫他們找到安寧，而且也會給醫生力量來承受失去孩子們的痛苦。

凱薩格魯伯神父第一次按醫生家的門鈴，是在星期三下午，第二次是在星期四下午。他在來此探望之前，曾經打過電話，但都沒有人接。村子裡有一些人開始擔心，大夥兒已經有好幾天沒有聽到霍佩醫生的聲音，也沒看到他的身影。他好像讓什麼瘋女人到他家照顧他的孩子，但自從星期二那天，她在教堂墓地對賈克伯．韋恩斯坦大聲嚷嚷，胡扯一大堆事情之後，也沒有人再看見她了。

愛爾瑪．努斯鮑姆一直想要叫警察來破開醫生家的大門，但其他的人警告她不可以這麼做。他們說，醫生可能正守著臨終的孩子們。但愛爾瑪還是不放心，後來她注意到醫生家裡整天都不見有人的跡象，就打電話給維拉．韋伯，探問她的近況，順便問她與霍佩醫生是否有預約看診的時間。

「沒錯，明天或是星期六，」維拉猶豫了一會兒後，告訴她，「他會先打電話給我。」

「我不曉得他會不會打電話，」愛爾瑪說，「我真的開始擔心。」

她沒有繼續追問維拉看醫生的原因，因為她不想讓她感到尷尬。再說，維拉已經跟她說了她現在需要知道的事，所以她決定等到星期六晚上再決定是否要採取任何行動。要是到那時候還是沒有人有醫生的消息，她就會打電話找警察。

愛爾瑪並不需要等那麼久。星期五晚上，醫生家終於出現了她期待已久的動靜。那時，凱薩格魯伯神父做了第三次的探望，他自從上次按醫生家門鈴沒人應之後，一直沒有時間打電話給他。主要是因為他一直忙著準備下個星期日到拉沙佩勒各各他山上的年度朝拜，這個活動總是在五月二十二日左右舉辦，這一天也是沃爾夫漢姆的守護神聖婦麗達的生日。

這天晚上，神父按了兩下門鈴，就在他鬆了一口氣，準備離去的時候，醫生突然出現了。愛爾瑪．努斯鮑姆從對街廚房的窗戶看到了之後，十分歡喜，便開始撥電話給她所有的朋友，告訴他們這個好消息。

凱薩格魯伯神父感到很不自在，霍佩醫生用他一貫看診的態度來招呼他，神父還沒有講出他探望的目的，就被帶到醫生的辦公室裡，好像他是來看病的一樣。醫生在他辦公桌前坐下來時，神父將手放進外套口袋，確定一下那瓶聖油是否還在口袋裡。他將舊長袍換成深色外套已經有兩年了。教會這麼做是為了跟上時代，他卻還是很難習慣，尤其是這些口袋。

現在他與霍佩醫生面對面坐著，不免想起過去，想起維克多的父親。卡爾．霍佩醫生的兒子長得很像他記憶中老醫生即將離開人世之前的樣子：那一張消瘦、憔悴的面孔，那一臉未加梳理的紅鬍子和嘴唇上的傷疤，那塌扁的鼻子和藍色的眼睛。兩張臉幾乎完全一樣，只不過維克多的頭髮不太一樣。其實，神父從來沒有看過他的頭髮留得這麼長，幾乎都已經到了他的肩膀。

神父咳了一聲，決定打開話匣。他的手不由得摸著口袋裡的瓶子，像是要從那瓶子汲取勇氣一般。

「我來的目的——」他開始說。

「耶穌為什麼死在十字架上？」霍佩醫生打斷他。

凱薩格魯伯神父先是吃了一驚，但他看到醫生盯著他一直別在外套領子上的那個銀色小十字架。他起初覺得這個問題很奇怪，尤其是由維克多來問，但他接著猜測，醫生可能因為他的孩子們即將面臨死亡，因此轉向信仰來獲取安慰。

他以平常的方式回答這個問題：「把我們從罪惡中贖回來，祂是為了人類而犧牲自己。」

「可是，是他自己決定要死的嗎？」

神父立即有所防衛地揚起了眉毛，他驀然想起來維克多父親死去的方式。醫生可能想要讓他說自殺是一件好事。

「不是，耶穌被判了死刑。這固然是很不公平，但是祂沒有抵抗，反而順從地接受了懲罰，以顯示祂心中不懷怨恨——祂只有好的意圖。」

神父很想找一個辦法結束這個話題，醫生卻不停地追問，眼睛依然注視著那個小十字架。「既然如此，他為什麼會被判死呢？」

「那些人不理解祂，他們不相信祂。」

醫生這時點了點頭，把身體往後靠在椅背上，然後用一隻手捂著他的胸口。

神父想趁著這個時機改變話題。「但你還好——」

「可是，為什麼是十字架？」醫生又打斷了他的話，「祂為什麼必須在十字架上死去？」

神父往後一靠，嘆了一口氣。「為什麼是十字架？」他重複醫生的話，「因為在以前那個時候，那就是他們處決罪犯的方式，就是這樣。」

「現在就不用這種方法了。」

「沒錯，感謝上帝。」

醫生抬頭看了他一眼。

「要是在今天，祂會被關起來，」神父避開了醫生的眼神，繼續說，「或是在法庭上被判無罪開釋。」

「這樣他就不會死了。」

「沒錯，大概不會。」

「如此一來，他就無法為我們贖罪了。」

「大概吧。」神父點點頭說。

「還有耶穌復活——這不也是為了人類嗎？」

他一定是在尋找內心的信仰，神父心裡想，我以前大概錯怪他了，他最後可能還是決定要懺悔。

「這是耶穌顯示祂與世人永存的方式，」他解釋，「祂超越了生死。」

他覺得好像什麼人要求自己接納新的教徒似的——雖然維克多在奧伊彭的修道院學校裡念了很多年的書，所有的宗教教導和祈禱文對他來說一定像是矛穿不過盾一樣。或許，他在學校的時候不願意接受信仰，是因為他那時候還不夠成熟。

「喔，現在我明白了。」維克多說，用的完全像是學生下課之前的語氣。

「我很高興。」凱薩格魯伯神父說，而且他是真心的，「但現在告訴我，孩子們現在怎麼樣了，醫生？」

「很好。」醫生簡短地說。

「所以一切都……」

霍佩醫生點點頭。

神父鬆了口氣。「那就不需要做臨終祈禱了？其實，我就是為了這個來的。」他的手指輕拍了一下口袋裡的小瓶子。

「不，當然不需要。」醫生說。

「那好！這是好消息，醫生，」凱薩格魯伯神父站起來準備離開，「這真是一個好消息。現在我們知道下個禮拜日要感謝耶穌什麼了。我們去拉沙佩勒朝拜的時候，那裡……」

神父的話說到了一半。當他想到那村子的名字可能會挑起維克多一些不愉快的記憶時，已經太晚了。但醫生並沒有任何反應，他大概對克萊爾修女院有很少的記憶。怎麼可能還會有其他的原因呢？他父親把他從療養院帶走的時候，他還不到五歲。但神父深信他待在那裡的那段時間，一定對他還是有一些影響。看來，惡魔終於被驅除了。

他們要仰望自己所扎的人。

維克多已經讓傷口開了好幾天了。每次傷口一癒合，他就會把結疤刮掉，然後將一根、兩根，然後三根手指戳到傷口裡，一直戳到手指的第二個關節。

當他剛被劃開這個傷口的時候，連他自己都無法相信。但是他看到了，也感覺到了。他胸部的傷口是真實的。

這就觸發了一些事情。

這是在他擊敗惡魔不久後的事。

星期六晚上，洛薩和維拉才終於接到他們一直在焦急等待的電話：「我希望你們明天早上九點鐘過來一下。」

「成功了嗎？」洛薩急切地問。

「成功了。我有三個胚胎。」

「三個？會不會太多了？」

「我們不能夠確定三個胚胎都會發育，這是我們必須考慮的可能性。」

「喔，原來如此。」

他問醫生這需要多久的時間，還有他太太在這之後必須休息多久，因為他們下午想去參加拉沙佩勒的朝拜，洛薩今年為教堂負責掌旗。醫生告訴他這是一個很小的步驟，只需要幾分鐘，維拉甚至不會有任何感覺，而且應該不會有什麼後遺症。

那天晚上，他們在兒子古德的遺像旁點了一根蠟燭。

他們倆第二天早上九點差五分在醫生院子大門外按著門鈴。那是一九八九年五月二十一日，星期日——一個特別的日子。他們倆既緊張又疲累，昨晚臥房裡的悶熱讓他們更是無法入睡。過去幾天氣溫持續地升高，酷熱的空氣已經散布到屋子裡的每一個角落。星期日也應該是一個晴朗的日子，但根據氣象預報，這幾天的好天氣在這之後就要結束了。

維拉・韋伯在按門鈴的時候，心裡還有些猶豫。她究竟應不應該遵從上帝的旨意呢？她是不是在拿自己的健康冒險？還有她未來的孩子？這些想法過去幾天一直在困擾著她。當然，她了解自己的緊張是主要的原因。但她也知道自己還有時間來改變主意。說不定他們應該等一等，也許一個月左右。等她完全肯定再說。

「洛薩……」她開口。但醫生這時出現在他們面前。「喔，沒事。待會兒再跟你說。」

霍佩醫生看起來很蒼白。他一向看起來很蒼白，但這時還更是慘白，有些像白粉筆那麼白。

「你還好嗎，醫生？」他們一進屋，洛薩就問。

「還好。」他回答，但洛薩覺得這聽起來並不是很肯定。醫生自己可能也很緊張，這是理所當然的：這個時刻對他來說一定跟他們一樣重要。

「我聽到有關孩子們的好消息。」洛薩這麼說，是為了緩解緊張的氣氛，他邊說邊揮打圍繞自己頭上嗡嗡打轉的一隻蒼蠅。

醫生點點頭。「終於過了，」他說，「上帝費了很長的時間。他們只剩下皮包骨。你如果想要的話，我可以把他們帶來給你看，這樣你就可以親眼看看。」

洛薩搖了搖頭。「改天好了，先讓他們休息吧。」

他可以了解醫生在最糟的情況過了之後，心裡一定鬆了一口氣，並且想要給大家看他那些孩子的身體有多麼的健康，但洛薩這時只希望這過程趕快結束。而且，他太太的衣服已經褪去了一半。

「反正惡魔已經被擊敗了，」霍佩醫生說，「這個任務已經結束了。」

洛薩點了點頭，知道醫生在信仰中尋求並找到了安慰，讓他放心不少。他心想，上帝現在與他同在，或許祂也會向我們展開笑臉。「我為你感到高興。」他誠心地說。

他看到醫生的手正按在他的胸部。他的白袍上有褐色的污漬，上面還爬著一隻蒼蠅，另外還有一隻正落在醫生的手上，洛薩這才忽然發覺這房間裡有不少蒼蠅。另外，他還聞到一種無法辨認出來的奇怪的氣味。

他的太太已經爬上了檢診檯，並將兩隻腳放入腳蹬裡。他把目光移到霍佩醫生的身上，看到他走到一個小桌子前坐下。醫生低著頭看著一個很大的顯微鏡，並將一個培養皿放在鏡頭下面。

那裡面載著一個生命，洛薩心裡想，過一會兒他就會把那生命放到我太太的身體裡。無玷始胎，賈克・米克斯那天在特米努斯酒吧裡喊的話，依然在他耳畔迴響著。

過了一會兒，霍佩醫生又站起來，走向維拉，手裡拿著一個工具，看起來像是一根又細又長的金屬棍。

「醫生？」洛薩突然聽到他太太細小的聲音。醫生皺起了眉頭看著她，這時的她躺在那裡，頭底下放了一個枕頭，眼睛盯著天花板。接著，她又出聲：「醫生，我們可不可以往後延一陣子？也許等到下個月？」

洛薩有些錯愕。她是不是突然膽怯了？他睜大了眼睛看著醫生，但醫生隨即就做出了回應。

「不行，我們不能等，這是不可能的，現在就必須進行。」

「但一切都準備好了嗎？」她問，「我真的很擔心會有什麼差錯。」

「別擔心，」醫生說，「我對妳做的是好事，而且妳會受到神的眷顧。」

洛薩一點也不懂醫生的意思，但是他的太太也沒有追問。她想知道別的事情。

「可是，孩子呢，醫生？孩子會不會健康？」

「他會很健康的，韋伯女士。他一定會很健康。」

「所以，他不會……耳聾？」

「不，他不會耳聾。」

洛薩聽到他太太嘆了一口氣。她似乎比較放心了一點，頭也在枕頭裡陷得更深一些。洛薩還有一些問題，但他決定現在不要問。他的太太現在很平靜，醫生也準備開始植入胚胎。他想要知道的是，如果有兩個或是三個胚胎都發育成了嬰兒，會怎麼樣呢？他們會不會全都長得一樣？他們三個的聽覺是否都會正常？如果他太太根本沒有懷孕，那又怎麼辦呢？醫生會不會再試一次？但他們自己會想再試一次嗎？他跟他太太還沒有討論過這個可能性。要是這樣的話，他們大概就只好遵從上帝的旨意了。

「好了。」他聽到霍佩醫生說。醫生的身子往後一靠，又把手放在他的胸口。

「做好了——那麼快就好了？」洛薩問。

「做完了。」醫生說，但他的聲音裡沒有一絲的興奮，好像這只是他的責任。他做完了自己的部分，現在一切就看維拉的了。

洛薩．韋伯看著自己的太太慢慢地坐起來。她的肚子裡現在有了生命——一個新的生命。他幾乎不敢相信，這個想法讓他很激動，這是他從未預料到的。他禁不住想起了古德，因此必須忍住不要哭出來。

10

雷克斯·克里默到瓦爾斯堡山的山頂時，很驚訝地發現博杜安瞭望塔不見了。他把車子往前開了一點，然後停下來。瞭望塔以前的所在地，現在已經被鐵欄杆圍了起來，變成了一處很大的工地，工地裡有一個很大的坑洞，深到雷克斯無法看到洞底。洞裡面豎立著巨大的水泥柱，柱子裡突出來一些很長的鋼筋。鐵欄杆上掛著一個長方形的牌子，上面顯示著新塔的繪圖，旁邊用了四種文字附加說明。

「在此重新興建的博杜安瞭望塔，」他讀著，「將達五十公尺高，內附電梯，塔頂有屋頂的平台可讓旅客觀望獨特的全景。」

新塔的繪圖顯示了一個有階梯環繞的宏偉結構。這讓他想起DNA螺旋結構的繪圖，那雙股螺旋完美和諧地編織在一起。塔頂的看台具有八角形的形狀，並以玻璃作為圍欄。以金屬為結構的屋頂具有金字塔的形狀，頂尖還插著一面旗幟。

五十公尺高。人類就是無法停止進步，雷克斯懷念起以前的塔，一個兒時的記憶已經被夷為平地，這個想法讓他遽然感覺自己有些蒼老。他最近越來越常有這種感覺，好像時光一直從他指縫間流失。幾年的時光看起來像是幾天，比方說：他上次來這裡是六個月以前，感覺卻像是一個鐘頭以前。他在科隆的四年也是一樣，看起來簡直像是剎那間。再回頭看，甚至連他在大學的那些年也濃縮成了幾個短暫的片刻——維克多·霍佩當然在這些片刻中扮演了重要的角色；難道還有別的可能嗎？他們第一次見面是在十年以前，他第一次與維克多聯繫甚至在更早以前。他還記得很清楚，自己寫的那張啟動整個事情的卡片日期：一九七九年四月九日。

他嘆了一口氣，將腳從煞車踏板移到加速踏板。他的車子又開始往前走，緩慢地開過瓦爾斯堡山頂上那個被挖出來的大坑洞。他瞄了一眼儀器板上的小時鐘，十一點差五分。這是一九八九年五月二十一日，星期日。

自從五天以前，那女人的電話突然掛斷以後，雷克斯一直無法安心。這其中當然有一些是因為他不知道電話另一頭到底發生了什麼事，但他的不安主要還歸於內心的愧疚，這種感覺這時又猝然襲來。他就是無法擺脫自己對於這一切應該負部分責任的想法，儘管他還不知道這事情擴及的範圍。他覺得自己應該從一開始就予以干涉，不應該那麼退縮懦弱，他不是那種男人，他從來沒有那樣過，但或許——他也渴望這是真的——或許他這是過於操心。但如果真的發生什麼可怕的事。如果維克多・霍佩這次真的做得太過火，那麼他——雷克斯・克里默——就必須承擔這個責任。

雷克斯在這個星期天早晨十點離開科隆時，就是抱著這個心態，那麼的堅決、毅然。但一個小時過後，當他的車子在三邊界路上行駛時，他所有的決心似乎全都消失了，整個人焦慮得渾身乏力。

他的車子在教堂鐘聲剛開始敲打時，開進了村子。他看到幾個人匆忙地過了街，往教堂跑去，主日彌撒大概就要開始了。他將車子減緩到如蝸牛的速度，在街上沒有任何人的時候，開到了維克多・霍佩的家門口。

雷克斯下車的時候，對於這麼悶熱的天氣感到十分詫異。根據氣象預報，將會有一場雷雨，這應該會讓過去幾天炎熱的天氣變得涼爽一點。他覺得自己開始冒汗，用手擦了額頭上的汗水之後，就開始走向院子大門。但他還沒走到大門口，維克多就已經打開前門走了出來。雷克斯停下腳步，深吸了一口氣。他不太能確定醫生到底是出來迎接他，還是正好要出門。

「我一直在等你。」維克多在雷克斯還沒來得及開口就說。維克多開了門鎖之後，猛地打開了大門。雷克斯發現這位老同事的外貌有些改變，這有可能是他的頭髮和鬍子的關係。讓雷克斯特別訝異的是，他那一頭蓬亂的紅髮幾乎已經到肩膀。

「我知道你來的目的，」維克多說，「你是來出賣我的。」

「你說什麼？」雷克斯驚愕地注視著他，但醫生迴避了他的目光。

「你是來出賣我的，」他又說了一遍，「你將會帶來一大群憤怒的群眾，然後出賣我。」

維克多的聲音裡沒有任何威脅的口氣，但雷克斯可以感到自己更焦慮。維克多的舉止一直都有一點獨特，但他這時站在那裡，低垂著頭，一隻手按著胸口，另一隻手在空中胡亂抓著——這是雷克斯從來沒有看過的樣子。

「他們不了解我，」維克多接著說，「他們不相信我。你還相信我嗎？」

雷克斯覺得這時最好不要回答他的問題，因為他不想激怒他。但維克多並沒有在等待他的答案。他面無表情地繼續說：「他們不能把我關起來，他們不能。他們要是把我關起來，我就無法完成我的任務。我有我的使命。」

「維克多，或許——」

維克多突然將手臂高高舉起，用食指狠狠地指著雷克斯。

「你會出賣我！」維克多提高了嗓門說，「就是你！但是出賣我的人有禍了，他會希望自己沒有出生倒好。你會被吊死，你難道不知道嗎？你會為此被吊死！」

雷克斯畏懼地往後退了一步。剎那間，他的目光與維克多的相遇，卻發現維克多的目光是空洞的，如同一位盲人的眼睛一樣。雷克斯又往後退了一步。維克多放下了高舉的手臂，開始用力扯著他的襯衫下襬。

「你不相信我，對吧！你還是不相信我。」維克多說，他把襯衫從長褲裡拉出來，然後越拉越高，一直到他露出那慘白、凹陷的小腹。

雷克斯搖了搖頭。

「你要不要看？然後你就會相信了嗎？」維克多喊道。他把襯衫又拉高了一些，在他的胸口有一個幾乎十公分的傷口。「你想摸摸看嗎？這樣你就會相信了嗎？」

維克多用誇大的動作將手放在那傷口上，然後將兩根，然後三根手指頭戳進那深長的傷口裡，然後開始將它拉——不，將它撕開。

雷克斯移開了自己的目光，儘量不露聲色地往後又退了一點。他開始覺得暈眩欲嘔，便趕緊轉身奔向自己的車子。他用力拉開車門，上車後插進鑰匙。他轉頭看看維克多是否跟著他，但維克多依然站在大門口，他的手指還是深深地戳著那傷口。

雷克斯把車子開到三邊界就停了下來，因為他覺得自己泛噁欲吐。

那聲音，那些話，那個傷口和戳進傷口裡的手指頭。另外，再加上那悶熱，那噁心的感覺。這對雷克斯來說實在難以承受。他一停車就開始嘔吐，過了一會兒，噁心的感覺逐漸消失，可是維克多的聲音依舊在他耳邊迴響。

你是來出賣我的。你將會帶來一大群憤怒的群眾，然後出賣我。你會出賣我。

這些瘋言瘋語。雷克斯不知道維克多從哪兒得到這種念頭，或是什麼人把這念頭灌輸到他的腦子裡。

你會為此被吊死！

這句威脅的話讓他更加擔心，他越想，這話就越像繞在他脖子上的繩索。這讓他覺得，維克多要把他拖下水，維克多想要把自己的責任全都推到他的身上，他會說雷克斯．克里默知道他在做什麼，卻從來都沒有試著阻止他；甚至還鼓勵過他。而且，是雷克斯在一九七九年四月九日的這一天開始這整個事情的。然後他會給大家看他的證據。那寫著日期的白紙黑字，是他的字跡：

你的確比上帝還會玩祂的遊戲。

雷克斯．克里默懷著這些令他痛苦的思緒，在瓦爾斯堡山的山頂上走來走去。他先走到三國交界，再走到荷蘭的最高點，最後又回到三國交界。他繞著三國交界的方形尖碑踱步，踏過了荷蘭、德國、比利時的土地，卻沒有一處讓他找到安寧。

他最後走到那圍著柵欄的建地，朝著坑洞裡望去，只能看見坑洞的十公尺左右。四支露出鋼筋的水泥柱像是帶著惡魔的勢力，從地球的核心裡衝出來，彷彿想要抓到什麼東西似地。他的手指穿過了柵欄之間的縫隙，站在那裡往坑裡凝視了好幾分鐘。

「不要跳，先生！」他突然聽到有人喊著。

他驚嚇地四處望了一下，看到一個男人大笑地走過。

那男人的聲音讓他從沉思中驚醒。他當然不會往坑裡跳，他從未有過這個念頭，他只是在想自己接下來應該做什麼。他在考慮自己是否應該回家，靜待事情接下來的進展——這是他以往做事的方式。耐心地等候——但這次是等他們來抓他。而且，就算他否認上千遍，他們也不會相信他。他也會失去別人的信任，並且受到誤解，就像維克多一樣。

或者，他應該回到沃爾夫漢姆？他是否應該讓維克多清醒過來？也許，事情沒有那麼糟。或許，他最害怕的事情其實並沒有發生。

他離開了建地，回到自己的車子裡。他必須做一點什麼，不能再等下去了。他必須設法說服維克多去尋求精神治療，也應該弄清楚孩子們現在到底怎麼樣了。他不能就這麼放棄他們，他不能繼續這樣下去。

於是，雷克斯努力地振作起精神、鼓起勇氣，他發動了車子，慢慢地往三邊界路開回去。車子開過了山腳，經過橋下，進了村子，到了那棟房子前面。

屋子的庭院大門這時依舊開著，前門也沒關，維克多不見蹤影。雷克斯下車之後，四下張望了一下。村子的廣場上一片寂靜，人行道上也空無一人。他瞄了一下自己的手錶，上面顯示著十二點十五分。

天氣依然熱得令人快要窒息。烏雲已經開始形成，並且遮蔽了太陽，這卻只讓人感到更悶熱。

你將會帶來一大群憤怒的群眾。你會出賣我。

他真的回來了；維克多說得沒錯。但他是自己一個人來的，而且他不是來出賣他，而是來幫助他。

他小心謹慎地走過庭院小徑，到了前門，走進屋裡。屋子裡臭氣熏天，令他無法呼吸。他用手摀著鼻子和嘴巴，四處探看。前廳裡空蕩蕩的，辦公室的門卻敞開著。

屋子裡除了那惡臭味以外，到處都是蒼蠅——綠頭蒼蠅。這裡面有什麼東西在腐爛，蒼蠅就是在這種地方產卵的：腐爛的肉類，如此，孵化出來的幼蟲就有食物可以吃。他踏入辦公室時，這個念頭遽然在他腦中閃現。辦公室裡也沒有一個人影，辦公桌後面開著一扇門，好像是在為他指引一條路。但這也說不定是一個陷阱。

他悄悄地走到那扇門前，用一隻手摀著鼻子，另一隻手揮打在他頭上成群飛舞的蒼蠅。有那麼一瞬間，他以為自己會在這個房間裡找到維克多，他可能還活著，但也可能已經死了，死了可能比較好。

但維克多不在那裡。他卻又好像在那裡，實際上有三個他在那裡。V1，V2，V3。那三個玻璃瓶就是這麼標示的。

他們已經不是孩子了。他走近一點才看出來，他們似乎都已經退回到胎兒的階段，全都是那麼的瘦小，頭是那麼的光禿，而且他們像胎兒在子宮裡一樣地蜷曲起來。好像維克多先讓他們在這種姿勢下變得僵硬以後，才將他們浸泡在甲醛溶液中保存起來。

這讓他十分驚愕，但他看到瓶子上標籤的日期之後，更是驚恐不已。那三個不同的日期寫著：一九八九年五月十三日，一九八九年五月十七日和一九八九年五月十六日。

他來晚了。

那作嘔的感覺再次向他侵襲，他這時有一股衝動，想要打碎那些玻璃瓶。這不是因為他想把他們從瓶子中解放出來，而是因為他想要摧毀他們。他要消除那些傷害和羞恥，消滅所有的痕跡。他伸出了雙手，向前踏出一個箭步。

這時，他發現了……她。

她躺在地上，身體的一半在桌子下面。他往前衝的動作，引起了原本在她的屍體裡裡外外爬行的蒼蠅，數以千計地飛了起來，好似突然打開爐子上的一個平底鍋的鍋蓋一樣。這時，她仰面躺著。雖然他只見過她一面，沒有很清楚地記得她的面孔，他卻知道這一定是她。

她的上身完全赤裸，雖然她身上還有一個比較大的傷口，他最先注意到的卻是一個較小的傷口。他的目光從她臉上移到她胸口的刀口，這個刀口還不到拇指的寬度，但它的位置是那麼的準確，如外科手術般的精準，他知道胸骨旁的這一刀就是致命傷，她一定在幾秒鐘內死亡。所以他才會斷定另一個比較大的傷口是後來才做的，那刀口緊沿著一個舊疤痕的傷口割開，他一看就知道維克多一定從她的小腹中取出了一些東西——事實上，這就是讓那些蒼蠅重新存放東西進去的原因。成千上萬的綠頭蒼蠅為了孵化幼蟲，在腐爛的子宮裡產下了牠們的卵子。雷克斯霎時就明白了這一切。他這時感覺腳底下的土地好像裂開了口，一把將他拉到一個深淵裡。他想要大聲喊叫，但那欲嘔的感覺令他無法出聲。他的胃在燃燒，彷彿那裡面也有大群的蒼蠅正迫不及待地要衝出來。

他又吐得一塌糊塗，嚎啕大哭——這麼多年來，他第一次哭成這樣。他覺得自己好像一時精神錯亂，此刻才發現他到底做了什麼。彷彿這一切都是他自己造成的，那些玻璃瓶裡的孩子和躺在地上的女人，他認定了自己就是罪魁禍首，一點也沒有想到維克多．霍佩。他望著眼前這一切，只有想到自己做了什麼。他讓眼前這一切全都滲入腦海裡，像是要懲罰自己。他凝視著眼前的一切，像孩子般地哭泣，卻霍然想到自己絕對不能讓任何人看到這個景象。唯一能夠改變這一切的辦法就是把它完全銷毀，全部毀滅。

於是，他做了原本一開始就想做的事。他扭開了第一個玻璃瓶蓋，將瓶子裡所有的東西都倒在那女人身上。這一切，甲醛和屍體，那屍體落回了它的出處。黑壓壓的蒼蠅一團團地飛起，但隨即又落回原處，牠們完全受到渴望生殖這個本能的驅使。

他的渴望也是出自於本能的，他這麼做完全是為了自己的生存。他很清楚自己為什麼這麼做；但他不是很清醒。他做的一切都是經過深思熟慮的，但他是在意識不太清醒的狀態下付諸行動。

他接著用同樣的方式把第二罐和第三罐瓶子裡的東西倒出來。那些孩子像胎兒一般地回到了母親的子宮。他留了一些第三個玻璃瓶裡的甲醛，滴成了一條線，一直滴到房門口。然後，他回到房間裡拿了一些化學藥品，在房間裡到處撒放。他知道用這個分量，這些化學藥品的組合能夠將這裡完全摧毀，永遠從地球表面消失。

在他忙著準備這一切的整個過程中，他一點也沒想過維克多在哪裡，也沒想過他是否在屋子裡。對他來說，這一切都不重要。

就連他做出最後這一件事，也就是徹底炸毀和消除這一切的時候，他也沒有想到維克多，只有想到自己。其實，他向來都是如此。

以前沃爾夫漢姆村民徒步到拉沙佩勒朝拜的日子，早已不復存在。連以前在隊伍裡由六個人負責扛的沉重的聖婦麗達像，如今也留在教堂裡，那些原本由二十位團員拿著樂器組成的遊行樂隊，也只剩下鼓手和一個大號手。現在唯一保留的傳統，就是教區委員會將會選出一位有功勞的村民，在十字苦路的隊伍中負責舉著教會的旗幟。一九八九年五月二十一日星期日那天早上，洛薩．韋伯被選為負責掌旗的人。他會被選上，主要是因為大夥兒覺得失去了兒子的他需要一點什麼事情讓他振作起來。他起先予以婉拒，因為他覺得自己並沒有做什麼事情，讓他值得接受這個榮譽，但他的太太說：「洛薩，你就做吧。古德一定會以你為榮的。」

於是，洛薩為古德答應了掌旗。但實際上，他自己真的不喜歡成為大家注意的焦點。

他們先在十一點舉行了感恩聖祭。凱薩格魯伯神父祈求聖婦麗達在未來的一年裡守護這個村子和這裡的居民，保護他們不再受到過去幾個月以來襲擊這裡部分居民的各種災難。神父並沒有提到任何人的名字，但洛薩知道他指的是他自己和其他人的家庭。他把維拉的手放在自己的手裡，一直握到聖祭結束。

聖祭結束後，他們就結成了一排很長的車隊往拉沙佩勒開去。沃爾夫漢姆的兩百多位村民幾乎全都來了，大夥兒在各各他山的山口聚集時都來拍拍洛薩的背，給他一些鼓勵，這的確讓他深受感動。

到了中午十二點整，大家排好了隊伍，準備進行朝拜。凱薩格魯伯神父走在最前頭，手裡拿著一根棍子，棍子上掛著一個很大的銀色十字架。洛薩緊跟在他後面，手裡舉著教堂的旗幟，旗幟上繡著村子的名稱和聖婦麗達的圖像。賈克伯．韋恩斯坦和弗洛朗．科寧各自捧著一根許願蠟燭，跟在洛薩的後頭。其餘的村民在他們後面排成了兩排，年紀最大的排在前面。約瑟．秦摩曼和其他一些長者則坐著輪椅。隊伍最後面的二人樂隊，是由賈克．米克斯負責吹大號，勒內．莫理斯尼特敲行進鼓。

凱薩格魯伯神父舉起掛著十字架的棍子，表示隊伍開始前進，洛薩這時感到脊背一陣顫抖。隊伍最後頭的賈克．米克斯和勒內．莫理斯尼特開始奏起〈主啊，祢召喚了我們〉的樂曲，其他的教徒則開始背誦〈主禱文〉。那麼多人在同時低語，讓洛薩這個掌旗手感覺好像是一群蜜蜂在嗡嗡叫。

這個下午熱得令人發昏，但太陽已經被逼近的雲層給遮蔽了。氣象預報估計在天黑以前會有一場雷雨。

當隊伍到達苦路第一處「耶穌被判死刑」時，洛薩的臉上開始淌下大粒的汗珠。那旗幟比他想像的重，他的西裝在這種天氣裡也令他熱得難受。但他沒有另一套西裝，古德葬禮的那一天，他穿的也是這一套。

奏樂聲這時停了下來。「我們崇拜祢，噢，基督，也讚美祢。」凱薩格魯伯神父說。

「因為祢藉著十字架，拯救了世人。」村民們齊誦。

「我的耶穌，我知道並不是巡撫一個人判祢死罪，」神父開始念一本祈禱集，「因為我的罪惡也是祢死亡的因素……」

洛薩的思緒開始遊蕩。他想到兒子古德，但也想到另一個兒子，那個將要來世，而且應該會長得像古德的兒子。他的心裡依然有些懷疑，就像過去幾個月以來，他一直很難接受自己不再是一位父親的這個事實一樣，現在他也很難相信自己很快又將成為父親。他的太太似乎已經感覺到了什麼。他已經看到她在脫衣服的時候，用手撫摸著小腹，就像她以前懷著古德的時候一樣。霍佩醫生說，那天早上移植的胚胎還需要自己植在子宮裡，維拉才會受孕。但洛薩幾乎可以確定她已經有了身孕，說不定他們還會有雙胞胎，甚至三胞胎呢。但連這個念頭也沒有為他帶來任何為人之父的感覺。以後就會有的，他如此猜想，也的確希望是這樣。

大鼓的一聲悶響讓他從沉思中驚醒過來。隊伍又開始前進，村民又開始低聲誦著〈主禱文〉。洛薩望著天空，烏雲開始聚集，看樣子雷雨是不會等到天黑了。

洛薩終於在第八處「**耶穌安慰哭泣的婦女**」，看到了他太太。在這之前，他已經在人群中試著找了她好幾次都找不著。這時，她像是在作白日夢般地凝視著天空，他又看到她把手放在肚子上。噢，沒錯，她一定是懷孕了。

「**請賜予我力量，**」他聽到凱薩格魯伯神父念著，「**讓我忘記自己的悲痛，如此我就能夠安慰別人。**」

這話說得好，他心裡想。他太太這時剛好往他這裡看過來，這又讓他感到脊背上打了個顫。他向她微笑，她臉上也泛出一絲笑容，朝他稍微點了一下頭，好像是在對他說他表現得很好，這為他帶來了力量，讓他能夠驕傲地繼續前進。他抬起頭，挺直了背，好像教堂的旗幟忽然變得一點重量都沒有了。

過了三刻鐘以後，隊伍到了第十一處：「**耶穌被釘在十字架上**」。洛薩凝視著那浮雕，這些雕像雖然是白色的石頭雕刻成的，而且很小，看起來卻栩栩如生，好像只是在採取行動之前，暫時休息一下。他們臉上的表情更是傳神，那傲慢的法官，悲傷的婦人，拿著鎚子忠於職守的工人。最後，還有耶穌帶著那種堅忍，讓自己被釘在十字架上。

「**能容忍這個痛苦。**」神父念著。

洛薩又在人群中探尋他太太，但這次沒有看到她。不過他知道再過一會兒，等他們抵達第十二處前面的空地，大概就可以看到她了。對他來說，每次到這裡，都是美妙的時刻——不僅整個朝拜即將結束，而且這裡景色是那麼的壯觀。沿著那條被高聳的樹木包圍的狹窄、彎曲的小路，走過了苦路的十一處之後，就會來到這片空曠的土地。在這裡，天空真像是被撥了開來，一束束的光芒照在人們的身上。第十二處的雕像也令洛薩驚嘆不已，這小山坡上有七個如真人般大小的雕像，耶穌被釘在中間的十字架上，兩個殺人犯則分別釘在他左右邊的十字架上。這些雕像也十分逼真，簡直如有血有肉一般，這讓洛薩總是發現自己不禁自問，他們到底可以在上面忍受多久。

「我們崇拜祢，噢，基督，也讚美祢。」凱薩格魯伯神父說。第十一處的祈禱快要結束了。

「因為祢藉著十字架，拯救了世人。」村民們說。

這群隊伍又開始前進。二人樂隊開始奏起〈主啊，請賜予我們祢的安寧〉。洛薩深吸了一口氣，將旗幟舉得更高。他回頭瞥了一眼，看到弗洛朗・科寧，便向他點了點頭。雜工弗洛朗對他豎起了大拇指。洛薩第一次真正感受到自己得到所有人的支持，這讓他心裡感到很舒服。

洛薩緊跟著凱薩格魯伯神父的腳步，拐過了最後的一個彎後，發現自己到了那片空曠的土地。這時濃厚的烏雲遮住了太陽，讓他無法看到心裡一直期待的光芒。但讓他失望的第二件事，或許也是令他更加失望的事，是當他往前走，抬起頭看小山坡上第十二處的雕像時，發現兩個雕像不見了！那兩個殺人犯已經不在十字架上，只剩下耶穌被釘在那裡。洛薩回頭瞟了弗洛朗・科寧一眼，看到他的臉上頓時大失血色，直到與十字架上的耶穌臉色一樣的慘白。洛薩又轉回頭，向前走去，他忽然聽到身後的人們開始低語，接著有人驚呼，尤其是婦女們的高喊和尖叫。然後，他自己也看到了，猶如晴天霹靂一般。他同時也聽到了，每個人都聽到了。就在這個時刻，天空開始落下了大粒的雨滴。

凱薩格魯伯神父知道在今年的朝拜，十字架上不會有耶穌和兩個殺人犯的雕像。這些砂岩雕塑的材質受到了侵蝕，已經開始疏鬆。所以克萊爾修女院把它們取了下來，並請拉沙佩勒的一位雕塑家重新雕塑三個雕像，但這次會用青銅的材質。在十字架下面的其他四個雕像還在：聖母瑪利亞、瑪麗·德蓮、約翰和羅馬士兵。但他不知道其中一個雕像已經完成了，而且似乎已經安放回去。領著隊伍的他，到了第十二處洞穴前的空地時，最先看到的就是這個雕像。這是一個十分卓越的雕像——逼真得令人吃驚。但這不是用青銅做的，如果是的話，它就會是青色或是褐色，這一定又是用砂岩雕刻的。雕像的蒼白與天上聚集的黑雲成了極為鮮明的對比，這是一個令人嘆為觀止的景象。

神父緩慢地向前走了幾步。這實在是太逼真了！雕塑家盡了最大的努力，讓耶穌看起來跟真的人一樣。神父從雕像胸口的傷口就可以看出來，這是耶穌被羅馬士兵用長矛刺傷的地方，看起來酷似一個真的裂開的傷口。雕塑家甚至在上面塗抹了一些紅色的漆來加強效果，另外也在雕像手、腳被釘在十字架上的傷口塗了相同的紅漆，還把耶穌的頭髮和鬍鬚也弄得跟那傷口差不多紅，只是色調比較淡了一點而已。這令他感到有些詫異，大概是個人創意吧，他心裡想——但突然間，他意識到了事情的真相。他起先還是不願意相信這個事實，即使這一切都已經擺在他的眼前。但緊接著，他聽到身後人們的竊竊私語，然後一個名字被喊了出來，一遍又一遍。就在他聽到身後大夥兒尖聲喊叫的瞬間，他看到十字架上的頭抬了起來，眼睛睜開了片刻，那雙眼睛瞪著他，也看透了他。最後，他聽到了一個聲音，而且他很清楚是誰的聲音：「**成了！**」

凱薩格魯伯神父覺得自己好像被什麼人拿著長矛刺著，而且不止被刺一次，而是上千次。但是，最糟的還在後頭。十字架上的頭垂了下來，越來越低，那軀體這時也向前彎曲，越來越彎，一直到那雙手開始從釘子上扯裂下來，那麼地緩慢，一吋一吋的肌腱，一塊一塊的骨頭，但它們一旦脫開來以後，一切又發生得很快。那軀體向前彎成了一個弧形，直到雙腳從鐵釘上扯了下來，那身體就完全脫離了十字架，一路滾下山坡，咚的一聲落在欄杆和聖壇的洞穴之間。

神父頓時感到眼前一片漆黑，頭暈目眩。他回頭看到原來整齊的隊伍已經全散了，幾名婦女已經昏了過去，還有幾名正在倒下去，維拉．韋伯也是其中之一。突然間，天空雷雨大作。對他來說，這可能是再糟也不過了。

沃爾夫漢姆所有的居民都認定，這是那女人幹的——她就是兇手。她一定是先對醫生下了藥，然後把他釘在十字架上。這當然需要很大的力氣，但這女人的身材也很魁梧，看過她的人都會這麼說。可是，她一定是先殺了孩子們——但也可能是之後。無論是之前或是之後，反正她把醫生釘在十字架上以後，就回到醫生家裡，放了火，然後就自戕。所以：她先對醫生下了藥，再對孩子們下了藥，或者是殺了他們，然後把醫生釘在十字架上，回去放火燒了房子以後，就自己做了個了結。就是按這個順序，一定就是這麼回事。村子裡的人就是這麼跟警察說的。這一切都是那女人一手幹的。

不過，這個推測逐漸地開始瓦解。法醫們不斷有新的發現，他們先發現那女人在火災發生的前幾天就已經死亡了，後來又斷定那些孩子也在火災之前就已經死了，他們死時簡直都沒有重量。但村子裡的人不願意相信這個說法，屍體都已經燒成灰燼了，他們怎麼可能知道那女人和孩子們死了多久呢？說不定她有什麼人幫忙，這個案子還需要更進一步的調查。

後來，村民又得知那個在十字架旁邊找到的鐵鎚上面有醫生的指紋。但大夥兒也不肯相信，這絕對是個詭計。真正的加害者一定是將鐵鎚壓在醫生的手裡來弄到他的指紋。

特米努斯酒吧裡的人們只提過一次醫生將自己釘在十字架上的可能性，但這討論一下子就結束了，因為大夥兒從實際的角度來看，就是無法想像這是怎麼做到的。

「你至少得有三隻手臂。」勒內．莫理斯尼特說。

所以，這是不可能的事，每個人都同意這個看法。但只有一個人，他沒有參與這個討論。弗洛朗．科寧一直沒有吭聲，而且他會永遠沉默下去——這一方面是出於他對醫生的尊敬，但主要還是因為他覺得有點心虛。他原本應該知道的，但他那時心裡沒有任何警惕，甚至還暗自偷笑，現在這事兒卻一直在折磨他。

有時候，一些看起來似乎不可能的事情，其實只是很難而已。

維克多．霍佩仔細考慮了很久。他的犧牲是必要的，他死在十字架上也是理所當然的。惡魔必須被擊敗，但惡魔造成的傷害必須先改正過來。所有的罪惡必須被洗淨，這就是為什麼他必須了斷自己，並且奉獻自己的生命。他願意為人類犧牲。但在這之後，他將會復活。他已經全都安排好了，而且一定會成功。他不會在三天內完成，但這一定會實現，他已經做了妥當的安排。

但死在十字架上？這要怎麼做？他思考了很久之後，突然有了一個靈感，就走到弗洛朗．科寧的家。

「請你借我一把鐵鎚和三根釘子，」他對這雜工說，「我需要一把堅固耐用的鐵鎚和三根長釘子。」

「你有什麼很重的東西要掛嗎？」弗洛朗問，「你知道，如果你要的話，我可以來幫你掛。」

「謝了，但我可以自己來。」

弗洛朗給了維克多他要的東西，維克多謝了他之後，就跟他說他的罪過很快就會被赦免。

他知道那天下午整個村子裡的人都會到各各他山。他把這當作一個徵兆，他們去那裡為的是看他，所以他必須準時到達山上。雷克斯・克里默卻在這時出現，雷克斯是來出賣他的，這也是一個徵兆。這表示他要做的事，就是正確的事，就是好事。

雷克斯一離開，維克多就立刻出發。他花了三刻鐘才走到各各他山。不但他手中的鐵鎚很沉重，他還跌跌撞撞地摔了好幾跤，但他每次都還能夠爬起來繼續走。

通往各各他山頂的大門是關著的，但沒上鎖。他隨著曲折的小徑一直走，經過了苦路的十一個洞穴，來到了第十二處。

耶穌已經不見了！看到如此的景象，他再一次，又一次把它看成是一種徵兆。那十字架是為他準備的，就是為了他。

他爬上山的路，是很多年以前他還小的時候走的路。他現在才明白，自己小時候就已經注定會有這麼一天。

他又從小山坡的右邊走出來，但這次沒有人在看他，還沒有。他把衣服脫掉，只剩下內褲，然後用手指將他肋旁的傷口再撕裂開來。那傷口又開始流血，這樣很好，他心想。

他走到十字架前，發現如果他踮起腳尖，自己的手臂就剛好與十字架的橫梁等齊，這十字架恰好是他的尺寸。他拿起鐵鎚和鐵釘，霎時有點懷疑這釘子是否能夠支持他的重量，但又想起耶穌也能夠被釘住，他就不再擔心了。

他是個左撇子，所以他先在橫梁的左端左手將要放的位置釘了一個釘子。這時，他聽到遠處傳來斷斷續續的奏樂聲。

然後他蹲下來，將左手放在地上，右手握緊鐵鎚，拿起第二根釘子，將它釘過左手。這很簡單，雖然很痛，卻是他必須經歷的，所以他必須堅忍地承受這一切。他把釘子釘過了手掌，然後把手抬起來，再把釘子拔出來，這樣左手掌就被釘了一個洞。他朝那洞孔裡看了過去，然後用布把它包了起來。

他將背靠在十字架上，站直了身體。然後踮起了腳尖，將雙腳疊起，再彎下身子，左手拿著鐵鎚，將另一根釘子釘入了雙腳。這時，他的雙腳和那隻手如椎心刺骨一般的痛，但他還是堅持下去，因為他有一個使命。

接著，他又直起了身子，伸長了右臂，將右手靠在十字架橫梁的右端，然後用另一隻手將釘子打入右掌心。他將那釘子一直鎚到深入橫梁的木頭裡才罷手，這時，他已經不再感到那麼痛了。

他用最後的一點力氣將鐵鎚拋到山坡地的松樹林裡。接下來，他用牙齒將左手的布撕開，透過左掌的洞孔裡看了一眼，就把那手掌掛在先前打好的釘子上，釘子輕易地穿過了手掌的洞孔。

現在他就釘在十字架上了。

他聽著越來越近的奏樂，耐心地等待著。

他知道要是自己向前傾，並同時將腳抬起來的話，他的腿就會被折斷，他的肺也會塌陷，他都已經想好了。他也想好了自己臨終前要說的話，他不需要想太久。約翰福音第十九章第三十節，他要說的都已經寫在這裡。

然後，他看到由凱薩格魯伯神父帶領的隊伍抵達了空地。現在就連神父也必須相信維克多是善良的了。維克多懷著這份自信，凝視著神父，神父這時也正盯著他看。

12

「就在這兒，三國交界。最後一個受害者就是在這裡死的。好像是叫做雷克斯．克里默還是什麼的，一個德國佬。」賈克．米克斯用食指輕敲了敲沃爾夫漢姆和其周邊的地形圖。「其實，這意外是發生在醫生死之前，但受害者到那天晚上才在亞琛的一家醫院裡過世。我們當然是在後來才知道這件事情，因為那天在拉沙佩勒發生的事兒，自然讓大夥兒都無暇去管其他的事情。反正，那傢伙一定車開得太快了。有幾個人當時在場，他們看到他踩著油門，全速從瓦爾斯堡山的這一邊開往邊界，那時有一部巴士從瓦爾斯疾駛過來。那司機按了喇叭，這一定讓那個德國佬大吃一驚，因為他把方向盤往另一個方向猛地一轉。他很險地躲過了那輛巴士，卻無法避開那個坑洞。你知道，我指的是那個為了新塔地基挖掘的大坑洞。那可憐的傢伙，他的車子衝過了柵欄，一頭栽到了坑裡。有一根水泥柱直穿——」

「夠了，賈克。你已經講過上百次了，那個意外跟別的事情一定是沒有什麼關係的，只不過是個巧合罷了。」

「你看這裡，」賈克．米克斯沒理會這人的話，繼續講下去，「你如果從醫生家以前那棵核桃樹的地方畫一條線，你看，從這兒，一直到三國交界。你可以看到所有的災難似乎都是從這裡伸展出去的，就像那棵樹的樹根一樣。」

一九九〇年五月十九日星期六，位於三國交界的新博杜安瞭望塔舉行了正式的落成儀式。洛薩和維拉也和許多人一樣，參加了這個儀式。他們提的嬰兒籃裡是他們的寶寶，這一天剛滿四個月大，是一個男孩，他們為他取名叫以撒。

他們倆在兩天以前得到了好消息。醫院的檢查報告顯示，小以撒的聽覺完全正常。這讓他們大大鬆了一口氣，尤其是他們在他出生時受到了那麼大的衝擊。

這是他們第一次把兒子帶到公共場合。現在做完了手術，就沒有理由不帶他出來了。那手術做得可真好，真完美。他們用的是最新的技術。以後根本就看不到什麼，只會有一個很不顯眼的小疤痕，跟他出生的時候完全不一樣。

那天下午，村子裡有許多人來看他們的嬰兒，而且都私下看了看孩子的缺陷。但沒有人說什麼，就像過去四個月來沒人提過一個字一樣。但每個人都曉得這是在何時、何地發生的事。那天在各各他山上，維拉受了那麼可怕的驚嚇，這確確實實就是在那時發生的，因為她那時候一定已經有了身孕。

閱世界 107

天使製造者

The Angel Maker

作者　史蒂芬・布瑞斯(Stefan Brijs)
譯者　胡菀如
責任編輯　莊琬華
發行人　蔡澤松
出版　天培文化有限公司
台北市105八德路3段12巷57弄40號
電話／02-25776564・傳真／02-25789205
郵政劃撥／19382439
九歌文學網　www.chiuko.com.tw
印刷　晨捷印製股份有限公司
法律顧問　龍躍天律師・蕭雄淋律師・董安丹律師
發行　九歌出版社有限公司
台北市105八德路3段12巷57弄40號
電話／02-25776564・傳真／02-25789205
初版　2014（民國103）年7月
定價　399元

書號　0301107
ISBN　978-986-6385-55-1
（缺頁、破損或裝訂錯誤，請寄回本公司更換）

The translation of this book was funded by the Flemish Literature Fund (Vlaams Fonds voor de Letteren - www.flemishliterature.be)

國家圖書館出版品預行編目資料

天使製造者 / 史蒂芬・布瑞斯(Stefan Brijs)
著; 胡菀如譯. -- 初版. -- 臺北市：天培
文化出版：九歌發行, 民103.07

面； 公分. -- (閱世界 ; 107)
譯自：The angel maker
ISBN 978-986-6385-55-1(平裝)

881.757 103010092